美人記

7

目次

壹之章

延請鴻儒識故舊

何子衿將祕帳給江念，不忘悄悄問江念：「先前閻氏那事，是不是你挑撥的？」

江念道：「就閻氏那疑神疑鬼，妒心非常的樣子，哪裡還用人挑撥？」

何子衿嗔江念一眼，她就知道是這傢伙使的壞。

江念完全沒有半點覺得對不住段氏的意思，他主要是為自己辯白：「段氏對馬縣丞本也沒什麼情分，兩人不過利益攸關，段氏心裡一清二楚。當初她把祕帳之事相告，原也是為了在姊姊跟前留個好印象，以防萬一罷了。我這不過是讓她看明白馬縣丞與閻氏的為人，她覺得她能長長久久哄著閻氏，那就大錯特錯了。閻氏那人，當初能一刀把翁家少爺閹了，就不是個正常女人。正常女人覺得男人不好，可以和離，可以退親，不會用這樣毒辣的手段。咱們哪裡有空等段氏想明白？既然她不明白，我幫她想明白就是。這不，她明白得還挺快的。」

江念一副與人為善的口吻，何子衿揶揄：「你可真是做了件大好事啊！」

江念假假謙道：「這也是順帶罷了。段氏不容易，她與咱們有些助益，以後護她一護，她不至於沒了結果。」

何子衿知江念是必不肯再容馬縣丞的，她雖也覺得段氏好，卻又有些擔心段氏的兒女，畢竟是姓馬的呢。甭看在過日子上頭何子衿是一把好手，但在事情決斷上，江念顯然更勝一籌。江念道：「姊姊想得太遠了，世間恩怨情仇多了去，哪裡就有個結果？咱們這裡將來不過是給段氏一個公道罷了，又不是要深交。」

何子衿想想也釋然了，「我總想人人都好。」

江念笑，「姊姊總是心軟。」

待馬縣丞將夏糧收好，江念細查過，確定裡面沒什麼貓膩後，就要帶著何子衿去北昌府交夏糧了。當然，去北昌府前，小夫妻倆要先跟朝雲道長辭行，同時也要將寶貝們託給朝雲道長照管。朝雲道長很是心滿意足接手了兩個小傢伙，「只管安心當差，不必擔心孩子。」

何子衿將自己對寶貝們平日裡的食譜以及生活習慣總結出來交給朝雲道長，朝雲道長一目十行掃過，道：「孩子們在長牙了，長牙的地方總是癢，不能老是蛋羹魚羹的吃，我早就命廚下烤些小糕餅棍來給他們啃。還有，他們現在能學說話了，得多跟他們說話才行。」同時指出何子衿記錄中十幾處不合適的地方，直待把何子衿打擊得臉有些臭時，朝雲道長這才打發兩人去了，還叮囑他們：「不必急著回來。」

江念要帶著何子衿走人，何子衿不肯走，望著朝雲道長直抱怨：「自從有了阿曦和阿曄，師傅連頓飯都不留了。我不走，我得在師傅這裡吃飯，不吃完不走。」

這話直逗得朝雲道長一樂，「我這不是想著你們近來事多嗎？」堅決不承認自己是想跟小寶貝們一塊玩。當然，女弟子這般依賴自己，他也暗爽就是了，令聞道中午多添幾道菜。

何子衿強迫性的跟朝雲道長念叨了一回去州府送禮的事，朝雲道長甭看養孩子有一手，官場送禮就不成了。朝雲道長擺擺手，「我這輩子送禮送的少，就是送禮也都有規矩，這種官場往來，都是人家送給我，我是真不曉得這裡頭的門道了。」

對於朝雲道長這種「都是人家送給我」的話，何子衿當真覺得自己是請教錯了人。

不過，何子衿還是問到了些情報，譬如，北靖關前大將軍項大將軍的事，朝雲道長同項大將軍不熟，但項家在帝都有些名氣，雖不是一流名門，朝雲道長也是知道一些的。

朝雲道長道：「項家原就是武門出身，不過也算不得一等門第，祖上並無勳爵，他家是前朝武將投降了太祖皇帝，後封官進爵的。家族子弟多聯姻官宦之家，永定侯崔勁娶的就是項家女。這都是舊事，現下項家如何，我就不清楚了。」

江念則說了當年北靖關被流匪所破，那一敗，流匪攻破北靖關，北靖守軍大敗，非但項大將軍與軍中子侄多有戰死，軍中千戶以上武官更是全軍覆沒，彼時那一敗，皆因紀容，也就是今紀大將軍一人力挽狂瀾。也虧得有紀容，北靖關雖為流匪所破，到底保住了北昌府，後來紀容更是聯合剩下的北靖軍殘部，在謝巡撫的支持下，以北昌府為後勤支撐，重組北靖軍，由此重奪北靖關，立下赫赫戰功。

紀容便是因此戰功，自小小百戶之位一日三遷，被先帝任命為北靖關大將軍。

朝雲道長極是中肯地道：「項渧於北靖關多年，雖無赫赫之功，但這些年北靖關太平，這並不是個無能之人。至於紀容，此人能於危時力挽狂瀾，更是才幹出眾。」

何子衿不禁問：「那依師傅您看，項渧與紀容二人，誰更強一些？」

朝雲道長微微一笑，「尺有所短，寸有所長，我對他二人都不是非常了解，哪裡說得上誰更強？只要北靖關太太平平的就好。」

馬縣丞之類的事，何子衿也想跟朝雲道長念叨一二，朝雲道長卻是不稀罕聽，他道：「這等小官小吏之事，竟拿到我跟前說？」一副目下無塵的神仙樣兒，堵了何子衿的嘴。

總之，小夫妻二人在朝雲道長這裡吃了一頓午飯，方跟朝雲道長與寶貝們告辭。朝雲道長不覺得這是什麼要緊事，只管令他們自去。至於寶貝們，更是因他們雖然大都晚上回家睡覺，但白天大部分時間是在朝雲道長這裡度過的，故此，對於父母揮手說再見的事，阿曄跑過去竄到母親懷裡挨挨蹭蹭，啾啾兩口後，就要求下地，然後樂呵呵地一伸小短腿，絆阿曦一個跟頭，不待阿曦爬起來捶他個好歹，他就邁著小短腿跑遠了。阿曦氣得握著小拳頭捶兩下身上的毛毯，氣得呀呀直叫，爬起來就追著他哥「報仇」去了。

何子衿與江念收拾好，夏糧大隊也都點清數目，準備出發。何子衿是自從孩子出生就沒離開過孩子的，江念也是一樣，於是，新手爸媽在路上都有些無精打采。

江念是男人，雖心裡亦極是牽掛孩子，但見子衿姊姊比自己更掛念孩子，就打起精神來安慰子衿姊姊，又乾脆教子衿姊姊騎馬。

馬匹昂貴，家裡先前不大富裕，故而，何子衿雖見過馬，卻是不會騎的。就是在帝都，家裡也只是買了兩頭驢，還是到了縣裡，江念身為縣尊，衙門裡自有馬匹可用。江念因先時有騎驢的經驗，今學會騎馬，提出要教子衿姊姊學騎馬，子衿姊姊也是極樂意的，還順勢暢想了一番自己馬上馳騁的英姿。

江念和何子衿一個教一個學，學了兩日，兩人就把寶貝們忘到腦後去了，何子衿還慶幸沒帶孩子們出來。押送稅糧去北昌府，路上要歇兩宿，都是歇在驛館，可驛館的環境著實欠佳。當初來北昌府路上有朝雲道長身邊的專業人士各方面打點，他們一行人才沒遭罪，由此可見「三代才能培養一個貴族」的話不虛。朝雲道長並不是個奢侈的人，但他對生活的講究真的是一種與生俱來的習慣。

到了北昌府，江念要去州府上交稅糧，何子衿就先帶著余鏢頭和丸子等人回家去。

北昌府與何子衿初來時比，已是綠意滿街，隨處可見鋪子外面晾著乾菜，這也是北昌府的風俗了。北昌冬日漫長，鮮菜極好，當地人都會晾許多菜乾或做諸多醃菜於秋冬食用。

何家人都沒想到江念和何子衿兩人這會兒會回娘家，何老娘一見到自家丫頭片子，直接就從炕上跳下來，嘴裡嚷嚷著：「哎喲哎喲，妳怎麼回來啦？是不是出事了？」不過，左看右看，就自家丫頭片子這紅潤潤的臉色，還真不像出什麼事。

何子衿笑咪咪的，「沒事，阿念來州府交稅糧，我跟著一起來看看祖母。」

何老娘就伸著脖子往後瞅，問：「阿念呢？」

「去府衙了，今兒得把稅糧交了才能回。」

何老娘繼續往門外瞅，又問：「阿曦和阿曄呢？」

「他們小，沒帶他們過來，在朝雲師傅那裡。」何子衿在靠窗的小炕上坐下，接了余嬤嬤端來的茶水，呷一口方道。

何老娘頓時把見著自家丫頭片子的喜悅減了三分，「哦，那就妳和阿念來啊？」

「還有阿仁哥，他跟江念去了府衙。」

何老娘道：「那你們回來幹啥啊？」她想重外孫和重外孫女了好不好？

余嬤嬤笑道：「老太太專愛說這些怪話，咱們大姑娘不在家時，您一天念叨八回。」

何子衿放下茶盞，對何老娘道：「我是回來看嬤嬤的。」

何老娘立刻就醋了，轉頭同余嬤嬤道：「我就是念叨八百遭也沒用啊，丫頭片子不是回來看我的，是回來看妳的。」話還沒說完，何子衿就湊過去「啾」了何老娘一口。何老娘老臉沒綳住，直道：「瞧瞧，瞧瞧，這都當娘的人了，還這麼不穩重。」

何老娘拉著丫頭片子坐炕頭問長問短，又叫指著盤子說余嬤嬤：「怎麼把在北昌府珍點坊買來的好糕點拿出來了啊？她在沙河縣都是縣尊太太了，什麼好吃的沒吃過啊？」

何子衿知何老娘慣會口是心非，吃塊糕才問：「我娘沒在家？」

何老娘道：「知府太太開賞花宴，妳娘接了帖子去了，說是得吃午飯，下晌就回來。」何冽和俊哥兒都上學，何子衿是知道的，不見興哥兒，難免又問一句。

何老娘頗是自得，「知府太太特意捎話，讓妳娘帶興哥兒去的。」不必何子衿問，何老娘就說起自家孫子如何旺來，何老娘道：「知府太太家的長媳好幾年不生育，咱們剛來北昌府，有一回妳娘帶興哥兒去學政大人家說話，遇著知府太太家兒媳，張少奶奶見著咱們舉哥兒就稀罕得不得了，時常要見一見興哥兒。結果怎麼著，這才兩個月不到，張少奶奶就診出身孕來，今兒知府張太太辦賞花宴，特意說了讓妳娘把咱們興哥兒帶去，給旺一旺。」

這也是時人的常法，倘是多年未婚的女子，多帶一帶適齡小男孩兒，倘有了身子，便視為吉兆。何子衿笑，「這也是張少奶奶與咱們興哥兒的緣法了。」

「可不是嗎？」何老娘笑道：「學政大人家過些日子要娶長孫媳，已經說好了，讓咱們興哥兒去幫著壓床。」說到三孫子有福氣這事上，何老娘眉開眼笑，很為三孫子自豪。

何老娘又遺憾道：「可惜阿曄和阿曦沒來，知府家張少奶奶知道妳生了龍鳳胎，還時常同妳娘打聽妳呢。要是阿曄和阿曦來了，叫人們瞧瞧他倆，更得叫人羡慕。」

就何老娘來北昌府這些日子，還沒聽說哪家閨女媳婦給生出龍鳳胎呢。

何子衿道：「等他們大些，再帶他們出遠門。」

「瞎講究！咱們自帝都來北昌府，一路不也過來了，啥事兒都沒有。」何老娘頗有養孩子的心得，「這小孩子太嬌養不是什麼好事，就是潑辣著些，孩子才結實。」又表示出了對朝雲道長養孩子的擔憂，何老娘道：「朝雲道長那樣神仙一樣的人物，他是個善心人，對咱們家好，可越是如此，越不好太過麻煩人家。」她認為朝雲道長不像是個會帶孩子的。

「阿曄和阿曦喜歡朝雲師傅喜歡得不得了，朝雲師傅可會教孩子了，阿曄和阿曦都會走路了。」何子衿顯擺了一回自家寶貝們。

何老娘果然大為驚奇，拍著大腿連聲道：「哎喲，這才十個多月就會走啦？可真是腿巧，這是隨了妳。」想當初自家丫頭片子也是早早就會走路，何老娘道：「要是像妳，估計說話也早。妳那會兒就是早早學會說話，成天嘰嘰喳喳個沒完。」

余嬤嬤笑道：「咱們大姑娘走路說話都早許多，當時多少人說咱們大姑娘聰明呢！」

「這倒是。」何老娘總結道：「主要是有福分。」覺得自家丫頭片子福分大大的。

何子衿道：「阿曄應該會學得快些，那小子現在成天咿咿呀呀說些別人聽不懂的話。」

何老娘笑，「早看阿曄就是個嘴巧的，阿曦不行，那丫頭就仗著能吃力氣大，成天欺負阿曄。」還問：「現在阿曦還欺負阿曄不？」

「阿曄成天發壞水，阿曦粗線條，哪天都得給阿曄絆三兩個跟頭。有一回，阿曦一下子栽到阿曄身上，把阿曄壓得哭唧唧哭半日。」

何老娘聽得哈哈笑，「阿曄小子家，怎麼倒比丫頭還嬌氣？」

何子衿道：「他倆要是換一換就好了。」

何老娘樂得說自家丫頭片子：「這是妳生時沒生好，把兩人性子生反了。」

見著丫頭片子回家，何老娘頗是喜悅，令廚下添了幾個菜。中午江念和江仁都沒回來，何老娘與何子衿一塊用午飯，高興得多吃半碗飯，還絮絮說著北昌府的美食：「咱們自帝都來前，時常聽人說這裡苦寒。寒是真的，這都暑天了，北昌府半點不熱，聽說一入秋就會颳白毛風。苦不一定，這麼一大隻野雞不過二三十錢，野豬、鹿、麅更多，偶爾還有虎肉賣。」

何子衿在沙河縣也沒少吃野味，知道北昌府野味多，價碼比帝都低出許多，只是賣老虎她是沒見過的，不由同何老娘打聽：「祖母，您還吃虎肉了啊？」

「我覺得稀罕，叫周婆子打了二斤，哎，筋道得很，燉了一天一宿才勉強能入口，又硬又難咬。倒是虎骨不錯，妳爹泡了兩罈酒，到時給阿念一罈，你們帶回去喝。」

何子衿道：「這可是難得，當時怎麼沒多買些虎骨？」

何老娘夾了一筷子魚肉給丫頭片子，「妳說得容易，那老虎一冒頭，就有人來訂虎骨，也是周婆子機靈，才搶到三斤。」

何子衿道：「倒也是，虎骨是好藥，藥鋪子知道，定要買的。」

何老娘道：「這地兒的好藥材當真多，家裡還有鹿茸來著，也不知要怎麼吃，還放著呢。等妳回沙河時，帶著回去給朝雲道長。」

何子衿問：「我讓阿仁哥捎回的紅參，祖母吃了沒？」

何老娘道：「讓藥鋪子給做了紅參膏，我跟妳娘都在吃。原也想讓妳爹吃些，藥鋪裡的大夫說妳爹不用吃。俊哥兒見我跟妳娘都在吃，還偷吃兩口，吃了沒兩回，就流起鼻血來。我還納悶，叫了大夫過來給他診了一回，他吃不了那苦藥湯，才說出偷吃紅參的事兒。」

何子衿笑道：「俊哥兒打小就這樣，好吃難吃的，見人吃他就嘴饞。」

何老娘呵呵笑著，「小孩子家，啥啥都好奇的。妳小時候，妳姑祖母看妳爹念書辛苦，送了些燕窩給妳爹補身子，妳見著還想吃呢，拿飄香坊的點心都堵不住妳的嘴。」

何子衿再不肯承認的，「哪裡的事兒，是祖母您總是買點心給我。」

何老娘道：「不買給妳可不行啊，不買給妳妳就要吃燕窩！」

害老娘花了多少銀錢哩，至今想起何老娘都覺心疼。

何子衿道：「我帶了燕窩來給祖母呢，這回不讓我爹吃，單給您一人吃。」

何老娘連忙問：「哪裡來的這般金貴物兒？」

甭看北昌府人參鹿茸不算稀罕，燕窩在這裡卻是個金貴物兒來著。

何子衿道：「有人送的，我讓竇太醫幫著看了看，說是這燕窩兒還成。我燉了兩回，不擱冰糖一點味兒都沒有。」

何老娘很高興丫頭片子拿金貴東西孝敬自己，嘴上還是道：「妳燉了給阿念吃才好。」

何子衿道：「我家裡還有呢。」

何老娘笑咪咪的，「這燕窩我也不吃，我跟妳娘吃紅參膏就夠了。燕窩給妳爹吃，妳爹每日裡當差，辛苦哩。」

何子衿道：「燕窩兒性溫，阿冽和俊哥兒吃些也無妨。」如今家裡日子興旺，雞魚肘肉是常見的，何老娘自己都吃得起紅參，待孫子也不小氣，笑道：「阿冽不在意這個，倒是俊哥兒，可是得讓他嘗一嘗。」

何子衿道：「俊哥兒是啥貴就喜歡吃啥，青菜什麼的，春夏多的是，他也不怎麼樣，到冬天沒有時，他就喜歡了。」

何老娘樂呵，「俊哥兒就是嘴高。」與自家丫頭片子道：「這樣的人以後有福氣。」「他就喜歡吃貴的。」甭管何子衿說啥，反正何老娘說到孫子就是一個眉開眼笑，然後就是想阿曦和阿曄，又問起自家丫頭片子做縣尊太太的事來。依何老娘說，都有人給送燕窩了，想來這縣尊太太做得也極是舒爽。

何子衿道：「就是時不時有人過去說話，在縣裡還成，到府裡來就不成啦！」

何老娘道：「在縣裡還成就不錯了。」她在府裡也一般啦。

何子衿便打聽起何老娘的交際活動來，果然，因何老娘輩分在這裡，等閒人家太太奶奶一類的宴會，她輩分高，不適合參加，可老太太一輩的宴會就比較少了，故而，大多時間，何老娘就是在家裡帶帶興哥兒啥的。

何子衿道：「祖母不如跟我去沙河縣住些日子，我那裡正要人幫襯。」

何老娘很是意動，做縣尊家老太太啥的，只要想一想就爽得不得了啊。不過，何老娘依舊道：「那不成，我這把年紀，哪裡有不跟著兒子跟著孫女的？」

「這可怎麼了？沙河縣雖是小地方，您去了就知道，那可是好地方。山上野味多不說，水裡魚也多，我在沙河縣都是吃活魚。再說，成天都有人過去說話，比北昌府熱鬧多了。」

何子衿吹牛道：「祖母不曉得，每天那麼多人過來奉承，簡直煩得人慌。」

何老娘一聽頓時大為羨慕，「妳可別不知好歹啦，有人奉承還嫌煩？」

「是啊！」

「妳個身在福中不知福的丫頭片子！」她老人家想人奉承還沒人來奉承哩。

這般想著，何老娘就更加意動啦！

何老娘又問起自家丫頭片子在沙河縣的飲食來，何子衿道：「跟咱們在家時差不多，就是時常有人送肉送菜。虧得現今家裡人多，只當添菜了。有時實在太多，就拿到前衙加餐。」

「這麼說，給妳送東西的人不少？」何老娘咬著豬腳燉得入口即化的肉皮，一邊問。

何子衿點頭，「這也不算啥，就一些菜蔬野味啥的，都是常例。」

何子衿這做了縣尊太太才知道做官的好處，真的不在於明面上那一年幾十兩的俸祿。何子衿與江念都不是會收賄賂的性子，但平日間的來往，時令水果、山中野味、田間土產，鄉紳們恭恭敬敬送來，不收就是不近人情。

何老娘道：「妳這給我送的那些個，不會都是人家送妳的吧？」

何子衿並不否認，「新鮮的菜蔬水果什麼的，都是現吃的。這些個一時用不了的，我就帶回家來，家裡用也是好的。燕窩就是人家送的，剛不是跟祖母說了嗎？」

何老娘忍不住嘖嘖兩聲，「哎喲，丫頭，妳可有福啦！」

何子衿誘惑道：「您要是跟我回去，有人去我那裡問安，就得先奉承您老人家呢！」

何老娘雖愛聽好話，但更看重實惠。她覺得要是隔三差五能收到些禮，得是何等樣的神仙日子。這麼想著，何老娘越發意動，只是她到底更重兒孫，何況兒子做官，她當親娘的，哪裡有去孫女家長住的理呢？不過，何老娘口氣鬆軟許多：「那也不能長住妳那兒啊！」

何子衿道：「也不是叫您就住我那兒不走了，住上一兩個月算啥？祖母您過去了，還能幫我管管事兒呢！」

何老娘一聽，頓覺十分有理，道：「這也是，妳這丫頭素來大手大腳的不會過日子，還真得有個老成的人指點著妳些。」

「是啊，我娘也去不了。」

「妳娘斷不能去的，妳娘要是去妳那兒，妳爹一人該怎麼辦？」何老娘完全沒有那種什麼把兒媳婦支得遠遠的想法，在她心裡，兒媳婦就是用來伺候兒子伺候孫子的，自然得跟兒子及孫子在一處。何況這樣的要緊事，兒媳婦也不成。何老娘不放心，她必要自己去的。

何老娘道：「妳這麼個沒算計的，唉，離家這些天，也不知把日子過成啥邋遢樣啦。等妳爹回來，要是妳爹說成，我就隨妳過去住幾天。」也不提先時那「給孫子陪讀」的話啦。

何子衿笑咪咪地道：「您去了，我就下帖子把縣裡的太太奶奶們請來，設宴吃酒。」

何老娘立刻就不大樂意了，她是替自家丫頭片子心疼銀子，遂道：「何必如此鋪張，一桌席面也得好幾百錢吧？」

何子衿笑，「這有啥，咱請客，她們敢不送禮？」

何老娘一聽就樂了，拍手笑道：「是這個理！」又誇自家丫頭片子：「這做了縣尊太太果然不一樣，學得機靈哩。」

「我這哪是做了縣尊太太學的，都是以前跟祖母學的。」

何老娘越發歡樂，「這話在理。」

沈氏是下晌回來的，一回家見著閨女回娘家了，亦是驚喜莫名，很是一番念叨，問閨女和女婿的近況。興哥兒早撲到大姊姊的懷裡，奶聲奶氣地說起話來。

何子衿說了是跟著江念來府裡交夏糧的事兒，沈氏笑道：「前些天妳爹倒是提了一句，我以為就阿念來呢。你們也不提前送個信兒，我要是知道你們會來，今兒就早些回來。」

何子衿道：「早就開始收夏糧，我們縣裡人不多，只是地方大，也不知哪日把夏糧收好。就沒要人送信兒，不然反叫家裡惦記，我們來定是要住幾日的。」

興哥兒忙問住幾天，又左看又看找小外甥和小外甥女，聞知他們沒來，很是失望，沈氏也說：「怎麼沒帶孩子們一道來？」

何子衿說路上不好帶，沈氏道：「這也在理，孩子還小，小心些也是好的。」及至聽說外孫外孫女已是能走，沈氏極是高興，與何老娘道：「這是像了咱們子衿，咱們子衿小時候就學走路走早，開口也早。」

何老娘在這種「孫女基因優良」的認知上與沈氏是完全一致的，她笑道：「可不是嗎？剛我跟阿余也這麼說呢。這上頭像子衿，念書上像阿念就行啦。」

沈氏笑，「阿曄和阿曦都不是笨的，要是笨的，不能這麼早就學會走路。」

何子衿自然也不會覺得自家寶貝們笨，不過，何子衿並不居功，她道：「主要是朝雲師傅教的好。」自帝都到北昌府這一路，連帶到了沙河縣，寶貝們多是朝雲師傅幫著帶。

沈氏道：「也就朝雲道長這樣的人品了。」她覺得朝雲道長委實是好人中的大好人。

說一回各自近況，又聽何老娘顯擺一回自家丫頭片子送她的燕窩，沈氏笑，「這東西在北昌府難得，妳祖母有了年歲，正當吃些。」

何老娘道：「這是咱丫頭片子得的禮，沒費一分銀子，我還硬朗得很，嘗個味兒就是，一會兒叫阿余折一半，妳拿去給丫頭她爹補一補。」

何子衿道：「可不是？只許我爹吃，娘您可別吃，您吃了，興許祖母心裡就不樂哩。」

何老娘笑罵：「妳個挑事精，我那就是讓妳娘也吃的！」與沈氏道：「妳也補一補，興哥兒這也三歲了，咱家現在不缺孫子了，再生個小孫女啥的，妳就是咱們老何家的功臣。」

沈氏已是三子一女的母親，雖不過三十幾歲，但長子何洌已是十五的少年了，再過三兩年做婆婆也不稀奇，故此，臉皮也歷練出來了，聞言並不羞怯，只笑道：「都聽母親的，我也盼著再生個閨女呢。」女人沒兒子不成，一旦生夠了兒子，就開始盼閨女了。

何老娘點頭，覺得沈氏與她同心，遂與余嬤嬤道：「那燕窩多折一些給妳家太太。」決定自己少吃兩口，反正她這就要去丫頭片子那裡住了，同沈氏道：「妳好生調理著些。」

沈氏同余嬤嬤道：「嬤嬤折一半給我就罷了，燕窩滋補，男女老少吃些都好，不似紅參，得診過大夫方好用。」又同何老娘笑道：「粗茶淡飯就養人得很，何況咱家現下日子也過起來了，每日伙食也是上等的。」

何老娘見沈氏不貪她的燕窩，心裡很是高興，要說剛剛還是為著叫兒媳婦給她添孫女才給兒媳婦吃燕窩的，這會兒卻多了幾分真心，與沈氏道：「妳也嘗嘗，咱丫頭片子孝敬的，與外頭的不一樣。何況這刁丫頭，妳要是不吃，她反要尋我的不是了。」說著，自己也笑了，很是大方地道：「妳只管吃吧，到時我同丫頭去沙河縣，還怕沒燕窩吃嗎？」

沈氏一聽婆婆要去沙河縣，頓時驚了一跳，「這是什麼時候的事？母親要去沙河？」

何老娘笑呵呵地道：「是咱丫頭說她那裡事務多，忙不過來，叫我過去幫忙的。我想著，以往咱們都是住一處，家裡的事也就小事叫她料理，大事總有咱們瞧著。如今她與阿念去了縣裡過日子，一時間哪裡過得來。剛聽她說，這都什麼時候了，她還沒晾菜乾呢。這樣沒個算計，冬天怎麼過，難不成去外頭買菜乾不成？不如我過去，指點她一二也就是了。」

沈氏一聽，心裡既是擔心閨女，可婆婆這一把年紀了還要過去操勞，也不大合適。

沈氏問閨女：「妳剛不是說家裡沒事嗎？」

何子衿笑，「我這不是想請祖母過去享兩天福嗎？」

沈氏就知道是閨女又在哄老太太了，遂笑道：「接妳祖母過去享福是妳的孝心，只是不准勞累到妳祖母。」

「那可不成，到時人情往來，接人待物，不都得勞煩祖母嗎？」何子衿這般說，何老娘越發想去了，連忙同沈氏道：「看妳，虧妳還是親娘呢。這是為咱自家丫頭，我辛勞幾日又怎麼了？」一副「妳做親娘的完全不疼自家丫頭片子」的模樣，把沈氏鬧得哭笑不得。

江念與江仁一行是傍晚回何家的，略用了些飯食，晚上還有酒場，何子衿叮囑兩人出去不要多吃酒，又叫心腹小廝跟著，此方放兩人去了。

何洌與俊哥兒見兩人這般忙碌，都目瞪口呆，俊哥兒年歲尚小，尤其道：「姊夫這做了縣令，比在帝都時可忙多了。」

何洌在弟弟面前，一向是要表現知識淵博的，他便道：「這是自然啦，以前阿念哥就是忙著修書啥的，現在一個縣的事兒都是阿念哥忙，自然比以前忙多啦！」

何恭見到閨女和女婿回家自然也高興，待得晚間江念及江仁回來，果然都有些醉意，何子衿伸出兩根手指在江念眼前問他：「這是幾？」

江念握住何子衿的手，笑道：「姊姊又逗我。」

何子衿拿帕子幫他擦臉，「如何吃這許多酒，臭得很。」

江念把臉湊上前讓何子衿擦，嘴裡道：「沒吃幾盞，阿仁哥吃的多。」

江仁道：「我是酒量好。」見江念有媳婦照顧，江仁不禁有些思念帝都的妻子了，想著什麼時候接妻子過來才好呢。

何老娘最見不得男人喝多酒，板著臉念叨了一回，叫他們注意身子，別把身子吃壞了。

何老娘私下又同余嬤嬤道：「年紀輕就是不成啊，不穩重。一般來說，女孩子要比男孩子細緻些，可妳看咱們丫頭，她比阿念還想得開呢。阿念都吃醉了，還逗呢。」又道：「這沒個長輩，怎麼成呢？」

余嬤嬤哪能不明白何老娘的心思，附和道：「是啊，待老太太去了，可不就好了嗎？」

何老娘道：「到時咱們一塊去，幫襯丫頭片子一二。」話裡已將去沙河縣的事情定下。

江念對此事沒有什麼意見，他自小就住在何家，對何老娘就跟自己親祖母沒兩樣，也樂意接何老娘過去享福。最有意見的就是何恭了，他他他……他老娘要去閨女家住的事，他身為人子人父，為啥是最後一個知道的？

何恭難得傲嬌了一回，私下跟妻子埋怨：「子衿真是的，不先與我商議。」

「她那嘴你還不知道，哪裡存得住事兒？我回家時，她與老太太就商量得差不多了。」說著，沈氏也笑了，「我看，老太太也極願意去的。」

何子衿跟著江念來北昌府交糧稅，身為沙河縣的縣尊太太，江念要拜見上峰，她就要跟著向上峰太太問安。

江念先是給上峰北昌府知府張知府遞了請安的帖子，不管張知府見不見，這帖子都得按規矩上。大約是北昌府是余巡撫當家的緣故，張知府是眾所周知的老好人，故而，知府府上很快給了回音，江念第二日便帶著何子衿過去了。

沈氏先時都能去張家吃酒，可見與張家還算是相熟，何子衿奉上禮物，張太太命丫鬟收了，笑道：「以前常聽妳母親提起妳，我就想見一見。原想著妳母親就是難得一見的出挑人，妳就得再加個『更』字了。」

何子衿道：「您過獎了。我年歲小，見識淺，家母知道我今日過來向您請安，千萬叮囑我好生受些您的熏陶，算是我的福分了。」

張太太令何子衿坐下說話，張大奶奶與沈氏相熟，她原就在婆婆身邊服侍，這會兒剛有了身子，見著何子衿，難免打聽一回何子衿家龍鳳胎的事兒。

何子衿笑，「他們還小，怕路上不安穩，就沒帶他們出門。淘氣得很，總是打架。」

張大奶奶聽得有趣，「這麼小還打架？」

「每天打。」何子衿說起寶貝們的趣事。張大奶奶正是懷孕的時候，自然愛聽。一時氣氛極是融洽，張太太還留了何子衿用午飯。江念那裡也沒什麼不順利，張知府見江念按時按量按質將夏糧收了上來，勉勵了江念一回，又問起前任許縣尊被刺的案子。

收夏糧的事，江念做得不錯，但許縣尊的案子遲遲沒有進展，江念就得自陳無能了。

張知府溫聲道：「你剛就任，這件事還需多用心方好。」

江念正色應道：「沙河縣人力有限，還望大人指點一二。」

張知府道：「許縣尊乃朝廷命官，他的事已經刑部，必得一公道方可。」

江念見張知府並沒有派人到沙河縣的意思，面上並無二色，只是越發恭敬感激。張知府見江念知自己情，雖不曉得這小子是不是裝出來的，但江念的表現很明顯令張知府高興，得知裡頭老妻留江太太用飯，索性也留江念用了一頓餐。

江念有些受寵若驚，他就任沙河知縣時已拜見過一次張知府，這是二見。相較於初見，此次張知府待他格外親切，待回家後，難免同子衿姊姊說了一番張知府的親切指點。

何子衿道：「娘同張大奶奶關係不錯，或是因這個，或是朝雲師傅的原因。」

江念一樂，「倘是朝雲師傅之故，咱們跟著朝雲師傅，委實沾光不少。」

何子衿與江念都不是那種沾光還要矯情的性子，何子衿想到朝雲師傅不過在北昌府停留一日，不想張知府竟能知曉，不禁道：「可見官場人消息之靈通了。」

二人依規矩去巡撫府請安亦是極為順遂，余巡撫的妻子余太太謝氏是帝都謝皇后嫡親的姑祖母，一則因余巡撫的官位本就是北昌府文官之首，二則余太太與謝皇后是嫡系血親，所以余太太於整個北昌府女眷中的地位可想而知，便是紀大將軍的夫人江氏，誥命品階雖較余太太的高些，也要稱余太太一聲老姊姊的。

何子衿是見過謝皇后的，她覺得余太太與謝皇后的相貌並不相似，謝皇后是那種冷豔霸道的面相，而余太太或因年歲之故，相貌偏於慈和柔婉，且余太太說起話來亦直接而親切，先收了何子衿送上的禮單，之後便道：「先時你們來北昌府，偏生我們老爺迂腐，因方先生不欲人知，他竟不與我說一聲。我娘家與方先生是正經姻親，方先生不喜人打擾，咱們不去打擾就是，只是方先生雖較我年輕些，畢竟也是有了年歲，又是初來北昌府，北昌府氣候飲食與帝都大不相同，就是我初來這裡，也頗多不適，何況方先生這樣的人呢？我頗是擔憂，知妳是個周全人，還是得問妳一句，方先生在沙河縣可好？」

何子衿沒想到這位巡撫太太這般直接，又想著依巡撫太太的身分地位，直接問也沒什麼不好，便正色答道：「先生一切都好，先時住在山間別院，我看這北昌府要較帝都冷上許多，山上較山下更冷，況山間多野獸，就勸先生搬到了山下居住，今先生一切安好。」

余太太鬆了口氣，笑道：「那就好。」看何子衿的眼神越發慈和了，又道：「妳是方先生的女弟子，與方先生有師徒緣法，方先生上了年歲，就得妳多照顧著些了。若有什麼不方便的，只管打發人來告訴我，萬不要委屈到方先生才好。」

何子衿連忙應是。

余太太笑，「我這也是關心則亂，妳莫要緊張。自陛下登基，我還沒回過帝都呢。」何子衿露出些放鬆的神色，「我們今春自帝都過來，帝都的事，我也只懂些柴米油鹽，不過，也知道今上秉政清明，皇后娘娘垂範後宮，受人敬仰。」

余太太微笑頷首，這話余太太是信的，並不認為就是何子衿虛辭奉承。倘不是謝皇后於昭明帝面前說得上話，方昭雲焉何能至北昌府呢？余太太娘家姓謝，自是盼著謝皇后好的，聽何子衿這話就很是高興，笑道：「皇后娘娘自來最重規矩，以前我回帝都，人們說起皇后娘娘，便沒有不敬重的。」

何子衿順著余太太的話拍遠在帝都謝皇后的馬屁，余太太見何子衿頸間繫一塊七彩瓔珞十分不凡，不由問道：「這就是皇后娘娘賜妳的瓔珞嗎？」

余太太此問，倒讓何子衿頗是訝異，她不知瓔珞之事是余太太自沙河縣知曉，還是自帝都的消息中知曉的，容不得多想，笑意不變，取下瓔珞捧至余太太面前，解釋道：「那年我初到帝都，先生託我帶封信給皇后娘娘。我那時年紀小，既懵懂又莽撞，耽擱了好些日子，才曉得那信是要送給皇后娘娘的。虧得皇后娘娘不怪，還賞了我這塊瓔珞。」

這瓔珞之事，還真不是余太太自沙河縣知道的，余太太知道此事，是先帝在位的時候，先帝立今上為太子，對於當年的太子妃如今的謝皇后頗多踟躕，何子衿就是在那會兒去的帝都。何子衿自己或者不覺，但當時她不過一民女竟能直入宣文殿慈恩宮，得了先帝與太皇太后雙重眼緣，此事於帝都城是何等震撼，尤其何子衿與方昭雲的關係不算隱密，彼時便有諸多親貴之家甚至懷疑何子衿身負什麼不為人知的祕密使命。此事余太太能知道還是託自己娘家的福，具體如何余太太並不知曉，不過，後來謝皇后順利被冊太子妃入主東宮，之後先帝駕崩，昭明帝登基，謝皇后順利登上后位。

所以，在余太太看來，何子衿頗有神祕之處。

余太太接過何子衿手上的瓔珞，鑒賞片刻，心裡漸漸有數，抬頭看何子衿一眼，方篤定地道：「這是先輔聖公主的舊物。」

何子衿嚇一跳，依她的出身，能認得內務府的標誌就是長進了。

余太太看何子衿的模樣，遂多說了一句：「以往我也不認得，還是我年輕的時候，魏國夫人下嫁我娘家大侄子，魏國夫人是先輔聖公主愛女，陪嫁許多公主府之物，我方認得了。」指給何子衿看，「先輔聖公主最愛梅花，故而，先輔聖舊物多有古篆梅字為記。」

何子衿很為自己的沒見識羞愧，「倘不是您教導，我還懵懂著呢。」

余太太將瓔珞為何子衿重佩頸間，笑道：「這也是皇后娘娘看妳好，才賜妳此物的。妳一向安穩懂事，就是未負皇后娘娘所賜。餘者，不過小節。」

何子衿道：「我出身小戶之家，除了安安生生過日子，也不懂別的了。」

「安生二字，就極難得。」

余太太因說及舊事，心情不錯，中午竟也留了何子衿用飯。何子衿算是心知肚明了，想著余太太定是看在朝雲師傅的面子，她就安心用了。

余巡撫對江念的觀感也不差，一則江念夏糧收得俐落，並未拖拉；二則江念暢談了一番自己對於沙河縣教育事業的看法，余巡撫心有戚戚道：「非但沙河一縣，就是整個北昌府，較之帝都中原抑或江南富庶之地，學生亦是相差甚遠。」

故而，雖江念還沒將先許縣尊被刺一案結案，余巡撫認為，江念倒也有些才幹了。不過對於許縣尊被刺一案，余巡撫還是命江念盡快抓到凶手，還許縣尊一個公道。

這兩頓飯，江念與何子衿吃得太太平平，倒是馬縣丞和閻典史一干人驚得魂飛魄散，實不知這位江縣尊是何等背景了，明明打聽著是一沒爹沒娘，岳家亦不顯赫的貨，可你到底是啥手段，竟得巡撫及知府二位大人留飯啊？

此二人覺得，要是查不出江縣尊何等手段通的天，他們以後簡直是睡覺都不安穩了。

余巡撫與張知府都表示出了對江念的另眼相待，江念的夏糧自然交得痛快，就是各衙門上下打點起來，亦無比順遂，甚至還有江念去塞紅包，一些機靈人都不大敢收的。江念並未在這上頭小氣，朝廷俸祿就那些，都要養家糊口，何必在這上頭吝嗇。俗語還說呢，閻王好見，小鬼難纏。故而，江念都讓他們放心收著就是。

馬閻二人私下探聽江念往諸位上峰那裡走禮之事，有人悄悄告知江念。江念冷冷一笑，想當初二人弄那樣一份禮單，明顯是想瞧他笑話，如今看他在州府順遂，此二人怕是坐不住了。江念只待二人如常，待夏糧之事完結，就先打發二人回沙河縣當差，自己帶著子衿姊姊一路往北靖關請羅大儒先生去了。

自北昌府到北靖關的路上，何子衿領略了一回北地的風光，那真的是一種與想像中完全不同的寬廣天地，氣吞山河，尤其是臨近北靖關，時不時便可見黑甲騎兵或是結隊巡邏或是差使在身快馬奔馳。這裡的黑甲兵與北昌府或是沙河縣的護城兵或者衙役完全不同，面目的堅毅，身上的長槍與弓箭，已可窺見北靖關駐守士兵的風範。

何子衿不禁感慨：「紀將軍聞名久矣，先時我總覺得，紀將軍這傳說有些神了，見著北靖兵馬，方知傳言不虛。」

江念頷首，很是贊同子衿姊姊的說法，江仁笑道：「我初至北靖關時，也頗覺驚嘆。這北靖關的兵甲，如今瞧著，不比在帝都城見過的禁衛軍差。」

江念道：「可見紀將軍治軍有方。」

江仁來過北靖關，對於北靖關食宿之地自是熟的，直接帶著江念一行去了相熟的客棧，在客棧裡包下個清靜院子供大家歇腳。江念還擔心子衿姊姊會累，何子衿笑道：「哪裡會累，騎馬別提多暢快了，要我說，倒比坐車坐轎的好。」

江念笑，「往日我騎馬都會累，有子衿姊姊一道，就不會累。」

何子衿一笑，「油嘴滑舌。」

二人洗漱過，何子衿同江念商量著，要不要明日就去羅先生那裡拜訪。江念想了想，道：「聽阿仁哥說，羅先生同紀將軍頗有淵源，咱們這來請羅先生，不好不叫紀將軍知道。」

何子衿也聽江仁說過紀將軍請羅大儒都沒請到的事，再加上如今到了紀大將軍的地盤，的確不好不知會一聲。何子衿道：「不若打發人去阿涵哥家裡問好，先問問阿涵哥，咱們也好給將軍府遞帖子。」

「姊姊與我想到一處去了。」

何涵十日一沐，見到江念三人時很是高興，其妻李氏極是親切，拉著何子衿的手道：「以往常聽相公說起妹妹，上回江大哥過來，我就盼著哪天能與妹妹相見。」

何子衿笑，「我也一直想過來，偏阿念做了縣令，無事不能擅離任地。這回是他往州府交夏糧，我跟著一道來了，正可與嫂子相見。」

何子衿與李氏做了幾樣蜀中小菜、幾樣北昌府當地小菜，大家一塊吃酒用飯說話，極是歡樂。何涵對於江念親自來請羅先生的事並不看好，紀大將軍與羅先生那般交情都碰了壁，江念不過一地縣令且與羅先生從未相識。羅先生一直住在北靖關，焉何能樂意去往沙河縣？不過，若說江念請走羅先生會不會令紀大將軍不悅，何涵道：「阿念你多慮了，當初我同阿仁推薦羅先生，就已將此事告知將軍，將軍並不介意。」

江念心裡大定，笑道：「那明日我就親去請羅先生了。」

江念先是自己去，倘能將羅先生請動，就不必子衿姊姊跟著拋頭露面了。

何子衿著人給將軍府遞了帖子，想見一見紀將軍夫人江氏，她與江氏素有交情的。何況此次與李氏初見，何子衿也想多與李氏說說話。李氏亦有此意，自嫁給何涵，夫妻二人舉案齊眉，日子和順。只是，何涵是蜀中人氏，李氏這嫁了何涵，還沒見過公婆呢。雖說北地民風彪悍，但做了人家媳婦這些年，兒子都生出來了，肚子裡還懷著二胎，公婆尚在人世，總有相見一日，李氏自是希望能多了解一些夫家的事。偏生她往日一問，丈夫便面生鬱色，再加上丈夫公務煩忙，李氏也不想總因此事令丈夫不悅，此事便就此擱置下來。

先時江仁來北靖關，李氏也是見過的，可江仁是男人，又總在外跑，李氏不好多打聽。何子衿不同，她是丈夫的族妹，與丈夫交好，丈夫當初隨大將軍去帝都，還帶了不少東西回來，就有這位族妹家給的。又聽丈夫說是自小一塊長大的族妹，較親妹妹不差的，李氏就千萬留江念一行人在自家住了下來。

江念倒不是客套，只是何涵身為紀將軍的親衛長，十日一休沐，平日裡都要在將軍府值勤，不能歸家。他們這麼一大幫人，李氏又有身孕，不大好意思留宿。

何涵卻是無此顧慮，道：「我雖不在家，家裡岳父也是老兵出身，你嫂子在家也無事，子衿妹妹一塊說說話，也不顯寂寞。何況阿念你有學問，可以幫我指點小子一二，我想著，待他大些，就送他開蒙。」何涵的長子已四歲了。

何涵誠心相留，江念一行人就住下了。

如此，江念和江仁白天去請羅先生，何子衿就與李氏說家常話。

李氏有意打聽夫君家之事，何子衿道：「這也是阿涵哥與嫂子的緣分，不然我們老家遠在蜀中，哪裡就想到阿涵哥的姻緣在這裡呢，真可謂千里姻緣一線牽了。」

李氏笑，「我先時也想不到會嫁他呢。」說著，一嘆道：「自我嫁了他，沒有半分不好，他待我待孩子待我爹娘都是極好的。我知他是獨子，心中也惦記老家爹娘，只是，我每每提起公婆，相公就似有不悅之色。妹妹自不是多嘴的人，我也不是想為難妹妹，可這事，相公不提，我卻是不能不問。相公他並非寡情之人，老人家上了年歲，如我，守在家裡爹娘身邊，也記掛著老家公婆呢。」

何子衿就有些為難了，她倒不是覺得何涵當年與蔣三妞的事不能說，只是不知何涵的意思就與李氏說起此事，總覺得有些不合適。何子衿畢竟不是沒主意的人，她道：「這事，還是阿涵哥與嫂子說的好。」

「我問他好些回了，每次他都面露鬱鬱之態。妹妹也知道，他那差使甚是要緊，平日間亦是辛勞，我也不想總因此事令相公不樂，這才跟妹妹打聽的。」李氏十分懇切。

何子衿便道：「先時我與嫂子說的，我娘家的那位三姊姊，嫂子可還記得？」

「妹妹剛說過的，我豈會忘？」李氏一笑，殷切地看著何子衿。

「我們來北昌府前，三姊姊與胡家姊夫已生下了第二子，他們十分恩愛。三姊姊與胡家姊夫成親前，曾訂過一門親事，只是，親事未成，便因男方父母以八字不合退婚，後來，三姊姊方定了胡家的親事。」

李氏有些不明白何子衿怎麼說起娘家姊妹來，何子衿並未賣關子，直接道：「毀婚的不是別人，就是阿涵哥的父母。」

李氏悚然一驚，何子衿嘆道：「阿涵哥為人，最重情義，因此事，阿涵哥方遠走北靖關。先時我們都不知道他竟是到了北靖關，還是在帝都相遇，方知他下落。後來，族伯與王大娘聞了消息，還去帝都找過阿涵哥，偏生晚去了一步，阿涵哥已隨紀將軍回了北靖關。」

李氏怔忡片刻，方道：「我竟不知是這樣的事。」真是再想不到的。

「事關長輩，阿涵哥又是個頂天立地的性子，故而不願同嫂子說吧。」

李氏嘆道：「我在相公面前也只當不知吧。」想著，何子衿家這樣的家境，公婆都嫌寄居何家的表小姐出身不好而毀婚，她的出身，更是遠不及何家，公婆怕是更看不上的。

何子衿似是知李氏心事，柔聲道：「經阿涵哥遠走一事，何家大伯大娘都已是悔了。唉，過日子，什麼窮過富過的，一家子齊心，平平安安的，就是好日子。」

李氏聽此話，深覺對心，連忙道：「妹妹這話極是，日子好賴，還不都是人過的嗎？就是相公，初來北靖關也只是尋常兵士，如今一樣有了官職前程。」

何子衿笑道：「這也不是我讚阿涵哥，阿涵哥的品行，再無二話的。」

李氏抿嘴一笑，「相公最重情義。」

李氏解了心中疑惑，也就沒有盼公婆過來的心了。如今她娘家父母都跟著丈夫過活，一家子日子和美，倘這般勢利眼的公婆過來，怕是……

李氏與何子衿說些家中瑣事，很是和樂，倒是江念，自羅先生那裡碰壁碰得鼻青臉腫。江仁都說：「可知這位先生何等難請了吧？」

一個人不成，江念就想請子衿姊姊與自己一起去。夫妻二人同往，以示誠意，偏生將軍府給了回信，將軍夫人江氏讓何子衿明天過去說話。

江氏便是當初與何子衿頗有交情的江奶奶，如今這位江奶奶越發有誥命夫人的氣派了，衣飾精緻卻不奢華，頭上不過二三金飾，並不富貴，卻是獨添了三分貴氣。江奶奶身邊坐著一名十六七歲的妙齡少女，見著何子衿亦是滿臉帶笑。

何子衿先與江奶奶見禮，笑道：「贏妹妹這些日子不見，似又長高了。」少女就是江奶奶第一任丈夫之女江贏了。

說來，江奶奶第一任丈夫是個姓馮的秀才，馮秀才的閨女自是當姓馮的，偏生江奶奶有本事，在改嫁時就把閨女的戶籍落到了自己那裡，令女兒從了母姓。之後，江奶奶改嫁李家四爺，與李四爺和離另嫁紀將軍。江奶奶地位一步步上升，卻始終未再給女兒改從繼父姓，仍是從母姓，姓江，單名一個贏字。

江贏起身，挽住何子衿的手，「我如今快與子衿姊姊一樣高了。」

江奶奶令她二人坐下說話，與江贏道：「行過及笄禮就是大人了，得越發穩重方好。」

江贏道：「子衿姊姊又不是外人。」

何子衿笑，「阿贏的確長得快，這一見，真是嚇我一跳。」

江奶奶望向女兒的眼神滿是喜愛之情，「及笄禮前以為個子就長成了呢，也不知為何，行了及笄禮又竄高了一截。」

閒話數語，江奶奶問起何子衿如何來北靖關，「昨兒剛看到妳的帖子，我還不大敢認。上次阿仁過來，我是知道江探花到沙河縣做縣令的事。想著，咱們雖離得近，江探花為一縣之尊，偏生無事不能輕離任地，咱們想見面怕是不易，倒未想到，妳這就過來了。」

何子衿道：「也是機緣湊巧，相公到州府交夏糧，我想著一起回娘家看看。來前他還想著過來北靖關請一位羅姓大儒，聽說這位大儒極有名氣，我們沙河縣的縣學正缺好先生，相公想請羅大儒去任教，我就跟著來了。」

江奶奶笑道：「江探花果然眼光極好，羅先生的學問，北靖關人人都知道。」

何子衿嘆，「學問大，只是人難請，相公這連去了三日，皆無功而返。」

江奶奶道：「這也不足為奇，當初將軍想請羅先生入府為官，羅先生亦是不願。」

江贏笑道：「先生性子怪哩，他說在北靖關住慣了，不願再遷往他處，更為願為官做宰。子衿姊姊，連紀叔叔都鎩羽而歸，江姊夫就是請不動羅先生，也不必擔心沒面子。」

何子衿道：「是啊，只是不試一試，他是不甘心的。」

江奶奶與何子衿相識於微末之時，二人相見，自有許多說話，更兼江贏年紀漸長，也是位鶯聲燕語的姑娘，一處說說笑笑，十分歡樂。何子衿在將軍府用過午飯方告辭，江奶奶還與何子衿道：「將軍聽聞江探花來了北靖關，想著是舊日相識，令江探花過來一見。」

何子衿道：「如此，明日我就讓相公過來遞帖子。」

紀大將軍統御北靖關兵馬，先時只是何子衿遞了女眷問安的帖子，絕不是江念輕視紀大將軍啥的，江念一個芝麻小官，就是腦袋長頭頂也不敢輕視駐邊大將。只是二人官銜相差甚巨，再加上江念此行為私事前來，故而未遞帖子。既江奶奶有此言，江念自當過來拜見。

江念沒料到，紀大將軍也與他提及了許縣尊之死的案子。

江念不是遲鈍的人，早在謝巡撫提及此案時便明白，此案能得一府巡撫關注，內情定比他所想像更為複雜。如今紀大將軍也提及，他忍不住想，要不要立刻回沙河縣調查此案。

江念按捺住此等念頭，第二日帶著子衿姊姊去見了羅大儒。

何子衿聽江仁江念江奶奶江贏都說起過江大儒多麼的難請，也是眼見過江念如何碰壁回家的，未料她剛往羅大儒面前一站，這位方臉大眼長鬚的老人已道：「姑娘請裡面說話。」

江念想跟，羅大儒不給他面子，道：「我有話與這話姑娘單獨說。」

江念寸步不讓，「這位姑娘是內子。」

羅大儒看一眼何子衿頸間佩帶的七寶瓔珞，輕聲一嘆，「那你就一起進來吧。」

何子衿順著羅大儒的眼神看一眼皇后娘娘所賜的瓔珞，心說，難不成他認得這塊瓔珞？

江念也沒錯過羅大儒的視線，只是江念明顯想歪了。江念想的是，他帶子衿姊姊過來請羅大儒出山，原是為了展現誠心意，這老光棍總瞅他家子衿姊姊的胸口是啥意思啊？

何子衿覺得自己兩生一世的傳奇人生在此時才算正式開啟外掛，哎喲，羅大儒一看就是認識她這瓔珞啊！何子衿很有些小得瑟地跟著羅大儒進屋子，因為太得瑟，以致於忽略了身邊江念那醋兮兮的防賊目光。

何子衿忽略了，人家羅大儒可沒忽略。羅大儒非但沒忽略江念這位前些天一直在他耳畔聒噪的如同蒼蠅般煩人，現在又用看賊一樣的眼神看他的芝麻小官，也沒有忽略何子衿那稍稍得意的小神情，以致於羅大儒都懷疑，這瓔珞不會是流落民間被這對芝麻官兒夫婦誤打誤撞弄到手的吧？因為怎麼看這兩人也不像能同先輔聖公主府有關係的人啊！

三人到了書房，羅大儒那想打聽瓔珞來歷的心情也淡了，只是，都請人家進來了，羅大儒到底還是想問的，便道：「不知姑娘頸上瓔珞由何而來？」

何子衿一聽立刻心裡大定，假假地矜持道：「先生好眼力，此瓔珞為皇后娘娘所賜。」

羅大儒又瞧了那瓔珞一眼，江念見這老不休還瞅他家子衿姊姊的胸口，頓時面子也顧不得，臉色徹底黑了下來，上前擋在子衿姊姊面前。

江念這一步，把羅大儒鬱悶壞了。羅大儒心說，他像那等沒見過世面的毛頭小子嗎？

羅大儒輕咳一聲，移開視線，客氣地道：「不知可否讓老朽一觀？」

因羅大儒愛擺架子，讓自家阿念碰壁不少，何子衿對羅大儒觀感一般。倘羅大儒年輕個幾十歲，何子衿絕沒這麼痛快將瓔珞給他看，但羅大儒髮鬚花白，神色既激動又傷感，何子衿那些念頭就沒有了。她取下瓔珞遞給江念，江念給了羅大儒，羅大儒細看過，嘆道：「唉，自公主離世，這些舊物亦不能常見了。」

何子衿道：「先生是睹物思人了？」

羅大儒道：「故人去的去，散的散，日後地下自能相見。」

何子衿立刻道：「倘有故人，相距不過百里，何不一見？」

羅大儒髮鬚皆花白，唯一雙濃眉仍是漆黑，此刻濃眉一挑，目中透了銳利之意。何子衿無半分懼色，道：「我不好透露他的身分，只能說，倘先生連公主府的一件舊物都這般看重，想是願意見一見那人的。」

羅大儒謹慎道：「倘妳早有此底牌，何必令江縣尊來碰壁？」

何子衿道：「我也是在看到先生對這瓔珞如此鄭重方猜到了一些。」

羅大儒神色一頓，心說，這女子倒也機靈。何況，何子衿反應這般靈敏，想來對皇家舊事也是知道一些的。羅大儒道：「妳要我見的人是哪個？」

何子衿搖頭，「我那位長者身分不好直言，我只能告訴先生，他姓方。」

江念看著羅大儒那震驚到失態的神色，心裡覺得，他家子衿姊姊簡直太聰明了。

羅大儒有些站立不穩，江念連忙扶了他一把，羅大儒就著江念的手緩緩坐在一張鋪著狼皮墊子的榆木圈椅中，望向何子衿，問：「是誰？」

何子衿道：「你心中所想的那個人。」

羅大儒這回沒用人請，衣裳都不及收拾，令僕從阿甲阿乙守家，便帶著一位老僕隨江念和何子衿出發。待紀大將軍聽聞消息，一行人已離開了北靖關。

紀大將軍與江奶奶念叨：「妳說這事多稀奇，我與我先生情同師徒父子，我請他來咱們府上他都不來。那江探花人雖伶俐些，可要說他能請得動羅先生，我是不信的。」

江奶奶道：「江探花親自過來，定是有什麼好法子的。」

紀大將軍悄悄道：「阿甲同我回稟，說江探花前番過去，任是如何巧舌如簧，先生都未應的。後來江探花帶了江太太去，不知因何，先生便與他們去了。」

紀大將軍原是流犯出身，這樣的出身，不過數年間便居北靖關大將軍之位，可見此人才幹。當然，沒有才幹是生而有之的，生而有之的叫天分。紀大將軍有天分，他的才幹並沒有隨著他坎坷的經歷而消磨殆盡，相反，他在北靖關遇到了一生的良師羅先生。之後，紀大將軍在北靖關地位略有起色時，就先給羅先生送了兩個服侍的小廝阿甲阿乙，所以羅先生那裡有什麼事，紀大將軍多數是知道的。

聽丈夫這般說，江奶奶道：「我看何姑娘，不，江太太的口才也就一般。」

「所以我說此事稀奇。」紀大將軍感慨一回，端起盞新沏的春茶，慢呷一口，道：「此間定有咱們不知曉之事。」

江奶奶也是機敏之人，想了想，「羅先生走得這般匆忙，可見定是一件要緊之事。」

「倘是要緊事，江探花在見先生第一面為何不說？」

說到此處，便是江奶奶也有些想不通了，「看江探花夫妻那般和睦，斷不能有什麼事江太太知道，而江探花不知吧？」

紀大將軍夫妻二人猜不出來，只得暫時擱下，想著江念和何子衿都是認識的，縱將羅先生請至沙河縣，也不會讓羅先生有什麼危險才是。

羅大儒此刻卻是恨不得飛到沙河縣去的，只是，江念夫妻倆顯然有諸多安排，他們還得去北昌府接何老娘。何老娘沒什麼太多收拾的，她老人家現在想的是，先去孫女那裡小住幾日。住個新鮮，她就回來。何恭與沈氏也都是這個意思，因著何老娘沒想長住，興哥兒年紀小，也跟著一塊去，說是去看看姊姊、姊夫家。

江念夫妻倆在何家宿了一夜，羅大儒恨不得立刻見到故人，到底這把年紀，閱歷修養都是有的，在與何恭說起學問時亦是耐心，沒幾句就把何恭說得心悅誠服，以致於何恭夜裡都同妻子商量：「待羅先生那裡安排好了，不若讓阿冽和俊哥兒過去念書。」

沈氏道：「羅先生學問這般好？」

何恭點頭，沈氏就有些捨不得兒子，但想著此事一時也不急，自己遂也不急了。

在何家歇一夜，第二日，江念一行辭別何恭及沈氏，帶著何老娘興哥兒回沙河縣去了。何老娘與興哥兒、余嬤嬤坐車，其他人騎馬。何老娘見著自家丫頭騎馬，極是驚訝，「哎喲，妳可小心些，別從馬上摔下來。」

「看您說的，我騎得好著呢。」何子衿驅馬到何老娘車畔，「興哥兒，要不要騎馬？」

興哥兒自然是要的，何老娘笑，「皮猴子一般。」
興哥兒跟姊姊同騎一騎，頭一遭騎馬，倍覺威武，還問：「祖母，您看我氣派不？」
何老娘笑呵呵地自車窗往外看，豎著大拇指誇孫子：「我興哥兒氣派得不得了哩！」
江念和江仁等人皆目露笑意，就是羅大儒那一門心思想去沙河縣見故人的，見江小縣尊一家人和樂，眼中亦流露暖意。
自北昌府到沙河縣約兩日車程，有老人在，一行人不敢走快，走了三日方到了沙河縣。何老娘路上早被羅大儒把話套完。頭一天晚上在驛館休息時，何老娘與自家丫頭片子道：「妳不帶阿曄和阿曦來也是對的，咱們來北昌府時沾朝雲道長的光，處處有朝雲道長的人打點，飲食住宿樣樣都好。咱家可是沒那個條件的，阿曄和阿曦年歲又小，這一路如何受得？」
何子衿道：「我也這樣說。」
羅大儒早聽到「朝雲」二字時就入了心，其後同何老娘一打聽，何老娘這存不住事的，就同羅大儒什麼都說了。何老娘尤其讚頌朝雲道長的人品，再三道：「我老婆子活了幾十年，除了我家那早死的短命鬼，再沒有見過朝雲道長這般仁義的人啦！」
羅大儒既是傷感又是惋嘆，道：「他自來如此。」
何老娘一聽，忙問：「大儒先生與朝雲道長早便認識不成？」
羅大儒微微頷首，何老娘一喜，笑道：「那咱們可不是外人呢。我家丫頭是朝雲道長的弟子，大儒先生跟朝雲道長是親戚吧？」

羅大儒嘆，「我們算是表親。」

何老娘忙道：「那大儒先生就是我們丫頭的叔祖了。」當下忙叫了江念等人過來認親。

羅大儒被何老娘鬧懵了，這都啥跟啥，他怎麼平白無故多了這一堆的晚輩？

何老娘道：「以後我還叫你大儒，你要是願意，叫我老太太或是老嫂子都成。」

面對何老娘的熱情，羅大儒簡直是無言以對。

既是親戚，何老娘便把自己的著作送給羅大儒一套，還很是謙虛道：「您是有學問的人，原該送您精裝本的。唉，精裝本在帝都送完了，就剩下這普通的了。不過，要我說，那什麼裝什麼裝的，不過是個外在，裡頭內容都是一樣的。」

羅大儒在北靖關都能熬成大儒，可見其才學修養了。一見何老娘竟然還有著作，頓起敬佩之意，連忙雙手接了何老娘送的書，正色道：「待有閒暇，一定深讀。」

何老娘道：「隨便看看就成啦，這也就是我老婆子的一點見識罷了。」

羅大儒道：「您實在太過謙虛了。」

他想著何家雖不顯赫，但一個老太太都能出書，可見是書香之家。

何老娘見羅大儒對她這書如此重視，心中很是喜悅，遂又在羅大儒的「引導」下，說了諸多朝雲道長之事。這事叫何子衿知道後，沒少背地裡同江念說羅大儒狡猾。

江念笑道：「羅大儒不好跟姊姊打聽，他與祖母年歲相仿，同祖母打聽是人之常情。」

何子衿道：「我是說，真不愧是朝雲道長的朋友，一樣都跟狐狸似的。」

江念哈哈大笑。

這古代房子可不隔音，羅大儒正同何老娘說話，聽到江念的笑聲，不禁道：「江縣尊與江太太情分真正好。」相處幾日，羅大儒對這家人有了基本認知。就何老娘這存不住話，別人一打聽便啥啥都說的性子，就知這是一家本分人，而且，何老娘顯然沒有得到江縣尊或是江太太的叮囑，不將昭雲之事說與他知道，可見江縣尊江太太也不是要拿此事與他交換條件。正因江念何子衿何老娘都是坦誠之人，羅大儒對這家人多了幾分好感。

何老娘見人家大儒誇她家丫頭片子和孫女婿情分好，略帶幾分驕傲道：「那是，他們自小一塊長大，知根知底才結的親。你說，給孩子們結親，不就是為了讓他們好生過日子嗎？情分好，這才好呢。我們丫頭家裡還有一對龍鳳胎，哎喲，您不知道多招人喜歡。當初連接生的嬤嬤都說，她接生好幾十年也沒見哪家生過龍鳳胎。有雙生胎就是難得的了，何況是龍鳳胎呢？您說，這是不是福氣？」

羅大儒怎麼能說不是呢？然後羅大儒一說是，就被迫聽何老娘足足絮叨了一個時辰，說她家龍鳳胎多麼聰明多麼可愛來著。後來聽得興哥兒都睏了，羅大儒才得以解脫。

何老娘有些意猶未盡道：「明兒我再繼續跟你說啊！」

羅大儒簡直是逃回自己房裡的，第二天早上險些起晚。

老僕笑道：「這位何家老太太頗是風趣。」

羅大儒將臉一板，嘀咕：「風趣在哪兒？不如你今晚聽她絮叨去。」

這老僕的面貌很有些難以形容，但嘿嘿一笑時便露出幾分滑頭來，可見年輕時的「風采」了。老僕道：「那不成，我耳背。」

羅大儒心說，你耳背個頭！

羅大儒受了何老娘一路聒噪，最後羅大儒不得不拉著興哥兒教興哥兒學認字，何老娘那些講古的話方少了，因為何老娘讓余嬤嬤備些茶點，自己找自家丫頭片子說去了。

何老娘喜孜孜地稱讚羅大儒：「真不愧是大儒先生，這不，見咱們興哥兒還算可造之才，教興哥兒認字去了。」

何子衿笑，「這也是興哥兒的福緣了。」

孫子被大儒先生瞧上了，何老娘也覺得孫子有福，「可見這趟沒白跟妳過來。」

「那是。」何子衿道：「我有什麼好事不想著祖母您啊？」

何老娘深覺受用，嘴上還說：「妳不想著我能想著誰，妳也就我這一個祖母罷了。」

何子衿最會治何老娘這「得了便宜還賣乖」的性子，笑道：「我這麼想著您，可也沒見祖母想著我些。」

「我怎麼不想著妳了，在北昌府天天想哩。」

「光說有什麼用，看不到實際的。」何子衿攤攤手。

何老娘嘀咕：「怎麼做了縣尊太太還這麼不開眼啊？」最後給了丫頭片子一支金釵，方堵了丫頭片子的嘴。

江念見著子衿姊姊的金釵，說道：「姊姊又逗祖母了。」他家子衿姊姊也不知啥毛病，要說首飾，子衿姊姊多的是，不見得就看上這麼一支金釵，偏生子衿姊姊還特喜歡自何祖母這裡敲詐些首飾啊衣料啊啥的。

何子衿笑道：「我單看不上祖母那偏心孫子的勁兒。」

一路上，羅大儒近鄉情怯，從何老娘那裡得到了一些關於相見之人是少時夥伴的訊息，確認要見的人是少時舊友兼遠房親戚方昭雲，已有了心理準備，但是朝雲道長沒有啊，朝雲道長是直到羅大儒到他家門口，他才知道老友已至。對於無親無友多年的朝雲道長而言，可想而知是何等震撼了。

於是，二人執手相看淚眼。

朝雲道長這樣素來神仙一樣的冷淡人，居然眼圈微紅了。

羅大儒這慣來一張黑臉，最喜叫人碰壁的，竟也雙目濕潤。

兩位年過半百的老友，就這麼歷經數十年，在一個夕陽微醺的午後重逢了。

羅大儒張張嘴，似是要說什麼，喉嚨卻似被什麼卡住，一時說不出話。

朝雲道長也不比羅大儒好多少，倒是羅大儒身邊的老僕張著嘴嚎了起來。老僕撲過來，抱住朝雲道長，一邊嚎一邊說：「方公子，小的總算見到您啦！方公子，這些年您可好啊？小的在北靖關，日日夜夜都在惦記您啊！自從知道您在這裡，小的更是歸心似箭啊！」

望著羅大儒與朝雲道長一滄桑一神仙的同是錯愕的面孔，何子衿認為自己見到了打娘胎裡出生以來認識的最會搶戲的人——黃貞忠，黃老伯。

黃老伯太會搶戲了，人家正無語凝噎呢，他這麼一通嚎，啥啥意境都沒了，就剩一地雞毛。黃老伯嚎了一通，嚎得朝雲道長硬生生在自己非富即貴的人際關係裡記起了黃老伯的名字，與羅大儒道：「哎喲，這是阿黃吧，他還跟著你呢！」

羅大儒點頭，「是啊，這些年多虧有他。」

黃老伯拭拭淚道：「我雖身在我家老爺身邊，心卻一直在公子身邊哩。」

這麼自然而肉麻的話，逗得朝雲道長一笑，「阿黃還是老樣子啊！」

黃老伯道：「心還是那個心，就是模樣不若以往俊俏了。倒是公子，數十年未見，您越發超逸脫俗啦。」

羅大儒見老僕與方昭雲兩人你一言我一語絮叨上了，簡直沒自己什麼事，被氣得念叨起老僕：「你能不能少說幾句？」他也有很多話想跟方昭雲說好不好？

黃老伯見主人有些臭臉，滿是無奈道：「好啦好啦，你去說吧。自小就這樣，我跟公子多說兩句你就不樂意。」

朝雲道長與羅大儒明顯要私談，黃老伯很體貼地給二人留下私密空間，何子衿等人自然也都退了出來，何子衿悄悄問黃老伯：「黃伯伯，羅大儒同我師傅是啥關係啊？」

黃老伯無奈地攤攤手，「表兄弟啦，我們老爺的生母是公子的姑媽，他們是同年生的，公子很是喜歡我，老爺總是因此吃醋啦。」

何子衿聽這話險些噎死，黃老伯卻是樂呵呵地找著聞法去安置起居了。

何子衿知道朝雲師傅見了故人，一時間怕是說不完的私房話，就與江念先將寶貝們接回去了。寶貝們見著父母很是高興，張嘴就喊：「祖父，祖父……」

何子衿和江念一則以喜一則以悲，喜的是，孩子們這麼幾天就學會說話了，悲的是，看來只會叫祖父，這一看就是朝雲師傅教的。

何子衿笑咪咪地親親這個又親親那個，她抱著阿曄，江念抱著阿曦，一起回家去。

何子衿與江念手腳太快，以致於朝雲道長在與羅大儒訴完情後想顯擺龍鳳胎時，才知道龍鳳胎被兩人帶走了。朝雲道長笑道：「明日再見吧，他們生得尤其聰明漂亮。」

羅大儒這把年紀見到親戚兼舊友，也很是高興，聽朝雲道長提及江小縣尊家的龍鳳胎倒不陌生，道：「路上聽何家老太太念叨一路，聽說還是你取的名字。」

「是啊，男孩名曄，女孩名曦，如何？」

羅大儒點頭，「挺好。」他又有些想不明白，「你怎麼認了個女弟子？」

「約莫是命裡的緣法吧。」

羅大儒撇嘴，「多少年了，你還是老樣子。」

「你倒不是老樣子，如何蒼老這許多？」朝雲道長說著，很有些傷感，「說來，你年紀還比我小哩。」

羅大儒道：「真個不識大小，明明我比你大。」

朝雲道長擺擺手，做出一副仙風道骨的模樣來，「罷了，兄長不與你計較。」

羅大儒覺得自己才是不計較的那個，由於見到故人，心情大好，就不爭大小了，道：「自從那個賤人死後，我就痛快得不得了。」

朝雲道長道：「倒也罷了。」

「我聽說，他一死你就回了帝都。當時我遠在北靖關，知道消息時今上也登基了，卻沒料到你會來北靖關。」

朝雲道長沉默半晌方道：「那種權勢漸漸敗落的樣子，與母親當年一模一樣。」

羅大儒挑挑眉，朝雲道長既已說開，索性便說開了，「當年離開帝都，我以為怕是再無機會回到帝都了。後來我一直住在蜀中，幾年前，那會兒今上還是藩王的時候，莫如就開始打發人送東西給我。當年母親攝政，先帝長大時就開始偏向胡家與胡貴太妃，時有賞賜看望。我知道母親是不悅的，料想母親當年滋味，先帝在臨終前幾年也嘗過了。那時我就知道，終有一日，我將再重回帝都。」

羅大儒問：「莫如就是皇后娘娘的名諱嗎？」

朝雲道長點點頭，嘆息中有幾分憐惜，「她很是不易。」

羅大儒倒沒這許多感嘆，道：「自來登高位者，誰是容易的？就是先帝那賤人，看他前幾年把江山弄得生靈塗炭硝煙四起，那也是不易的。」

朝雲道長道：「他最終也沒對我下手。」

「大權在握時，你生死都在他掌中。待他至晚年，他既想立今上，自然要考慮到皇后娘娘的立場，他便是不為自己，也得為他身後之人積些德，不說別個，他死了，他那老娘還是要活命的。」羅大儒道：「利弊權衡，他自然不會對你下手。」

不過，想到死對頭死之前要這樣百般權衡，也夠羅大儒痛快的。

說來，一旦開口，羅大儒還真沒啥大儒氣質。羅大儒非但沒啥大儒氣質，他還特八卦地打聽：「你怎麼沒在帝都住呢？皇后娘娘怕也是樂見你在帝都的。謝韜那牆頭草，真不知他家裡人如何。從母系說，皇后娘娘也只你這麼一位嫡親的舅舅了吧？」

朝雲道長道：「我少時就想各處走一走，見到皇后一切都好，我也就放心了。何況，她有她的路，我趁著還走得動，就來北昌府了。說來也是巧，竟不料你在這裡。」

羅大儒道：「我一直在北靖關，初時也頗是不易，後來小黃找了我來，有他在，日子慢慢也好了。之後，項家來了這裡，他家不知是何主意，倒是對我有些關照。我先前在軍中做些抄寫差使，也足以溫飽，後來上了年紀，就辦了個私塾，教孩子讀書。先時今上得立儲位，大赦天下時，我也得了赦免，如今日子還成。」說著，又補了一句：「當然，同你是沒法兒比了。」想著先帝那賤人，自來就與他不合，後來將他流放至北靖關這等苦寒之地，想也是沒安好心，想他死這兒，可他羅靖偏就命大，非但不死，還熬到大仇人先帝先死了。

朝雲道長道：「我倒寧可與你一般流放。」

「你可別說這大話了，我自來身子骨結實才撐得下來。你那身子骨，遇到流放，非交代半道上不可。」羅大儒感嘆，「也是天緣湊巧，不然自讓你我於此地相遇呢。」

朝雲道長笑嘆，「是啊，再想不到的。」

朝雲道長讓竇太醫幫羅大儒診了診脈，看羅大儒的身子可有需調理之處。羅大儒這把年紀，身子骨不可能一點問題都沒有，但竇太醫診下來，羅大儒這身子真沒太大問題，只要開幾劑湯藥調理一二即可。說到自己身子骨，羅大儒道：「流放的路上我一直在修習內息，我功夫雖一般，於身子卻是受益頗多。」

朝雲道長讓聞道去找何子衿要些紅參做的面脂來，羅大儒道：「要那做什麼？」

朝雲道長道：「明明你還要叫我一聲阿兄的，如今瞧著，我倒似你長輩一般。你用一用那面脂，當可恢復一些青春。」

羅大儒氣煞，「你自小就是個膚淺的，你現下去打聽打聽，誰不說我是北昌府第一名儒，就是江小縣尊，也是三延四請，我才來的。臉好有什麼用，沒學問不過一副空皮囊。」說著嘖嘖直嘆，「你這膚淺毛病什麼時候能改一改啊？」

甭看朝雲道長這輩子頗是坎坷，他還真沒受過什麼委屈，哪怕在芙蓉山上做道士，也沒人敢委屈到他，就是薛帝師，朝雲道長想見他，一句話送過去，薛帝師也得立刻報到。更甭提後來朝雲道長有了何子衿這個女弟子，何子衿別個本事沒有，哄人的本事一等一，常哄得朝雲道長高興，故而，朝雲道長很有些小脾氣，見羅大儒如此不識好歹，朝雲道長也不高興了，留下一句：「你就跟著老白菜幫子似的活著吧。」遂也不管他了。

奈何他已叫聞道去要了面脂膏來，朝雲道長還是命人送去給羅大儒，管他用不用。

羅大儒此人呢，在北靖關一帶名聲的確響，不過，此人能就誰大誰小，誰表哥誰表弟的事兒同朝雲道長爭大半輩子，也可見此人脾性啦！

這人的脾性，縱歷經坎坷，也不是容易改的，羅大儒私下同黃老伯抱怨：「你說說，這都什麼歲數了，還是這副脾氣。唉，一不順著他，他就要生氣。」

黃老伯心說，您這性子也不比方公子好哪去。黃老伯一邊喝著竇太醫開的滋補方子，一邊道：「公子也是好心，您不是自詡做哥哥？既是做兄長，自然當讓著做弟弟的一些。」

「總叫我讓著他，我都讓他大半輩子了，也沒見他敬著我啊！」

黃老伯見勸不下來，索性不勸了，又見他家主子不肯用那紅參面脂膏，黃老伯不忍糟蹋東西，聽說有保質期，必要一個月用光方好，超過一個月就不能再用了，乾脆自己收起來用。他老人家非但日日用紅參面脂膏，還跟朝雲道長討了幾根首烏，同竇太醫商量了方子，三不五時就喝一碗，鬧得羅大儒私下同朝雲道長絮叨：「你說，阿黃是不是看中何家老太太了？我看，人家可沒再嫁的心呢！」

朝雲道長險些被這話噎死。

朝雲道長瞪他，「虧你還自稱名儒，你也就這點眼力了。阿黃豈是這樣的人，就是人家老太太，也是正經老太太，兒孫一大把，焉能改嫁？」

「近些天來，阿黃臭美得不行，每天出去接阿曄和阿曦，必要對鏡打扮半刻鐘。」

朝雲道長道：「阿黃自來就是個喜歡鮮亮的。」

黃貞忠甭看一把年紀，生得不大英俊，但愛美之心不看年紀。這位老伯以往是沒條件，自從找到朝雲道長這位大戶，就開始了全方位的改變。他一把年紀，自然不會往花哨裡收拾，一應穿戴皆穩重顏色，就是一頭黃白頭髮，如今也每日用桂花油梳得齊齊整整。再加上他注重保養，朝雲道長自何子衿這裡要的紅參面脂膏都給他用了。在北地這風霜凜冽的地方，對於護養皮膚還真是極有用的，所以黃老伯不過半個月，就有脫胎換骨的意思。

連何老娘都說黃老伯是個齊整人，明明來沙河縣時都差不多的模樣，人家黃老伯很快就顯得比羅大儒年輕五歲一般，把羅大儒給鬱悶得，時不時就對著自家老僕來一句：「這面脂膏首烏湯還挺有效用啊！」

黃老伯一笑，待朝雲道長再送羅大儒面脂膏何首烏之類的東西時，羅大儒就沒再拒絕，朝雲道長都說：「還是阿黃你有法子啊！」

黃老伯一笑，「主子就是這麼個脾氣，他知您的好意，只是，他年輕時不注重這些，如今一把年紀了，自然更不看重了。」

朝雲道長沉默無語，羅靖不重這個，他卻是不忍看他如此蒼老模樣。

朝雲道長暗暗關心著羅大儒，也沒放鬆對阿曄和阿曦的教導，有時興哥兒也會過來，以致於朝雲道長偶爾都會感慨：生活實在太充實了！

羅大儒不是朝雲道長這樣的性子，甭看他們少時就有交情，但兩人的性子完全不同。羅大儒不是朝雲道長這種遠端謀算之人，羅大儒一向是著眼於眼前的。既被江念請來了，且江念何子衿與他家表弟方昭雲又是弟子與弟子女婿的身分，羅大儒也就沒再端著架子。教書什麼的是，自是羅大儒的老本行，只是此人非但精於傳道授業，對於衙門的錢穀、刑名之事亦是精通，羅大儒略指點一二，皆是說到點上，江念如獲至寶。

羅大儒是可靠之人，江念敬他如長輩，對於心中之事，也就沒什麼不好意思請教的了。江念就說了先許縣尊遇刺之事，江念道：「張知府和余巡撫問我先許縣尊一事不足為奇，畢竟先許縣尊一縣之首，為人所刺，而遲遲捉拿不到賊人，上峰自是不悅的，可紀大將軍原是武官之首，我不解的是，為何紀大將軍也會提點我此事呢？」

羅大儒微微一笑，「縣尊真是當局者迷了，余巡撫之妻謝氏，出身帝都謝家，謝家早便是帝都有名的書香門第，族中科舉之人頗多，代代皆有進士出身的子弟為官。何況，如今謝皇后就是余太太的娘家嫡出侄孫女，謝家因謝皇后得封承恩公，今位列公府，何等顯赫。朝中親貴之事是瞞不過余巡撫的，縣尊怎麼忘了，你們是同誰一道來北昌府的呢？」

江念茅塞頓開，「先生是說朝雲師傅？」

羅大儒含笑道：「昭雲如今雖無權無勢，但他出身顯赫，輔聖公主亦是葬於帝陵的，況有皇后娘娘在。皇后娘娘就這麼一位嫡親舅舅，再者，憑先帝心性，怕就是臨終前也不放心昭雲的，昭雲今雖出了帝都，帝后亦會關注於他。關注他，自然會關注他所在之地。此地竟有前縣尊遇刺身亡之事，倘不及時解決，不要說於縣尊風評不佳，就是帝后二人怕也會多想。就是知府巡撫之流，吃個掛落什麼的也不稀罕，他們自然是急的。」

羅大儒點破此事時，江念就想明白了，可依舊不明白的是：「那紀大將軍又是為何？」

羅大儒皺眉思量，道：「紀大將軍心思一向不好預料，此事他既是明說，他之意，待先許縣尊遇刺之事水落石出之時，必可得知。」

江念要重查許縣尊之案，何子衿琢磨著，許縣尊這案子，按她前世就相當一縣縣長遇刺身亡，而且耽擱這許久也沒能捉到行凶之人楊大谷，說不得其間就有什麼不得了的內情。

何子衿腦洞一開，立刻腦補出無數奇詭案情來，「是不是許縣尊真凶另有其人？」

江念有些奇怪，「姊姊如何這般想？許縣尊之死有人證，再作不了假的。」

何子衿聽這話也有些奇怪了，「難不成許縣尊就在大庭廣眾之下遇刺，這麼些人就眼瞧著也沒捉到賊人？」倘是如此，許縣尊身邊之人起碼是護衛不嚴，都要入罪的。

江念道：「倒也不是。」這才說起先許縣尊遇刺之事。

原來許縣尊有一癖好，最愛吃沙河縣老楊家的八珍湯，那八珍湯必得是早上新做的才好吃。因許縣尊愛這一口，楊家每天早上都給縣尊老爺送新做的八珍湯。這楊家的飯鋪子，就是楊大谷家開的。不過，楊大谷不會做八珍湯，會做此湯的是楊大谷的父親。平時去送八珍湯的，也不是楊大谷，而是楊大谷的弟弟楊二谷。那天楊二谷頭一天晚上就不舒坦，故而，送八珍湯的就換了楊大谷。許縣尊有早上晨起練字的習慣，楊大谷送完八珍湯就回了，結果下人再去找許縣尊，見人已死在書房內，半碗八珍湯潑灑在地。

何子衿道：「楊大谷又不是失心瘋，總不能平白無故就去刺殺一縣縣尊吧？」

江念嘆口氣，「這裡頭自然有緣故。」

何子衿見不得人這麼問一句答一句，瞥江念一眼，「你倒是一口氣說完啊！」

江念此方說了內情。內情也簡單，許縣尊愛吃楊家的八珍湯，楊家也樂意免費送給許縣尊來吃，誰知許縣尊吃了幾日楊家的八珍湯，就相中了楊家的閨女。要說小門小戶的女孩兒給縣尊做小啥的，也不是什麼稀罕事兒。雖說許縣尊年紀有些大了，但說好了，生下兒子立刻抬二房，而且給予聘金頗多，楊家也就樂意了。不樂意的是楊大谷，楊大谷覺得，妹子連個二房都沒做上，這簡直就是沒名沒分地過去服侍縣尊。許縣尊雖沒將楊姑娘納為二房，卻是給了楊家五十兩銀子。這銀子不少了，就是一般小地主家娶親，也就這些聘金。楊家一見這聘金，就不管閨女是去做二房還是去做丫頭，高高興興把閨女送了去。

後來，這楊姑娘還真有了孩子，就是沒料到生產時一胎兩命，母子二人共赴黃泉。

楊姑娘過世，許縣尊還傷心得小病一場，之後給了楊家百十兩銀子，楊家也就沒什麼話了，還日日給許縣尊送八珍湯。不料，楊大谷烈性，竟趁著送八珍湯的機會殺了許縣尊。

更讓人懷疑楊大谷的是，殺了許縣尊之後，他就走得無影無蹤了。

何子衿道：「這事也可疑，怎麼許縣尊身邊就沒個近身服侍的人？」

江念微微一笑，「所以說要徹查嘛。就是楊大谷，倘他是真凶，殺人之後自然遠走，如何還會再回沙河？姊姊記不記得，咱們剛來赴任，馬縣丞就與我提過，他們得到信兒要去捉查楊大谷，可惜被他跑了。要擱誰，犯下此殺人命案，哪個還敢回家呢？」

何子衿叮囑江念：「你既要查明此案，自己也要小心才好。」

「姊姊放心，我曉得。」

何子衿又說一句：「待這事查清楚，可與我說一聲。」

江念笑應，又問起何老娘起居可還適應，何子衿道：「適應得不得了，昨兒莊太太帶了煎小魚過來，祖母說那小魚煎得焦香味兒好，今兒我叫廚下又做了。」

江念笑道：「甭看莊太太嘴碎，煎小魚兒的本事一般人比不了。」

何子衿道：「她家裡孩子多，嚼用也大，祖母來咱們這裡，別的太太奶奶見了都有孝敬，她家裡銀錢不豐，就做些吃食送來。她走時也沒讓她空過手，點心會包些給她帶走。」

何老娘自從來了沙河縣，甭提多滋潤了，江念公務忙，何老娘也沒覺得如何，就是以往在帝都，江念也是要早起五更去衙門當差，今做一縣之長，忙是正常的，不忙才不正常。

江念忙啥的，何老娘一點意見都沒有，就是時常叮囑廚下燉些雞湯魚湯豬腳湯的給江念補身子。大夏天的，硬把江念小臉補得紅潤潤的。

其餘的，何老娘一來就操持著給自家丫頭片子曬乾菜。她老人家雖是初來北昌府，卻是早就打聽清楚了，北昌府冬天沒別的鮮菜吃食，除了蘿蔔白菜大蔥山芋的還能放窖裡存放，鮮菜都難以保存，故此，要提前備下乾菜，將來以做吃食。

何老娘是個巧手，除了乾菜，還指揮丸子帶著府裡新買的丫鬟做了許多泡菜酸菜，以備冬天食用。何老娘說：「可惜咱們來晚了，倘是春天，正好做醬，就能醃些醬菜了。」

何子衿道：「這也是。我想著，我娘的醬菜鋪子開在北昌府，定能賺不少銀子。」

何老娘笑，「是啊，只是如今誰有空打理呢？」

何子衿道：「等阿仁哥回老家，看可有勤快的族人願來，也算是一門營生。」

何老娘感慨：「這也是呢。如今咱們在這裡，這生意啊只要肯幹，可是好做的。」又說起以前來：「妳娘剛做醬菜鋪子時才不易，每個月還要打點衙門些銅錢，跟現在沒法兒比。」

何子衿笑，「可見咱們日子是越過越好了。」

「那是！」何老娘才來沒幾天就收了不少東西，雖沒什麼值錢的，但也有衣料、點心及藥材等物，更甭提每天過來說話的太太奶奶們，見了她老人家淨是說好話。

何老娘覺得，自家丫頭片子除了不大會過日子外，福氣還真是一等一的好。

尤其何老娘自打來了沙河縣，她老人家說起話來，比何子衿純顯擺皇后娘娘所賜的瓔珞更見排場，因為何老娘直接把太皇太后她老人家給顯擺出來了，還說沙河縣這一眾沒見過世面的：「不是我說大話，妳們才活了幾歲，見著這瓔珞就覺稀奇了，當初我那丫頭去太皇太后她老人家的慈恩宮服侍，太皇太后她老人家賞的那個，怕是妳們更沒見過了。」

何老娘將話一頓，接了余嬤嬤遞上的茶，慢呷一口，做足了排場，方繼續道：「慈恩宮，知道不？太皇太后她老人家住的地界。說來那會兒先帝還在世，太皇太后還是太后哩！妳們知道太后與太皇太后的差別不？」這話甭看淺顯，在何子衿看來，這完全是常識啊，但說實在的，這種常識，沙河縣一半的太太奶奶不知道。

何老娘就跟這些人說了，太后是皇帝他娘，太皇太后是皇帝他奶奶，輩分不同。

何老娘這一通顯擺，直把沙河縣的太太奶奶們聽得大開眼界。有何老娘這一坐鎮，何子衿見過大世面這事再無半人懷疑，就是閻氏和金氏二人，每每想到自己當初竟笑話過縣尊太太那寶貝是假的，面上就很有些灰灰的。

何子衿還同何老娘道：「我的天啊，我以為她們都知道呢！」

怎麼就連太后與太皇太后的差別都不曉得呢？

「知道啥啊？小地方窩著的，沒見過世面，哪裡能知道？」何老娘心說，要不是兒子和孫子這麼念書奔前程做官啥的，她也不曉得太后與太皇太后有啥區別。

何老娘道：「妳平時看著伶俐，說起話來這般粗心，怪道人家都說妳那寶貝是假的。」

何子衿大驚，「哎喲，祖母這才來幾日，如何這事也給您老人家知道啦？」

何老娘得意地將嘴一撇，「我有啥不知道？」

何子衿猜都不必猜，篤定道：「定是莊太太同祖母說的。」

何老娘道：「莊太太是個實誠人哩。」

何老娘覺得莊太太是個實誠人，莊太太也覺得何老娘是個實誠人，在家與婆母道：「以前我覺得縣尊太太就是一等一的好人，如今她家老太太來了，更是個大好人。」說著，莊太太感慨道：「我算是明白了，越是見過大世面的人，人家越是待人和氣。那些沒見過世面的小鼻子小眼睛，才愛拿捏算計人。婆婆您是沒瞧見，縣尊老太太可是見過大世面哩，帝都城的事兒，我聽著都覺大開眼界。」

莊老太太也覺得縣尊一家人不錯，尤其是兒媳婦時常煎小魚帶過去給縣尊老太太嘗。虧得人家瞧得上，還時常叫她這兒媳婦帶點心回來。莊老太太有些心疼油鹽和買小魚的銀錢，不過也知道要同縣尊家搞好關係，同媳婦道：「既然人家老太太愛吃妳煎的小魚，妳不若時常煎些過去奉承，那魚也不值啥。」

於是，莊太太經常過來送煎小魚，終於把何老娘給吃得上了火，一說話就乾渴得很，虧得有竇太醫醒了些龜齡膏，給何老娘時時吃著，才把這火氣給壓了下去。

何子衿道：「說了要少吃的。」

何老娘道：「也沒吃幾日，我每要吃總有妳念叨，哪裡敢多吃？我這興許是從北昌府到沙河一路上積的火，如今發出來也好。」然後她老人家就轉移話題了，「我看咱們的乾菜晾得差不多了，妳這就收起來吧，留著待天冷了，沒菜吃時再拿出來吃。」

何子衿道：「昨兒阿念與我說，要我再多曬一些，今年縣裡書院有邵舉人講課，招到的小學生比以往多了許多，縣學裡正收拾屋子，說是遠道而來的小學生可住在縣學裡。多曬些乾菜，以後給縣學裡用，省得離家遠的孩子們吃不上。」

何老娘道：「總不能都是你們兜著吧？」

「那也不是，一應花銷都會入帳，就是幫著曬些菜乾，做些泡菜酸菜之類的。」

何老娘笑，「這不麻煩，無非就是多忙活幾日罷了。以後小學生們念書念出來，這也是咱家的功德哩。」說到縣學的事，何老娘道：「妳說，要不要讓興哥兒去學裡跟著念書？」

何子衿道：「興哥兒還小呢，先跟著朝雲師傅玩唄。現下不過是念些蒙學，朝雲師傅隨口就教了他，到學裡也是一樣。」

何老娘再次感慨：「朝雲道長可真是個大好人。」

興哥兒跟著她老人家來了沙河縣，也不能一個人玩，何子衿就把他擱到朝雲道長那裡，同阿曄和阿曦一起玩了。其實興哥兒不大喜歡跟小娃娃玩，好在朝雲道長隨口便能教興哥兒些啟蒙書籍啥的，然後興哥兒就變成朝雲道長的小助手了，幫著帶龍鳳胎。

興哥兒每每傍晚都要跟他姊他姊夫告龍鳳胎的狀：「阿曄就是個欠捶的，他學說話快，阿曦越說不出來，他越叨叨個沒完，還笑阿曦。阿曦捶他兩下，他就要哭，還成天攛掇阿曦幹壞事，朝雲師傅那牡丹，就是他攛掇阿曦拔的，害阿曦中午沒有蒸蛋吃，他自己吃得飽飽的，還朝阿曦拍肚皮，阿曦又捶了他兩下，他才老實了。」

何老娘大為驚喜，直道：「哎喲，咱們興哥兒這說話說得越發流利啦！」小孫子說話比較晚，平日裡哪裡說過這麼大段的話。

興哥兒嘴硬上絕對遺傳何老娘，他道：「我以前就這樣。」

何老娘笑呵呵的，不與小孫子爭辯，「是啊是啊，咱們興哥兒一直流利來著。」

何子衿就得教育龍鳳胎，說阿曄：「你真是個壞小子！」又拍拍阿曦肉乎乎的小手，

「妳別總打哥哥呀！」

阿曦說話不若阿曄伶俐，拿小臉蹭母親的臉，一個勁兒撒嬌。阿曄也想去蹭母親，奈何他沒有妹妹力氣大。這小子壞，拿胖手捅阿曦的小肚子。阿曦渾身癢癢肉，被阿曄一捅，笑得險些從她娘身上掉下來。阿曦一動，阿曄趁機占據了他娘懷裡的有利地形，很是蹭了他娘的臉兩下，還奶聲奶氣地說：「不壞不壞！」就說了兩句，便被剛剛止了笑的阿曦一拳捶臉上了。阿曄嘴一癟，哭了起來。

興哥兒在一旁背著手，裝模作樣地做大人樣，說道：「我說吧，他們總是打架。」然後雙手一攤，感慨道：「實在太難帶啦！」

龍鳳胎就在這打打鬧鬧中成長著，秋風乍起時，許縣尊一案終於有了眉目。

先許縣尊被刺之事，何子衿想著，也就是個殺人案，頂多再牽扯出一些許縣尊馬縣丞等人爭權的事來。或者裡面有些貓膩，譬如許縣尊死得忒容易了些，卻未料到是驚天大案。自許縣尊被刺之案，牽連出了北靖關糧草倒賣，以舊摻新，剋扣轉賣一條龍的利益關係。

相對於北靖關軍中糧草之事，先許縣尊被刺反給襯得有些不起眼了。

要知道，北靖關屯兵十萬，每年糧草軍用絕非小數目，如沙河縣夏糧秋糧，都是收到州府後大部分充作軍糧的，糧草不夠時還要往他處徵調，可想而知，就是以陳充新，這條利益鏈有著何等暴利了。

沙河縣甭看地方不大，卻是利益鏈中的一環。許縣尊死前已開始調查此事，結果事兒還沒查明白，就被人幹掉了。再說一句，幹掉許縣尊的確實是楊大谷，但楊大谷絕對是被人算計的。楊大谷性子衝動，別人拿他妹妹死的事一激，他就認為自家妹妹之死與許縣尊的妻子有關，覺得是許太太害死他妹妹。當然，此事到底如何，許太太早已扶靈還鄉，這事已是無頭案了。不過，殺許縣尊的確是楊大谷，可也有馬閻二人暗中相幫，不然楊大谷一介閒漢，哪裡就能順順利利一刀捅死許縣尊呢？馬閻二人當天賄賂了許縣尊身邊之人，將人暗地支走，由此楊大谷動手，許縣尊一命嗚呼。

要說楊大谷殺人一案好查，人證物證都有，馬閻二人之人證物證，則不好取調了。江念能查明白，這裡頭多虧了段氏。說來，馬縣丞為著前程將髮妻段氏休棄，還真是一步昏招。段氏何等心性手段，讓賢之後無非就因著孩子因著生計，讓馬縣丞與閻氏三分罷了。江念不過略作挑撥，閻氏就能去抽段氏耳光，馬縣丞連個屁都不敢放。今日能抽段氏耳光，明日是不是就能直接要了段氏的命？而馬縣丞此等無情無義之人，今日不作為，難道指望著將來沒命時他會站出來說句公道話？

段氏這等心明眼明之人，何子衿略伸手，她必能搭得上。有了新靠山，馬縣丞自然不是不可棄的。當然，段氏也與江念明說了，她畢竟是馬縣丞前妻，縱提供證據也是私下提供，還請江念留些情面，莫將此事說出去。

因此，馬閻兩家人倒臺。

在閻典史掌縣裡三班多年，當時江念還是著人去了北昌府，請張知府派了府兵前來，方將閻馬二家拿下。捉拿此兩家時，整個沙河縣還爆發了一個小型戰爭，何子衿和何老娘帶著孩子丫鬟都避去了朝雲道長府上。

江念先設鴻門宴，拿下馬縣丞及閻典史，然後帶著府兵圍了馬閻二府，直接打殺起來。馬縣丞家還好說，馬縣丞本身就不是啥有根基的，他在沙河縣的地位，全因娶了閻氏而來。只是閻氏囂張，竟將帶兵的莊巡檢一巴掌打腫半張臉。莊巡檢這沒用的，居然也不敢還手，倒是州府來的程捕頭厲害，一腳將閻氏踢飛出去，閻氏當下就被踹到地上爬不起來。程捕頭一揮手，手下人便衝進來，將馬縣丞府上上下下都抓拿起來。

閻典史雖已被江念拿下，閻家卻不是好相與的，府兵將閻家圍起來，發現裡頭藏有私兵刀劍。這倒也不足為奇，倘不是知曉閻家有些打手，江念不至於去向州府求援。奈何沙河縣地方就這麼大，閻家哪怕地頭蛇，也不是啥大蛇，他府裡能有多少人，頂多上百人，如此，連打帶嚇一個多時辰，閻家的大門總算是轟開了。

閻家毀了不少東西，江念也不怕，直接把閻家給抄了。人家州府的兄弟們不能白來啊，抄的閻馬兩家所得，州府的官兵拿三成，另七成，四成算作貪贓，另外的三成由江念分給縣裡跟著他過來的巡檢司等人。

接下來就是審案，北靖關紀大將軍審的是軍糧貪墨之事，江念審的是馬閻二人謀算殺害許縣尊一案。還有就是，馬閻這兩家先時乃縣中霸王，就閻氏那能把未婚夫翁家少爺給去勢的性子，其閻家為人可想而知。先時與閻馬兩家有過節的，受欺負的，被搶閨女奪良田的，黑社會徵收保護費的，一時間，冤案如雪花般飛來，把江念小縣尊忙壞了，嘴角起了兩大燎泡，讓他家子衿姊姊心疼極了，連何老娘也放下曬乾菜的活兒，關心起江念的身子來。

江念案子要審，馬縣丞與閻典史二人一去，接著就是整個衙門三班十房，也要該收攏的收攏，該打壓的打壓，該閒置的閒置。另則，縣丞典史都是有品階的官員，此二人入了大獄，新的縣丞典史，還得等著上頭分派，尤其是縣丞一職，必得舉人功名方可。典史倒是可自縣衙中提拔，江念便提了莊巡檢為典史，莊巡檢感激得要命。當然，江念提拔莊巡檢，一則是因莊巡檢在查抄馬閻兩府時有功，二則也是在莊巡檢的幫助下，捉拿到了楊大谷。這並不是莊巡檢背信棄義什麼的，楊大谷先時是縣裡的閒漢，與莊巡檢是認識的，但也沒有先時馬縣丞說的莊巡檢給楊大谷通風報信之類，這也是馬縣丞等欲除莊巡檢所用的罪名罷了。

莊巡檢立此功，江念自然要賞他。

縣丞一職，自從馬縣丞下了大獄，簡主簿就成天在江念跟前奉承，簡太太則是每天在何子衿這裡說話，另外暗地裡沒少孝敬。江念與何子衿夫妻自是知道簡主簿是眼紅縣丞之位，江念不在意誰做縣丞，他得了沙河縣大權，誰做縣丞也不可能是第二個馬縣丞了。

簡主簿是縣裡老人了，雖就是個牆頭草站乾岸的，因一下子幹掉馬閻二人，江念也不願意把簡主簿幹掉，畢竟眼下衙門裡頗有些草木皆兵的意思，江念想緩和，省得把衙門的官吏們嚇著。江念這裡鬆了口，簡主簿便忙不顛兒去州府打點了。

何老娘這些天都得簡太太孝敬了一對斤兩十足的赤金鐲子和兩匹上等提花料子，把何老娘鬧得又是驚喜又是擔憂，私下問自家丫頭片子，她這算不算收賄受賄。

何子衿安慰老人家道：「這不過是尋常人情往來，哪家人情往來也得送些東西呢，祖母只管收著，別往外說去就是。」又悄悄說了緣故。何老娘聽說簡主簿欲謀縣丞之位，也就安心收了東西，尤其那對赤金鐲子，還特意擱在了箱底，想著過些日子找個金匠把鐲子化了，另打一對別個花色的，省得叫人知道是簡主簿家送的。

何老娘收了東西，與自家丫頭片子道：「我聽說那天還打仗來著，這總算把賊人拿下了，咱們出門也要小心著些。」

何子衿點頭，「我與朝雲師傅要了幾個侍衛放在阿念身邊了。」

何老娘很是贊同，道：「小心駛得萬年船。」

貳之章

賞雪垂釣作冰嬉

沙河縣民風開放，哪裡人都是惜命的多，不要命的少，何況沙河縣此案牽連出北靖關軍糧貪墨案，據說陛下震怒，整個北昌府受牽連的大官小吏不知凡幾。北昌府至北靖關，凡經手糧草的官員，泰半都被或入罪或申斥，連北昌府張知府都受了訓斥，如紀大將軍、余巡撫則是無礙的，無他，軍糧一案是由此二人揭露出來的。

自牽出軍糧案來，江念與羅大儒感慨道：「怪道余巡撫與紀將軍都提點我許縣尊一案，怕是二位大人都是心裡有數的。」

羅大儒道：「牽一髮而動全身，這一髮從哪裡牽起，如今看來卻是自沙河縣牽起的。」

為何是沙河縣，而不是其他縣呢？

其他縣可沒皇后娘娘她舅，輔聖公主的兒子在。

趁著帝后關注朝雲道長，余巡撫與紀將軍趁勢揭發軍糧案，也算整肅北昌府的官場了。

整個許縣尊案子審理清楚，江念報到州府，州府再報到刑部，待案子判下來，沙河縣迎來了第一場暴風雪。真的是暴風雪，蜀中極少下雪，冬天不過兩三場雪就過去了，帝都雪是常見了，但最多就是鵝毛大雪。北昌府卻是不同，那雪似是在半空就被烈風朔雲凍成了細碎的冰渣，竟不是靜寂無聲飄落，而是小冰淩似的帶著那徹骨寒意呼嘯而至，拍在窗上門上房頂瓦片上，彷彿要將整個大地都冰凍上一般。

江仁等人原還想著待冬天回帝都，這場雪一下，哪裡還走得了？

好在自從抄了閻馬二府，江念算是發了家，他於人事上向來大方，連帶著先時一起來的余鏢頭等人，索性就住在沙河縣，如今就給江念做近身侍衛。江念也不薄待他們，包吃住四季衣裳，每個月五兩銀子，這些人也高興。

這般暴風雪，何子衿與興哥兒帶著龍鳳胎，在何老娘屋裡烤芋頭吃。小芋頭秋天曬乾，冬天在炭火裡慢慢煨熟，那味道如甜糯的栗子。

何老娘道：「原我說前兩日就回去，妳不讓，看吧，這一下雪，還如何走？」雖然在丫頭片子這裡住得滋潤，有人送禮有人奉承，但她老人家是個傳統的人，過年定得跟著兒子過。

何子衿聽何老娘絮叨八百回了，隨口道：「走不了就不走唄，哪就非得回去過年，在我這兒是過不了年還是怎地？」

「不是這麼個理兒，我要不回去，妳爹他們這年可怎麼過？」

何老娘剝個烤芋頭，放涼了給阿曦一個。阿曦出牙了，愛啃烤芋頭。阿曄也在出牙，不過阿曄不喜歡吃太糯的東西，怕噎著。阿曦很有禮貌，得了烤芋頭，張開長了兩顆牙的嘴巴，樂呵呵對何老娘喊：「祖兒祖兒。」她不會叫曾外祖母，就簡稱「祖兒」。

何老娘高興地摸摸阿曦的小臉，「好丫頭，吃吧。」

阿曦啃烤芋頭，阿曄坐在小板凳上，小身子坐得筆直，一臉嚴肅，彷彿在思考人生。間或白他妹妹一眼，糾正道：「曾外祖母。」這小子發音準確又標準。

阿曦只顧啃芋頭，根本不理她哥。

何老娘笑得肚子疼，直道：「瞅著阿曄和阿曦，我起碼還得再活三十年。」

何子衿逗趣：「三十年哪夠，起碼再活三百年。」

何老娘哈哈樂，擺手道：「那不能，那不能！」

何子衿與何老娘帶著孩子們烤芋頭吃，江念、江仁和余鏢頭等人吃酒，幾人商量著待雪停了，去榷場那裡找一找去帝都的商隊，好給家裡帶信回去，待明年開春才能回家了。

江念道：「何須麻煩？年下州府必有送往帝都的請安摺子，許多人都是託差兵帶信，只要多付些腿腳錢。你們有信只管寫來，我令人送去州府，託岳父尋了去帝都的差兵帶去。」

余鏢頭等人連忙謝過，江念擺擺手，「不必如此，我年下也要給義父家去信的。」

江仁呷口熱酒，道：「待過了今冬，開春後我就回帝都一趟，看看阿琪她們母子，還有咱們的生意也得料理一二。」

江念點頭，「阿仁哥回去看看，要是阿琪姊身子結實，孩子也壯實，不妨夏天一起接來，有子衿姊姊在這兒，也能做個伴。」

江仁有些猶豫，「只怕你嫂子他們一來，家裡老人孤單。」

江念道：「不如一道接來，不過是添幾輛車馬的事。老家的宅院與族人看著，地畝租出去就是，再找個相熟可靠的族人幫忙看著。江大伯和江大娘來了，正好一道過日子。」

要不說，為啥古代當官就是拖家帶口，自江念這兒就能知道了。沒自己人真不行，就江念初來赴任，外務一些事多虧了江仁，而此次處理了馬閻二人後，連帶著馬閻一干勢力，江念也沒留他們過年，該打壓的打壓該罰銀的罰銀，還有諸如先時馬財主那供應軍糧的差使，也早沒了的，江念肥水不流外人田，與江仁商量後讓江仁接了過去。

這供應軍糧的生意，自然非書鋪之類可比，江仁倒是樂意把老婆孩子都接來，就是不知老爹老娘還有祖父願不願意。倒不必擔心北昌府水土不服還是啥的，端看何老娘何恭等人都能適應，就是江仁自己也挺適應北昌府的氣候，再加上江念這麼一勸，江仁頗是意動。

余鏢頭幾人聽著江念江仁商量著接江家家眷來北昌府的事，心裡亦頗有些意動，不為別個，跟著江念，絕對比他們在外跑鏢的好，掙的多也安穩，且很體面。不說一個月五兩銀子的月銀，就是平日吃穿用度都不必錢的，何況江念不小氣，上次抄馬閻二府，余鏢頭等人也出了力，後來江念分銀子時，也有余鏢頭等人的一份。

江念素不虧待人，余鏢頭等人跟了江念這些時日，也知道江念來的時候帶的人少，今見江仁要接了家小過來沙河縣長住，余鏢頭就琢磨著什麼時候也與兄弟們商量，看兄弟們可有留在江小縣尊身邊的意思。

余鏢頭想著，越發殷勤給江念端了一碗蒸鹿血，笑道：「縣尊嘗嘗，這是俺們幾個前些天去山上獵的。這北昌府是好地界，鹿啥的多的很，割了鹿茸，這是鹿血，最是滋補的。」

這一屋子男人，媳婦都不在身邊，原就空曠久了的，余鏢頭等人有的還在外頭那啥過，江仁卻是守身如玉。倒不是江仁如何堅貞，皆因何老娘時常絮叨他，說起他這麼大老遠的不在家，家裡何琪一人帶孩子如何艱難云云，鬧得江仁不堅貞都覺得自己不像個人了，故而，這蒸鹿血雖甚是滋補，但除了江念，沒人要吃。

江念自打成親做了父親，在這上頭也放得開，微微一笑，「那我就不客氣了。」便慢慢將一碗蒸鹿血吃了。江仁與余鏢頭幾人撈著熱鍋子裡的鹿肉，吃得不亦樂乎。

當晚江念被這一碗鹿血鬧得，很有些激動過度。

待第二日雪停了，江念出門一看，虧得門前有廊簷，院中積雪足有一尺深。江念忙掩門回屋，同子衿姊姊道：「昨晚下了一尺厚的雪，子衿姊姊多給寶貝們穿衣服。」

「知道。」何子衿叫丫鬟把熏籠上烤著的狐皮小披風拿過來，給阿曦套一件。江念接了一件，給阿曄穿在了棉衣外頭。這披風不是成人那種繫帶子的，是何子衿照著前世蝙蝠袖的披肩款式做的。小孩子繫帶子容易脫開，這披肩便做成扣子式樣的。

兩個孩子有些按捺不住想出去玩了，阿曦一個勁兒往外瞅，「雪！雪！」

阿曄板著小臉說他爹：「快穿，行不？」嫌他爹幫他穿衣慢。

江念道：「嫌我慢你自己穿。」

阿曄翻白眼，「不會！」

江念直跟何子衿道：「阿曄總翻白眼是咋回事？」以為兒子眼有毛病呢。

「瞪你唄，能有咋回事？」把兩個小的打理好，何子衿又給兩人戴上小手套，與江念一人抱一個，過去向何老娘請安。江念還說阿曄：「小屁孩一個，還會瞪人了。」

阿曄又對他爹翻了個大白眼。

小夫妻還未出房門就幫寶貝們戴上帽子，圍得嚴嚴實實的，抱在懷裡像抱著個棉團子一般。只是剛出門，寶貝們哪裡還要抱，扭著身子要自己走。何子衿與江念道：「快走！」

江念很想鍛煉孩子們，把阿曦放下，道：「都會走了，要走就讓他們自己走唄。」還說子衿姊姊：「姊姊別太嬌慣孩子們了。」他這話音還沒落，阿曦就腳一蹦，摔地上去了。

院子積雪厚，江念一看閨女摔了，心疼得連忙去扶。阿曦一向結實，半點不嬌氣，根本不必她爹扶，自己俐落地爬了起來，然後跑到雪裡兩手一張。這回可是故意的，又摔雪裡去了。她小小人生第一回見著雪，喜得直叫喚：「哥！哥！」

阿曦一邊叫喚，一邊被她爹從雪地裡撈了起來。江念見閨女沾半身雪，又氣又心疼，閨女卻還傻樂。江念幫閨女拍雪，絮叨道：「我的傻閨女，雪地裡多冷啊，妳冷不冷？」

阿曦嘿嘿直樂，「不冷不冷！」

阿曦也想下去跟他妹妹一樣感受雪的魅力，何子衿不肯放，嘴裡說江念：「叫你快些，你非放她到地上。」

「我這不是不知道咱閨女這般生猛嗎？」江念忙與子衿姊姊一道抱孩子去何老娘屋裡，其間甭管閨女如何要求下地行走，江念也不說要鍛煉孩子了。

何老娘人老覺少，已是起來了。興哥兒正在院子裡吭哧吭哧堆雪人，見著姊姊和姊夫，跑過去叫喚，江念道：「興哥兒冷不冷啊？」

興哥兒伸出兩隻戴著鹿皮手套的手，鼻尖汗晶晶的，笑道：「不冷！」又道：「姊姊、姊夫，一會兒把阿曄和阿曦給我做幫手啊！」

江念帶著興哥兒進屋，「你也趕進來吧，小心凍著，凍病了可是要吃苦藥湯的。」

何老娘見著孩子們很是高興，還說：「咱們阿曦和阿曄也起來啦。」

兩人奶聲奶氣跟何老娘問好，阿曦話還說不大清楚，就三個字「祖兒好」，而阿曄說話清楚，一字一頓的，把「曾外祖母好」五個字說完，就叫著阿曦跟興哥兒去外頭玩了。

江念忙攔著，「在屋裡玩吧，一會兒就吃飯了。」

阿曦奶著小嗓子道：「外頭！」

阿曄也要去外頭，何老娘道：「多穿些，去玩吧。」

江念怕孩子凍著，何老娘道：「只要穿得暖，凍不著。這養孩子，總在屋裡不接地氣，容易生病。你們小時候也這樣，下場雪跟多稀奇似的。」

興哥兒帶著兩個小幫手堆雪人去了，有丫鬟小沙小河看著，不令他們脫衣裳脫帽子，倒也無礙。待得早飯時，幾個人都累得多吃半碗飯，江念道：「可見是幹力氣活了。」

吃過早飯，三小就去朝雲道長那裡玩了。

前馬縣丞前妻段氏過來說話，自馬縣丞入罪，段氏那裡的生意也受了些影響，好在她時常來縣衙，與何子衿關係好，別人見段氏在何子衿面前說得上話，也就不敢太過。段氏今天來說的是自己立女戶的事，馬縣丞倒臺，段氏得有個出路，她乾脆自立了女戶，就是孩子們的事兒，這年頭想把孩子落在女人的戶籍上，可不是易事。

何子衿險些當場應下，因為她骨子裡就認為孩子爹已是不成了，監護權自然應該在母親這裡，可轉念一想，這個年代並非如此，男人縱是死了，孩子的撫養監護權也應該是在家族之中，什麼堂叔堂伯的，於監護權上，反在和離的母親之上。不過，何子衿仍道：「這事我問一問相公吧，妳反正落戶在這裡了，看能不能怎麼著把孩子落到妳戶籍上。」

段氏感激不盡。

何子衿同江念說這事時，江念道：「段氏有沒有提閻氏生的兒女要如何？」

何子衿道：「閻氏生的孩子，與段氏有甚相干？」雖是姓馬的，閻氏如何嫁給馬縣丞的，後來如何抽段氏耳光的，段氏只要不是聖母附體，是不會管閻氏所出之子的。

江念見子衿姊姊這般說，也就不提了。反正閻家已是抄了，閻典史等一干人都下大獄，只是閻氏身為女眷，雖是性子可惡，卻也不什麼大罪，關了幾日，就將她放出去了。閻氏所出子女，自有閻氏做主吧。江念素不喜閻氏這等女人，她的事自然不會多理，把閻氏放出去已是寬厚。江念想著段氏的事，既是要將段氏所出子女落於段氏戶籍上，還需馬縣丞出個自願將子女歸於前妻的文書方可。

何子衿道：「這事我說與段氏，只要馬縣丞明白，就知道孩子跟著誰好。」

段氏根本不必再使出手段，馬縣丞最知好歹的人了，段氏去牢內看望馬縣丞，一提及此事，馬縣丞立刻應了。馬縣丞形容不大好，想也知道，如馬縣丞這樣的罪名，如何好得了。一場大雪過後，幸而沙河縣的大牢有半截是建在地下的，牢裡有的是乾草，段氏也曾打發人給馬縣丞送些棉衣棉被，馬縣丞沒凍著，只是整個人的精氣神都沒了。

馬縣丞提筆之前，竟與江念心有靈犀了，馬縣丞道：「大廈已傾，閻氏的性子，怕是養不好孩子的。」說著露了懇切之色，「妳能不能……」

「閻氏子女，與我有何相關？」段氏淡淡反問。

馬縣丞嘆口氣，低聲道：「我知，終是我對不住妳。」

「你是對不住我。」段氏冷冷道。

馬縣丞提筆欲寫，又道：「當初……」只說了兩個字，卻是再說不下去，待文書寫完，馬縣丞方道：「當初妳就是恨我的吧？」

段氏譏誚一笑，「我不恨你，難道還尊你敬你不成？」

馬縣丞又是一嘆，自牢中望去，段氏仍似舊時模樣，髮間一支赤金雀釵十分耀眼，馬縣丞道：「知道妳還好，我就放心了。」將孩子的轉讓文書交給了段氏。

段氏接了文書，細看一遍，轉身離去，再未回頭。

段氏拿到文書，江念便命簡主簿去將手續給段氏辦好了，自此，段氏所出子女從律法上就落戶在段氏的戶籍上了。段氏是女戶，孩子們也都要改姓母姓。先時段氏是將孩子們送到州府念書的，如今邵舉人接手縣學，段氏乾脆就把兒子轉到縣學書院來念書。

把孩子們的事情辦好，段氏就開始打理胭脂鋪子的生意。是的，胭脂鋪子，金家的胭脂鋪子，隨著閻典史倒臺，姻親金家也一落千丈，如金家的胭脂鋪子，就落到了段氏手裡。

段氏是個聰明人，她自己一人難以撐起這胭脂鋪子，乾脆找何子衿合夥。何子衿有些猶豫，事實上，她有些罪惡感。

何子衿悄與江念道：「咱們辦的是為民除害的事，可不知為啥，一想到馬家那糧鋪現在歸阿仁哥了，段氏又找我來商量胭脂鋪子的生意，我這心裡就覺得有些……那個。」

江念道：「有些像官商勾結？」

何子衿道：「別說得那麼難聽。」

江念道：「自來士紳商賈，沒有不與官府打交道的，咱們自從來了沙河縣，士紳商賈哪個不來奉承呢？他們來孝敬，貴重的不必收，但如果什麼都不收，他們反不心安。這說起來，算不算官商勾結？再者，沙河縣離榷場近，這裡做生意的人多，一家胭脂鋪子算什麼？

在帝都，義父為糊口還得開個進士堂呢。咱們開個飯鋪子，不也得跟小唐大人合股嗎？咱們只要將心態放正，正正經經做買賣也就是了。」

何子衿經江念一說，道：「我反不如你想得開。」虧得她還活兩輩子哩，竟不如江念適應環境。她覺得自己天生窮命，江念做個官，她就不好意思做生意了。

江念笑道：「姊姊不過擔心我罷了。這也不必擔心，我手上並沒鋪子買賣。」

何子衿點頭，「這也是。」買賣都在她手上呢。

何子衿見江念心裡有底，就跟段氏合股了，用何子衿的話說：「賺幾個脂粉錢。」

就是江仁那糧鋪，何子衿也請江仁幫她留意著北昌府本地產的香糯米。何子衿愛這口，準備明年種些來嘗嘗。對了，還要補充一句，如今把馬閻兩家幹掉，何子衿非但成了鋪子裡的股東，她還買了五百畝地，都是上等田，並沒有低價買，完全是按市價買的，只是尋常這樣的上等田是有價無市的，而今把兩家抄了，這些田地便要作價變賣，何子衿就趁機買了五百畝，二百畝算自家的，三百畝是何老娘掏的銀子。

何老娘道：「倒不必買多少地，只是也得買些，以後賃與人耕種，種些瓜果菜蔬，自己吃用足夠的，省得再花銀子買去。」何老娘是為兒孫置辦的，眼下吃用方便，待哪天不做官，再把地處理了就是。這樣的上等良田，永遠是不愁賣的。

何老娘買了良田，很是感慨了一回：「要不說當官好，當官就是好啊，各種事都便利。」還與自家丫頭片子道：「阿念這官當得比妳爹好。」

何子衿道：「光看見好處了，辛苦的地方也多呢。看這雪又下起來了，也不知什麼時候能停。阿念說，每逢下雪都有房舍被壓塌，這不，他穿著鶴氅帶人出去查看縣裡災情了。」

何老娘嘆道：「這也是，以往咱們在帝都時，朝廷對窮苦百姓也有些救濟。」又道：「給阿念多穿幾件衣裳，他這大雪天出門，可別凍著了。」

江念也不是大雪天出門，起碼得等雪停了。

雪還沒停的時候，就得讓衙役們出去敲鑼，組織百姓出來清掃街道，不然好幾天的雪連續下下來，得把街埋起來。再者，各街各坊那窮苦的，得讓族裡多照應，爭取別凍餓死人方好。還有那投奔到廟裡棲身的，江念都給他們尋了差使，出來掃大街，幫著清雪，非但包中午晚上兩頓乾糧，一天還有十個大錢。

好不容易待雪停了，江念出門去縣裡轉轉，看看縣裡情形可好，結果回家時就遇著自家孩子了。興哥兒帶著阿曦和阿曄，仨人坐雪橇上，由兩隻威風凜凜的大黑狗拉著，後頭四喜和聞道跟著，他們忽啦忽啦正往家裡趕呢。

江念見兒女和小舅子這般威風，險一跤跌地上。

阿曦很是高興，大聲喊：「爹！」興哥兒也跟著喊：「姊夫！」就人家阿曄，那叫一個斯文，直待大狗停在門口，自己扶著雪橇的扶手，小心翼翼地下來。等小身子站穩了，用小手拍拍身上衣裳，然後乖乖叫一聲：「爹，回來啦。」

江念正要問他們怎麼坐雪橇回來，阿曦一把將哥哥推開，險些把她哥推地上去，自己撲到父親懷裡，歡快地在她爹臉上香了兩口。

江念笑著抱穩閨女，小舅子也從雪橇上下來了，跟姊夫打招呼。

聞道把人送到家，與江念招呼一聲，就帶著狗拉雪橇要回去了。

阿曦急得喊：「道叔！」

阿曄也不淡定了，邁開小步子跑過去，一字一頓說：「道叔明天咱們一起玩啊！」

還是興哥兒最伶俐，道：「阿道哥，明兒咱們還坐雪橇不？」

「你們像今天這般聽話就坐。」聞道一說，興哥兒跟阿曄都小雞啄米似的點頭，阿曦也瞪圓了兩隻大杏眼殷切瞅著自己。

聞道心裡暗笑，正色點頭，「好，明兒我帶著大狗和雪橇來接你們。」

孩子們高興地歡呼起來，送了聞道走，方跟著江念進屋去。

然後江念整個晚上都在聽孩子們嘰嘰喳喳說坐著大狗拉雪橇的威風如何如何。

太會玩啦，實在是太會玩啦！

大狗拉雪橇、冰陀螺、冰扒犁，相較之下，何子衿只會教孩子們堆雪人，簡直弱爆了。

興哥兒光講他們如何在冰雪上做遊戲，就足足講了一個時辰，小嘴巴都說乾了，把何老娘心疼得，直叫余嬤嬤兌了盞蜜水來給孫子潤喉。興哥兒喝了兩盞蜜水，又講了一個時辰，從吃過晚飯，講到睡辰的時候，興哥兒方意猶未盡地道：「姊姊、姊夫，你們帶著阿曦和阿曄回去睡覺吧，你們想聽的話，明兒我再講給你們聽。」

何子衿：明明是你非要講好不好？真是的，她早就聽睏了。

何子衿自詡教育小能手，又是興哥兒的親姊姊，所以她是萬不能傷興哥兒自尊的。

何子衿很是和氣地道：「好，明兒我再來聽興哥兒講。」

興哥兒不愧是他祖母的親孫子，一見他姊都來預約他明天的演講，無師自通就捏起小架子來，仰著圓潤潤的小胖臉道：「白天我沒空，得晚上啊，白天我們跟朝雲師傅約好了。」

江念忙問：「約去幹啥？」

興哥兒道：「朝雲師傅說，待雪停了，帶我們去縣外大河上滑冰。河水都凍結實啦，朝雲師傅給我做了冰鞋，只有我一個人能穿，阿曦和阿曄忒小，還穿不來。」

待興哥兒又顯擺了一通，何子衿與江念才抱著寶貝們回屋睡覺去。

何子衿和江念以為他們回去就能歇了，結果完全不是這麼回事。阿曦早睏了，人家洗過小臉兒，脫了棉衣，就滾到小被窩裡睡了。阿曦這孩子素無心事，一向都是三秒鐘入睡。阿曄不一樣，阿曦睡著了，他還睜著眼睛。

何子衿拍拍他，柔聲哄道：「趕緊睡吧，明天不是還要出去坐雪橇嗎？」

阿曄睜著兩隻亮晶晶的大眼睛，睫毛在燈影下一閃一閃的，越發顯得卷翹濃密，將一雙杏仁大眼襯得水水的。他望著母親，口齒清晰，一字一頓道：「不睏。」

「你怎麼不睏啊？」小孩子其實能聽懂簡單的話了，何子衿就盡量與孩子講道理。

阿曄道：「今天我們在師祖院裡小湖上玩冰爬犁……」

好吧，一字一頓先生因為要跟父母講述他今天如何遊戲的事兒，所以不睏來著。先時因興哥兒到底長幾歲，口齒伶俐，說話也快，故而都是聽興哥兒一人說來著。阿曦學說話慢，阿曦倒是沒啥，她聽著小舅舅說遊戲的事兒，聽到自己能聽得懂時，還會咯咯笑哩。阿曄不同，這小子多半光聽著小舅舅說，而自己插不上嘴，可是給憋壞了。阿曄這憋了一晚上，好不容易到了父母院裡，這會兒也沒小舅舅搶著要說，終於輪到他啦。

小夫妻二人就被迫聽阿曄這個一字一頓先生又念叨了半宿坐雪橇冰上遊戲的事兒，最後何子衿都不曉得自己何時睡著的，第二天據江念說，阿曄念叨到一更天才睡。

何子衿悄悄道：「不知阿曄這是個什麼性子。」

江念也是笑，「妳先睡過去了，我閉眼裝睡，阿曄見咱們不說話，還爬起來戳咱們，見咱們都不動彈，他這才睡了。要是看有一人醒著，他還不得說一宿。」

何子衿笑得不行，令人兌一碗蜂蜜水來。阿曄演講半宿，早上醒來定會乾渴。因昨日玩得有些瘋，孩子們都累了，第二天就醒得晚些，何子衿和江念也沒叫他們，結果卻是落了頓埋怨。

阿曦嘴笨說不出來，就知道噘著嘴不高興，奶聲奶氣嚷嚷著：「晚啦！晚啦！」催著她娘趕緊幫她梳小辮子來著。

阿曄則是板著臉責怪他爹他娘：「要、早、點、叫、我、們、起、床。」

何子衿俐落地幫阿曦綁羊角辮，再給阿曄綁個朝天辮，道：「怪你們自己起不來唄，還怪誰啊？那冰雪一天也化不掉，有的是玩的時候。」

阿曄思考片刻，堅持道：「要、是、醒、不、了，娘、叫、我。」

「知道啦。」

興哥兒在旁邊一個勁兒念叨外甥外甥女：「還是我好吧？要不是我，你們得睡到晌午去。小小年紀，咋這麼懶哩？你們看看我，我早起來啦，我比姊姊、姊夫起得都早！」

何子衿輕敲興哥兒大頭一記，「行啦，你是世界第一早。」

「我不是世界第一早，我是咱們家第一早。」興哥兒慎重其事，糾正道：「姊姊，妳說話可不能這麼浮誇。」

靠！一不留神，自己竟成了個浮誇人！

何子衿深深覺得，守著一群小混蛋，日子簡直過不下去了。

興哥兒還過去幫著梳好頭的外甥外甥女拽拽衣裳，理理袖子，那一臉長輩的架勢，何子衿都不忍看，尤其興哥兒還要說一句：「虧得有舅舅吧，要不，你們可怎麼辦？」

讓何子衿鬱悶的是，阿曦還很贊同地點點小腦袋，覺得她小舅說的簡直是真理。要不是有小舅過來喊他們起床，他們今天的計畫可就要泡湯啦。

阿曄就比較會思考，一字一頓道：「舅舅好，娘也好。」

把何子衿感動得，險些甩下兩缸淚水來，結果一字一頓先生又補了一句：「娘知錯就改，才是好孩子。」把他娘教育他的話就「以其人之道還治其人之身」的方式還給了他娘，差點把他娘給噎死了。

何子衿氣極，只是沒叫兩個小壞蛋起床，她還有錯了？

何子衿道：「你們趕緊走吧，別吃飯了。」

然而，吃飯啥的，明顯威脅不到孩子們，阿曄和阿曦竟是很認同地點頭。

興哥兒道：「姊姊，我們在家吃也來不及呀，我們跟著聞道哥去朝雲師傅那裡吃。晚上我們也不回來吃啦，朝雲師傅說，沙河上還能挖個冰窟窿釣魚。我們釣了魚做晚飯。」

何子衿一聽要去冰上釣魚，問：「你們小孩子，會釣魚嗎？」

興哥兒瞪圓眼睛，覺得他姊有些土包子，興哥兒道：「這怎麼不會？就是這會兒不會，學一學也會啦，我們昨兒說商量好了。」

何子衿笑，「商量好了啊？」

剛來不久的聞道道：「是啊，都商量好了。」

何子衿道：「那就去吧。」

聞道帶著孩子們出發，何子衿越想越是心動，她也好想去。朝雲師傅也真是的，這喜新厭舊的，自從有了寶貝們，有啥好事也不想著她這女弟子了。

何子衿不是個矯情的，她先打發人去前頭瞧瞧，知道羅大儒去了朝雲師傅那裡，就心裡有數了。何子衿想著阿念定是沒空的，便著人同阿念說一聲，帶著何老娘也去河邊玩了。

何老娘興頭高，讓余嬤嬤去幫她拿新做的大毛衣裳，與自家丫頭片子道：「我聽莊太太說過，冬天的魚反比夏天好釣。」

莊太太與何老娘是性子相投，有時何子衿沒空，莊太太也要過來陪何老娘說說話的，故而有些事何老娘倒比何子衿是更清楚。

何子衿道：「咱們就去湊湊熱鬧，就當出去遛達，活動活動手腳。」

「是啊，自從下雪，好幾天沒出屋子了。」何老娘對余嬤嬤道：「阿余別去了，妳年歲大了，腿腳也不俐落。」

余嬤嬤道：「奴婢不過比您大幾個月，哪裡就大了？再說，奴婢腿腳也沒不俐落。」

看余嬤嬤不樂意在家守著，何老娘只好帶她一起去了。

何子衿帶著何老娘余嬤嬤出門，有四喜提醒著，四喜道：「河邊離縣裡還有些車程的，要是去河邊釣魚滑冰，如今不好坐車的。在咱們沙河縣，冬天下雪都是坐扒犁或是雪橇。」

何子衿問：「家裡有雪橇不？」

四喜道：「老爺先時讓小的置下了幾套，說是怕老太太、太太出門要用。」

何老娘一樂，「阿念想得周全。」

何子衿也是一笑，讓四喜預備雪橇去了。

何子衿他們剛一出縣城大門就覺得，這雪橇預備得太好了。四周沒人乘馬車，大家都是坐雪橇，果然，一出門這路就走不來了。城內的道路有江念組織百姓們清掃，城外誰管啊，虧得路兩旁有樹木，不然如此蒼茫大地，百姓簡直是連哪裡是路哪裡是田都分不清。

何子衿三人都是第一次坐雪橇，大家裹著大毛衣裳，戴著狐皮帽子，圍著圍巾脖套，十幾隻大狗拉著雪橇在冰雪地上飛馳，何子衿高興地高聲問何老娘：「祖母，威風不？」

何老娘哈哈大笑，余嬤嬤也很是喜悅。

一路直跑了半個時辰才到了沙河邊，何子衿她們來得晚了，朝雲道長一行來得早，聞道已帶人將河面清理出了一塊，正在那兒鑽冰洞準備釣魚。興哥兒帶著阿曄和阿曦在一邊跑跑停停打雪仗，朝雲道長坐在新支起的狼皮大帳裡，守著紅泥小火爐，悠悠然烹一壺好茶。

何子衿過去打招呼：「師傅，你們也來啦。」

這話假得，朝雲道長根本不接，笑道：「我以為妳是跟著我們來的。」

何子衿道：「這麼說也沒差。師傅，您出來冰釣，怎麼也不叫我啊？我一聽說你們要來，可不就跟著來了。」

朝雲道長請何老娘進帳子坐，何老娘守著炭爐烤火，「這帳子搭得好，還真暖和。」

朝雲道長笑，「一會兒釣了魚，咱們就近吃，這才鮮呢。」

何老娘讚：「這主意好！」她老人家閒不住，烤了會兒火，就去看冰洞鑽得如何了。

何子衿打聽道：「師傅，怎麼羅大儒沒來啊？」不是聽說羅大儒沒來衙門嗎？

朝雲道長露出不以為意的模樣，「他那人如何懂得冰釣之美？」

朝雲道長是不會說他要來冰釣，結果被羅大儒嘲笑的事。

羅大儒的話是：「我都冰釣幾十年了，無趣得很，也就你喜歡。你去吧，我不去。」把朝雲道長氣得，決定再不邀請羅大儒出來玩了。

這冰釣的原理其實很簡單，北昌氣候嚴寒，一入秋，河水就開始結冰，魚在水下能呼吸的氧氣就少，在冰上鑽出窟窿，魚兒們都跑過來呼吸，釣魚自然好釣。

何子衿與朝雲道長打過招呼，也去看著鑿冰洞，待冰洞鑿出來，她先試一試。哎喲，這魚真的不要太好釣，何老娘旁觀的都覺眼饞，尤其看何子衿左一條右一條的釣，何老娘急切地想一試身手，她道：「來，讓我釣一釣，先時我也是咱們縣裡有名的釣魚好手。」

何子衿只得意猶未盡將釣竿交給何老娘，「祖母，您釣一會兒就還我啊？」

「知道了。」何老娘占了釣魚的位置，興哥兒與阿曄和阿曦在一旁眼巴巴守著，每逢何老娘釣一條上來，三個小的就大聲為祖母或是曾外祖母加油叫好，把何老娘喜得不得了。

來河上冰釣的人不少，不過，大家都是一人一個地方，尤其朝雲道長這裡陣仗大，光帳子就有三個，人家看他這排場，都不大敢過來。待來的人多了，魚就不好釣了。好在他們來得早，魚釣的多，而且多是一兩尺的肥厚大魚。侍從們將魚拎去，刮鱗去骨，或燉或剁或烤或燒，待得中午，就收拾出齊齊整整的一桌全魚宴來，其間還有幾樣是何子衿的手藝。

朝雲道長讚了一回那魚圓湯，與自家女弟子道：「手藝長進了。」

何子衿笑，「倒不是手藝精進，是這裡的魚肥，再吊了野雞崽子燉的鮮湯，最鮮美不過。師傅吃著，自然適口。」

何老娘沒朝雲道長這許多講究，不過，她老人家也吃得出好吃來。三個小的，頭晌玩了半日，更是吃得跟小豬仔一樣。除了那魚圓湯，朝雲道長還多吃了半碗米飯，米也是何子衿帶來的，何子衿道：「我特意讓阿仁哥找的，是本地的香糯米。這米現下人種的少了，一畝也只產三五十斤，還是一位里長帶來給阿仁哥的。我留了些種，準備明年種一些。」

朝雲道長道：「這米的確不錯。」

「那是。」何子衿得意地揚揚下巴，能讓吃慣貢米的朝雲道長說出個「不錯」來，可見是真的是不錯。

朝雲道長一向食量不大，放下筷子後，自袖子裡取了帕子，略沾下唇角，與何老娘說了一句「慢用」，便起身歇著去了。

何老娘頭一遭與朝雲道長同桌吃飯，看朝雲道長的飯量，她都不好意思多吃，倒是看她家丫頭片子放得開，便也就跟著放開了。

何子衿卻是憂愁阿曄，孩子們時常跟著朝雲道長吃飯，待得吃飽後，興哥兒說一句「我飽了」就下飯桌玩去。阿曦也差不多，就一個「飽」字，然後展示自己吃得乾乾淨淨的小碗，就下桌找小舅舅去了。唯獨阿曄，阿曄吃飽後，並不似他妹那般展示自己的小碗，而是將筷子整整齊齊放在碗上，自袖子裡摸出小帕子，用肉呼呼的手指捏著小帕子擦嘴巴，再將小帕子塞回袖子裡，然後對著他曾外祖母與他娘點點小下巴，說一聲「慢用」，就跳下椅子，不疾不徐踱著步子遛飯食了。

何子衿愁得要命，她兒子這處處模仿朝雲師傅是什麼意思啊？

何子衿發現，兒子對朝雲師傅簡直是謎一般的親近與嚮往。當然，阿曄這個年紀，正是貪玩的時候，雖然阿曄比阿曦文靜些，但小小孩童沒有不愛動的。阿曄只是相對於他妹，顯著文靜罷了。只是，阿曄日常除了與他妹他舅一起玩，最喜歡的事就是守在師祖朝雲神仙身邊，聽朝雲師祖跟他講些小故事。至於朝雲師祖講的故事，何子衿一聽險些昏過去，她兒子才一歲半，用得著講什麼春秋、左傳嗎？當然，朝雲道長也只是略略當故事講罷了，可何子衿依舊認為，這種故事完全可以等孩子大些再講也不遲。

還有，阿曄你個小屁孩，你聽得懂嗎？就一副津津有味的模樣。

何子衿覺得，相較於兒子阿曄，她完全就像這個年代的土著，阿曄這種剛學會說話沒幾個月就去聽春秋，反更像是穿越來的。

何子衿憂愁了一回兒子的教育，待得孩子們稍適歇息，上上下下用過午飯，就跟著朝雲道長一行收拾行裝，準備回城了。

何子衿邀請興哥兒與寶貝們跟她同坐雪橇，不料三個小的這會兒就已經無師自通勢利眼技能了，硬是看不上何子衿的雪橇。

小孩子都實誠，如興哥兒就照實說了，興哥兒道：「朝雲師傅的大狗更威風。」

何子衿瞅瞅朝雲道長那精緻的大雪橇及拉雪橇的十幾隻油光發亮的大黑狗，再看看自家拉雪橇的花狗，品相上的確是差些，不過，何子衿道：「還不一樣，都是狗。」又說：「興哥兒，聖人都說，以貌取人，失之子羽。不能以貌取人，自然也不能以貌取狗。」

興哥兒道：「這也不是以貌取狗啊，我們原本就跟朝雲師傅說好了。」然後興哥兒想了個折中的法子，他道：「要不，姊姊妳帶著阿曄和阿曦，我跟著朝雲師傅。」就要把外甥外甥女抵給他姊，結果興哥兒去看外甥外甥女，便跳腳叫起來：「哎呀，你倆怎麼坐上去了？」

原來興哥兒說話這功夫，阿曄和阿曦已是一左一右與朝雲道長都坐雪撬上去了。阿曦是個愛撒嬌的，她鑽進朝雲道長的大毛氅衣裡去了。興哥兒哪還有跟他姊說話的心，嚷著：「你們過去跟姊姊坐，姊姊叫你們呢。」當下撒腿跑朝雲道長的雪橇上去，還自發地繫好固定在雪橇上的帶子，完全不必聞道幫忙。讓何子衿說，這兩根帶子有些像前世的安全帶，因著幾個小的實在小，怕坐雪橇跌下來，朝雲道長便讓人安了幾根繫帶，以防摔著孩子們。

何子衿過去幫興哥兒拉起小氅衣的帽子，把狐狸毛的圍巾繫緊，看朝雲道長也圍得很嚴實，接過聞道遞過來的大褥子將一大三小圍上，方道：「師傅，你們先走，我在後頭。」

朝雲道長點點頭，就帶著興哥兒與寶貝們先回，何子衿與何老娘、余嬤嬤相隨於後。

孩子們都跟著朝雲道長去玩，何子衿一行回縣衙，待得回家，眾人先去了厚衣，何老娘接過丸子捧上來的茶水，呷一口道：「咱們以往在蜀中在帝都何曾見過這樣的冷天氣，不過，衣裳穿的多，一路上倒還覺得熱呢。」

何子衿道：「這出去轉轉，更有精神，比總在家裡悶著強。」

何老娘道：「只是可惜沒多釣些魚回來。」

老太太過過窮日子，只要不要錢的，都恨不得搬回家來。

何子衿笑，「想吃魚有什麼難的？咱們沙河縣別的不說，守著河，魚自來不缺。一會兒讓四喜出去買些回來，咱們晚上吃魚肉鍋子。」

何老娘忙攔了自家丫頭片子道：「自己釣是不用銀子的，買是要銀子的，如何一樣？」一副丫頭片子不會過日子的模樣。何老娘這遺憾也沒遺憾多久，待得下晌，莊大郎過來，送了一簍大魚，說是去冰釣得的，他得了不少，這是給縣尊家嘗鮮的。

何老娘得了一簍肥魚，很是熨貼地與自家丫頭片子道：「我就說莊太太是個實誠的，如今看來，她家小子也不錯。」

何子衿笑，「怪道都說吃人嘴短，果然如此。」取笑自家祖母一句，就命廚下收拾出兩尾肥魚，吩咐人預備烤架，一會兒做烤魚吃。何子衿道：「中午顧著小傢伙們，烤魚沒吃好。這魚現烤現吃，最好烤得略帶些焦香味兒，這才好吃呢。」

何老娘啥好事都想著孫子和重外孫重外孫女，忙道：「把興哥兒和阿曄、阿曦他們接回來吧，咱們一起吃烤魚。」

「不用接他們，我看他們中午吃的不少。他們還小，腸胃弱，吃多了葷腥也不好。」聽自家丫頭片子這般說，何老娘便不提了，又道：「晚上叫廚下燉一尾，給阿念和阿仁他們吃。他們在外頭吹冷風，中午還不知吃了什麼呢。」

何子衿應了，又命人把剩下的魚送去給朝雲師傅，也請羅大儒嘗嘗鮮。沙河縣自來不缺魚的，只是這大冬天的，想吃鮮魚就是這種冰釣的魚，羅大儒沒去冰釣，這魚雖是離水之魚，不比剛釣上來的時候鮮美，到底比那些凍了幾日的凍魚強些。

何子衿再讓人送了兩條給邵娘子，邵舉人自從腿腳痊癒後就帶著妻小到了縣學居住，一方面他給小學生們上課方便，再者就是身分上的考量了。邵舉人並非衙門之人，也不是江念的幕僚，自然不好在縣衙久居。故而，腿疾痊癒後，邵舉人就在縣學安了家。

邵舉人於馬閤落馬之事上亦有功勞，只是應邵舉人這請，未宣揚於外罷了。因住得近，何子衿時時照應邵家一些。

何子衿轉眼便把一簍肥魚分個乾淨，何老娘心疼，暗道真個不存財的丫頭片子。

何子衿興致極高，非但令廚下預備肥魚，還命人切了些牛羊肉，提前略醃一醃，好入滋味。何老娘一聽說還要烤牛羊肉串，比吃烤魚還高興，笑道：「牛肉還是罷了，要我說，羊肉烤來好吃，尤其是半肥半瘦的羊肉，那烤得吱吱冒油，味兒才香呢。」

何子衿道：「再切幾根水蘿蔔，洗些苦菊，生吃來清口。」

何老娘點頭，「很是。」

送東西的四喜回來，稟道：「未曾見著大儒先生，黃爺爺收了東西，說正趕上有新得的熊掌，給了小的一隻，讓小的帶回來，給咱們老爺、老太太、太太嘗嘗鮮。」

何子衿笑道：「這東西以前只聽說，倒是沒吃過，先放廚下去吧。」丸子去給邵娘子送魚，邵娘子也未令其空手回來，給了些新做的年糕。何老娘見著人家都有還禮，心裡便美滋滋的，想著丫頭片子自從做了縣尊太太，越發會過日子啦。

何老娘道：「這熊掌也不知要怎麼吃呢。」

何子衿道：「這東西不好收拾，不過，吃了的確對身子好。我明兒去請教竇大夫，他定是知曉的。」竇太醫醫家出身，於醫家看來，熊掌非但是難得的珍品，還是一味藥材，聽說對風濕寒腿極有效果。

有何子衿這麼個愛搗鼓吃的，一家人冬天都見圓潤，何老娘下午吃了回烤魚烤肉，晚飯就不打算吃了。興哥兒幾個又是吃過晚飯才回家，何子衿就陪著江念還有江仁用晚飯。何子衿晚上向來吃素，這也是為什麼一家人都圓潤了，獨她還如以往那般的原因了。

江念和江仁都說這魚味兒好，何子衿笑，「冬天的魚肥。你們要忙公務沒空，我們今天去冰釣，現釣現殺現吃，味兒更好。阿曦中午吃那小魚圓湯就足吃了一碗，我都怕她撐著。」

興哥兒大聲道：「我吃了一碗半！」他覺得自己更厲害。

「是啊，興哥兒不止吃了一碗半的魚圓湯，還吃了小半碗米飯。」何子衿看看自家圓潤的弟弟，再看看自家圓潤的兒女，道：「真擔心他們都長成小胖子。」

江仁夾一筷子紅燜羊肉，笑道：「看妹妹說的，小孩子家自然是肥壯些好。倘是瘦巴巴的不長肉，才叫人擔心呢。孩子胖了才結實，遍地跑一跑，不容易生病。」

「這也是。」何子衿笑，「我原想著他們年紀小，不放心他們在外頭玩，這玩了好幾日，倒也沒事，想來是胖的緣故。」

何老娘聽不下去了，出聲道：「還總說別人胖，妳小時候可是族裡有名的小胖妞。」

興哥兒甭看年紀小，很知些好賴，先時聽他姊說他胖，他就有些不樂意，這會兒聽祖母說他姊小時候比他還胖，立刻就樂了，仰著小腦袋問：「祖母，姊姊小時候比我還胖嗎？」

「胖，比你胖多了。她那會兒胖得，手背上都是肉窩窩，就是這會兒也這樣。」何老娘摸摸孫子的小胖手，點點小胖手背面的肉窩窩，「這叫福窩窩，這樣的手有福氣。」

興哥兒左手摸摸右手背的肉窩窩，右手再摸摸左手背的福窩窩，高興道：「福窩窩。」

阿曦和阿曄也伸出小胖手比著看，兩人小胖手背上自然也有肉窩窩，便都高興起來。不過，三人還是就福窩窩的大小深淺做了一番比較，最後，阿曦人小卻是勇奪第一，成為了最有福氣的小姑娘。當晚，阿曦睡覺時不知做什麼好夢，時不時咯咯笑幾聲出來。

待得風雪初停，積雪未融的時候，州府來了聖諭，命著許縣尊案一干人犯押解去帝都。何子衿聽聞此事時，馬閣等人已是由官差押解著上路了。

風雪雖停，只是北昌府的冬天何等嚴寒，想到一干犯人要在這樣的天氣上路，何子衿也不知說什麼好了。居高位者，自然人人奉承，一旦跌落，有如許縣尊這等橫死異鄉的，亦有馬閣二人這種身陷囹圄的。如馬閣二人，江念秉事公正，未太過牽連其家眷族人，余巡撫亦是個寬厚好官，故此，二人家族得保，已是幸事。

天氣轉好，何老娘也要攜興哥兒回北昌府過年了。相江念正好要在年前再去一趟北昌府，索性一起去了，順道把何老娘和興哥兒送回去。對於何老娘特想回家過年，興哥兒倒無所謂，他覺得在姊姊家過年挺好的，他還能幫姊姊與姊夫帶阿曄和阿曦，不令他們淘氣。

興哥兒整理了一下自己在姊姊夫這裡得的東西，還有一些是朝雲師傅給他的，他挑了兩件喜歡的，打算送給大哥及二哥做禮物。另外又收拾了些衣裳與兩冊蒙學的書，他只是回去過個年，過了年就再回來。

何老娘在孫女這裡也住得舒坦，又想著自己死活要回北昌府過年，丫頭片子似是不大樂意。何老娘想到自己的超高人氣以及與自家丫頭片子的深厚祖孫情分，覺得自家丫頭片子捨不得她老人家也是有的，遂安慰自家丫頭片子道：「我不回去過年，妳爹妳娘心裡沒底，待過了年，天氣暖和些，我就再帶著興哥兒過來。」

何子衿道：「這會兒天冷，你們非得大冷天回去，萬一凍著了可如何是好？」

何老娘道：「放心吧，咱們常坐扒犁出門，哪裡就凍著了，多穿些衣裳，再多備幾個手爐腳爐就是。」一說著，將話一轉：「不是還有妳嗎？有妳在我身邊，哪裡還能凍著？」

何子衿知道這個年代的傳統，但凡有兒子的，都是與兒子一塊過年。她爹如今為官，雖非主印官，但過年也需人情交際往來，倘人家過來拜年，不見何老娘也不好。何子衿便也不多說了，又去看年下預備的節禮。這節禮有給娘家的，還有給北昌府各位上峰的年禮。

在去北昌府之前，何子衿就寶貝們的教育問題同朝雲師傅做了一番交流，何子衿很委婉地表示，就是要給寶貝們啟蒙，也不必用什麼春秋、左傳，何子衿道：「隨便給他們講個小雞小鴨的故事，他們就愛聽了。」

朝雲道長一臉鄙視，「妳去講講看。」

好吧，在朝雲道長的熏陶下，也就阿曦還愛聽她娘講的小雞小鴨的故事了。至於阿曄，他現在比較喜歡聽「說話不算就會變成大胖子」的故事，以致於阿曄懷疑，他妹是不是就是食言食多了，才會變得這樣圓滾滾的。

自從上次比「福窩窩」沒比過他妹，阿曄在內心深處就給妹妹安了個「食言小胖妞」的標籤。可憐阿曦話還說不太清，哪裡懂得「食言」是什麼意思。

羅大儒不愧是從事多年教育的人，頗為理解何子衿的心思，羅大儒道：「昭雲好不容易遇到個愛聽他講書的人。」然後就說了昭雲年輕時的事，「他自小就好為人師，偏生講起東西來既枯燥又無趣，我們沒人愛聽他講。真難得阿曄愛聽，他哪會不講？」

何子衿：原來朝雲師傅是這樣的人。

不過，何子衿對朝雲道長的學識是極佩服的，她道：「師傅講學問還是很有意思的。」

羅大儒沉默半晌，然後感慨地看何子衿一眼，與何子衿道：「看來，阿曄這性子像妳啊，以前我還覺得更像阿念一些呢。」怪道方昭雲能收何子衿做女弟子，原本羅大儒以為方昭雲是出於自身情勢需要，如今看來，這兩人果然是有師傅緣法。

何子衿道：「只是，我小時候不認識朝雲師傅，他也沒跟我講過《春秋》啊！」

何子衿主要是擔心小孩子這麼早接觸史書，對身心養成不大好。

羅大儒反是不以為意地擺擺手，「天下讀書人都讀《春秋》，有幾人能成王成霸？妳這也想遠了，如我與昭雲，出身不可謂不好，到頭來皆一事無成。如先世祖皇后，不過小戶人家之女，最後卻是輔佐太祖皇帝打下這萬里江山。如輔聖公主與寧榮公主，皆世祖皇后之女，一位攝政天下，一位富貴庸碌。人之將來，出身與教育會有所影響，但這種影響並不是決定性的。能決定人之將來的，只有一樣，那就是端看其天賦秉性如何了。而秉性之事，都說江山易改，本性難移。妳這心啊，操得太早了。」

羅大儒寬慰了何子衿幾句，何子衿想想也就放開了，反正依阿曄如今的智商，也就只能聽懂「說話不算就會變成大胖子」這樣的道理了。

何子衿寬了心，就把寶貝們再次寄存在朝雲師傅這裡，她要隨阿念一起去北昌府。既送了何老娘，便順道回娘家看看，還能進行一下官太太之間的交際。

朝雲道長很愉快地答應了，「什麼都不必拾掇，阿曦和阿曄用的東西，我這裡都有。」及至走前，江念與何子衿帶著興哥兒來朝雲道長這裡辭行。寶貝們較上次父母離開時就懂事多了，上次兩人還沒什麼感覺，這回寶貝們就知道送一送父母了。

阿曦千萬叮囑她小舅舅：「過年，再來。」意思是，過完年就讓小舅舅再來一起玩。

興哥兒挺著小胸脯，「放心，我都記住啦。」

阿曄就比較懂事，一字一頓道：「小舅舅，記得替我和胖曦跟外祖父外祖母問好。」

阿曦認真地同她哥道：「誰是胖曦啊？我，阿曦！」她名阿曦，不叫胖曦。

阿曄瞥她那滿是小肉窩窩的手道：「妳胖！」

阿曦道：「你才胖！」

阿曄是個嘴上不讓人的，於是又被他妹給打了一頓，興哥兒還給他們勸架來著，「看吧看吧，我還沒走呢，你們就打架！哎喲，叫我走也不能走得放心啊！」

興哥兒還分別教育了龍鳳胎一回，說阿曦：「妳怎麼總是打架？妳再跟阿曄打架，明年我不帶好吃的來了。」然後說阿曄：「你也不瘦，還說別人胖。」

阿曄道：「妹妹比我胖。」

興哥兒道：「沒聽祖母說過嗎？那是有福氣。」

阿曄哼唧兩聲，摸摸被他妹捶的地方。

興哥兒摟住他的三頭身，大方道：「好男不跟女鬥，你就別哼唧啦。」

明明是龍鳳胎，阿曦是個憨性子，根本沒聽明白「好男不跟女鬥」是啥意思。當然，何子衿覺得，她閨女的智商才是正常的。阿曄不知明不明白，反正他就露出四顆牙的小嘴巴笑了，也不計較被他妹揍的事，高高興興同小舅舅說起話來。

車馬扒犁均已備好，興哥兒依依不捨地與朝雲道長和龍鳳胎告別。阿曦揮著小手臂送別父母，阿曄則是背著小手，對著他爹他娘他小舅舅板著臉微微頷首，再頷首。那一臉圓潤的裝模作樣，何子衿一見就牙疼。

江念竟還很歡喜，晚上於驛站休息時道：「看咱們阿曄，多沉穩啊！」

何子衿沒想到阿念挺讚賞兒子這裝腔作態的行為，拆穿了兒子道：「他哪裡是沉穩，分明是跟朝雲師傅學的。」

江念有些驚訝，「哪裡像朝雲師傅，阿曄這分明是像我。我就是這樣，自小穩重。」

這位先生覺得兒子更像自己！

聽阿念這話，何子衿竟無言以對，她不知道阿念居然有這樣的謎之自信。

江念喜孜孜道：「咱們阿曦更招人疼，像姊姊小時候。」然後絮叨道：「姊姊小時候就跟阿曦似的，胖乎乎，特好看。」說著還很遺憾，「後來咱們一起長個子，姊姊就瘦了。」

何子衿氣笑，「你夠了啊！」

冬日嚴寒，路上多有冰雪之處，不敢走快，兩日車程足走了四日方到北昌府。約莫是這年代人出行不便，但有出行，鮮少能當日來回的，故此，這四日路程，大家也未覺如何，用何老娘的話說：「咱們來北昌府時，足足走了一個多月，這才幾天？」

反正何老娘到家時還是精神抖擻的模樣，興哥兒見到娘親也高興得緊，猴子一般就竄到他娘懷裡。沈氏抱著長高長胖的兒子，笑道：「怎麼重了這許多？我都抱不動了。」

興哥兒道：「不是胖了，是高了。」

何老娘也說：「這小半年，興哥兒可是沒少長。」

沈氏笑，「得竄了半寸。」

何老娘的屋子暖融融的，沒有半點陰冷。何老娘坐在短炕上問：「如何這般暖和？我們來前也沒法子送信，難不成我這屋子一直燒著炭火不成？」

沈氏接了翠兒遞來的熱茶，奉給婆婆，解釋道：「先時阿念打發人送了信過來，我算著也快到年了，就提前把老太太的屋子燒上了，前幾天子衿她爹還要請幾日假過去接您呢。」

何老娘道：「咱們丫頭片子跟阿念都不樂意我回來，非要我在沙河縣過年。我就想著，平日裡在他們那裡還罷，過年哪有不回來的理。為這個，丫頭片子還不高興來著。」

何子衿道：「我沒不高興，您願意回就回唄。」

何老娘笑得更是歡喜了，沈氏又讓江念和江仁坐下歇一歇，再吩咐福子去照應一塊來的衙門裡的衙役諸人，做些糖水蛋，給大家暖一暖身子。

待得糖水蛋做好端上來，大家都吃了一碗。沈氏道：「以前咱們在蜀中沒吃這個的，北昌府這樣的吃的人家不少，尤其是大冷天，吃一碗渾身都暖和了。」

沈氏這才問一路上如何過來的，路上可還好走，冰凍厲不厲害。

江念道：「原本還預備了車馬，後來才曉得，車馬不若扒犁方便。我們坐扒犁過來，只是狗到底不若馬匹耐性好，一日只走半日，就得尋地方歇腳了。現今天也短，故而耽擱幾日，不然早兩日就該到了。」

沈氏笑道：「什麼早一日晚一日的，要緊的是路上別冷著累著，寧可多歇一歇，也別急著趕路。不然天寒地凍不說，今年打入秋就開始三不五時下雪。在城裡還好，有知府大人號召著百姓清掃積雪，要是出城，也都是坐雪橇或扒犁的。」

興哥兒忙道：「娘，我還會滑冰了。」

沈氏笑道：「可見是出去長本事了。」

興哥兒道：「朝雲師傅讓人給我做的冰鞋，我學了兩天就學會了。」

沈氏摸摸兒子的小圓臉，問起朝雲道長的身體來。知道朝雲道長一切都好，還幫著看孩子，這回小夫妻倆來州府，寶貝們又是寄放在朝雲道長那裡，沈氏不禁再一次感概：「朝雲道長的人品，再沒得說。」

待沈氏問起外孫外孫女，這回簡直都沒別人的話了，興哥兒就開始巴啦巴啦說起外甥外甥女來。什麼阿曄愛說話，阿曦愛打架，什麼都是我幫著朝雲師傅看著他們，他們打架我還勸他們來著，反正是一堆突出自己必不可少的話，叫人聽著就好笑。

沈氏道：「別的不說，興哥兒這去了小半年，說話說得真俐落了。」

何老娘笑咪咪地道：「我也這般說，他在家總是說話說不清，這與我去住了小半年，就說得又快又好了。」

何子衿道：「我們沙河縣的風水好。」

興哥兒小大人般的嘆口氣，攤攤兩隻小肉手道：「我這都是急的呀！」逗得人一樂。

江念笑道：「興哥兒甭看年歲小，卻是可靠得很，知道帶著阿曦和阿曄不說，蒙學的書也念了兩本。就是我們來的路上，晚上興哥兒都要念兩頁書，從不間斷。」

沈氏聽這話如何不喜，簡直是喜得不得了，連聲道：「果然是長進了！」

何子衿逗興哥兒：「長進什麼呀，成天叨叨叨，像個話簍子。」

興哥兒大聲道：「祖母說我愛說話就是像姊姊小時候。」說得大家都笑了。因剛剛江姊夫誇他用功，興哥兒就用功起來，同家裡人道：「祖母、娘、姊姊、姊夫、阿仁哥，你們說說話吧，我得去看會兒書了，不然一會兒爹和大哥二哥回來，我就看不了了。」

沈氏忍笑道：「哪裡就急在這一時了？」

他娘越是這般說，興哥兒越發要去看書了。

沈氏笑道：「你屋裡也都收拾好了，炕是燒熱的，去你屋裡看書吧。」

興哥兒便揣著書用功去了，大人們皆自偷笑。

下晌何冽與俊哥兒回來，見著祖母、姊姊、姊夫、江仁、興哥兒回來，高興得不得了。何冽今年十五，已是個長身玉立的少年，就是少年穿的有些多，顯著棉鼓鼓的。俊哥兒反是一身狐皮褂子，有些單薄。

何子衿忙拉了俊哥兒，捏捏他身上的衣裳道：「雖說狐皮擋風，卻也有些薄了。」

何冽道：「姊，妳有所不知，這小子臭美得很，有大棉衣裳不穿。咱們都是拿皮衣外出時擋風穿的，他偏做了褂子穿。有了皮褂子，裡頭就不肯穿大棉，就穿個夾的，不薄才怪。」

何子衿問俊哥兒：「你不冷啊？」

俊哥兒嘴硬道：「不冷。」

何冽道：「咱爹咱娘說過他好幾回，他都說不冷，有什麼法子？」

何老娘心疼寶貝孫子，忙叫了俊哥兒來炕上坐，生怕寶貝孫子在外凍壞了。

何冽道：「他哪裡冷，身上揣著八個暖爐呢！」

何子衿等人聽這兒弟倆的趣事就要笑倒了，俊哥兒見他哥揭他老底，不樂道：「哪裡就要像大哥你穿得跟個狗熊一般呢？」

何冽眼睛一瞪，「你說誰狗熊？」

俊哥兒自從大些後，時常被兄長修理，很是敢怒不敢言，扭頭跟祖母告狀：「祖母，您不在家，大哥總是欺負我。」

何洌道：「我還沒捶你呢！」

何老娘忙勸道：「好生說話，好生說話。你們看興哥兒，一回來就看書，多用功呀！」

何老娘這話剛一說，興哥兒就做出個昂頭挺胸的得意樣兒。興哥兒得意是夠得意的，偏他如今不過四歲多，人小圓胖，揚起那圓圓的小臉，也只是招人笑罷了。何況，他大哥二哥都大了，最不愛跟他這小傢伙玩，於是，興哥兒白白昂頭挺胸了一回。大哥二哥都沒反應，把興哥兒鬱悶得，覺得自己媚眼拋給了瞎子看。

有俊哥兒對比著，何洌頓時覺得三弟興哥兒懂事，便摸摸興哥兒的頭，與他道：「先時我得了一把小弓，給你省著呢，一會兒到我那兒去，我拿給你。」

興哥兒聞言很是高興，眉開眼笑地應下，他也道：「我也帶了東西給大哥和二哥。」

沈氏問：「有沒有我與你父親的份啊？」

興哥兒一時被問住了，他……他竟然忘了給爹娘準備禮物啦！

所幸興哥兒反應快，裝模作樣地點點頭，「有。」

沈氏一笑，沒與小兒子計較。

江仁看一屋子老小如此熱鬧，高興的同時不禁暗下決心，明年定要回一趟帝都，將父母妻兒都接來北昌府過日子方好。

何恭回家的時間也不晚，學差除了在每年秀才試與三年一度的秋闈忙一忙外，其他時間並不忙碌，何況自進了臘月，大家那心也都在過年上頭了，故而何恭便也早些回了家。

見著老娘幼子女兒女婿江仁回來，何恭連聲與沈氏道：「晚上多添幾個菜，把余巡撫給我的那罈暗香酒拿出來。」

沈氏笑，「哪裡還用你吩咐，我都預備好了，今天是團圓酒。」

何恭細看老娘閨女幼子女婿江仁的氣色，見都是極好的，方笑道：「娘倒是胖了些。」

何老娘道：「冬天都會胖些的。」

沈氏亦道：「子衿有一樣我是極放心的，這丫頭閒著無事就會搗鼓吃的，吃食上頭一定是好的，看阿念和阿仁也都壯了。」

何老娘道：「別看沙河是個縣，不比北昌府繁華，卻當真是個好地方。守著山，各種野味都有，雞兔都是尋常的，時有羊鹿狐熊之物。縣城還臨水，冬天我們出去冰釣，都是一二尺的大魚，那大魚肥得，不論是燒是烤是燉都好吃。」

何恭見老娘及幼子身上都是新鮮衣物，便知是閨女給置辦的，更覺得閨女貼心。

孩子們這幾天都是在外趕路，晚飯後何恭令孩子們先去休息，明日再敘寒溫不遲。

何恭一時還睡不了，無他，興哥兒等著跟父親顯擺他學的功課呢。於是，何恭又拿著蒙學的書查驗了回幼子的功課。待幼子心滿意足顯擺完畢，夫妻二人方回了自己院裡。

夫妻二人都十分喜悅，何恭笑道：「興哥兒長進不少。」

沈氏也說：「原想著他跟著老太太過去，住上一兩月也就回來了，不想一住就是小半年。興哥兒以前跟著他外祖父念過幾句蒙學，因他年歲小，也是學得七零八落，不想去子衿那裡還能學些正經功課。」

「要不都說女兒貼心。」想到家裡時不時就要幹仗的長子次子，何恭越發覺得女兒很貼心，便道：「就是再生兩個女兒，咱家也不嫌多的。」

沈氏輕嗔：「說什麼夢話呢？」她如今有三子一女，子嗣上已是興旺，又是將將四十的人了，就是想生，怕也生不出來了。

何恭笑，「我就這麼一說，咱們順其自然就好。」

因何恭很有些再生個小閨女的意思，於是老夫老妻較之以往更是親暱起來。

沈氏享受著丈夫的親密，心裡卻是為閨女盤算起來，想著外孫外孫女都一歲半了，閨女跟女婿應該琢磨著趁年輕多生幾個孩子方好。

當然，閨女現下兒女雙全，不論閨女兒子都沒壓力。就是沈氏也覺得，只要把孩子教養好了，什麼兒子閨女的都一樣，尤其丈夫當年只是單傳，到女婿江念這裡，連個家族都沒有的單薄人，更不嫌孩子多。

沈氏這麼想，就私下與閨女說了。對這事，何子衿並不扭捏，道：「我與阿念挺好的，只是我這兒一直沒動靜。我想著，興許我是像您，得隔個五六年才能再有。」

沈氏想自己生長子時也是如此，那會兒盼兒子盼得望眼欲穿，還是閨女五歲上方有了長子。要說閨女像自己，也不是沒有道理，沈氏道：「像我也沒什麼不好，間隔幾年，待阿曦和阿曄大些，再帶孩子也輕鬆。」想到自己是給單傳的夫家生了三子一女的，又同閨女道：「妳要是像我，阿念子嗣上肯定能旺起來。」

何子衿笑，「是啊，所以我跟阿念才不急。說不得過個三四年，我再生對龍鳳胎。」

沈氏忍俊不禁，輕戳閨女眉心，「妳就做夢吧，這世上的福氣，都跑妳這兒來了。」

沈氏細細聽起外孫外孫女的事來，聽說孩子們聰明又結實，沈氏道：「明年孩子們大些，妳再來北昌府就帶著一起來，我跟妳爹都想念得緊。只是離得遠，妳爹衙門不忙吧，卻是不好請假，不然我們早過去看了。」

「明年就差不多了，四五月時暖和，我帶他們一塊來。」何子衿笑，「他們可有意思了，圓圓滾滾的，剛學會拿頭頂著翻跟頭了，阿曦在床上一滾一個，能連滾二十個。」

沈氏忍不住笑，「妳這也是做娘的？別淨拿著孩子玩。」

「阿曦皮實得很，倒像個小子。阿曄做事謹慎得不得了，您不曉得，兩人頭一回見著下雪，阿曦一下子就摔雪地裡去了，覺得好玩，還想滾一滾，虧得阿念把她從雪裡拎了出來。阿曄見著雪，那叫一個小心，拿手指戳一下再戳一下，戳上半個時辰，覺得沒啥危險，他才去玩。這小子壞得很，還糊弄著阿曦去啃雪。阿曦橫衝直撞的，總是被阿曄糊弄。」何子衿說著亦是無奈，閨女沒心沒肺，兒子就是個小壞蛋。

沈氏笑，「阿曦以前就壯實，不論吃奶還是吃蒸蛋，都比阿曄吃得又快又好。阿曄就嬌氣了，同樣的吃蒸蛋，阿曦都吃完了，他還瞪著眼觀察那蒸蛋呢，也不知能觀察出個什麼來，可見這小子自小就是個細緻的。」

何子衿道：「真叫我愁得慌。」

「這可愁什麼？阿曦一看就是個不操心的性子，阿曄呢，以後不叫他操心都不成。」沈氏道：「阿曦有些像阿冽，阿曄這性子像俊哥兒。」
說到兩個弟弟，何子衿道：「我聽阿冽說，他明年要考秀才了。」
說到長子的前程，沈氏笑道：「原也沒打算讓他這麼早考秀才，妳也知道妳弟弟，阿冽不是阿念這種天資卓絕的，好在他也知道用心念書，功課在同齡人中倒也不差。也是學裡的先生問他要不要考秀才試試，我與你爹想著，反正他年紀也不大，只當試一試。」
何子衿道：「叫阿冽拿功課給阿念看看，我爹學問也好，只是應試上有許多技巧，叫阿念同阿冽說一說。既是要考，就用心準備，倘能考下來，也是一樁體面事。」
沈氏道：「我也這般說，既是考，就認真考。」
說到兒子考秀才，沈氏難免就說到長子的姻緣，沈氏道：「也是奇了，咱們相近的幾門親戚，妳舅舅家四個兒子，妳姑媽家兩個兒子，怎麼就沒一家有閨女的？倘誰家有個閨女，我說什麼也得替阿冽求了來。」
這年頭流行姑舅做親或是兩姨做親，就是何子衿當年，倘不是江念下手快，估計沈素就要為長子求娶外甥女了。何子衿卻是不建議弟弟娶親戚家的女子，何子衿道：「娘，您跟我爹也不是親戚，不是照樣恩愛一輩子？這做親，要緊的是得對了眼緣。阿冽這裡，他自身知道上進，咱們給他尋一門對他心思的親事就比什麼都強。夫妻倆一條心，不怕過不好日子。」
沈氏笑，「這也是。」又道：「反正阿冽過年才十六，倒也不急。」
何家樣樣順遂，何子衿與江念一起出門去上峰家問安也沒有什麼不順，不論是張知府太太還是余巡撫夫人，待何子衿都不錯，而江仁在北昌府略歇兩日，便又帶著年禮啟程，往北靖關去了。一則是給何涵送些年禮，另外就是算著何涵之妻李氏已是生了，也是賀賀何涵，二則是代江念與何子衿給紀將軍府送年禮。

兩府皆有年禮回贈，尤其紀將軍，特意問了羅大儒的近況。得知羅大儒事事都好，紀將軍特別備了一份豐厚的年禮給羅大儒，令江仁帶了回去。

待江仁自北靖關回到北昌府，江念的公務基本上也辦完了，見著江仁帶回不少東西，便與子衿姊姊商量回沙河縣的事。何恭和沈氏雖不捨，也知年節將近，江念身為一縣之主，定要回沙河縣的。何老娘倒是沒啥，興哥兒也沒啥，興哥兒道：「姊姊、姊夫、阿仁哥，你們先回去，待過了年，我跟祖母就過去。」又叮囑他姊：「姊姊，我不在的時候，妳看著阿曄和阿曦一些，別讓他們總是打架。」

何子衿笑咪咪地應下：「好，知道了。」

興哥兒又說了諸如讓姊姊、姊夫、阿仁哥路上慢行，不要著急，別凍著的話。大人們聽得眉眼間皆是笑意，俊哥兒敲興哥兒腦門一記，道：「話都被你說完了，我們還說啥。」

興哥兒揉著腦門，不高興道：「我還沒說完呢！」

俊哥兒把興哥兒擠屁股後頭去，道：「阿仁哥，明年你回帝都可得帶上我啊，我跟阿仁哥一塊去帝都，看望外祖父、外祖母、舅舅、舅媽，也長些見識。」

何恭道：「誰中了秀才誰去。」

俊哥兒見他爹這樣說，很是鬱悶，央求道：「爹，我才十二，哪裡能中秀才？」

何恭道：「你姊夫在你這個年紀就中秀才了。」

俊哥兒大叫；「爹，您在姊夫考秀才的年紀還是白身吧？」

何恭微微一笑，「所以我那個年紀也沒嚷嚷著去帝都啊！」

不管他們父子如何鬥嘴，沈氏拉著閨女女婿說了好些路上緩行，莫急著趕路，回家好生歇一歇再忙公務不遲的話。沈氏絮叨了一回，不禁笑道：「話還是真叫興哥兒說完了。」

大家都笑起來，原也不是久不見而分別，略說幾句，何子衿幾人辭了長輩們，便上馬的上馬，上車的上車，啟程回沙河縣去了。

何子衿與江念一行臘月初自沙河縣動身來北昌府，待得回到沙河縣，已是臘月二十了。此時大雪漫天，街道上鮮少百姓行走，江念每過一刻鐘就要拍打身上雪花。

到了衙門，江念先扶著子衿姊姊去後宅，丸子等人也都迎了出來。何子衿跺跺腳道：「虧得咱們衣裳靴子厚實，不然這大冷天的，非凍壞了不可。」摸摸江念的手，也是熱乎乎的。

「是啊！」江念道：「姊姊給我做的毛襪子尤其好。」

屋子燒得很暖，兩人洗漱完畢，丸子端來兩碗糖水蛋，吃下去後當真自內而外都暖和了起來。江念暖一暖就又去了前頭，何子衿問丸子他們去北昌府的這些天家裡有什麼事。

丸子捧上一盞熱茶，回稟道：「家裡並無他事，咱家大爺、大姑娘一直在朝雲道長那裡。就是段太太先時過來向太太問安，知道太太去了州府便回去了。前幾天段太太又來了一回，說是年下想跟太太報一報胭脂鋪子的帳。」

何子衿點點頭，略坐一二，待得江念那裡整理好了紀將軍給羅大儒的年禮，兩人便又穿了大衣裳去朝雲道長那裡問安、送年禮，順便接孩子回來。

朝雲道長與羅大儒正在亭間賞雪，亭子為暖亭，三面用厚料蜀錦圍起，地上鋪著一方地毯，毯上設一矮榻，榻中置了棋桌，朝雲道長與羅大儒二人正在對弈。一畔設了矮几，上有幾樣鮮果。阿曄和阿曦正在亭裡玩耍，阿曦見父母來了，奔下亭子撲到了母親懷裡。阿曄也很想奔一奔，大概是覺得這種行為沒氣質，就憋住了步子。

阿曄站在亭口，很克制地直待他爹他娘上前，他才端出自認為最有氣質的模樣，揚著小奶音道：「爹、娘，我也想你們了。」然後對著他爹張開兩隻小手臂，一副求抱抱的意思。

江念沒抱他，低頭打量著阿曄沒說話。

阿曄有些急，提醒他爹：「爹，娘抱了阿曦。」您也得抱我啊！

江念很奇異地道：「現下說話怎麼忽然這般流利了？」以前可是一字一頓的。

阿曄見他爹總不抱他，心下著急，便嘴甜地道：「想爹想的。」

江念一笑，俯身抱起兒子。阿曄鬆口氣，總算沒有失了面子。

小夫妻倆見過朝雲道長，朝雲道長暫且擱下了棋子，笑道：「我算著你們前幾天就該到了的，想是下雪耽擱了行程。」

何子衿在圓凳上坐下，將阿曦抱在膝上放著，道：「去時就不敢走快，回時又遇著大雪，一來一回就比往日多花費了五六日的時間。又有阿仁哥跑了趟北靖關，紀將軍託阿仁哥帶了年禮給羅先生。」

羅大儒點點頭，問了些紀將軍的近況。江仁不可能打聽到紀將軍太多的消息，不過，他有幸見了紀將軍一面。羅大儒知道紀將軍身體安好，也就放心了。

江仁還送上了一封紀將軍寫的親筆信給羅大儒，羅大儒收了，並沒有立刻拆閱。

小夫妻二人既已回來，就把寶貝們帶回家去住了。阿曦還有些捨不得朝雲祖師，搖著小手道：「祖父，明兒就來。」意思是，她明天就過來。

阿曄跟著點頭，頗有些不捨之意，把他爹他娘看得甭提多牙疼了。

何子衿笑道：「至於嗎？成天在一處，還這樣捨不得？」

她不過隨口一說，誰知沒良心的兩個小傢伙竟然很認真地點頭，把他們娘鬱悶壞了。

朝雲道長笑出聲來，「先回去陪陪你們爹娘，明天早上我叫你們聞道叔去接你們。」

兩人這才高興起來，跑過去親了親朝雲道長，這才跟著爹娘回家去了。

這些天父母不在身邊，兩個小傢伙還是很想父母親的，阿曦把自己的玩具送給母親看。

何子衿見是個竹哨子，笑道：「哎喲，這是誰買給你們的？」

阿曦道：「道叔做給我的。」

阿曄就問起曾外祖母同小舅舅來，知道過了年曾外祖母和小舅舅就又都會過來，道：「聞道叔給的哨子，我給小舅舅留了一個。」

何子衿又問他們這些天乖不乖，阿曄立刻給他娘展示了新學了幾頁千字文。阿曦也很想展示，奈何她沒背下來，便啃了啃肉肉的手指頭，過去一把勒住她哥的腰，將她哥抱起來，嚇得她哥哇哇叫。阿曦咯咯笑著，展示了自己的小拳頭小手臂，得意道：「阿曦力氣大！」

她覺得自己比哥哥也不差。

阿曄氣壞了，喊他妹：「胖曦胖曦！」

阿曦打他一下，阿曄還他妹一拳，他自知不是他妹對手，立刻就跑遠了。

阿曦哪裡肯吃虧，跑過去追打她哥。

何子衿忙攔住閨女，「別打架啊，外祖母捎了好些東西給你們，要不要看看？」

一聽說有禮物，阿曦就暫停追打她哥的事，只是阿曄也想看外祖母的禮物，偏生他剛得罪了他妹，怕他妹捶他，不敢過去，只得遠遠伸長小肉脖子遙望外祖母給的禮物。

所幸阿曄心眼活，他取下手腕上的小銀鐲子遞給他妹。阿曦白眼，伸出兩根胖手指，阿曄只得再擼下一只。阿曦收了她哥兩個銀鐲子，套自己的小手腕戴上，也就暫停不追打她哥了，阿曄方有些肉疼地過去看外祖母給他們的禮物。

關於孩子倆的種種談判割地賠款的行為，何子衿已經自暴自棄不打算管了。

阿曄一見到外祖母給他們的禮物就高興起來，無他，他剛割地賠款賄賂他妹，外祖母給他們的禮物裡就有新的小銀鐲。阿曄高高興興就要戴上新的小鐲子，他妹卻又在他面前晃拳頭，阿曄只得忍氣吞聲讓他妹先挑。

沈氏預備的小銀鐲是一人一對，一對上面打的是折枝蓮花，一對打的是連雲如意。蓮花的自是給阿曦的，如意的是給阿曄的。另外還有小花釵、小鈴鐺。

阿曦挑了半日，跟她娘說：「娘，我都喜歡。」能不能不給她哥啊？

阿曦這話一說，把阿曄急得，圍著阿曦直念叨：「這這，你你不能啊！外祖母，給我的，我也有。」又把她哥急成了一字一頓。

何子衿道：「不行，妳先挑可以，也只能挑一半，剩下的是妳哥哥的。」

阿曦倒也不是不講理的性子，哪怕想都把好東西搶到手，可母親這樣說了，她還是留了一半給哥哥。阿曄見保住了他的禮物，總算放下了吊在半空的一顆小心臟。怕他妹不高興，他便湊過去嘀嘀咕咕同他妹說起話來。這小子嘴巧，沒一會兒就把他妹哄得眉開眼笑，還把剛剛割地賠款的兩只鐲子要了一個回來。

何子衿這一回來，事務便多，簡主簿家簡太太、莊典史家莊太太，還有段太太紛紛上門請安問好送年禮什麼的。何子衿這裡先把孝敬朝雲師傅的年禮點清裝好，也要準備著過年宴會之類的事了。甭看沙河到只是個小地方，也是麻雀雖小五臟俱全的，過年時縣衙也會準備戲酒，請一請縣裡士紳們。同樣，何子衿也會應邀出去吃年酒。再者，縣裡過年還有廟會，屆時縣衙會出銀子請戲班子雜耍班子來熱鬧幾天，全縣百姓都可過來觀看。

故而，江念與何子衿都忙得不可開交。

就是丸子現在也只是管著廚房，燒菜做飯則交給了自己的弟子小紫，丸子另有其他事要管。她自小跟著何子衿長大，識得幾個字，會打算盤，如今就成了何子衿的左右手，幫著準備年禮、採買貨品等等，完全就是內宅管事。

就這麼著，人手都有些緊張，何子衿琢磨著待開春再採買些丫頭小子來使喚。

年前段太太過來跟何子衿報了回胭脂鋪子的帳，何子衿倒沒想到做的那紅參潤膚膏這般好用，很是有些驚訝，段太太則是笑道：「太太用慣了這膏露，故而不覺。北地風大雪大，胭脂水粉合用的就少。北地人多不若南人水靈嬌嫩，咱們這潤膚膏，打頭一回得了太太給的，我用起來就覺得比我以往用的好太多。咱們這地方，甭看是個偏僻地界，可守著榷場，有錢人就多。女人為這張臉，多少錢都捨得的。」

何子衿笑，「這倒也是，女人大多肯為臉花錢的。」

這個年過得頗是熱鬧，大年初一，早上晨起，何子衿與江念先帶著孩子們去朝雲道長那裡拜年，一起吃過餃子，略坐一坐，江念與何子衿就得過去縣衙了，他們今日應酬不少。與何子衿剛來沙河縣時，女眷圈子還是閻氏金氏為首不同，而今沙河縣的女眷圈子則是簡太太及莊太太、段太太為首的官吏太太圍繞在何子衿身邊了。

江念那裡亦是宴飲不斷，好在他是縣尊，酒水略沾唇即可。至於江仁、余鏢頭，一個是江小縣尊妻族表兄，一個是投靠了江小縣尊的侍衛，沙河縣一應官吏都知這兩位是江小縣尊親近之人，不敢灌江小縣尊，對江仁及余鏢頭，他們可是不客氣的。

年節熱鬧非常，要說失落的大概就是簡主簿了。簡主簿欲謀馬縣丞留下的縣丞之位，為此還給江小縣尊夫婦送了厚禮。江小縣尊倒沒什麼意見，隨簡主簿只管去謀縣丞之位就是，因為不論誰再為縣丞，也不可能如當初馬縣丞一般強奪縣衙大權的。結果，簡主簿也不知是關係不到位還是運道不大好，總之縣丞之位沒到手，故而有些鬱鬱。

好在他在縣裡原就是個空頭主簿，他鬱不鬱的，大家去江小縣尊面前奉承尚且來不及，哪裡有管簡主簿的心情呢。

過年的時候，最高興的應該是阿曦和阿曄，這兩人可是沒少收紅包，爹娘每人一個，朝雲道長和羅大儒那裡也是每人一個，還有江仁也有給龍鳳胎預備紅包，再者，過來縣衙拜年的下屬太太們，見著龍鳳胎都有紅包相送。只要這些太太奶奶帶著孩子來的，何子衿也有預備紅包給孩子們玩。過年嘛，圖個熱鬧。

不過，應酬幾日，何子衿就把龍鳳胎送到朝雲師傅那裡去了。孩子們太小，感受一下節年的熱鬧就夠了。

出了正月，沙河縣又下了一場鵝毛大雪，伴隨這場大雪，羅大儒那裡來了一位小客人，羅大儒打發黃老伯過來請江念與何子衿過去見一見小客人。

何子衿問：「誰啊？這麼神祕。」

黃老伯不說，笑道：「縣尊太太過去就知道了。」

兩人一去，何子衿就笑了，拉著江贏的手道：「妹妹要來，怎麼不提前說一聲，我好打發人去接妳。」來的人正是江贏。

江贏笑道：「去歲紀叔叔寫信給羅先生，想送阿弟過來求學。紀叔叔離不得北靖關，我娘又有了身子，不能行遠路，乾脆就我送阿弟過來了。我想著何姊姊、江姊夫正在此地，該我過來拜訪。」

「咱們姊妹，不必見外。」何子衿想到江奶奶又有了身孕，為江奶奶感到高興。轉頭看到跟龍鳳胎在一起說話的小小少年，只乍然一見，便夠讓人驚豔的了。這小小少年年紀比龍鳳胎大一些，但充其量也不過五六歲。雖人家不過五六歲，但相對於胖墩墩的阿曦以及剛說話說溜的阿曄，這位小小少年已是長眉秀目，雪膚花貌，以此可想像日後該是何等俊美了。

不客氣地說，這小小少年生得比同母異父的姊姊江贏更俊美，模樣約是肖似其父。想到紀將軍毀了半張臉的容貌，再看看紀大郎的眉目清俊，便可知紀將軍未損容貌之前當是何等俊美絕倫之人了。

紀大郎很有模有樣地抱抱拳，板著張清秀小臉一本正經道：「何姊姊好，江姊夫好。」顯然是受過長輩的教導，故而是知道何子衿與江念的。

何子衿看他生得可愛，笑問：「你們什麼時候到的？累不累呀？餓不餓啊？」

紀大郎道：「剛到一會兒，喝了薑絲糖水，不累。」

何子衿抱了抱他，又問他大名叫什麼，紀大郎道：「單名一個珍字。」

紀珍口齒清楚，說話也都說得明白，且小小年紀已頗有禮儀。何子衿把龍鳳胎介紹給紀珍認識，阿曦拉著紀珍的手道：「娘，我們，紀哥哥。」意思是他們都認識啦。

何子衿含笑點頭，想起一事，連忙道：「這可不能叫哥哥，該叫舅舅的。」

龍鳳胎都瞪大眼睛看著紀珍，有些不明白為什麼要叫舅舅。何子衿與他們道：「他叫我姊姊，你們可不得叫他舅舅嗎？興哥兒也叫我姊姊，你們也是叫舅舅的啊！」

這麼一說，龍鳳胎就明白了。因著有一個小舅舅了，他們就喚紀珍為紀舅舅。紀珍不愧將軍府出身，見龍鳳胎叫他舅舅，便自荷包裡摸出兩個小玉墜，一人一個。二人跟紀珍道謝接了小玉墜，阿曦送了紀珍一塊自己愛吃的牛乳糖，阿曄把自己腰上掛出來臭美的竹哨子送給紀珍，然後兩人就拉著紀珍出去玩了，何子衿連忙問：「外頭正下雪，你們去哪兒？」

阿曦道：「廊下看雪。」

江贏給弟弟添了件狐皮小披風，就讓弟弟與龍鳳胎玩耍去了。

因紀珍年紀尚小，江贏會陪他在沙河縣住一段時間。何子衿邀請江贏去縣衙居住：「我那裡雖不比朝雲師傅這裡精緻，也有幾間可住的屋子。正好讓阿珍同阿曄和阿曦在一處熟悉熟悉，反正以後他們也總在一起的，我也有好些話與妹妹說呢。」

江贏並不是扭捏人，很痛快地應了。

晚間在縣衙設了接風酒，因姊弟二人遠道而來，用過晚飯後，何子衿就讓江贏與紀珍休息去了。只是何子衿很有些想不通，為什麼紀將軍會將年幼的長子送到羅大儒這裡來。待孩子們都睡了，何子衿悄與江念說起此事時。

江念沉默半晌方道：「阿珍是紀將軍長子，紀將軍約莫是想著，待他大了送回帝都。」

何子衿一怔，繼而明悟，不禁皺起眉，「難不成凡駐邊大將軍都有家眷在帝都嗎？」

江念道：「西寧關駐守的忠勇伯乃陛下愛女駙馬，陛下只此一女，聽說極為珍愛。自忠勇伯駐西寧關，公主殿下也跟著去了。南安關則是平遠侯駐守，平遠侯出身永安侯府，其母文康大長公主正是今上嫡親的姑媽。這兩位大將軍，聽說還是先時今上平叛江南之亂時就跟在今上身邊了。」後頭的話不必江念說，忠勇伯那裡有公主，比什麼都可靠。平遠侯更是父母都在帝都，且平遠侯為大長公主之子，身上有一半皇室血統。唯紀將軍，無父無母無親族，而且紀將軍與今上也沒什麼交情……紀將軍想在北靖關長久，必然要送長子回帝都的。

說為質子難聽，畢竟紀大將軍也只是駐關大將罷了，但有長子在帝都，朝廷放心也是真的，於紀大將軍，仕途大約也能更進一步。

當然，眼下紀珍實在太小，紀大將軍多半也是捨不得這麼早將孩子送至帝都，方將長子送到羅大儒這裡，畢竟這裡有朝雲道長。江念相信，朝雲道長身邊必有朝廷的人，不論帝后出自什麼樣的心思，必然會安排妥貼的人來服侍朝雲道長。正是因此，不忍將長子幼年便送往帝都的紀大將軍，便先將長子送到朝雲道長這裡，由羅大儒啟蒙教導，待得長子長大些，再將他送至帝都去。

想到紀珍小小年紀就要擔負的政治使命，關鍵還是苦逼的相當於質子的政治使命，何子衿便對小小的紀珍生出幾分憐惜。她本就喜歡孩子，自此對紀珍更是好得不得了，凡阿曄和阿曦有的，何子衿都不忘給紀珍置辦上一份。沒多久，紀珍就同江家上上下下熟悉起來。

因為幾個孩子玩得好，阿曦和阿曄還邀請紀珍晚上與他們一起睡。鑒於龍鳳胎現在還是跟著父母睡，龍鳳胎的意思就是紀珍可以跟他們一樣分享他們的父母。

人家紀珍在家都是自己睡的，後來就變為紀珍邀請龍鳳胎去他屋子睡了。待得二月接了何老娘與興哥兒過來，家裡便越發熱鬧起來，尤其興哥兒一看紀珍都跟龍鳳胎睡到一處去，他也不要跟祖母睡了。還是何子衿有法子，請來工匠打了張大大的圍子床給孩子們用。那床大得，足夠四個小傢伙在上頭打滾了。

何老娘見著江贏很是高興，這把年紀的老太太就喜歡小姑娘小夥子，尤其江贏還是對何家有恩的江奶奶的閨女，何老娘就更高興了，拉著江贏的手直道：「好閨女，妳娘生得就是個好模樣，妳比妳娘更俊。」

江贏笑，「好幾年沒見老太太了，您還是這般硬朗。」

「不行了，不比以前啦，妳看我這頭髮都花白了。」何老娘摸摸自己用桂花油梳好的鬢角，笑呵呵地打聽：「妳娘可好？」
江贏自然說好，待何老娘見著紀珍，更是愛得不得了，抱他在懷裡讚道：「看這眉眼，原本我想著阿曄和興哥兒相貌就好，要不是見著阿珍，我還不曉得有比他們生得更好的。」
她覺得紀珍非但生得好，還是江奶奶的兒子，一高興，便大手筆地自荷包裡掏出兩個小銀錁子給紀珍，道：「拿去玩吧。」
紀珍原就被何老娘誇得怪不好意思的，見何老娘給他銀錁子，他也不曉得要不要接，就轉頭去看他姊。江贏溫聲道：「何祖母不是外人，只管接著。」
紀珍這才道謝接過，阿曦拉一拉紀珍的袖子，紀珍忙自何老娘懷裡跳下去。阿曦踮著腳尖在紀珍耳邊嘀嘀咕咕，紀珍笑著點頭。何老娘問：「說什麼呢？還得悄悄說。」
阿曦故作神祕樣兒，「不能說。」
何老娘哈哈直樂。
阿曄拉著小舅舅和紀珍，給他們彼此介紹，阿曄還問小舅舅：「怎麼，這會兒，才來？」一意思是，怎麼這麼晚才來。
興哥兒道：「我早就想來了，父親母親一直說天冷，不讓我跟祖母動身，我在家憋了快兩個月了，就惦記著你跟阿曦，你們又打架沒？」
阿曄跟舅舅告狀：「她打我好幾回。」
興哥兒就開始嘮嘮叨叨地給阿曦洗腦，什麼打架不是好孩子，什麼有理講理，沒理也不能打架，總之，興哥兒還沒嘮叨完，阿曦就拉著紀珍跑出去玩了。

興哥兒急得喊道：「阿曦，妳可不能喜新厭舊啊！」

家裡只有阿曦一個女娃，興哥兒可是很喜歡小外甥女的。

興哥兒拽著阿曄追阿曦和紀珍去了，何老娘還不放心地往外瞅一眼。

何子衿道：「放心吧，有小沙小河和小雪小花跟著呢。」

何老娘這才放下心來，又同自家丫頭片子道：「我看咱們家裡添了不少人。」

何子衿道：「孩子們眼瞅就大了，家裡原本使喚的人就不多，咱們當初在帝都時就想買些人使的，皆因來北昌府，這才耽擱了沒買。年前不好買人，年後我就買了幾個丫頭小子，自小調理著，以後就能使喚了。」

何老娘點點頭，「妳娘也買了兩個丫頭兩個小子，非要我帶一個來，我嫌麻煩沒帶。」

何子衿道：「我這裡人足夠使，祖母跟余嬤嬤過來就行了。」

何老娘是二月初到的，何子衿二月二的生辰，正好一家人給何子衿賀生辰。朝雲道長打發人送了套翡翠首飾過來，自從朝雲道長的身分見了光，朝雲道長再不掩其大戶作風，但凡出手便都是能傳家的寶貝，鬧得何子衿都不曉得該不該收，怕家裡好東西多了招賊惦記。

江仁送的是一匣上等紅參，既可配藥，也可自己食用。何老娘帶了沈氏給何子衿備的生辰禮，沈氏親自給閨女做了身衣裳，何子衿道：「費這個事做什麼，我有衣裳呢。」

「這如何一樣？」何老娘道：「妳娘針線比妳好。」

何子衿辯一句：「我做衣裳快。」

這點何老娘承認，她家丫頭片子那速度，快是真的。也就難為江念生得好胚子，穿啥都好看。江贏備了一對極精緻的蝶戀花金釵賀何子衿，何子衿直說貴重，江贏笑，「姊姊也知道我家，以前沒有，現在這個是不缺的，姊姊只管收著就是。」

江念的禮物早在昨晚就送了，難得的是，四個孩子也有禮物，他們去外頭買了縣裡最好吃的蜜糖糕給何子衿做生辰禮。何子衿笑納了，還問：「你們哪來的銀子啊？」

興哥兒嘴快道：「是阿珍的銀子，我們挑的糕點。」

阿曄道：「珍舅舅還請我們吃桃花酥了。」

阿曦最實在，一句話：「珍舅舅有錢！」

何子衿黑線：你們這是在吃大戶嗎？

何老娘不愧是何子衿的親祖母，與自家丫頭片子心有靈犀了，與興哥兒幾個道：「合著你們一個銅板沒出，都是阿珍花的銀子啊？」

興哥兒道：「我的錢就是阿珍的錢，阿珍的錢就是我的錢。我們誰跟誰啊，是不是？」

紀珍點頭，「嗯，我們是好兄弟。」

阿曦跟著有樣學樣，拍著小胸脯，「好兄弟！」

阿曄有些懵，覺得不是要喊紀珍舅舅嗎？兄弟是怎麼一回事？但大家都認好兄弟了，他也不能落下，於是也跟著拍胸脯，「好兄弟！」

何子衿笑道：「什麼兄弟，輩分怎麼算的？」

何子衿這生辰沒大辦，也沒給外頭派帖子，就一家人吃了頓長壽麵，讓一些等著過來吃縣尊太太生辰酒的太太奶奶們好不遺憾。

莊太太來請安時說道：「聽聞您生辰在二月，我生辰禮都備好了，只是不得孝敬了。」

何子衿道：「我生辰一向不大辦的，何苦大張旗鼓折騰？咱們不是外人，嫂子也莫要如此客氣。什麼孝敬不孝敬的，很是外道。」

莊太太笑，「我是想著過來討杯水酒喝呢。」

「水酒何時喝不得，嫂子今兒別走了，中午我設宴請妳，咱們好生喝幾杯。」

莊太太聽得直樂，連連與何老娘道：「老太太喲，我就時常說，咱們縣裡有了江小縣尊和咱們縣尊太太，真是幾世修來的福分。我也活了好幾十年，頭一回遇到您老人家和咱們縣尊太太這樣的好人哩。」

莊太太不傻，何子衿不大辦，她們都能省下一份禮，不然憑江念現下手握實權的縣尊身分，如莊太太這樣家裡男人做典史，且是被江念一手提拔起來的，這壽禮定不能薄了的。何子衿沒往外派帖子，他們就省下了。莊太太家也就是自從莊典史升了官，這才好過些，到底比不得那些富戶。如今不必給何子衿送壽禮，莊太太很是慶幸，也念何子衿一聲好。

莊太太道：「老太太最喜歡吃我烙的麵餅煎的小魚，今兒急著過來向老太太、太太請安，明兒我烙些麵餅煎小魚來。」

好些日子沒吃，何老娘還真有些饞得慌，道：「甭說，多少人烙的餅煎的小魚都沒妳做的味兒好，這可是有什麼訣竅？」

莊太太笑，「有訣竅也不能跟老太太說啊，要是說了，被人學會，老太太再想這一口，豈不是想不起我了？」

何老娘又是一陣笑。

莊太太與何老娘性子相投，又問候起何老娘過來一路上可辛苦可順遂的話來。

何老娘道：「家裡大孫子要考秀才，原想著等他秀才試的結果出來我再過來，偏生興哥兒等不得了，非要來他姊這裡念書，這不，就來了。」

莊太太奉承道：「您家的孫子我雖沒見過，也知道定是聰慧得不得了的。秀才試肯定問題不大，您等著聽喜訊就是。」

何老娘呵呵笑，她自是盼著孫子出息的，只是考科舉這事上，何老娘極有經驗，斷不能把話說得太滿，何老娘道：「那孩子今年才十六，先下場積累些個經驗，我也跟他說了些考試的技巧，讓他試試吧，中了自然歡喜，中不了也沒啥，他爹也是二十上才中了秀才。」

何老娘難得謙虛一回，卻叫莊太太聽了十分敬仰，莊太太道：「我的老太太喲，二十上中秀才還晚呢，要是我家小子，不要說二十上，就是三十能中秀才，我也得念佛。」想著到底是書香人家的老太太，眼界委實不一般。說二十中秀才就是個很尋常的口吻，殊不知二十中秀才多難得哩。

何老娘笑，「叫妳家小子好生念書，秀才好中的。丫頭她爹、她舅都是二十來歲中秀才，阿念最早，阿念十二就中了案首。」

莊太太一聽就驚嘆起來，因同何老娘比較熟了，遂打聽道：「以前不好說，現下說說倒無妨，我就是聽說咱們縣尊老爺是探花郎來著，老太太，可是真的？」

何老娘一臉自豪，「自然是真的，阿念中探花那年十六歲。當時天街誇官我們都去看了，所有的新科進士老爺們，一甲裡狀元、榜眼、探花騎著高頭大馬，鬢邊簪花，其他的進士老爺走著，在帝都城朱雀大街上，那叫一個熱鬧，全城百姓都出來觀仰。哎喲喂，那景象，那氣派，我跟妳說，能瞧一眼，這輩子就沒白活！」

莊太太聽得入神，感嘆道：「甭說一眼了，我能聽您老說這麼一耳朵，也沒白活。」

何老娘越發被莊太太奉承得眉開眼笑，其實莊太太倒也不全是奉承，莊太太的確是覺得大開眼界，回家還對自家婆婆莊老太太顯擺了一回，莊老太太亦是感慨道：「江小縣尊果然不愧是自帝都來的，是有大身分見過大世面的文曲星哩。」

莊太太抓了把葵花籽來嗑，道：「我也這樣說。要不說馬閻兩家是找死哩，那文曲星都是天上神仙托生的，跟神仙作對，可不就是嫌命長嗎？」

莊老太太很是認同兒媳婦的這個說法，與兒媳道：「老大老二老三都大了，這會兒再用功怕是來不及，老四老五老六還小，正是念書的時候，好生叫他們念書，咱不求他們考探花，要是將來能中個進士，也是妳的福分。」

莊太太道：「我也想啊，這不都把他們送書院去了。唉，也不曉得他們功課如何？」

莊老太太想了想，道：「等妳男人回來，問問他。」

莊太太攤手道：「他也不識字哩。」

莊老太太有些不高興，拉長了臉道：「他雖不識字，卻比妳有見識。」

見婆婆不悅，莊太太這才不說啥了。

參之章

童言稚語湊諧趣

何子衿生辰宴一過，江仁就準備帶著余鏢頭等人去北靖關。先時是為了馬財主的軍糧生意，後來馬家勢敗，這生意難得，江念就給了江仁經營。軍糧生意好做，利潤也不小，只是江仁剛接手，前幾趟必須自己親自去跑路子。

江仁要去北靖關，江贏在沙河縣住了一個月，亦準備告辭，正好可以同行。她待在這裡是為了看看弟弟適不適應沙河縣的生活，現在看弟弟好得不得了，她便開始掛念家裡，一則母親身子漸逐笨重，二則她訂親的日子在六月，她得回去做些準備。

何子衿備了份訂親禮給江贏，「妳不是個扭捏人，我也不是打趣妳，而是正經賀妳。咱們離得遠，妳訂親時我不一定趕得上，待親事定了，成親的日子給我個信兒，我必到的。」

江贏並不似其他閨秀羞澀，點頭應了。

江贏要走，紀珍有些捨不得姊姊，好在何姊姊、興哥兒很好相處，更有阿曦妹妹超級可愛，他很喜歡香香軟軟的阿曦妹妹，故而雖捨不得姊姊，卻也沒鬧，反是很乖地叮囑姊姊路上要注意身體不要累著，還把姊姊託給了江仁哥哥照顧。

江仁笑咪咪地應了，江姑娘肯與他們同行，根本是照顧他們一行人。不說別的，軍中上上下下還不是要看紀將軍的臉色，江姑娘雖不是紀將軍親女，也是正經繼女，他們與江姑娘同行，別的不說，以後軍糧生意不知要順遂多少。

送走了江贏等人，江念就要準備一年的秀才試了。考秀才要經縣試、府試、院試三關，縣試是第一關，因沙河縣是大縣，江念身為縣尊，就得同教諭和訓導準備出題的事。

江念這裡準備試題，何洌那裡預備著下場。何老娘不能在北昌府給寶貝孫子加油，便帶著自家丫頭片子去城煌廟和沙河寺裡為何洌燒了兩回香，盼何洌秀才試順順利利的。

何子衿道：「放心吧，有您寫的那科舉祕笈，一準兒沒問題。」

何老娘哪裡放心，念叨道：「來前我叮囑妳娘給阿洌做大紅褲頭，也不知她做沒做。」

「別的能忘，這還能忘？」

何老娘點點頭，「只要按著我說的來，阿洌應該問題不大。」

何洌考秀才問題大不大不曉得，倒是幾個小傢伙之間的關係變得微妙起來，起因是這樣的，阿曄這小子素來有些心眼，自打會爬了就有個毛病，尿床之後會悄悄把他妹頂到尿床的地方，把尿床這事推到他妹頭上。阿曄幹這事有一年了，從沒被他妹抓到過，當然，這也側面反應了，雖是龍鳳胎，阿曦這神經也實在粗。

如今四個小的睡一張床，阿曄這事就露了餡兒。不是阿曦發現的，阿曦被陷害這麼久，以前沒發現，現在也不可能突然就變得敏感。其實阿曄夜裡有動靜，何子衿都會起來給他換乾暖的被褥，現在他們不在父母身邊，何子衿就交代丫鬟警醒著些。結果，這事是紀珍發現的。紀珍是個正義感十足的孩子，半宿見阿曄爬起來跟睡得正香的阿曦換地方，就覺出不對來。這小子機靈，支起身子摸阿曄的被窩，當下叫了出來，因為他摸到了濕熱的童子尿。

興哥兒被紀珍吵醒，見他跟丫鬟要水洗手，問清咋回事，遂揉揉眼睛故作老成道：「沒事兒，童子尿是藥材哩。」

紀珍洗手洗了三遍，又瞪阿曄，「你尿濕了床，怎麼能叫曦妹妹去睡，著涼怎麼辦？」

阿曄裝夢遊，「不嘰道。」

阿曦……還在睡。

丫鬟幫阿曄換了被褥，紀珍還是不放心阿曄，就讓丫鬟把阿曦抱到自己被窩這邊睡了。阿曄氣得直哼哼，把小被窩移到小舅舅身邊，他以後只跟小舅舅好，才不理紀舅舅呢。

紀舅舅也不缺他理，紀舅舅比較喜歡香軟的小姑娘，人家跟阿曦好著呢，成天哄著阿曦玩，還教阿曦念書。阿曦這一向念書不大成的，跟著紀舅舅，竟學會了好幾句千字文，更把阿曄氣得夠嗆，妹妹是他的好不好，他跟妹妹打娘胎裡就在一處了，紀舅舅這是什麼意思，要跟他搶妹妹嗎？於是，阿曄小小年紀就感受到了人生的第一次危機。

江念身為沙河縣新任縣太爺，還是頭一年主持秀才試中的縣試，只是縣試還沒開始，何子衿這裡就賓客如雲了，看那架勢，要說打聽考題不能夠，大家只是想跟她這位縣尊太太搞好關係，畢竟若第一關縣試都過不了，更甭提什麼府試院試了。

有何老娘在這裡，這些人送東西都會多送一份，更甭提知道何老娘的孫子、縣尊太太的娘家兄弟也要下場考秀才的事了，這簡直就是個天然的話題啊，眾人幾乎都是清一色先奉承一番何老娘與何子衿，就說起秀才試的話題來，各自說各家有哪個孩子要下場什麼的。

何子衿連忙打住：「可千萬別說了，我知道妳們家的孩子都是有才學的，只是這考都沒考呢，妳們就先通名報姓把孩子交代給我，待得孩子中了，倘有人知道妳們先在我這裡通了氣兒，得說妳們是走關係呢。這話要說出去，對孩子不好。」

聽到何子衿這話，要面子的不好再說了，有臉皮厚的就笑了，「咱們都知道縣尊老爺、縣尊太太的性情，倘有人說那些話，那必是小人無疑。」什麼走不走後門的，功名要緊啊。

這不是家裡沒門路嘛，要是家裡有門路，恨不得直接從秀才試到春闈，全都走關係疏通。

何子衿笑，「何必給小人這個機會？書上都說，眾口爍金，積毀銷骨。妳們要是擔心孩子的考試，這縣試的事我是真不懂，倒是相公和祖母曾寫過一些應試的書，一人給妳們一套，妳們拿回家去看看，只當作參考，有沒有用的，也得看各人文章如何了。」

眾人皆大是驚喜，如莊太太就直接同何老娘道：「哎喲，老太太，您真是有大學問的人，您還寫過書啊？哎喲，老太太，我要是知道，早去書鋪裡買了。」

簡主簿家的簡太太也說：「老太太的見識自不必提的，您家書香門第，教養兒孫更是一等一的，您老寫的書，我一定得拜讀啊！」

楊鄉紳家的楊太太亦道：「往日時常見進士老爺們著書立說，老太太，您的學問不比進士老爺們差啊！」

何老娘聽了滿耳朵奉承，心下不知多麼快活，臉上卻還憋著，不肯多露出歡喜來，嘴上假謙虛道：「也就一般吧，不敢跟進士老爺們比，不過，阿念考進士，咱們丫頭她爹考進士，都是我看著的。他們這一路科舉，我也有些經驗，故而寫到書上，妳們倘有願意看的，看一看，要能有所助益，我這心血就沒白費。」又說：「我們家小舅爺也是進士出身，現在帝都翰林院任官，還在國子監裡給學生們講學，國子監妳們知道是哪兒不？」

莊太太和楊太太都不曉得，倒是簡太太不愧是舉人娘子，見莊太太楊太太兩大文盲搭不上何老娘的話，很有優越感地道：「聽說是帝都給學子們念書的地方，叫國子監來著。」

「對，國子監裡念書的可不是一般的學子，都要有舉人功名，而且念書要念得好，才能進國子監。我們小舅爺在那裡當先生，還是皇帝老爺親自點的名。說來我們小舅爺講學的本事更是一等一的好，他在帝都開的進士堂，就是給舉人老爺們講課，幫著人考春闈的，闔帝都都有名氣。」何老娘炫耀了一回自家有學問的親戚。何家親戚委實不多，但就這家裡兒子進士、孫女婿進士、小舅爺進士，對了，忘了炫耀女婿了。當得知何老娘連女婿都是進士時，這些太太奶奶們的目光就不止是奉承，更多的就是各種欣羨。

莊太太回家就同婆婆莊老太太道：「何老太太真是一等一的有福之人，娘，您說，怎麼人家就一家子都是進士啊？」

莊老太太沒好氣地想，她怎麼曉得，她要曉得，她一家子也都是進士了。不過，莊老太太還是板著臉教育兒媳道：「妳以為進士是好考的，人家念書用功，有那根筋，要不怎麼人家都是進士？妳好生督促老四老五老六念書，咱家六個小子，能出息一個也行。」

莊太太就把何子衿送她的兩套書拿了出來，「這是今兒縣尊太太送我的祕訣，怎麼念書、怎麼科舉、怎麼教孩子，都寫在裡頭了。」

莊老太太連忙接了書，小心翼翼捧到跟前看。雖一個字都不認得，但聞著紙墨香，莊老太太向來嚴肅的臉上更加慎重，問道：「妳咋得的？」

莊太太道：「今兒我們過去說起縣試來著，縣尊老太太、縣尊太太送的。」然後指著薄的一本道：「這本是縣尊老爺寫的，縣尊老爺十二歲就是案首，十六歲中探花，裡頭都是縣尊老爺這些年念書的祕訣。另外這三本厚的是縣尊老太太寫的，是養孩子的祕訣，如何把孩子養成進士，訣竅都在這三本裡面。」

莊老太太聞言將書捧得更高了，感慨道：「這可不是一般的書啊！」

「可不是嗎？要不我怎麼一回家就拿給娘您看呢？我想著，待小四小五小六回家，叫他們認真讀一讀，讓他們學一學念書的訣竅。我雖沒見過書，也覺得凡事都在一個開竅，念書也一樣，開了這竅，以後就好念了。」莊太太如今日子較以前好過多了，起碼現下家裡大米白麵都夠吃了，偶爾還有人給送禮來著。莊太太與莊老太太商量：「咱家現下的日子，只要他們幾個爭氣，我不置房子不置地，就供他們念書。」

啪一聲，莊老太太拍一下大腿，第一次對兒媳婦的話產生認同感，「這話是！」然後又與兒媳道：「待晚上妳男人回來，叫他到我這屋來，我有話交代他。」

何子衿和何老娘覺得贈書沒什麼，接受贈書的幾家卻是覺得東西金貴至極，比送金珠玉寶更令他們歡喜。如莊家還開了回家庭會議，制定了兒孫們的讀書計畫，莊老太太說：「我算是看明白了，傳家傳家，傳下多少金銀珠寶都不若叫孩子們多念些書的好。不求你們像江小縣尊那般有出息，也得多念書多認字，不能再做睜眼瞎，咱家得學著換一換門第了。」

莊老太太還吩咐兒子：「把門外那石墩子給換了，不要帶刀劍的了，換個刻書箱的。」

前莊巡檢現莊典史道：「娘，那刻書箱的，得秀才相公家才能用。」

門上的講究就多，如莊巡檢這樣的人家，算是最微末的小官家庭，因莊典史算是武職，門外可以擺兩個小石墩，但像那種威風八面的大石獅子、石麒麟是不能擺的。且因是武職，石墩上刻的是刀劍，如人家秀才家裡，石墩上刻的就是書箱了，以示書香門第。

莊老太太聽了不大樂，「還有人管這個？以前也沒人管。」

莊典史是個實在人，道：「咱家明明沒有秀才，左鄰右舍的，都是多少年的老街坊了，誰不知道誰啊？叫街坊們見咱家換石墩子，還不得笑話？」

「笑話啥啊？換個石墩子，有啥好笑的？」莊老太太不高興。

莊典史道：「換石墩子沒啥，就是沒念書人，非要換個刻書箱的石墩子就好笑了。」

這話把莊老太太氣得，將兒子啐了出去。

因過日子還得指望著大兒子，啐出去還得叫回來，莊老太太是個有主意的，道：「你同邵舉人熟，叫他在學裡好生提點著咱們孩子些。」

「這不用說，阿邵也會的。」

莊老太太滿意地點點頭，再吩咐兒媳婦一句：「妳做那烙餅煎小魚，送去給何家老太太的時候，也送些給邵太太。」又說兒媳不機靈，「咱孩子就在書院念書，這話還用我囑咐嗎？不必說妳就該知道，得跟人家搞好關係，人家也能照顧著咱孩子些。」

莊太太心說，她跟縣尊太太、縣尊老太太關係不知道有多好，倒是婆婆，就知道在家發號施令，門都懶得出，還在這裡說風涼話。心裡嘀咕幾句，莊太太還是認真應了。

莊老太太打發兒媳去廚下燒飯，私下又同兒子商量：「你跟你弟弟一個娘胎托生的，這書不好咱自家私藏，你兩個大侄兒也在書院念書，這書也給他們看一看，你說成不成？」

莊典史道：「本就是給孩子們看的，我跟阿弟都不識字，侄兒們要看只管來看。」

莊老太太聽這話，滿意地點了點頭。

結果，就因看書這事，莊家還爆發了一場不大不小的家庭戰爭。

具體如何，何老娘和何子衿都不曉得，主要是她們祖孫是聽莊太太過來哭訴的，可畢竟是莊太的一面之辭，多少有些偏頗。

莊太太氣得不得了，眼睛都哭腫了，「您老人家和咱們縣尊太太好意送我的書，我雖不認得字，對書本向來敬重，何況這是指點人讀書上進的好書，我拿回家，恨不得一天上三炷香。婆婆說這書金貴，不叫我收著，我就放她老人家那裡了。誰曉得，家裡孩子們還沒瞧見，就叫婆婆把書給送小叔子家去了。我待去要，我那弟媳只說孩子們還沒看完，可那書也不只有一本，難不成四本都要叫她霸占著。我想跟老太太學一學如何養孩子，都沒處學去啦！」

何老娘連忙勸她：「多大個事兒，哪裡值當一哭，我再送妳一套就是。」

莊太太拭淚道：「不是這個事，您不曉得，我們家老太太實在是太偏心了。」

何老娘勸了莊太太半晌，最後莊太太走時，何老娘又送了她一套新的。莊太太把書抱回家，直接鎖到了箱子底，誰也不讓看見。且莊太太因此事惱了莊老太太，一連三天沒去莊老太太屋裡，莊老太太跟兒子抱怨，莊典史其實也覺得老娘偏心，那麼好幾本書呢，二弟家要看，也不至於全都借走，莊典史只得應承著老娘：「她這幾天日日去縣尊太太那裡奉承，約莫是累著，我說說她就是。」

莊老太太眼一橫，「當我不曉得，她就是不樂意把書給你二弟妹看。」

莊典史就說：「那好幾本呢，一人一本也夠看，還能剩下兩本給娘您收著。」

莊老太太這事辦得本就有些不占理，故而底氣略有不足道：「她又不似你二弟妹認得字，你說說，她看什麼書？」

莊典史也是將將四十的人了，何況還是縣裡典史，不是好糊弄的，莊典史道：「老大他們都認得字，她是說叫老大他們念給她聽，她也好長長見識，不然以後去縣尊太太那裡說話，人家一問，這書她沒讀過，豈不是叫縣尊太太不高興？」

莊老太太聽這話方無言了，不悅道：「行啦，明兒我要一本回來給她看。」

莊典史得了她娘要把書要回來的話，這才去勸他媳婦。莊太太當初嫁給老莊家，就是因老莊家給的聘銀多，那會兒莊典史就一尋常小夥子要去當兵，都以為一去不回，臨當兵前娶個媳婦，很有些留下香火的意思，故而聘銀多。誰曉得莊典史硬是有運道，非但從戰場上活著回來，還在縣裡謀了個巡檢的缺，今且做了典史，莊太太跟著他，日子越過越好。只是，因當初莊家給的聘銀都被父母拿去給兄弟娶媳婦了，莊太太嫁妝有限，故而莊太太在莊家一直有些抬不起頭來。

莊典史哄媳婦，這還是開天闢地頭一遭，聽丈夫說了幾句把書給她要回一本的話，莊太太更是氣大，冷笑道：「那都是我的，要一本回來算啥，要就全要回來！怎麼，以為我不識字就不能看書了？我還就從今天要學認字了！她不就是個老秀才家的閨女嗎？秀才算個屁，人家縣尊太太是進士老爺家的閨女，待我也是和和氣氣的！」

因為跟縣尊太太、縣尊老太太關係搞得好，莊太太在婆家的腰桿越發硬了起來。

莊典史道：「差不多就行啦，妳還要怎麼著？」

「不怎麼著，她不是想叫我引薦她給縣尊太太認識嗎？叫她做夢去吧！我把她搶我書的事兒都跟縣尊太太說了！」莊太太惡狠狠道。

莊典史一聽這話就急了，「上牙硌著下牙的事兒，妳怎地還到處亂說？」

「多少年我都是挨硌的，哪天我硌她一下，我就不亂說了！」莊太太見丈夫瞪急了眼，怒道：「你瞪什麼眼，兒子我給你們老莊家生了六個，咱老大眼瞅十八要說媳婦了，怎麼，你還要打我不成？」

莊太太又道：「你碰我一下，明兒我就去衙門擊鼓喊冤，看你怕不怕丟人！」

莊典史拳頭有些癢，但因媳婦近來的確跟縣尊太太的外交工作做得不錯，他嘆口氣，坐床邊道：「我知道妳委屈，可這不是一家人嗎？」

莊太太眼圈一紅，含淚道：「要是別的我忍就忍了，讓就讓了，這是別個事嗎？我沒念過書沒見識，人也不機靈，可我也盼著咱家孩子有出息，以後別像咱這樣過活。憑什麼我得的好書，她就全都拿走了？你啥事都讓，就不想想，這關係到咱們子子孫孫的大事哩。」

莊典史嘆口氣，握住媳婦的手，入手粗糙得很，想著媳婦跟他這些年，實在也沒享過什麼福，就心軟了，道：「我再跟縣太爺要一套，妳擱咱自己屋慢慢看，如何？」

莊太太瞪丈夫一眼，「等你，黃花菜都涼了，縣尊老太太和太太又給了我一套。」

莊典史笑，「看來妳果然有面子哩。」

「那是。」莊太太也笑了，「難得縣尊老太太這般有學問的人，待人那般寬厚，我們很能說到一處去。縣尊太太也好，我想著，前兒不是得了些細布嗎？我做兩雙鞋給縣尊太太家的小姑娘和小爺們穿。」

莊典史拍拍妻子的手，隔天打了對金丁香給妻子。

莊太太又驚又喜，「你哪來的銀子啊？」

莊典史悄聲道：「自做了典史，我也算縣裡的三老爺了，總有些孝敬，妳只管收著就是。以後再有孝敬，我交給妳，妳別外露，也攢些個。」

家裡一向是老娘當家，莊典史的俸祿都是交給老娘，莊太太手裡並沒有什麼銀錢。

莊太太接過金丁香，歡喜不盡地應了。

莊家的家庭戰爭暫且不提，縣試之前，沙河縣空缺已久的縣丞終於下來了，吏部直接任命的，當然，如縣丞這樣的官員，雖品階不高，也都要經吏部的。這次來的縣丞姓孫，單名一個單字，孫單，孫縣丞。

孫縣丞年約三十出頭，比起江念有些老，但在縣丞這個位置上還算年輕力壯。孫縣丞來前想必是打聽過了，知道前任馬縣丞下臺下得不光彩，他初來乍到，很有些當初江念初來沙河縣時的意思，不攬權亦不攬事。江念並不排擠或者架空孫縣丞，孫縣丞剛來，有什麼可架空的。因趕上縣試，林教諭和田訓導兩人明顯忙不過來，簡主簿一向是個可有可無的，莊典史是武職，正是用人的時候，故而，給孫縣丞設過接風宴後，江念就很不客氣地讓孫縣丞參與到了縣試的事務中來。

孫縣丞摸不著頭緒，私下與自己太太道：「來前打聽著，這位江縣尊年紀不大，手段可是老辣，前任縣丞前任典史都是他弄下去的。我原不欲攬事，倒是縣尊主動委任於我。」

孫太太道：「既是江縣尊有事交代，你只管好生辦就是，多餘的事甭想，什麼爭權奪利，咱不想，咱只要安安穩穩做官就是。」

孫縣丞深以為然，就是簡主簿對孫縣丞頗為羨慕嫉妒恨，無他，當初馬縣丞一去，縣丞之位出缺，簡主簿簡直是撓心撓肝想爬到縣丞之位上。結果，走了多少關係，送了多少禮，事情仍是沒辦成。

縣丞一事失手後，簡主簿時常在江小縣尊身邊晃蕩，奈何江小縣尊對他還不如對新來的孫縣丞呢，這怎能不叫簡主簿鬱悶。簡主簿想，他大概一輩子懷才不遇吧。

就在簡主簿懷才不遇的自憐中，沙河縣的縣試開始了。

那邊老少學子們在城煌廟考著試，何老娘就在家裡雙手合十地嘀咕：「阿冽也下場了吧？哎喲，菩薩保佑我乖孫順順利利的！」

也不知是不是何老娘念叨的，何冽在考場連打十個大噴嚏，噴得人家考官多瞅他兩眼，以為他染了風寒。更叫人哭笑不得的是，何老娘成天雙手合十地念菩薩，小傢伙們就有樣學樣，互相打招呼都變成這樣，早上起來不叫爹娘，改成「菩薩爹、菩薩娘」，連阿曄犯錯挨揍時，都喊「菩薩救命」，把江念氣得訓他：「喊佛祖都沒用！」

江念忙縣試忙得不可開交，正滿腔熱情做縣試主考官批閱諸學子的考卷呢，家裡就出事了，把何子衿嚇個半死，因為阿曦喝醉了。阿曦小女娃一個，自然是不會喝酒，這純粹是上了她哥的當。前頭說過，阿曄性子謹慎，說他謹慎嘛，他又是個好奇的孩子。不知為什麼，他現在就好奇酒是啥東西。要說阿曄怎麼就好奇上酒了，這個原因誰也不知道。

正趕上紀珍和興哥兒跟著羅大儒念書，阿曄跟阿曦年紀小坐不住，他倆以前都是在朝雲道長那裡玩，這回也稀奇，兩人不知怎麼嘀咕的，跑回家來了。阿曄真是的，家裡沒有地方是他沒翻騰過的。丫鬟小沙看著他倆，須知看孩子真是對智慧與體力的雙重考驗，小沙倒是沒把人看丟，就是兩人去廚房轉悠去了。小沙跟廚房燒菜的張嬤嬤說話，就沒注意廚房地上放著一罈酒。虧得龍鳳胎的娘打小就訓練他們自己穿衣裳自己用勺子吃飯，阿曄把酒罈上的布塞拔下來，拿勺子進去舀了一勺。他自己不喝，聞了聞，給他妹喝。

阿曦是個傻大膽，聞著味兒，說道：「酒。」她哥舀的，這是酒。

阿曄點頭，一臉嚴肅，「好喝。」

阿曦搖頭，「臭。」

阿曄真是無師自通的激將法，說他妹：「妳喝，我就服妳。」

阿曦便就著他哥舉著的小勺子喝了一口，覺得不好喝要吐，阿曄捂住她妹的嘴，阿曦咕咚就嚥了。阿曦平生頭一遭喝這麼難喝的東西，哇哇哭了起來，把小沙跟張嬤嬤驚動了。

驚動的還不止這兩人，阿曦喝了酒，哭了兩聲，不一時就昏了。阿曄一看，嚇得哭了起來。小沙和張嬤嬤不敢瞞著，連忙去稟了何子衿，何子衿抱著阿曦就跑朝雲師傅家去了。幸而有竇太醫在，竇太醫看了看，斟酌著配了副醒酒的藥湯。何子衿餵閨女吃了，阿曦這才好些。竇太醫還說：「孩子小，可不能給他們喝酒。」

何子衿真是百口莫辯啊，她也不明白怎麼回事。當然，她做娘的，都不曉得閨女怎麼就吃酒了，這本身就是一種失職。

朝雲道長也緊張了一回，最緊張還是紀珍，紀珍不停捏著小帕子幫阿曦擦腦門上沒有的汗，還時不時摸摸阿曦紅撲撲的小臉，興哥兒也連聲問：「竇大夫，阿曦沒事吧？」

竇太醫笑，「無妨，喝的是燒菜用的黃酒，喝的也不多，睡一覺就好了。」

朝雲道長叫了阿曄到跟前，才弄明白是怎麼回事。

何子衿氣得半死，已經在挽袖子了，「你怎麼自己不吃，給你妹妹吃？」

阿曄知道錯了，抽抽噎噎道：「我是想叫妹妹嘗一嘗好不好吃。」

朝雲道長看女弟子這教育孩子的方法實在不咋地，攔了女弟子，耐心與阿曄講道理：「你也看見了，小孩子不能喝酒，會喝壞的。非但妹妹不能喝，你也不能喝，知道嗎？」

阿曄點點頭，很乖巧地應道：「知道了。」

阿曄不止心眼多，還有天生的警覺性，當天就不大想回家，他覺得睡朝雲師祖這裡比較安全。不過，朝雲道長沒留他，他只得回去了，果然被他爹打了頓屁股。阿曄打娘胎裡出來頭一遭挨揍，又遇上很能下狠手的爹，立刻大哭出來，一邊哭一邊求援：「菩薩救命！」

江念氣煞，「叫菩薩？你叫佛祖都沒用！」又拍他肥屁股兩下。

阿曄有一樣好處，腦子快，認錯快，一看菩薩沒用，就喊起他娘來，邊喊他娘邊認錯。

江念揍了阿曄一回，訓斥足有一刻鐘，把阿曄訓得跟孫子一般，方叫他反省去了。阿曄忙不顛兒跑了，生怕留下再挨揍。

江念道：「這個小沙不牢靠，換個人跟著阿曄和阿曦服侍。」

何子衿道：「已是打發了她，連張嬤嬤也換下去了。阿曄和阿曦年歲正小，我最怕他們不懂事亂吃東西。」

江念點點頭，攬了子衿姊姊的肩問：「嚇壞了吧？」

何子衿點點頭，「心都快嚇停了。」

何子衿雖然先時也氣得恨不能打阿曄一頓，見江念打孩子又很心疼，道：「我跟朝雲師傅已是訓斥過阿曄了，你也別太嚴厲。」

江念直嘆氣，「這臭小子，一肚子壞水，有什麼壞事都想著阿曦。」

「他倆一起生下的，可不什麼都在一處嗎？」何子衿道：「也不是什麼壞事都想著阿曦，阿曄天生這樣，就是見著什麼新鮮的果子點心，他沒吃過也從不第一個吃，總要阿曦先吃。上回朝雲師傅那裡做了奶香味的八珍糕，他沒吃過就磨蹭，阿曦一嘗，特好吃，便連他那塊也搶去吃了，阿曄一口都沒吃上，可是跟我告了一狀。」

江念覺得好笑，「這兩人融合一下才好。」

「性情都是天生的，哪裡能改？」

當真是改不來的，阿曄這麼糊弄著阿曦喝酒，結果阿曦醒了酒，跟她哥就又好得跟一人似的了。主要是阿曄辦了壞事，那是想方設法巴結阿曦來賠罪，連先時阿曦一直很喜歡的，阿曄繫朝天辮時用的編有小銀鈴鐺的髮帶，為了賠罪，他就送給阿曦了。阿曦性子直，也好哄，其實人家本身沒覺得啥，就是覺得酒不大好喝來著，至於她哥糊弄她喝酒的事，阿曦可能被她哥陷害的次數太多了，她……她給忘了。

紀珍都說：「阿曦妹妹真是個好人。」

興哥兒悄悄問阿曦：「酒好喝不？」

阿曦往地上呸兩口，很乾脆地道：「難喝！」

江念聽到興哥兒還打聽酒好不好喝，沉了臉道：「興哥兒，你要是敢偷喝酒，我今天怎麼揍阿曄的，明兒就怎麼揍你！」

興哥兒吐吐舌頭，不敢說了。

何老娘很心疼曾外孫，還給曾外孫的屁股上塗了自己用來擦臉的紅參潤膚膏，說是抹上就不疼了，私下與丫頭片子道：「阿念這打起孩子來可真下得去手，阿曄屁股都腫了。」

「打一回還不用些力氣，難不成跟撓癢癢一般，那管什麼用啊？」

何老娘聽這話就來氣，「你們小時候，我可沒碰過你們一下。」

何子衿道：「我們小時候哪裡發過這樣的壞水？」

「小孩子可懂什麼？」何老娘始終覺得寶貝曾外孫受苦了，便叫廚下多燒幾個好菜給寶貝曾外孫吃。阿曄見每天都有好吃的，就高高興興把挨揍的事忘到腦後去了。

其實阿曄想來也是嚇壞了，證據就是，自從那天阿曦喝酒昏過去後，阿曄每天晚上都跟妹妹一個被窩睡，早上都要叫妹妹起床，生怕他妹妹再像上次那樣睡不醒，而且，他也不再有什麼東西都給妹妹先嘗了。

縣試很快排出名次來，取中的學子們受到縣尊大人的鼓勵，就得準備去府試院試了。江念還一人發一本自己在科場上的經驗之談——他自己寫的書，以當作鼓勵。

沙河縣的縣試名次取出來，何老娘心裡惦記著何冽，不曉得寶貝孫子有沒有過縣試。江念看老太太擔心，遂寬慰道：「阿冽的文章，縣試是沒問題的。」

何老娘稍稍放心，又問：「那府試和院試呢？」

「府試問題也不大，院試則在兩可之間。」

何老娘遂做一決定，明兒再帶著丫頭片子燒香去，求菩薩保佑寶貝大孫子院試順遂。

江念一笑，與子衿姊姊道：「多帶些銀子，捐些香火錢。」

何老娘擺擺手，「銀子不必你們出，我有。」在捐香火錢這事上，何老娘素來大方。

江念道：「這是我跟子衿姊姊的心意，祖母的是祖母的，不一樣。」

何老娘這才樂呵樂呵地應了。

府試和院試結束，沙河縣一共考中了八個秀才、十個童生，在州裡的名次不怎麼好，卻也不是最差，江念還算是滿意。這裡要說一句，甭以為秀才好考，秀才一點都不好考，整個北昌府，一年也就擇百來位秀才。

何老娘眼巴巴等著寶貝大孫子秀才試的信兒，信兒到得很快，江念回家道：「阿冽榜上有名，名列第三十七位，這名次不錯。」

何老娘一聽就樂了，連忙問：「真的？你怎麼曉得的？」

江念笑道：「秀才試結束，州府發函到各縣，我這裡整個秀才試榜單都有。」自袖中取出秀才榜單遞給何老娘看。何老娘因前番寫書，認得些字，見孫子果然名列其間，頓時喜得不得了，眉開眼笑道：「果然是咱們阿冽。」又掏銀子出來，讓廚下去揀著雞鴨魚肉儘管買來，中午吃好的，她老人家請客。

何子衿笑，「我也沒料到阿冽能考上，以為他今年就能考個童生，不想名次還真不錯，今兒中午是得吃好的。」命丸子接了銀子去置辦酒席。

何老娘呵呵笑，「我也沒料到，可見的確是用心學了的。」

何子衿自不會掃祖母興致，卻也曉得北昌府人文上有所欠缺，功名好考些也是有的。待得晚上何子衿說起這事，江念卻並不這樣認為，「不止是好考，阿冽的文章雖不是一等，考秀才也能搏一搏，倘是學得狗屁不通，再如何好考也考不上，一府也有上千人考秀才呢。」

何子衿道：「你考秀才時，一府能考二三百名秀才出來，北昌府怎麼只有一百位？」

「地方與地方不一樣，名額都是有變化的。像蜀中，文教好些，我考的那年，秀才試錄了兩百四十八人，這是整個蜀中一年的秀才人數。北昌府文教尋常，秀才試的名額就少，待得秋闈也不同，如北昌府，三年一度秋闈，每科只准錄四十名舉人。一則北昌府人少，二則貢賦不同，考生人數也不同。」江念解釋道。

何子衿唏噓，「我還說北昌府功名好考呢！」

「朝廷早防著這種遷戶籍往偏僻處考功名的事，想一想，這兒縱學子們念書不比中原地區，但一科只錄四十人，也都是拔尖的。這樣出來的舉人，去帝都春闈時方不遜於其他地方的舉子。」江念細說這當中的差別。

何子衿自從做了縣尊太太，見識委實漲了不少。

且說江仁一行人，二月初去了北靖關，回來時已是三月初了，何冽同江仁一起來了沙河縣。見到何冽，何子衿很是驚喜，笑著打趣：「哎喲，秀才相公來了！」

何冽剛成了小秀才，暫不適應這身分，有些不好意思道：「姊，妳也取笑我。」

何老娘見著秀才孫子更是眉開眼笑，拉著孫子的手道：「不是取笑，你原就中了的，這是實話。」又讚孫子：「比你爹當年中秀才早好幾年呢。」

何洌實話實說：「我也沒想到能中。」

何老娘道：「名次也很好，你姊姊、姊夫都說你考得好。」

何洌笑，「這也是僥倖，跟阿念哥這種天才是不能比的。」

何老娘道：「阿念是文曲星，你是自己努力的，不一樣。」

江念：說得我好像沒努力過似的。

大家說笑一回，何子衿讓丸子去接阿曄和阿曦過來，何子衿就問江仁：「阿仁哥不是說半個月就回，如何耽擱到這時候？」

江仁含糊道：「去之後難免各處走動，一來二去的，就耽擱了幾日。」

何子衿便暫未多問，先是與何洌說話，問他考試時的事，何洌道：「我只當試一試，也沒覺得如何。因是就在州府考，離得近，我就跟平日裡寫文章一樣，不想就順順利利過了。學裡有比我課業好的同窗，考前燒香拜佛的，興許是太緊張了，反是沒過。後來考完看他答的考卷，遠不及平日寫的，很是可惜。」

江念道：「得失心太重，反失了水準，你這樣就很好，平日裡如何，考試就如何。」

何洌點點頭，很是認同江念說的，想來這一番秀才試，也積累了一些自己的心得。

阿曄和阿曦被接了回來，他們快一年沒見過何洌大舅了，對於他們兩歲多的人生，這實在是太長的時間，以致於都不怎麼認識大舅舅了。好在何洌會哄孩子，不一時就把兩個小的哄熟了。待得中午紀珍和興哥兒回來，家裡又是一番熱鬧。

尤其是興哥兒，把自己大哥鄭重地介紹給好朋友阿珍認識。

直到晚上，何子衿才曉得江仁晚歸的原因，江仁嘆道：「先時剛回來，正高興的時候，不好提這事。我這去北靖關，因有江姑娘一路相伴，事事順遂。不想我們這要回來時，江姑娘的未婚夫出了意外，我就多留了幾日，幫不幫得上忙另說，總得盡盡心。」

何子衿連忙問：「什麼意外？」。

這事當真是一言難盡，江贏雖不是紀將軍親女，可其母江奶奶是一代牛人，有這麼個牛人娘，江贏自身素質也不差，小姑娘生得清秀漂亮，為人也俐落爽快，紀將軍頗為喜歡這個繼女，為繼女說的親事也很不錯。紀將軍手下有一名心腹先鋒官，正五品的銜，雖無甚出身，人自己有本事，江贏一成親就有誥命。

男女雙方都對這親事很滿意，結果，這先鋒官委實沒福，出外剿匪，把命給搭上了。

何子衿聽完也不曉得要說什麼了。這親事紀將軍絕對是好心，依紀將和江奶奶的性情，江贏這般能拿出手的閨女，夫妻二人斷不會把繼女許配給無能無才的那類人。人既有本事，必受重用，既受重用，有剿匪這樣的事，自然要派去的。這不只是重用，更是立功的機會，這樣的機會，不是人人都有的。

何子衿嘆道：「真是無福啊！」眼瞅著要做紀將軍的女婿了，有江奶奶在，繼女女婿與親女女婿差別也不大，偏生親事未成，人就死了。

何子衿又擔心江贏，道：「江妹妹怕也是免不了一場傷心。」

江仁既然回了沙河縣，就準備著回帝都的事兒了。江仁回帝都前，余鏢頭幾人商量了一番，想著留下來給江念做侍衛，余鏢頭說：「幹啥都行，就是給大人跑跑腿也長見識。」

江念身邊人當真不多，自去歲來了沙河縣，人手不足，一直在用余鏢頭幾人，經過這些日子，彼此倒也混熟了。江念樂意收下這些人給自己做臂膀，就是孩子們出門也能當侍衛。余鏢頭幾人都是走鏢的，縱不算武功高手，也大都會些拳腳，而且走鏢之人性子謹慎，這點很合江念心意，江念便又每人給了二十兩銀子，叫他們回家給家裡買些東西。

江念都覺得，倘不是做了縣令每年可以截流拿些銀子，再加上子衿姊姊打理著買賣，不然當真養不起這麼些個人呢。

江仁回帝都的事，原是早定了的，何洌也要同江仁一起去帝都，何洌道：「先時爹就應了我的，考中秀才就能跟阿仁哥去帝都，我這不中了嗎？爹就應了。」

何老娘有些不放心，但想著孫子大了，江仁和余鏢頭都是可靠人，再者，去歲自帝都來北昌府，一路上也都順順利利的，故而沒攔著何洌，只是讓余嬤嬤多給何洌帶些東西。

何洌道：「我衣裳都帶足了，嬤嬤啥也不必預備，倘少什麼，路上置辦就是。」

江仁也說：「路上啥都有。」他們大男人不似女人嬌氣講究，江仁出門向來輕車簡行。不過，這次不是輕車，他做買賣做慣了的，回帝都就不願空著手。江仁打算販些參茸皮子等貴重物回去帝都販賣，這是極有利潤的。何子衿也請段太太幫著選些上等紅參，購了些鹿茸，備了兩份，一份是給舅舅外祖家的，一份是給小唐大人家。蔣三妞那裡沒預備，何子衿的意思是，看蔣三妞和胡文那裡能不能騰開手，倘能騰開手，就請兩人過來。何子衿瞧著榷場這裡生意好做，在北昌府一大家子在一處，既親香且熱鬧。另則，江念也有給親近同僚的信件，請江仁一併帶了去。

江仁在沙河縣停了十天，待貨物購置完畢，便出發往帝都去了。

江仁走時，何老娘、何子衿等人都頗多牽掛，倒是孩子們沒啥捨不得，因為江仁早與他們說了，這次回去就給他們接好幾個哥哥弟弟過來。阿曄和阿曦、紀珍、興哥兒都等著哥哥弟弟呢，江仁還沒走時，就問過他八百回，阿曄是這樣說的：「仁舅舅，哥哥們啥時來？」

江仁道：「得等我去了帝都，才能接他們回來。」

阿曄又問：「那你啥時走啊？」

江仁哭笑不得，與江念道：「咱們阿曄說話還會拐彎呢！」

江念對阿曄這種性格也頗是無奈，相對於阿曄的拐彎抹角，阿曦就是個直腸子，一見江仁就催促：「仁舅舅，接哥哥去，接哥哥去。」

紀珍和興哥兒也盼著能有新玩伴，故此，江仁這次一走，對於孩子們來說，那絕對是期盼已久的事，他們早盼著江仁去帝都接小朋友過來啦。

春暖花開，沙河縣的日子悠悠然向前滑過，除了總有些太太奶奶過來打聽何冽的親事之外，這段日子可以說得上順風順水。何老娘亦在思考孫子的終身大事，只是她老人家心高，自家從小書香門第一躍為小官宦門第後，她老人家就把孫媳婦的目標群放在官宦人家的姑娘身上，尤其是孫子中了秀才後，她認為孫子功名都有了，必得尋一門官宦人家的千金方好。

何老娘把這心思同自家丫頭說了，何子衿道：「正經人家就成，關鍵得看這家門風如何。最好跟咱家似的，清清白白，簡簡單單的人家。」

何老娘點頭，「這話在理。」

何老娘又道：「妳跟著阿念去州府交糧稅，跟妳娘念叨念叨這事，讓她著緊著些。阿冽今年就十六了，再過一兩年，可就當成親的年歲了。」

何子衿道：「我娘沒個不急。」

何子衿又問紀珍要不要一塊回家看看，紀珍來沙河縣也有三個月了。

紀珍問：「何姊姊，我能帶阿曦妹妹去嗎？」

「咱們這是啥輩分啊？」何子衿笑道：「阿曄和阿曦都跟我一塊去北昌府，他們去外祖家看望外祖父和外祖母。」

紀珍就打算跟著回家看看，他道：「我小妹妹肯定也出生了，我帶曦妹妹過去，比一比她倆誰好看。」甭看紀珍小小年歲，還記掛著娘親生小妹妹的事呢。

興哥兒一看大家都去，他也不樂意一人留下來跟著羅大儒念書，便也鬧著要回家去。於是，何老娘乾脆也準備回家看看。這次回了家，下次再回就是年底了。

事情就這麼定了下來，結果，有人不大高興。

朝雲道長說：「天兒有些熱，路上仔細著些。」

何子衿道：「師傅儘管放心，我曉得，他們也大些了。」

朝雲道長哪裡能放心，心說，寶貝們跟著自己一點事都沒有，就前些天，回去沒半日功夫，阿曦就喝酒醉了一天，要是跟著自己，哪裡有這種事。朝雲道長就要把聞道借給女弟子使，何子衿知道聞道師兄是朝雲師傅身邊離不得的人，哪裡肯要，再三說不必，朝雲道長方不提這事了，不過還是要何子衿細心些，尤其這去北昌府，怕孩子水土不服，又要借何子衿個廚子使，還要派竇太醫跟著。

何子衿冷汗都冒出來了，連聲保證道：「我帶孩子也是一把好手，您儘管放心。」朝雲道長一副「我不想傷妳自尊」的模樣，既然女弟子死要面子，他也就不提借人給女弟子的事了，只是到底不放心，生怕寶貝們出啥意外，以致於朝雲道長這幾日連卜三卦，看卦相都是大吉，方放心讓寶貝們出門去。

沈氏這些天就預備著呢，畢竟各縣往州府送夏糧的時間也差不多是固定的，去年什麼時間，今年也差不多。見著一大家子都回來，沈氏自是喜悅，尤其見著外孫外孫女，更是眉開眼笑，抱抱這個親親那個，恨不得都抱在懷裡。沈氏兒子生的比較多，故而女娃就稀罕了。抱了阿曦在懷裡，沈氏怎麼都愛不過來，笑道：「生得越發好了。」

阿曄見外祖母抱妹妹，他自發跑到母親膝上坐著。興哥兒看他還要姊姊抱，很是笑話阿曄一回，道：「看你，跟奶娃子一樣。」

阿曄最要面子的，哪裡受得了這話，當即從他娘膝上掙扎著下來，還跑到外祖母跟前笑話妹妹：「奶娃子！奶娃子！」

阿曦不大明白這是啥意思，但聽得出好賴，她急了，扭著小身子要下去，沈氏只得放她下去。阿曦一下去就追打她哥，何子衿笑，「在家總是淘氣。」

「小孩子哪有不淘氣的？」沈氏望著外孫外孫女活潑的小模樣，道：「就是瘦了些。」

何子衿道：「娘，您說他們瘦，可阿曦每頓能吃一碗稀飯，還要吃果泥、蒸蛋、蒸魚。阿曄現下會跑了，也吃的不少。」

沈氏笑道：「這是貪長呢，咱們剛來北昌府時，他們才這麼大。」說著比劃一下，「妳看現在多高了，能跑會跳的。」

「這倒是，衣裳都要往大裡做，不然一不留神就小了。」何子衿道：「剛生下來時，天天要抱著，抱著的時候就想，什麼時候才會走，等會走之後，更叫人操心。」

沈氏道：「要不都說不養兒不知父母恩，妳這才開始，就是孩子大了，也還是操心。」

阿曦追打她哥一陣，又跑到母親跟前學舌：「操心！操心！」逗得外祖母大樂。

紀珍看阿曦鼻尖熱出汗來，忙拿小帕子幫她擦一擦。

沈氏又誇紀珍好相貌，人也這般懂事，何子衿道：「阿珍念書也伶俐得緊。」

紀珍謙虛道：「我跟阿興差不多。」

興哥兒道：「哪裡，阿珍比我好啦！」

沈氏笑咪咪地聽著孩子們說話，孩子們在屋裡坐不住，不一時，阿曄就想去外頭了。興哥兒充當小導遊，帶著外甥外甥女與好兄弟紀珍去參觀自家院子。

沈氏令翠兒帶著小丫鬟跟著，何子衿也帶了兩個小丫鬟同行，就是為了看孩子的。

何子衿這次帶了龍鳳胎來北昌府，可算是熱鬧了一回，龍鳳胎的小小心靈也充滿歡樂，主要是兩人沒想到自己這麼受歡迎，在外公家有俊舅舅一起玩，外公對他們更是有求必應，出門也是人見人誇。倒不是龍鳳胎如何出眾，小奶娃子一對，有啥出眾的，而是龍鳳胎本身比較少見，再加上縱有龍鳳胎也多相貌不大像。阿曄和阿曦則不同，這兩人彷彿一個模子刻出來的，人人見了都說稀奇。

何況這兩人的禮儀是朝雲道長一手教導出來的，故而，頗能拿得出手去，連余巡撫太太見了，都給了兩份見面禮，說何子衿：「妳這兩個孩子養得真好。」

何子衿笑，「他們現在就知道憨吃憨玩，先時小些，不敢帶他們出來，如今大了些，我爹娘一直念叨，就帶他們過來了，也向您請安，讓孩子們見些世面。」

「在方先生身邊，什麼世面見不著？」余太太笑一句，很自然地問起朝雲道長的身體，知道朝雲道長的身體安康，這才放下心來，道：「皇后娘娘一直惦記著方先生。」

何子衿道：「沙河縣雖氣候不比帝都，我看師傅的氣色倒不比在帝都時差。」

余太太微微頷首，命人叫了大孫女出來，指了龍鳳胎給長孫女看，笑道：「妳先前不是說沒見過龍鳳胎嗎？這就是江太太家的龍鳳胎了。」

余幸正是十五六歲的年紀，身著淺紫輕紗長裙，頭上插三五釵環，並不華貴，卻樣樣精緻，皆是極罕見的紫晶打磨而成，與身上裙衫正是一套。自相貌看，余幸與余太太年輕時有幾分肖似，杏眼桃腮，頗是明麗。這麼大的小姑娘，不一定喜歡孩子，有的就怕小孩鬧騰，好在龍鳳胎出門從不鬧騰，余幸見著龍鳳胎也喜歡，拿了點心給龍鳳胎吃，聽著龍鳳胎軟軟糯糯地說：「謝謝姊姊。」余幸直笑，「真乖，我在帝都也沒見過這麼招人喜歡的孩子。」

何子衿問：「余姑娘是剛來北昌府嗎？」

余幸道：「今年是祖父六十大壽，我提前過來給祖父賀壽。」

何子衿笑，「余姑娘來了北昌府，可要多住些日子，北昌府的風景不比帝都差。」

余幸大概是頭一遭聽人這般說的，抿嘴一樂，覺得這位江太太的話有些可笑，「大家都說帝都是天子之都，難不成還有地方比帝都好？」

何子衿道：「要論繁華，北昌府自然不比帝都城，不過，北昌府離北靖關近，外有榷場，榷場是溝通兩國的地方。其實不只是兩國，再往北還有更廣闊的國度。帝都開闊的是眼界，在北昌府，開闊的是心胸。」

余太太頷首，笑讚：「這話說得好。」

何子衿自小就是能把何老娘改造了的人，同余太太這樣通情達理的老太太更是處得來，兩人在一處說話很是投機。余太太都覺得，縱何子衿不是方先生的女弟子，跟這樣的人相處也很有意思。余太太留何子衿用了午飯，何子衿方告辭而去。

余太太問大孫女道：「妳看這位江太太如何？」

余幸道：「挺會說話的。」

「江太太可不止會說話。」余太太細細分說道：「江太太娘家雖非書香之族，其父也是正經二榜進士，翰林出身，今任州府學差。江太太嫁的江探花，亦是少時俊才。她娘家兄弟也都是念書的，今年大弟弟就中了秀才，年不過十六，很是上進。」

余幸見祖母喜歡這位江太太，便順嘴道：「她家龍鳳胎也好看，挺懂事的。」

余太太笑道：「可惜江太太不能在北昌府久待，不然她雖長妳幾歲，倒也不算離了格，妳們能多在一處說說話。」又道：「江太太的母親何太太也是極好，待時間長妳就知道了。」

余幸順著祖母的話道：「什麼時候何太太過來，祖母也叫我過來說說話才好。」

「好啊！」余太太望著孫女明媚的臉，欣慰地拍了拍孫女的手。

因去歲已交過一次糧稅，這一遭可謂熟門熟路，待得江念將糧稅的事辦妥，何子衿也拜訪了一圈北昌府的太太奶奶們，便同江念帶著孩子們往北靖關去了。

紀珍還是有些想家的，這麼小的孩子頭一遭離家，沒有不想的，也就是何家孩子多很熱鬧，幾個孩子一天十二個時辰在一處，紀珍不覺得孤單，這才沒怎麼想家，可等知道要回家了，一路上淨在車裡跟阿曦講他家裡的事了，當然，其間還有很多炫富的話，譬如「這次我回家去，把我先時存的銀子都帶來，到時天天買桃花糕給妳」。

阿曦便一路念叨著桃花糕，連做夢都得念叨兩句桃花糕。當然，紀珍還跟小夥伴們許下了不同的禮物，什麼他有一艘大船要送給興哥兒，有一匹駿馬要送給阿曄。把仨人說得，對於紀珍哥哥的家裡嚮往極了。

這次到紀將軍府上沒遞帖子，紀珍比帖子管用多了，門房一看大少爺回來，恨不得親自駝著他進去，對江念和何子衿一行更是客氣得不得了。江念是男客，另請去外書房喝茶，何子衿就帶著孩子們隨著紀珍一起進去了。

江奶奶剛出月子，臉頰有些圓潤，見著長子回家自然高興，請何子衿等人坐下。江奶奶還沒說話，紀珍就忍不住奔他娘跟前問：「娘，小妹妹呢？」

江奶奶摸摸兒子圓潤的小臉，笑道：「不是小妹妹，是小弟弟。」

紀珍漂亮的小臉忍不住露出失望，又問：「真不是小妹妹嗎？」

江奶奶一指阿曦，道：「這不就是小妹妹嗎？」

紀珍心眼活，想想也是，他已經有曦妹妹了，他娘生個小弟弟也好，就著急要看小弟弟去。江奶奶與侍女道：「妳帶孩子們一塊去吧。」

何子衿難免再叮囑孩子們幾句：「寶寶還小，現在不能碰，只能站邊上看。」

四人張著小嘴拉長小奶音齊聲喊：「知道啦！」

江奶奶忍不住笑出聲來，與何子衿道：「無妨的，屋裡有丫鬟有嬤嬤。」

紀珍拉著阿曦的手，阿曄和興哥兒在後頭跟著，四人就一起看小寶寶去了。

何子衿同江奶奶道：「我與相公一道去州府交夏季糧稅，北昌府離這裡不遠，就帶著阿珍一道來了，想著夫人定也記掛他。」

江奶奶笑道：「我正要讓阿贏去看阿珍，不想你們就來了，阿珍比在家時活潑多了。」

何子衿道：「我家裡就有兩個愛淘氣的，興哥兒也跟著我祖母在我那裡念書，正好阿珍去了，一起做個伴。」又細說起阿珍的課業來。江奶奶又是何等眼力，一看兒子高高興興地回來，目測又長高了些，就知道兒子在沙河縣過得很不錯。

「難得妳喜歡孩子。」江奶奶說的是真心話，憑她家如今的權勢，孩子寄放到誰家也不會受到虧待，但衣食不缺與教養是兩碼事，只看何子衿管得住孩子們，大小事上有所叮囑，就知道何子衿不是一味慣著孩子的人。

何子衿道：「我小時候我們家更熱鬧，族兄族弟都是玩伴，常一群群在我家玩。」

江奶奶笑，「妳是個熱心腸的人。」

「我就這點跟夫人像來著。」江奶奶對她有恩，何子衿一直沒忘，她看江贏較先前消瘦了些，遂道：「我來前正說呢，贏妹妹要是有空，不如去我那裡住些日子。當時贏妹妹走時沙河縣剛剛回暖，風景還不好，現下風景極好，到時我帶贏妹妹四處看看。如今沒事，我還想著去榷場轉一轉，我看江妹妹也不是一味愛在家裡悶著的性子。」

江贏眉間有憂色不散，對何子衿的提議雖有些心動，到底記掛著二弟年小，母親剛出月子，身子也虛，便道：「姊姊好意，待二弟大些我再去吧。」

江奶奶卻是道：「既然子衿邀請妳，就去散散心吧，妳不是一直想去榷場嗎？」

「我在家還能幫娘您理理家事。」

江奶奶笑，「家裡有管事有管家娘子，有丫鬟有婆子的，妳儘管去玩一玩，別在家悶著，小心悶得眼界都窄了。」

江贏便應了，與何子衿道：「我心裡悶得慌，也想去姊姊那裡轉一轉。」

何子衿見江贏不諱言未婚夫之事，也就勸她兩句：「不與我外道就好。咱們認識這些年，我也算經過一些坎坷，不過，我經的那些事與妳母親經的事比起來就不算事了。妳這個，只是緣分未到罷了，天意若此。」

江奶奶道：「我也這般說，阿贏年紀尚小，故而看不開。到了我與將軍這個年歲就曉得，世上沒什麼大事，也沒什麼難事，只要活著，總有一條路走。」

何子衿深以為然，「是啊，有時瞧著路不好走，其實走上去就知道，沒有想像中的難。

有時瞧著一馬平川，走上去則是酸甜苦辣，一言難盡。」

江奶奶認識何子衿的時候還年輕，何子衿那時亦不過小女孩一個，兩人其實年紀差了十幾歲，結果，那點交情硬是一直延續到現在，就是因兩人在三觀上很相近。江奶奶三次嫁人，真正從心裡認同她又能與之為友的，實在是鳳毛麟角，這其中何子衿算是一個。

江奶奶又問起何子衿在沙河縣的生活來，何子衿道：「現下沒什麼事，說來，北昌府這地界帝都人知道的不多，大家都說是苦寒之地，實則是難得的寶地。不說別個，參茸都是寶，不止有北涼的紅參，珍貴的山參也有，縱不常見，產山參的地兒也就是北昌府了。再者，北昌府皮毛的成色，我看比別個地方要好。」

江奶奶笑，「是啊，等妳去了榷場就知道，好東西比妳想的還多。」

何子衿道：「要我說，連本地的大米也比我老家的要好吃。」

江贏聽著笑起來，道：「凡是自帝都來北昌府的，多是不適應來著，什麼都不適應，氣候飲食，樣樣不合意，倒是子衿姊姊，這才在北昌住了一年，就瞧著北昌樣樣都好了。」

何子衿笑道：「我早就瞧著北昌好，我們剛到帝都的時候，光帝都的物價都叫人驚嘆，是我老家的兩倍往上了。後來到北昌府，野味遍地都是，較之帝都划算不知多少，且這裡的野味比帝都那些不知是野生或家養的，味兒更純正。再者，帝都權貴遍地走，咱們出門打個噴嚏都得小心著些。北昌府苦寒是真，可正因這地方天氣不好，嬌貴人受不了，故而這裡才有咱們的機會。辛苦些怕什麼，咱們又不是那等吃不了苦的，我就喜歡這樣的地界。我不怕辛苦，只怕沒機會。」一說著，話鋒一轉又道：「妹妹跟我一塊回去，今年我剛收了春天新種的香糯米，這米現在可稀罕了，尋常見不著，香得不得了。我帶了些過來，給妳和夫人嘗嘗，只是吃的時候要注意，這種米味道雖好，卻不是很好消化，莫要多吃。倘是胃不好，也不要吃這米。不過，香是真香啊，入口那口感，不瞞妹妹，我不配菜，就能吃一碗。」

江贏直笑，「那可是得嘗嘗。」

「一等的好米，產量低，一畝田才產三十斤，分成色過篩，一畝地上等香糯米只能得個十斤。」這會兒的稻米產量的確不高，主要是沒什麼農藥防蟲防害，全靠人工，當然，這也不是雜交稻，就是本地香糯米來著。因產量低，便是味道好，本地人嫌它填不飽肚子，現在種的極少。何子衿費了許多力氣，方找了些香糯米的稻種來，手裡的田地大部分都種這種稻米。

何子衿說了一通這米如何好如何好，聽得江奶奶來了興致，令廚下中午就蒸這米來吃，何子衿便又介紹了一回這米如何蒸為好。

江奶奶笑，「早就聽說妳在飲食上頗有心得，如今看來，果然名不虛傳。」

何子衿謙虛道：「我這也就是跟著師傅學了些皮毛，不能比的。」

江奶奶道：「妳這樣就很不錯了。」又與閨女道：「妳去了沙河縣，也跟子衿學一學。會不會做無妨，會吃會看就行。」

江贏道：「子衿姊姊手藝就不一般，我看阿珍在子衿姊姊那裡住了些日子變圓潤了。」

江奶奶點頭稱是，兒子不止長高了，臉也圓了一圈。

何子衿道：「吃飯我還真沒管過他們，除了雞骨頭魚刺的叫他們小心些，別個就是做什麼吃什麼。贏妹妹也知道，我家裡雞魚肘肉不缺，卻也就是這些了，大多是家常菜，晚上素的比葷的多。約莫是孩子多，吃飯就香。阿珍吃飯時，剛去還矜持來著，後來給他們炸雞塊，就是活雞殺了，用雞胸雞腿上的肉去了骨頭，切成小塊，用調味料醃上一個時辰，裹上麵糊炸來吃。孩子們都愛吃這個，我嫌太油，吃多了上火，一次只炸一盤，也就十五六塊。阿珍開始是吃一個拿一個，等要吃下一個，再拿的時候一看沒啦，可不就傻眼。後來再炸雞塊，他就先說了，按人頭分，快的不許多吃，慢的也不會少吃。」

江贏笑，「這事我回來就跟娘說了，我還說呢，家裡燉上四個時辰的雞湯，端到嘴邊去，阿珍不見得多喝一口，可到了子衿姊姊那裡，吃什麼都香。」

何子衿道：「孩子都這樣，愛湊熱鬧。」

江奶奶笑道：「以前在老家，我們村裡大多是窮的，就有一戶地主，家裡有幾百畝地，在村裡最有錢。他家有個小子，吃什麼都不香，結果就是去他們鄰家吃的醃蘿蔔吃得香。不為別個，他們鄰家生了八個孩子，吃飯跟打仗似的，一碗醃蘿蔔條上去，沒片刻鐘就風捲殘雲般吃完了，那地主家的小子就覺得好吃。其實一個理，孩子吃菜，一群人圍著，不見得愛吃，就得一群一夥的，同齡的小朋友多了，吃得就香了。」

江奶奶剛出月子，見著長子回家很是高興，中午留何子衿等人在將軍府用飯。江念那裡雖紀將軍不在家，也有紀將軍的幕僚相陪。

江奶奶著意誇了何子衿送來的香糯米，點頭道：「別說，這米是好，較我尋常吃的更香。有一點糯，卻又不是糯米那種黏牙，好米，真是好米。」

江贏也說這米味道好。

何子衿笑，「夫人覺得好，待什麼時候我再令人送些來給夫人。」

江奶奶道：「妳手裡的也不多，待明年妳多種些再給我吧。」

「我手裡雖不多，尋常吃的還是有的。明年的稻種已是留下了，我再多種些。」待得午飯後，何子衿就要起身告辭，結果紀珍捨不得小夥伴們走，何子衿笑，「我們還不走呢，就是去親戚家看看，過幾天就來接你，咱們得一起回去呢。」

紀珍想了想，道：「何姊姊，讓阿曄和阿興陪妳，把曦妹妹留給我吧。」

江贏道：「你先跟二弟玩也是一樣的啊！」

紀珍道：「二弟那麼小，一丁點大，就會哭，哪裡會玩，說話他也聽不懂。」

何子衿笑，「這樣吧，今天我們得去親戚家見長輩，明天我送他們過來同你玩。」

紀珍是很明理的孩子，雖然捨不得曦妹妹，還是點頭應了，只是難免又拉著曦妹妹的手叮囑：「明兒妳就來啊，我叫廚下做桃花糕等著妳。」又說阿曄：「你別欺負曦妹妹，明兒也給你吃桃花糕。」然後囑咐興哥兒：「阿興，你看著阿曄一些。」

紀珍把曦妹妹的心操了一遍，這才有些不捨地送曦妹妹走了。

阿曄嘀咕紀珍：「你也忒偏心眼啦，阿曦常打我的，你怎麼不叫她老實些，別打我？」

紀珍挺起小胸脯，道：「男子漢大丈夫，挨幾下女孩子的打算什麼？」

阿曄道：「那是你沒挨過。」

紀珍對阿曦道：「曦妹妹，妳打我一下。」

江奶奶：她兒子這是腦子有病嗎？叫人家小姑娘打他！

阿曦搖頭，「不打。」

紀珍就又教導阿曄了，說他：「看到沒？你要是好，曦妹妹根本不會打你，要不，她怎麼不打我？你就是總欺負她，她才打你的。你得反省一下自己，怎麼這麼欠打。」

江奶奶很驚嘆於她兒子連「反省」這樣的詞都會說了。

孩子們嘀咕了一回，紀珍就搖著小手暫時送別自己的小夥伴們，雖然他們第二天就可以再見面了。看紀珍在門裡搖小手，阿曦在門外搖小帕子，這情景怎麼看怎麼叫人想笑。

何子衿和江念來北靖關，依舊是住在何涵家，李氏已生下第二個兒子，見到龍鳳胎很是高興，興哥兒更是小大人一般，恰比她家長子大一歲，正能玩到一處去。李氏格外偏愛阿曦一些，除了見面禮外，尤其給了阿曦一對小花釵，李氏笑與何子衿道：「我懷二郎的時候，有穩婆看我的肚子說是閨女，我跟大爺都想著，大郎是個兒子，再添個小閨女正湊個好字。我出門的時候，見銀樓賣這小首飾的，十分精巧可愛，正是小女孩們戴的，就買了回來。給孩子預備的小衣裳小被子，也都是粉色紅色的，不想生下來又是個兒子，許多東西就用不得了，今兒正好給阿曦用。」

何子衿道：「嫂子也別急，嫂子跟阿涵哥都年輕，再有一兩年，就能生個小閨女了。」

「承妹妹吉言。」家家都是如此，第一胎都希望是兒子，可有了兒子就開始盼閨女。

李氏哄著阿曦說話，阿曦不若阿曄口齒伶俐，說話都很簡短，她說了幾句就想去看小寶寶了。李氏命丫鬟抱了孩子出來，阿曦一見立刻道：「這個弟弟大。」

何子衿見李氏不明白，就幫著翻譯了一遍：「去將軍府請安時，阿曦見著了紀將軍家的次子，那孩子比二郎略小一些。」

李氏笑，「是啊，妹妹要是早幾天來，正好能趕上將軍府的滿月酒。我沒見著，不過聽說是個極乖巧漂亮的孩子。」

阿曦道：「不如珍舅舅好看。」

何子衿笑，「紀將軍夫妻都是相貌出眾之人，孩子們都生得好。」

阿曦看一回小寶寶，因為母親說他們還不能碰小寶寶，就只是在邊上看著。幾個孩子跟看稀罕似的，一會兒說「吐泡泡了」，一會兒又說「流口水了」。守著玩了會兒，孩子們就在何大郎的帶領下到院子裡瘋跑去了。

李氏的母親李太太叮囑了一句，讓孩子們小心著些，又叫丫鬟跟出去看著。

李氏瞧著龍鳳胎跑得這麼歡，道：「阿曦和阿曄這才兩歲，就跑得這麼穩當了。」

「咱們家的孩子不是那等嬌生慣養的，多跑一跑，孩子也結實。」

李氏與何子衿兩人很能說到一處去，李氏深以為然，便道：「我有一位堂嫂就是把孩子當命根子一般，說到疼孩子，哪個當爹媽的不疼，就是我那堂嫂，也不知怎地那般小心，家裡孩子都三歲了，還沒怎麼下地走過路，走起路跌跌撞撞的，更甭提跑了。」

李氏不是碎嘴之人，如今這般說，想必是其堂嫂的確有奇葩之處。

何子衿道：「這就是太過疼孩子了，要我說，小孩子粗養些反是身體好，只要吃食上注意著，平日裡看牢，別叫孩子受傷就是，真疼到不讓孩子下地走路也不好。」

「可不是？」李氏嘆口氣，到底不是愛說人是非的性子，大約是忍不住了方說一嘴。李氏又道：「我一見妹妹便覺投緣，妹妹是書香門第的姑娘，又有學識，待我卻是極好。」

「咱們本就是一家人，一家人相處，難不成還看誰學識高誰學識淺？再說，我也就是小時候念了幾本蒙學，認得幾個字，哪裡敢稱有學識？正經說來，世上稱得上有學識的能有幾個？人與人相處不在學識，不在出身，端看性子是否相投。難不成還一看出身，二看門第，這樣交得的朋友，有幾個是真心的？」何子衿笑，「反正我不是那樣的人。」

何子衿知李氏心裡怕是有什麼事，只是李氏不說，她也不好問，只得用言語寬解李氏一二罷了。倒是李氏的母親李太太是個嘴快的婦人，聽何子衿這般說，連忙道：「姑奶奶這才是有見識的人，唉，姑奶奶不曉得，阿紅被她那堂嫂氣得了不得呢。」

不待何子衿問，李太太就一股腦兒倒了出來：「我家那妯娌嫂子也不知上輩子做下了何等惡業，娶了個禍頭回家。唉，犯官之女這就不說了，奈何我那侄子相中了，死活要娶回家，結果這娶的哪是兒媳婦，根本是上輩子的業障。肩不能挑手不能提就不說了，反正我那嫂子家境尚可，只當請了尊菩薩進門。只是，這麼個嬌小姐，比菩薩還難供奉，她不但針不拿線不拈，每天更是挑衣揀食，也不知哪來的臭講究，一隻正下蛋的小母雞說殺就殺，足足在廚下燉六個時辰。先不說這得糟蹋多少柴禾，待把小母雞燉好，妳倒是吃啊，偏她又是嫌油又是嫌淡的。妳要是嫌油，妳何必非要吃雞湯呢，吃青菜就行，絕對不油。姑奶奶，妳說最後怎麼著了？」李太太還留下個尾巴叫何子衿猜。

何子衿道：「定是只取雞湯用來涮小青菜吃。」

「哎喲！」李太太大為驚異，「難不成，真有人這般吃的？」

何子衿笑，「咱們冬天吃熱鍋子不常這樣嗎？先是燉一鍋肉端上去，待吃了肉，剩下的肉湯也是極鮮美好吃的，再在湯裡下些菜蔬，菜蔬借了肉湯的香，味兒一樣好。」

「那是熱鍋子，這個不一樣，這個人家根本不吃雞肉，單就用雞湯燙幾根小青菜吃。」

何子衿道：「那正好把雞留給家裡人吃，其實雞的精華都在肉裡呢。」

李太太嘆道：「我那嫂子家說是家境尚可，家裡也有一兩個丫鬟，只是也非大富之家，她家有現在的景象，都是我那侄兒刀口舔血拿命換來的，哪裡捨得。就是養雞，不是吃不起，咱們這裡別個不多，野味有的是，外頭賣野雞的多的很，買野雞來吃不也一樣？哪裡捨得吃正下蛋的小母雞？」雖不是自家的造孽媳婦，李太太也是過日子的人，說來很是心疼。

何子衿道：「要我說，熬雞湯的話，還是野雞吊湯更鮮。」

「她要是有姑奶奶妳的見識，我那嫂子得念佛。」李太太和李氏母女性子截然不同，李太太打開話匣子就關不上，繼續道：「就這麼作天作地的，還成天出門抱怨婆家刻薄她，說是燉一隻雞，婆家吃肉她喝湯。」

何子衿險些笑出來，「這也太離譜了。」

「誰說不是？以前還只是殺小母雞吃湯，自從生了勝哥兒，小母雞的湯都看不上了，現在是拿養了三年的母雞、三年的鴨子、三年的火腿，再加上五花肉、豬皮、豬肘、脊骨一塊燉湯。弄那麼一大鍋好湯好肉，妳倒是吃啊，結果怎麼著，還是涮兩根小青菜。這麼折騰，鬧得勝哥兒生下就沒奶吃。她雞魚肘肉的啥都不吃，就用那腥湯涮青菜，哪裡有奶？好在把孩子生了，也算給我那嫂子家傳宗接代了。她帶孩子又鬧氣兒，也不知哪來的那些窮講究。

我那妯娌嫂子幫她帶孩子，她是掐眼看不上，讓她自己帶嘛，她又是個纖細嫋娜帶不了的。買個丫鬟吧，倒把丫鬟慣得跟個小姐似的。這個丫鬟管著孩子的衣裳，那個丫鬟管著孩子的吃食，統共一個孩子，她弄八個丫鬟服侍。她自己要吃青菜，結果，自有了這八個丫鬟，那燉湯的好料，雞魚肘肉的，先叫丫鬟一人盛一碗吃，倒不想著公婆，氣得我那嫂子胸口疼。我想著姑奶奶也是在帝都住過，見過大世面的人，不知這帝都大戶是不是都這樣講究？」

何子衿聽得瞠目結舌，都不知要說什麼好了，何子衿道：「大娘也知道我家，就是小戶人家，在帝都我倒是也認識幾戶官宦人家，可要我說，一時說一時的，倘是公門侯府有這樣的財力，這樣也無可厚非。要是咱們小門小戶的，孩子就得潑辣著長。不說別個，孩子就是這樣的出身，小時候潑辣，長大了也潑辣，才好奮發向上。再說，也得為孩子將來算計著呢。不論閨女小子，以後吃穿用度，樣樣都要錢的。」

「可不是嗎？」李太太嘆道：「真是上輩子不修，修來這等兒媳。前幾天那人帶著勝哥兒過來說話，勝哥兒跟咱們大郎一起玩，孩子家哪裡少得磕磕碰碰，大郎也不是淘氣的孩子。勝哥兒自己跌了一跤，她倒說了大郎一通，說大郎不會看孩子，又說阿紅嬌慣孩子。妳且說說，先不說阿紅她就不是個會慣孩子的，就是咱大郎，難不成是他家小廝，還要幫她看孩子嗎？真是把我也氣得不輕，我那妯娌嫂子過來跟我賠禮，好在她那兒媳不懂事，我們闔家都曉得，要與她一般見識，氣都氣死了。」

李太太說了一通「家醜」，心裡就舒暢了，方道：「看我都說了些什麼，姑奶奶好不容易來一趟，我倒與姑奶奶說這些有的沒的。我叫廚下燒了好菜，一會兒咱們吃幾杯。」

何子衿笑道：「成啊，我跟嫂子陪著老太太好生吃幾杯，您可是好酒量。」北昌府男人女人都好酒，並不是吃醉酒，約莫是此地氣候嚴寒，大家多愛喝幾盅，暖一暖氣血。

李太太也笑，「姑奶奶酒量也是有的，我知道。」

何子衿特意跟李太太母女倆介紹了自己帶來的好稻米，請她們嘗一嘗。李太太一看這米就曉得，道：「這米現今可是不多見了，我記得我小時候還有人種過，香得很。看這米粒跟碎玉一般，吃起來味兒也極好，就是一畝地打不了幾十斤，交完糧稅就不剩什麼了，後來大家寧可種高粱黍子，也不樂意種這種稻子了。」

何子衿道：「我也是頗費了些力氣才找了些稻種，夏天得了新米，我嘗著好，就一塊給嫂子和老太太帶了些來。」

李太太道：「姑奶奶有什麼事都想著我們。」

李太太又道：「對了，上回江大爺過來，我們跟女婿說了，自女婿跟阿紅成親，因為離得遠，還沒見過親家。女婿嘴上不說，心裡也記掛。江大爺說他要回去老家一趟，女婿寫了封信託江大爺帶去。我想著，親家他們過來，得提前把屋子收拾出來。到底沒見過，也不知親家什麼喜好，姑奶奶一會兒幫我們瞧瞧吧，要是哪裡不成，再叫匠人重做。」

何子衿道：「咱們都是小戶人家，屋裡也無甚講究，收拾得乾淨些就成。」

李太太再三請何子衿幫著看，何子衿便去了，結果一看，何止是收拾得乾淨，簡直是重新糊裱的，連家具也是清一色用松木打的新家具，散發著淡淡的松木清香。

何子衿笑道：「這屋子就是現在給大郎娶媳婦都成。」

李太太與李氏聞言都笑起來，李氏道：「妹妹瞧著好，那定是沒差的。」

何子衿道：「本就是很好。」

待得傍晚何涵回家，自有一場酒吃，倒是紀珍，回了家也記掛著小夥伴們，還命人給小夥伴們送兩樣糕點來。送東西來的嬤嬤很和氣，沒有半點將軍府出身的傲氣，客氣地道：「大爺還說，明兒請姑娘和小爺們過去玩。」

何子衿笑道：「同阿珍說，他們都記著呢，明兒一早就過去。」

留那嬤嬤吃了盅茶，就拿紅封打發她去了。

何子衿同李氏道：「阿珍他們幾個一塊玩熟了，乍分開怕是不習慣，明兒叫大郎也過去玩吧，他們彼此年紀都差不多。」

李氏自是樂意，只是有些擔心將軍府規矩嚴，李太太已忙不迭應道：「那再好不過了，就是咱們孩子也沒去過將軍府，怕是不懂將軍府的規矩。」

何子衿道：「我看大郎就挺好，剛見我時禮數也不差，親家太太過謙了。」

李太太笑，「姑奶奶看他成，那就叫他一道去。」

大郎還不曉得咋回事，興哥兒在他耳邊嘀嘀咕咕，說明天去將軍府玩。大郎年歲較興哥兒還小一歲，將軍府什麼的，並不大曉得，不過能一起玩，大郎高興地應了，還說：「明兒帶著我爹給我做的大刀去。」

「成！」興哥兒跟大郎商量道：「一會兒你那刀借我耍耍吧？」

「只許耍半個時辰。」

「好吧。」

李太太聽得直笑，說孫子：「叫你小叔耍耍可怎麼了？」

「那是爹爹給我做的。」大郎捨不得哩。

何涵道：「過幾日我再給你做一把新的。」

大郎想了想，道：「等爹爹給我做了新的，這把就送給小叔。」

大人們不由笑起來，何子衿都說：「大郎可比阿涵哥小時候有心眼。小時候阿涵哥帶著我玩，時常把我丟了也不曉得，我都是自己找回家去的。」

何涵笑，「我那會兒不樂意帶著小丫頭，妳總去找我，天天跟著屁股後頭喊『阿涵鍋』，不要妳還不成。有時跑沒了，我趕緊回頭找妳，怕妳丟了，結果找半天，妳好好在家。」

江念插嘴道：「我怎麼不記得？」子衿姊姊的事他都曉得啊！

何涵夾一筷子酸筍，笑咪咪地道：「那會兒還沒你呢。」

一頓飯吃得其樂融融，李太太私下都與丈夫道：「何家姑奶奶真是個心腸好的，每回來就沒空過手，有什麼好事都不忘提攜咱們一把。」像這種把外孫子一起帶去將軍府同小將軍玩的事兒，李太太一想就覺得有體面。

李老爺道：「當初我就說女婿是個好的，看吧，連族親都是通情達理的體面人。」

李太太點頭道：「親家家裡的兩位姑奶奶，要是能跟何姑奶奶這般，我就知足了。」

「端看女婿品行，親家也不會差。」親家的老底，老兩口也是知道的，李老爺道：「只是人這一輩子，誰沒個犯糊塗的時候。也是有這份機緣，閨女跟女婿才做了一家子，不然哪裡想到能把閨女嫁蜀中人家。」

「是啊！」李太太想到一事，與丈夫商量道：「二郎這也大些了，咱們要不先把過繼的事兒辦妥了。」老兩口原是一子一女，兒子以前與何涵在一處當兵，後來戰死沙場。何涵時常照顧李家，一來二去的，就娶了李氏。兩人成親時，老兩口啥條件都沒提，聘禮啥的，給不給都無所謂，就一個條件，待何涵生下次子過繼到李家，不使兒子無後。

何涵打仗這些年，生死也看透了，當時便允了。

如今親家要過來，李太太雖然也在心裡自我安慰，想著女婿這樣賢孝之人，親家縱是糊塗些，想來也不是不講理的。只是過繼乃大事，李太太知道女婿在家也是單傳，生怕親家來了不樂意過繼的事兒，就想著提前把事情辦好。

李老爺道：「眼下暫不要提，待姑奶奶一家走了，再同女婿商量這事。」

第二天，何子衿就讓孩子們去將軍府玩了。江奶奶見著何大郎也喜歡，何涵是紀將軍的親衛長，江奶奶樂得何大郎能與兒子投緣。

江奶奶還與丈夫商議：「阿珍眼瞅就到了進學的年歲，該給他尋幾個玩伴了。」

紀將軍道：「要是玩伴，有何家和江家的幾個孩子可做伴。要是伴讀，阿珍是因我想著他大幾歲送他去帝都，方令他去羅先生那裡念書，他身邊也有小廝。伴讀的話，將來阿珍去帝都，這些孩子要不要一塊去？」

江奶奶嘆道：「是我想得淺了。阿珍這是沒法子，換別人家，不一定捨得孩子。」

「是啊！」紀將軍道：「再說吧，朋友什麼的，以後有本事自然不缺朋友。」

江奶奶便未再提給兒子尋伴讀之事，只是與丈夫說了一回閨女隨何子衿去沙河縣住些日子的事，紀將軍道：「阿贏願意散散心也好，我看她在府裡反是鬱氣難消。這事也怪不得她，兩人無緣罷了。待得明年，我再給她尋一門上等親事。」

江奶奶道：「不論文武，還是要以人品為先。」

「我曉得。」

何子衿和江念在北靖關住了五日，就要回沙河縣了。

紀珍又有些捨不得家裡了，何子衿道：「過些日子我再帶你過來。」

紀珍此方樂了，道：「也帶曦妹妹一起來。」

「好。」何子衿都應了。

江奶奶置了許多東西讓何子衿一併帶走，還有給何子衿的回禮，頗是豐厚。

何子衿笑道：「下次再來夫人這裡，我得多帶幾輛大車了。」

江奶奶哈哈一笑，叮囑何子衿路上慢行，又給她預備了路上的吃食飲水，道：「都放食盒裡了，裡頭還有些點心，妳和孩子們在路上吃吧。」

何子衿道了謝，江念也辭了紀將軍，小夫妻二人就帶著孩子們和江贏回沙河縣去了。

江念身為實權在握的縣太爺，縱這些天不在縣衙，縣衙運作依舊安穩順利，並無大事。

倒是何子衿，回沙河縣就與江念說她打算去榷場瞧瞧，看可有能做的生意。

子衿姊姊雄心勃勃，江念立刻表示了支持，還道：「我與姊姊同去，我正好同羅先生商議過了，這自來無商不富，去榷場看看，也看看能不能為縣裡做些事。」

何子衿沒想到江念也要去，她道：「孩子們怎麼辦？」

江念早想好了，「白天有朝雲師傅，晚上有祖母，咱們也就去個三五天，無妨的。」

何老娘那裡倒是好託付，何子衿說了，做生意算何老娘一成份子，何老娘立刻將手一揮，道：「妳去忙吧，孩子只管交給我就是！」

朝雲道長那裡也好說，朝雲道長還問：「晚上妳家老太太看得過來嗎？要不，別叫孩子們回去了？」事實上，朝雲道長想一天十二個時辰照管寶貝們。

何子衿道：「有丫鬟呢。」

朝雲道長沉默片刻，方道：「叫丫鬟看緊些，吃酒什麼的，不要有下次。」

何子衿道：「我知道，我早就把家裡丫鬟再訓練了。」

關於女弟子這時時刻刻都自信心爆棚的事，朝雲道長一直以來真是挺好奇的，他就好奇這人怎麼能這樣有自信呢。

何子衿這哪裡是去榷場找商機啊，這絕對是大購物啊，見啥都想買。北涼不僅產紅參，北涼紙竟也做得很不錯，何子衿都買了好些。另外就是毛皮，柔潤厚實，都是一等一的好皮子，何子衿買了半車。另則，紅參鹿茸這樣的貴重藥材更是不稀罕，難得還遇到一位賣老山參的的。紅參的話段太太懂一些，老山參之類，段太太便沒大把握了。何子衿是真稀罕，到底不懂沒敢買，叫帝都大藥商竇家買了去，但開眼界是真的。

榷場還有北涼人開的館子，何子衿如願吃到了北涼飯菜，清一色的各種醃菜再加各種烤肉，何子衿還問：「怎不見泡菜？」

再一問店小二，北涼別說泡菜，連白菜都沒有。

何子衿有些驚訝，卻又覺得她所在的年代與她前世所學歷史書中所學，到底是不同的。

待何子衿一行人滿載而歸回了沙河縣，何子衿先把北涼紙給朝雲道長送了去，道：「這是北涼產的紙，師傅您用用看，您要覺得合用，以後我再買些回來，我覺得這紙不錯。」

朝雲道長細品了一回，見這紙色若白綾，當下讓女弟子研墨，揮毫一試，果然不錯，遂笑道：「這紙的確好。」

羅大儒在一旁瞧著，道：「似是以前北涼所貢紙張。」

朝雲道長頷首，「不比那個差。」

何子衿道：「我聽店鋪夥計說，這紙是北涼皇室所用，是用棉、繭所製，十分稀罕。」

朝雲道長笑，「北涼王室用紙，大多有王室印記，這並非王室所用。不過，較之王室所用也不差了，應是同一間作坊裡出來的，此為私賣罷了。」

何子衿道：「我還買了些皮子，我給師傅和先生各做一件大氅，正好秋冬穿。」

朝雲道長很滿意女弟子的孝敬，「妳不是說去看看有什麼合意的生意做嗎？看好沒？」

何子衿將手一擺，依舊是自信爆棚的模樣，「甭提了，參茸這樣的大生意都被大商家把持著，難以插進手去，只能做二等的。我不做這些生意，我另找一門生意做。」

朝雲道長正待洗耳恭聽，何子衿就問：「師傅，八月初一是皇后娘娘的生辰是吧？」

朝雲道長「嗯」了一聲，「難為妳記得。」

「這如何能忘？」何子衿畢竟在帝都住過，還有幸見過皇后娘娘兩回，就是到了沙河縣來，何子衿也沒少拿皇后娘娘賞她的瓔珞吹牛。何子衿道：「這眼瞅著皇后娘娘的壽辰，師傅您說，阿念身為一地縣令，能不能給皇后娘娘送些賀禮啊？」

朝雲道長對這些不大了解，看向羅大儒，羅大儒道：「依官階，五品以上才有給皇后娘娘獻壽禮的資格。」也就是說，芝麻小官啥的，連給皇后娘娘送壽禮的資格都沒有。

何子衿想了想，又道：「我想給皇后娘娘送些大米，就是師傅也說好的，咱們沙河縣本地產的香糯米。」

羅大儒道：「宮裡所貢之米有十來種，香糯米雖好，不見得出彩。」

何子衿道：「這米原就是前朝貢米之一，後來朝代更迭，北昌府一直戰事不斷，貢米的事兒就沒人再提了。可好米終是好米，師傅都說這米好。」何子衿很相信朝雲師傅的品味。

羅大儒道：「妳要覺得這米好，最好莫往上貢，不然反是給當地百姓增加重擔。」

「這話如何說？我聽說但凡能成為貢品的，多能減些賦稅，而且，朝廷也不是白要，會議價購買的。」何子衿不解。

羅大儒道：「議價只是個名頭，多是平價購買。妳不曉得這其中的門道，宮裡可能只要一千斤大米，到了沙河縣，就是一萬斤了。」

何子衿道：「難不成這些人還敢假傳聖旨？」

「假傳聖旨自是不敢，只是聖旨到了州府，州府就會加一道，到了縣裡，縣裡再給加一道，便比聖旨所要不知多出幾何了。」

何子衿問：「大米的事倘是我來辦，難不成也這麼加一道再加一道？」

羅大儒卡了一下，打量何子衿片刻，道：「如果是妳來做，多半沒人敢加。」畢竟是昭雲的女弟子，消息靈通的都曉得，哪裡會在幾斤大米上不給她面子。這麼個丫頭，她要跟昭雲哭訴念叨一回，昭雲又是個護短的，誰敢得罪昭雲呢，腦子抽了的都不會。只是，姑娘啊，妳這麼大咧咧借昭雲的光好嗎？

何子衿沒覺得借光有什麼不好，還很得意道：「那就是了。」

羅大儒問：「難不成以後妳都要把持著這貢米的事兒？」

「什麼叫把持啊？貢米是貢米，大米與別個東西不同，若有所貢，無非就是把適宜種大米的地方圈起來為皇家所用。我把好山好水好田的地方讓給皇家，我選二等地方種大米，到時借著貢米的名頭做些生意。」何子衿說出自己的打算。

羅大儒道：「妳這都想好了啊！」

「嗯，我想是這樣想的，就是不知成不成？」

「成。」羅大儒道：「挺好。」這雖不是大生意，但做得好也有些利潤可賺。

何子衿道：「那到時我走走余巡撫的關係，要是余巡撫往上獻賀禮，我爭取把咱們沙河縣的香糯米當作賀禮送上去。」

羅大儒道：「要緊的是，得合今上口味。」

何子衿神祕一笑，「今上口味如何我不曉得，但皇后娘娘的口味我是曉得的，皇后娘娘的口味與師傅差不多。」

說來，這或許就是神祕的血緣作用。

何子衿雖只與皇后娘娘用過一次飯，不過，她常與朝雲師傅一起吃飯，頗知朝雲師傅喜惡，在皇后娘娘那裡用飯時她就察覺出來了，皇后娘娘的飲食同朝雲師傅頗多相似之處。

這事朝雲道長和羅大儒都覺得問題不大，何子衿方去辦了。

江念寫了封言辭懇切的文書命孫縣丞送到了巡撫衙門，儘管離謝皇后千秋還有些日子，但余家與謝皇后母族謝承恩公府本就是姻親之家，故而，謝皇后千秋余巡遠自然盡心。看到江念這信，余巡撫還是很給江念面子的，更兼先時有何子衿早就送了余太太香糯米吃，余巡撫道：「沙河香米我也吃過，的確是上等好米，既是如此，讓江縣令用絲綢錦袋裝上兩袋，送到我這裡來就是。」

孫縣丞恭恭敬敬領了巡撫大人的命令，回沙河縣覆命去了。

余巡撫還問老妻：「這江縣令好端端的，怎麼要給皇后娘娘進大米啊？」

余太太道：「那大米味道原也不錯，今年江太太特意送了些，你吃了不也說好嗎？」

余巡撫在北昌府多年，頗是憂國憂民的性子，「只怕這大米一貢，要勞民傷財啊！」

余太太是謝皇后嫡親的姑祖母，聽這話自要辯白一二的，道：「皇后娘娘不是奢侈性子，就是真要這米為貢品，也到不了勞民傷財的地步。你只當是咱們北昌府的土物獻上，皇后娘娘什麼好東西沒見過，不一定就稀罕這米。」

余巡撫雖也心存僥倖，到底不是自欺欺人的性子，他道：「我看江縣令與江太太都是有把握方出手的性子，他們既是要借我的手貢上此米，怕是有些想法的。」

余太太道：「你既如此猶豫，何必要應了江縣令？你便是不應，江縣令怕也不會說什麼，他並非不通情答理之人。」

「妳不曉得，眼下紀將軍的長子送到了方先生那裡念書，且紀將軍與紀夫人同江縣令夫妻同是蜀人，彼此交情很是不錯。我這裡不應，江縣令縱一時不好說什麼，依他與紀將軍的關係，走紀將軍的路子一樣走得通。」余巡撫道：「其實就是現在，他走紀將軍的路子也比我這裡要好走，畢竟紀家長子在方先生那裡，這等小事，紀將軍怎會不應？他之所以寫信相商，皆因其性子嚴謹，不願意越過我這裡而求助於紀將軍罷了。」畢竟，他才是北昌府的文官之首。倘江念越過巡撫而求助紀大將軍，就是不懂官場規矩了。

余太太聽了不禁一笑，「江太太我每年都要見上兩三回，我都說江太太是個會說話的人，不想江縣令也這般明曉規矩禮儀，並不自驕自矜。」

余巡撫頷首，「這倒是。」

說到何子衿夫妻，余太太就道：「要是你瞧著何家不錯，不若就將何家長子與咱們大妞的親事定下來。我看何家委實清白人家，雖家境上略遜於咱家，但何家家卻是一等一的好。不說別個，家裡都是清靜人，何大人身邊連個通房丫頭都沒有，更別說姬妾了。平日裡說起何太太，也是伶俐人。自何家大郎中了秀才，打聽何家大郎的不少，何太太說了，她家雖是小戶人家，規矩也是有的，別個不說，媳婦入門，四十無子方可納妾。就是她家長子身邊也是極乾淨的，就是個貼身小廝長年跟著服侍，且十六便中秀才，稱得上是知上進的孩子了。」

余太太頓了頓，又道：「何況，何大人尚年輕，眼下四十都不到，再熬個二三十年，總能熬到三四品。我看他家是興旺之兆，遠的不說，江縣令就是才幹運道皆不缺的人，何況何太太娘家兄弟一樣是二榜進士翰林院為官，再清貴不過了。聽說何大人還有個同胞姊姊，嫁的也是進士，今在外為正五品知府。」

大戶人家結親，考量的便多。余家相中何冽，看的也不只是何家一家，太多小官宦家族就是那種一人當官，全家吸血的類型。那樣的人家，余太太自是看不上的。何家不同，何家雖不若余家累世官宦，可何家是正經讀書晉身的人家，連幾門相近的親戚也都起來了。這樣的人家，在余太太眼裡，方是興家之兆。其實何家的好處，余太太看得到，其他人自然也看得到。在北昌府，相中何家的也不只是余太太。正因如此，余太太方有些急，她自認北昌府沒有別人家比自家更好，只是怕有人手快截了胡。

余巡撫倒也滿意何家，不然不會跟老妻透出這個意思來。

余巡撫問：「何太太怎麼說？」

一說此事，余太太臉上滿是笑意，「何太太來的時候，我有兩回都叫了大妞出來說話，何太太很是喜歡大妞。」

余巡撫臉上露出微笑，微拈其鬚，矜持道：「只是這事沒有女家主動提的，妳不若給何太太微露其意，看何太太的意思如何。」

余太太點頭應了，又道：「上回阿帆寄信來，說是禮部侍郎之位空缺，這事如何了？」這說的是夫妻二人的長子余帆。

余巡撫一副清風明月之態，道：「我又不在帝都，能知如何呢？」

余太太瞪丈夫一眼，「快說！問你呢，你少給我裝！」

余巡撫只得低聲道：「他在禮部也這些年了，最開始陛下在禮部為掌事皇子時，他便在禮部了，要說資歷，自是足的，帝心也不必說。只是眼下西寧關戰事，陛下怕一時顧不得這個，待西寧關這攤事了了，我推測問題不大。」

余太太很是驚訝，問：「西寧關又起戰事不成？」

余巡撫道：「是啊，眼下都打完了，忠勇伯駐守西寧關，怕還要重組西寧軍的事，朝廷眼下都在忙這個呢。」

余太太便不急兒子升官的事了，「哎喲，那忠勇伯去了西寧關，端寧公主怎麼辦啊？」忠勇伯是因功封的爵位，同時忠勇伯身上還有第二爵位，就是端寧公主的駙馬之爵。今上六個皇子，只端寧公主一個女兒，而且，端寧公主是自小養在謝皇后膝下的，與謝皇后很是親近，故此，余太太方有此一言。

余巡撫道：「大概不是留在帝都，就是去西寧關吧。」

余太太想了想，道：「當初阿柏去西寧州為官，宜安公主也是一道跟著去的，故而，滿朝皆說宜安公主賢良。」阿柏說的是謝柏，謝柏為余太太娘家嫡親的二侄子，探花出身，尚宜安公主，今為左都御史，正二品高官，入閣為相。

說到娘家侄子，余太太便想到娘家大哥，感慨道：「大哥無福，不然正當享福的時候。」余太太長兄謝老尚書，原為正二品刑部尚書，後因年邁致仕。這位老尚書端的是厲害人物，膝下二子一女，次子謝柏尚宜安公主，長女為先帝貴妃，長子官運尋常，致仕前也是正三品侍郎。要說謝家最有出息的還不是這幾位，謝家最有出息的是謝老尚書的嫡長孫女謝皇后。謝皇后位居鳳儀宮後，謝老尚書封為二等承恩公，將謝家直接由書香門第提升為帝都豪門，偏生謝老尚書這公爵沒做幾日就因病過世了。

余巡撫勸道：「舅兄這輩子安邦定國，子女個個有出息，不算是無福了。」

何子衿去準備她的大米生意了，她一人忙不過來，就找了江贏做助手，因為除了即將開展的大米生意，還有胭脂鋪子的生意。先時何子衿是想做些紅參生意的，結果真正到榷場一看，一等生意根本插不進手，當然，她也能弄到一些品質稍遜的紅參，只是做貴重的藥材生意，非但要有門路，且要有人手，何子衿想了想，倒不若先忙香米的事。是的，現在不叫香糯米了，改名啦，全名沙河香米。

江念因為要貢上這沙河香米，還要正式寫一封文書向余巡撫介紹這種米，子衿姊姊幫著想廣告詞，什麼雪峰之顛融化的千年雪水灌溉，什麼萬年曠野的肥沃黑土滋養，粒若玉雪，香飄十里……子衿姊姊還沒說完，江念已肉麻出一身雞皮疙瘩。

江念笑趴了，「這怎麼寫得下去？」

「有什麼寫不下去的？」何子衿拍江念一下，正色繼續道：「其色瑩白，其味香糯，其香若蘭，觀天地間，竟有此鍾靈造化之物……」

江念笑著點頭，「這還差不多，雖然稍有些誇大，起碼不叫人起雞皮疙瘩。」

「你就不會幫我潤色一二，虧得你還是探花。」何子衿頗是不滿。

「我又不是吹牛探花。」

「屁啦，就是稍稍有些誇大。」何子衿道：「這米的產地就在李家谷，李家谷那地方四面環山，山頂也有積雪，長年不化，那雪起碼得一萬年了，我說千年還是謙虛呢。」

江念點頭，「姊姊說的對，謙虛謙虛。」

何子衿催江念趕緊寫，江念不愧是探花出身，雖然笑得差點趴下，寫起文章來還是很快的，尤其這種吹牛的文章，何子衿說出來只叫人覺得好笑，江念潤色出來就可信多了。

何子衿問：「你跟羅先生不是想在縣裡看看有什麼可改進的地方，有主意了沒？」

江念蓋上墨水匣，嘆道：「就是窮啊。咱們沙河縣離北靖關近，北靖關常有戰事，再加上徵兵之事，縣裡是男丁少，女人多。男人少，地就種不過來。好在離榷場近，百姓們有的上山採藥、打獵，再種些東西，也能過活，日子卻不寬裕。」

何子衿道：「那要怎麼著?北靖關那裡不是有很多當兵的，那些人多是沒媳婦吧?」

江念道：「我也在跟羅先生商量呢，北靖關那邊的兵，多有其他地方徵召而來的。有許多人被徵調，多是從軍前家裡給娶房媳婦，怕的是上了戰場有個萬一，在家留個後。不過，多半也有沒成親的。我同羅先生商量著，縣裡讓官媒統計一下，看多少閨女找不著婆家的，屆時再跟紀將軍那裡打聽，他麾下倘有沒成親的兵，同齡般配，抑或彼此願意，也可以成家。再者，若有到了年紀退伍的，願意就近安家的，亦可就近安家，我這裡可按人口分田地，三年之後再徵田稅，也是對兵士的照顧了。」

何子衿聽江念說得頭頭是道，不禁點頭，沒想到江念接著還頒布了個喪心病狂的條例，為了促進男婚女嫁，倘有閨女十八歲不成親，官府就負責給找人家，不然就得罰銀子。

何子衿對此條款都無語了，江念還說：「前朝便有的舊例，十五不成親就要聽從官府分派婚嫁。我想著十五太小了，就把年紀放長到了十八。十八便是大姑娘了，也該嫁人了。」說著他還喜孜孜道：「當年子衿姊姊嫁給我，就是十八歲。」恐怕江念將女孩子婚嫁年齡卡到十八上，也有這方面的原因。

何子衿真想敲他兩下，關鍵是，江念這種法子還受到了巡撫大人的讚揚。要知道，北昌府就是人少啊，多年來巡撫大人在促進人口增長方面下了大功夫，江念此等神來之筆，簡直正對巡撫大人的心意，巡撫大人還來函誇讚了江念一番，又召江念去州府說話。

江念就帶著子衿姊姊一塊去了，何老娘與余嬤嬤道：「真是的，都成親這五六年了，還這樣一時一刻的分不開。」

余嬤嬤笑道：「就得情分好，才好多給老太太添幾個重外孫和重外孫女。」

何老娘抓一把松子來嗑，道：「丫頭在生孩子上頭像她娘，這生了阿曄和阿曦就沒動靜，我看還得等幾年呢。當初阿恭媳婦生了丫頭片子就這樣，把我急得頭髮一宿一宿的掉，她就沒個動靜，到丫頭五歲上才生了阿冽。後來隔五年，才又有了俊哥兒。有俊哥兒已是叫我驚喜得不得了，架不住帝都風水好，到了帝都又生了興哥兒，咱們家也就興旺起來了。」

「可不是嗎？」余嬤嬤是看著幾個孩子長大的，自然盼著孩子們好。不說別個，孩子們都不拿她當下人看，當她半個長輩一般，前頭子衿姑娘去榷場還帶了兩塊皮子給她。余嬤嬤附和道：「咱們姑娘這頭一回就是龍鳳胎，待下回有孕，說不得還是一對龍鳳胎。」

何老娘呵呵笑著，「那才好呢。」

何子衿走前，把鋪子的事都交給江贏了。江贏自來了沙河縣，先時何子衿說一塊看風景的話，完全是謊話，根本沒帶人家看過風景，就是一通忙啊。把江贏忙得，將先前未婚夫戰死的傷感都沒心情想了。江贏也跟母親學過打理生意，只是那種打理生意也就是看看帳本什麼的，不似何子衿喜歡事必躬親，倒不是成天的忙，但生意如何，總要三不五時去瞧瞧。

特別是紅參潤膚膏，賣得相當好，何子衿就又著手研究紅參的潤膚水與潤膚霜，再加上胭脂水粉亦要提升檔次。這些除了配方外，還要有好的原材料才成。段太太去找花田收花，鋪子裡就是江贏坐鎮拿主意。何子衿這趟去州府，還帶了些胭脂水粉過去，送送人打打廣告什麼的，起碼她娘就用得很好。

沈氏見閨女女婿才回沙河縣沒多少就又來了北昌府，怕是有什麼事，但是見閨女氣色紅潤，神色舒展，又不像是有事的。沈氏便問：「怎麼又來了？」

何子衿道：「巡撫大人讓阿念過來，我是跟著阿念一起來的。」

沈氏忙問：「孩子們怎麼辦？」

何子衿習慣性道：「有朝雲師傅和祖母呢。」

沈氏笑，「真是什麼人什麼命，做了娘的人，沒哪個像妳這般自在的了。」

何子衿道：「這也是鍛煉一下孩子們的獨立能力。孩子們不能總守著父母，長此以往，容易形成依賴，以後不獨立。」

「這是哪裡的話？都說父母在，不遠遊，孩子自然是得在父母身邊的。」沈氏見閨女越說越沒邊了，問她餓不餓，要不要先吃一些。

何子衿道：「不餓，路上吃了，等晚上一起吃吧。」

何子衿帶了些新製的首烏洗髮膏給沈氏，「這裡頭是配了首烏的，娘，您先用著，給我爹平日也用些，能夠養髮護髮。」

沈氏問：「妳那個紅參的潤膚膏有沒有帶些來？」

何子衿道：「帶了些。」

「上次去張知府家，張大奶奶還問起我來著，說妳要是有，再給她送些去。妳既來了，就去她家走一走。」

何子衿點頭，「前次見張大奶奶，她委實氣色不好，生產後臉色發黃，不大新鮮。」

「唉，她呀，就是心窄，先時一直沒身孕就著急，這好不容易有了身子，生了個閨女，別人還沒說什麼，她自己先傷心得不得了。我就勸她，這能有閨女就能生兒子，奈何她自己想不開。」說到張家大奶奶，沈氏也是無奈，「月子裡就沒養好，臉色不好，肉皮也差許多。我想著，妳給我的那膏裡是有紅參的，這是好東西，就送了她一盒，她用著倒好。」

何子衿道：「光是胭脂水粉沒用，得自己看開，把身體養好。氣色好，皮膚就好了。」

「妳哪裡知道她家的事，她這剛生了閨女，屋裡就有通房侍妾有了身子，也不怪她心裡不痛快，叫誰誰能痛快得了？」說了一回張大奶奶，閨女來了，沈氏正有要事同閨女說，就說到何冽的親事。沈氏眉眼含笑，滿面喜色，「真是再想不到，我原想著咱們這樣的家境，照著差不多的給妳弟弟尋一門親事也就是了，哪裡想得到，余太太似是看上妳弟弟了。」

何子衿頗是驚訝，「余太太家的孫女？我只見過他家大姑娘，余太太說的是哪個？」

沈氏笑道：「就是這位大姑娘，眉眼生得極清秀，自小長在帝都，頗是見得世面，說話什麼都是極好的。這位余大姑娘的父親，前番剛升了禮部侍郎。」人往高處走，能給兒子尋一門顯赫親家，沈氏也是極高興極願意的。

何子衿有些不大信，道：「娘，您不會誤會了吧？余太太可是皇后娘娘嫡親的姑祖母，她家怎麼相中咱們家？」不說別個，門第上就有些差距。

沈氏道：「這事我豈能誤會？咱們家要論家世自不能同余大人家相比，可說到妳弟弟，阿洌也是自幼苦讀，十六就中秀才的。阿洌這麼上進，生得也好，再說，咱們家再正經不過的人家，哪裡似一些大戶人家，雖是顯赫，家裡亂七八糟的事情也多，通房小妾庶子庶女一堆。要我說，那樣的人家，倒不若咱們小戶人家清靜。」

沈氏說了一通自家好處，同閨女道：「這次妳跟我一起去巡撫太太那裡請安，妳幫我看一看余姑娘，我覺得余姑娘不錯。」

何子衿想著，這事倘不是余家微露其意，自家是想都不敢想的。既然余家有這個意思，何子衿道：「那我同娘一道去瞧瞧，要是余家有意做親，這的確是門再好不過的親事。」

沈氏笑道：「前兒我去廟裡幫妳弟求籤，籤上說他紅鸞星動，可不就應在這事上了？」

何子衿道：「余家門第是沒得說，不過，咱們也得私下打聽一二，看這余姑娘在家裡性子如何。倘是性子不佳，就是再好的門第，也不能應這親事，畢竟是一輩子的事。」

「哪裡用妳想，這些我都著小福子私下去打聽了。余姑娘是極好的，來了北昌府還常幫著余太太管著府裡的事，聽說她在帝都時，還時常隨家人入宮，向皇后娘娘請安。」親事還沒定下來呢，沈氏說來已覺極有榮光。

何子衿聽母親這般說，也很有些意動。

何子衿又問：「就不知阿冽和余姑娘兩人的意思。」

沈氏道：「阿冽先時一直念書，還懵懂著呢，可余姑娘這樣的好姑娘他再不樂意，他樂意什麼樣的呢？就是余姑娘，我好幾回去巡撫太太那裡說話，她也是有說有笑的，倘不樂意，哪裡還能與我那般說笑？」

母親說的也在理，何子衿笑，「是我多慮了。」

沈氏笑道：「畢竟是妳弟弟一輩子的大事，妳做大姊的多慮些沒什麼不好。」又道：「阿冽是長子，待他成了親，就有個人幫著我打理家事了。就是以後，阿冽科考舉業，有個照顧她，我也能鬆一鬆心。」

待傍晚用飯，江念竟還未回家，四喜跑回來說是被余巡撫留在了巡撫府裡用了晚飯，何子衿也就不等他了，自己先陪父母還有俊哥兒用飯。俊哥兒吃過飯就去念書了，這孩子被哥哥去帝都的事給刺激著了，正一門心思向學，因為他爹說了，他過了秀才試也能像哥哥一樣去帝都遊學啥的。

何子衿笑道：「俊哥兒有這種精神，再過三五年，咱們家又得出一位秀才。」

沈氏亦是笑，「我就盼著呢。」

何恭道：「能堅持下來才好。」

沈氏道：「俊哥兒打小就跳脫，不比阿冽穩重，就得磨一磨他這性子。」

吃過晚飯，江念這才回來了。沈氏還命人拿醒酒湯來，江念笑，「岳母不必忙，沒有喝多少，只是喝了兩盅。因與巡撫大人商議事情晚了，方留下用飯的。」並不是酒席。

沈氏點頭，「那就好。」

小夫妻今日剛到，車馬勞頓的，略說幾句話，沈氏就讓小夫妻休息去了。

沈氏是人逢喜事精神爽，眼瞅著兒子要跟余家姑娘結親，女婿也受巡撫大人重用，怎麼看，自家都是芝麻開花節節高的跡象。

沈氏又與丈夫說了，明天帶著閨女去向巡撫太太請安，順便讓閨女也幫著相看余姑娘的事。何恭笑，「也好，這親事是咱家高攀，我總覺得不似真的。」

沈氏道：「我初時也不信呢，這也是阿冽爭氣，自他中了秀才，張知府太太也問過我阿冽的事，只是她家是庶女，那閨女看著就有些嬌弱，話也少，阿冽是咱們的長子，娶長子媳，務必得是個爽利能幹有心胸的女子才好。」

何恭道：「不求大富大貴，門第簡單些，像咱們閨女這樣的才好。」

沈氏笑道：「余姑娘就很有見識，她同子衿一定說得來。」

肆之章

密親投奔尋憑依

沈氏著人遞帖子給余家，余家當天就回了帖子，第二天，沈氏便帶著閨女去余太太那裡說話。余太太一向看何家母女順眼，更何況既有結親之意，彼此更添一層親密。

何子衿送上給余太太的禮物，「這次來得匆忙，就給您帶了些沙河縣的土物，一樣是我們沙河縣的香米，一樣是我自己做的紅參玉容膏，這是一套，除了這青花瓶的首烏膏是用來護髮養髮，其他都是紅參的。我和我母親用著都還好，就帶了一套孝敬您。」

余太太命丫鬟接了，笑道：「妳們母女倆都美人胚子，看來在這上頭是極有心得的。」

「在您面前就是班門弄斧了。」何子衿道：「以前家裡貧寒，也就是用些花露，後來日子漸漸好些了，就按古方配些桃花粉茉莉香之類的用。到了北昌府，此地多有紅參貿易，紅參這東西對養膚護膚皆是極難得的，就做了些，用起來很是不錯。」

余太太指了指自家大孫女，道：「這上頭，妳同我家大姑娘肯定能說到一塊兒，她在家也時常搗鼓這些個。」

余幸笑，「我就是合些珍珠茯苓霜來用罷了。」

何子衿道：「珍珠不論是敷面還是服用，對皮膚都是極好的，且有安神鎮定的功效。茯苓多生於松柏之下，最是養人不過。」

「何姊姊還精通醫理？」

「不敢說精通，只是略看過一些醫書，把脈看病是不成的。」何子衿笑道：「也就是調香，認識一些香料藥材，皮毛也只是略知一二。」

余幸問：「姊姊都用什麼香？」

何子衿道：「除了調花露時，我一般鮮少用香，室內多是養些花草，如桃杏茉莉薔薇，皆有各自的香味。擺在室內，不止是天然花香，對空氣也是好的。就看老太太屋裡這盆茉莉，有這麼一盆，什麼香都省了。」余老太太這小花廳內擺著合抱大的青花大缸，缸中並未植奇珍異卉，就是一株有年頭的茉莉花，如今茉莉含苞，室內已是異香撲鼻。

余太太笑，「這花我年輕時就養的，出嫁的時候都帶著，後來回了閩地，就帶到閩地，等來了北昌府，就帶到了北昌府。」

這盆茉莉已是長到成年男子手腕粗莖，再加上余太太善於打理，雪白花苞更是千餘個不止，何子衿讚道：「真是一盆好花，您定沒少在這花上下功夫。」

一盆茉莉養到這等境界，倘換別人定是頗有一番得意的，余太太不同，余太太面上沒有半點驕色，只是望著花微微一笑，「是啊！」

「祖母為了養這花，單單造了間暖房供著它。」余幸道：「也就是現下天氣暖了，不然祖母可是捨不得拿出來呢。」

何子衿不解道：「太太這屋裡便是冬天想來也是暖若三春，如何還要在暖房供養？」

余太太道：「聽丫頭胡說，並不是為了這花。北昌府氣候嚴寒，冬天沒有什麼新鮮菜蔬，我看這裡有些平民百姓是將房子半截建在地下，半截建在地上，這樣的房子看著矮些，卻是冬暖夏涼。我命人仿照著建個暖房，不獨是為了養花，冬天種些菜蔬，亦可供應。」

何子衿笑道：「我冬天也是在縣衙收拾了幾間空屋子，屋裡盤上一條大通炕，炕上不是暖嗎？再在上頭擺上大花盆。冬天把炕燒起來，屋裡暖了，在盆裡種些青菜也還不錯。去年我種著好，還跟我娘說呢，叫她今年也試試。不用種什麼金貴菜，尋常青菜就成。」

余太太道：「很是，這盤炕的法子不錯。」

余幸問：「姊姊還懂種菜？」

余太太笑，「妳這位姊姊何止是懂種菜？」拉著長孫女的手道：「妳在帝都，應該也聽說過那萬金難求的綠菊吧？」

「自然是聽說過的。」余幸道：「可惜我沒得一見。我聽聞綠菊到帝都的消息，央了姑媽帶我去娘娘那裡開開眼界，可那會兒綠菊已經送到宮裡去了。」說著，又補充一句：「那會兒娘娘還是王妃。」

何子衿自然聽出余幸嘴裡的娘娘便是當今謝皇后無疑了。

余太太指著何子衿道：「那綠菊就是妳這位姊姊種出來的。」

余幸頓時驚詫，直問道：「姊姊竟是那位極有名氣的菊仙姑娘？」

何子衿謙遜道：「就是擺弄些花草罷了，也是機緣巧合。」

余幸連忙道：「姊姊不曉得，自從姊姊不再種那綠菊了，內務府花匠不大會管理，那花兒竟漸漸枯死了。我無福得見，不過也聽說是極難得極難得的珍品。」

何子衿道：「我與那花兒的緣分也淺。」

余幸問：「姊姊如何不再種了？」

何子衿笑，「自古至今，凡世間名品，不拘花木，如絕世神兵，如罕見異寶，皆要講究機緣的。就是現在再叫我種，我也種不出了。那花兒，只得三年罷了。」

何子衿說得神神叨叨的，余幸到底年少，被神叨得暈暈乎乎，不過，因著何子衿這菊仙姑娘的身分，余幸待她親近不少，還同何子衿請教了不少花草養植方面的事。何子衿說得頭頭是道，余幸再次讚道：「姊姊不愧是種出綠菊那般仙品的人，於這上頭，常人所不及。」

何子衿謙虛道：「只是一些小訣竅罷了。」

余幸又說起帝都人如何對綠菊的追捧來，她的父親在帝都不算高官，主要是她的父親還年輕，不過，余家是謝家正經姻親，余太太與謝皇后關係不錯。聽余幸話裡，她也時常能去宮裡請安，故而余家與帝都高門顯貴結交不少，余幸說帝都高門也是如數家珍。這上頭，沈氏就不行了，聽著什麼侯什麼公的，沈氏有些懵。何子衿也不大知道，不過，母女二人裝還是會裝的，都含笑聽著，余幸道：「阿薛極是喜歡姊姊種的這綠菊，可惜姊姊現在在北昌府，不然我做東，咱們正可聚一聚。」

何子衿笑道：「待緣分到了，自然能見到。」

余幸又問：「姊姊現在在北昌府還種花嗎？」

何子衿道：「我在家裡種些花草做盆景用。」

「姊姊這樣的本領，只種些尋常花草，豈不可惜？」

何子衿笑道：「奇珍異卉太難打理，倒是些尋常花草，潑辣著生長，既可賞景，亦可做胭脂，做吃食，用處頗多。」

「姊姊還喜歡吃花啊？」

「花卉自早就有入藥入食的記載，最有名的就是秋天的菊花鍋子菊花宴，但其實許多花都能入食，如玫瑰茉莉桃花梨花蘋果花，春天桃花可做羹，梨花可做酒，蘋果花可泡茶，都是極好的。如玫瑰茉莉，既可為茶為大雅，摘了未開的花苞炒雞蛋，雖有些俗，可炒起來既有花香又有雞蛋的香味。再如萱草，花苞時可用，曬乾更可長久保存。」

余幸道：「姊姊莫不是花神投的胎？」

何子衿笑道：「不過是些小道。」

余幸道：「我早不認識姊姊，我要是早認識姊姊，定邀姊姊入我們的詩社。」

何子衿連連擺手道：「我可不會作詩，沒那天分。」

「姊姊這樣的雅人，入我們社，便不作詩也是好的。」

何子衿同余幸聊得投機，余太太同沈氏相視一笑。

待得自余家辭了出來，沈氏在車上就問閨女：「妳看，余姑娘如何？」

何子衿道：「挺好的，只要余家是真心結親，給阿冽定下來也好。只是我看余姑娘話裡話外惦記著帝都，她又自小在帝都長大，咱們家在北昌府做官，一時怕是回不了帝都，就不知她願不願意留在北昌府了。」

沈氏不解道：「帝都雖好，可就是她在帝都嫁人，難不成就能留在帝都了？這麼多官員，能留在帝都為官的有幾個？如余太太，還不是隨著余巡撫天南海北地走。要說出身，余太太當年出身不比余姑娘好啊？妳看余太太這樣貴重之人，在北昌府不也住得好好的，余太太就沒說過一句北昌府不好。」

何子衿想著自己到底有前世的觀念在，母親所說，方是現在的主流思想，遂笑道：「我看這樁親事不錯，余姑娘雖年紀有些小，說話處事都不錯，畢竟書香世族出身，她又是在帝都長大，見識比尋常女孩子要好些。」

沈氏笑，「我就喜歡有見識的女孩子，不小家子氣。」又道：「妳爹是把咱們家從平民之家帶進了官宦之家的門檻，可再往上走，我就希望能有個有見識的女子襄助妳弟弟。」

何子衿揶揄道：「可見是被娘遇著了。」

沈氏道：「我這也是沒想到的。」心中對親事已是十分願意了。

今日見過余太太，第二日母女二人又去張知府府上問安。張太太依舊和氣，張大奶奶妝容精緻，只是自袖間露出的一雙手枯黃乾瘦。何子衿把東西給張大奶奶送來了，張大奶奶含笑謝過何氏母女，再多的話也沒說。

待江念辦完公務，何子衿走動得也差不多了，還在北昌府看了幾間鋪面，到底是未定下來，就與江念回了沙河縣。

回到沙河縣，何子衿方同江念說起余家這樁親事來。

江念有些驚訝，「倘余家真心做親，這實在是一樁好親事。」

「是啊！」何子衿笑道：「以前見余姑娘，我總覺得她與我有些距離，這次見她，聊得倒是投機。我想著，她大約也是樂意的，不然當不會與我這般親近。」

江念道：「阿冽這小子，在娶妻上的福氣，也只略遜於我一些罷了。」

何子衿瞪江念，江念挽住子衿姊姊的手，兩人打了一通眉眼官司，最終相視一笑。

江念那一番滋生人口的論述很得余巡撫青眼，主要是江念確確實實在解決北昌府整個州府男少女多的問題。以江念的意思，就近從北靖軍裡挑人就挺好。關於這個主意，紀將軍簡直是雙手雙腳贊成，紀將軍還親自同余巡撫商議了一番，然後將整個政策具體落實下來，包括如果北靖軍服役期滿的兵士就地安家，如何分派田地之事。二人乾脆聯名上了一封奏章，請昭明皇帝批准。

自來邊界州府人口稀少就是個大問題，昭明帝很快就把摺子批下來了，還在回批裡讚揚了紀余二人，當然，出這主意的江念也得了句「能幹」的讚語。

待這摺子比下來，時間就進了八月，連帶著摺子一起下來的是，皇帝陛下將沙河香米點為貢米，令沙河縣令擇最適宜種植沙河香米的良田百畝，種香米，做貢品。至於被選中的良田，皇帝也不虧待這些農人，非但按市價購買這些田地，還能補給同樣畝數的荒地。

江念去幫皇帝陛下買地時，赫然發現，這地就是自家的啊，是他家子衿姊姊買的，李家谷最好地段的二百畝良田。

何子衿賣了一百畝給江念，江念也沒占皇帝的便宜，以市價算的，並未多算。

何子衿問江念：「這些地就是皇上的了啊？」

「嗯，算是個小皇莊吧。」江念不止得幫皇帝買地，還得管著雇人撥種收割然後上貢啥的。當然，這給皇莊為佃可是再好不過的差使，在皇莊做佃戶，便不必納稅，每個月還有二兩銀子可拿，這也是皇帝的恩典了。故此，皇莊的事還未辦妥，李家谷就不少人家想著去皇莊做佃戶了。江念選了幾家老實本分有經驗的農人，將種香米的事交給了這些人。

何子衿這邊與段太太、江贏也確定了紅參玉容露的最終配方，另外，還做了些香皂在鋪子裡放著賣，意外的是，香皂是賣得最好的。
北昌府八月即飛雪，何子衿與江贏、何老娘、余嬤嬤在屋裡烤手連帶烤山芋時還說：
「我當初想的是，隨便做些香皂，不想香皂賣得這樣好。」
江贏笑，「是啊，我也沒想到。」
何老娘則一副盡在老娘掌握之中的模樣，「傻了吧，妳那些膏啊露啊散啊粉的，那一套得十兩銀子，哪裡是尋常人用得起的？香皂不一樣，胭脂水粉用不起，不用就是，平常洗臉總要用香皂的。香皂是尋常物件，人人都要買，而且，妳定的價錢不算太貴，狠狠心的，也就能買上一塊了。」
何子衿笑，「看來百姓用的越尋常的東西，越是好賣。」
「是這個理。」何老娘拿長鉗將烤山芋翻面，問自家丫頭：「今年收益如何？」
「還成吧。」何子衿道：「段太太接了個大單子，北涼那邊的人採購了一百套。」
何老娘驚嘆，「這可是個財主。」
何子衿笑，「財主不財主的，慢慢來吧。」
江贏道：「待我回家時，我帶些回家，也給北靖關那些太太奶奶們用一用，倘她們覺得合用，必會再買的，她們可不在意十兩二十兩的銀錢。」
何子衿應了，「好。」戰爭財戰爭財的，甭看大頭兵就只能吃兵晌，當官的不一樣，一旦在軍中有了職司，來錢的地方就多了。
江贏很能跟何家祖孫說到一塊兒，像烤山芋這樣的吃食，江贏也很喜歡吃，還道：「我記得小時候吃個烤山芋都是極難的。我祖母嫌我是個丫頭，就是烤了山芋，也是叔叔家的堂哥堂弟先吃，最小的才給我。後來到了李家，吃食上倒是豐盛了，我想吃烤山芋，又怕被人瞧不起，也不敢要著吃。」

何老娘道：「小孩子家，臉皮薄呢！」

「是啊，現在我就不怕旁人說了。」

「管他呢，咱們痛快了為先。」何子衿道：「要是怕人說，還不活著了？」又道：「等這大雪停了，咱們去河邊冰釣，那才有意思。」

江贏高高興興地應了。

江仁一行人就在這樣大雪紛飛的日子，拖家帶口地回了沙河縣。

真的是拖家帶口，而且不是一家，還有蔣三妞和胡文一家。兩家孩子都小，最大的重陽不過九歲，小的也不過兩歲，雖說比當初何家帶著龍鳳胎來北昌府時龍鳳胎還不到一歲的年紀要大些，但當初何家是初春趕路，越走越暖，如今卻是秋冬趕路，越走越冷，及至北昌府時，比帝都的冬天還要冷些。

重陽與大寶都大了些，穿著厚棉衣厚皮裘，戴著大毛帽，手上還有厚棉手套，腳上是鹿皮小靴裡套著棉襪，渾身上下就露出一雙眼睛。蔣三妞與何琪抱著自家二小子，圍得嚴實，就是兩人也是穿得厚實。江仁父母與祖父母更是如此，江仁與胡文則好些，也是裹著毛茸茸的。是的，在北昌府只有棉衣是無法過冬的，都是棉衣外加皮氅或是皮褂子。

何老娘一見大家都回來了，芋頭也顧不得烤了，招呼著親戚們進屋裡來。

何老娘這屋裡暖和，既燒著炕又擱著炭盆，花几案上供著新開的水仙，甜香四溢。何子衿令丸子去廚下做些薑糖水蛋來，給大夥兒暖暖身子。孩子們都上炕，何老娘挽著江仁祖母的手也坐炕上去了，江太爺則坐太師椅上，腳邊放著腳爐，手裡握著手爐。

江太爺笑道：「親家這屋裡暖和。」

蔣三妞與何琪坐炕沿上，也說何老娘這炕上熱乎，何老娘笑道：「頭晌一把柴，下晌一把柴就暖得很。這北昌府都是睡炕，當地人盤炕的手藝比帝都好。」

蔣三妞道：「來前阿仁讓我們多做幾身大厚棉衣，又做了皮袍皮襖，我還說哪有這麼冷。真是不來不曉得，連中秋都沒到，這就跟冬天似的。」

何老娘笑呵呵道：「在北昌府，這就是冬天了。」又問：「凍壞了吧？」

何琪說：「路上車裡都燒了炭盆，天好的時候，我們就帶孩子們下車走走，活絡血脈。我們還好，提前都準備著，還去藥堂開了幾副驅寒的藥，時常就喝一劑。一路打尖住店，真遇到過有路上病了的。我跟師妹就是擔心孩子們，不想孩子們倒比大人還精神好。」

丫鬟們將糖水蛋端上來，大家都吃了一碗，如大寶這種挑食不愛薑味的，也被他娘按著吃光了。重陽說大寶：「一年年的不長個兒，還挑食呢。」

大寶相對於虎頭虎腦一看就結實的重陽來說，身量苗條，臉白細緻，說話也斯文，不疾不徐道：「我長了，誰說我沒長，你高是因為你比我大。」

重陽哼一聲，從炕上下去了，蔣三妞道：「你就在炕上暖和著吧。」

重陽把鞋穿好，道：「娘，我不冷。」又問何子衿：「姨媽，龍鳳胎呢？」

何子衿笑，「他們去朝雲師傅家了，我已讓人去接他們，還有你舅小舅和阿珍。你沒見過阿珍，就是這位江姨的弟弟，你也得叫小舅舅。」

重陽已經很懂事了，點點頭，「我聽阿仁叔說過了。」

重陽在同輩孩子中最年長，他一下炕，小的們也坐不住了，都要下去跟著重陽。

重陽道：「二寶和二郎都在炕上好好待著，大寶你看著他們。」

「你去幹啥啊？外頭怪冷的。」大寶問。

「我去看看雪下多大了。」

蔣三妞道：「路上你還沒看夠？」

「路上也沒看幾日，娘，我就出去看一會兒。」

「你說你怎麼就坐不住。」蔣三妞氣得慌。

見孩子往外跑，何老娘忙道：「穿上厚衣裳再出去。」

重陽回來把毛褂子裹上，何老娘道：「帽子也戴上。」

重陽道：「曾外祖，我不冷，熱著呢。」說完跑外間去了。

蔣三妞道：「小時候挺老實的，不知怎麼回事，越大越不聽話。」

胡文笑，「男孩子嘛，皮實些好。」

蔣三妞道：「你看大寶，又斯文又秀氣。」

何琪無奈道：「我成天為他吃飯生氣，師妹也見過的，叫他吃口飯跟求他一般。要我說，這樣的餓上幾日就什麼毛病都改了，只是我們老太太捨不得。」

江老太太連忙道：「我這是親孫子，當然捨不得。」又說：「眼瞅家裡日子過得了，怎麼能叫孩子挨餓呢？」

江老太太還同何老娘道：「大寶生性這般，打生下來就是個秀氣的，小時候肚子就不好，我時常找大夫給他摸一摸。其實他大了也不是挑食，就是細緻，這會兒好多了。」

何老娘道：「大寶挺好的，就是瘦些，不夠壯實，可得給孩子好生補一補。」

說到這個，江老太太直犯愁，她家現在也算有些銀錢，給親孫子吃點好的不會不捨得，只是她再捨得銀錢，奈何孫子不愛吃，江老太太愁道：「這孩子打小不愛吃葷腥。」

先說了通孩子們的話，這才說到江仁回帝都回老家的事，江仁道：「姑丈一家都極好，知道咱們都好，也就放心了。阿洛哥已經生下第二個兒子了，我代姑姑和子衿妹妹給孩子隨了份禮。阿玄聽說阿冽中秀才了，如今很是用功。還有，阿玄同宋二姑娘的親事也定下來了。前些日子西寧關打仗，忠勇伯爺率兵把蠻人打出了西寧關，小瑞哥跟著忠勇伯爺立了戰功，眼下已是官身了。老家那裡也都好，妹妹家的田地有阿山哥幫著照管，我家的也都託給了阿山哥。我原是想著阿山哥要不要跟我一起過來，這裡了有不少機會。阿山哥沒來，說老家那一攤也得有個可靠人看著，就叫他家裡兩個小子跟我過來了。」

何子衿忙問：「在哪呢？怎麼沒進來？」

江仁道：「我和阿文哥在帝都販了不少貨物，他們在外頭安置，等會兒就進來了。」

待一時，沈山的兩個兒子方進來，也是一身大毛衣裳，年歲都不大，老大叫沈淮，老二叫沈溶。沈淮十八九歲，沈溶更小一些，今年不過十六，還是半大孩子。

何老娘直念叨：「阿溶還這般小，阿山也真放心啊！」

沈溶笑道：「我爹說，要是跟著別人是不放心的，跟著阿仁叔，就讓我也一道來了，幫著跑跑腿，也長見識。」

丫鬟又端了兩碗糖水蛋來，兩人也沒客氣，都接來吃了。

何子衿知道江仁是去接家小了，院子什麼的早就收拾出來，每天都叫人燒著炕，就是現下住人都是使得的。何子衿又叫丫鬟去多備上幾個炭盆，何琪與蔣三妞讓大丫鬟過去看著安置收拾，這才說起帝都的日子。

蔣三妞和胡文在帝都經營烤鴨鋪子，何琪一家則是住在沈家，江太太笑道：「當初阿仁說一起過來北昌府，我們以為也就三五個月就回帝都了，不想過了個年，他都沒回帝都。小姑子不放心我們一行回老家，我們就住親家那裡了。」

何老娘說：「既然都在帝都，如何還回老家了？莫不是去看老家鋪子裡生意如何？」

江仁道：「一則去看看生意，二則也是代阿涵哥給他家裡送信。」又道：「阿涵哥的父母也跟著來了，對了，還沒跟老太太說呢，阿涵哥的大妹妹不是嫁給陳姑老爺家的陳遠嗎？這回他們也跟著過來了。」

何老娘沒瞧見人，江仁道：「到了北昌府，阿洌就帶著他們安置在北昌府了。大概等雪停了，便會來向老太太請安。」

何老娘哼一聲，「我不耐煩見那刁鑽婆子！」

胡文笑道：「姑祖母莫惱，這是我跟三妹妹的緣分，不然哪輪得到我同三妹妹做親？」

「不是說這個，她那人不成，親事從來都是你情我願，她看上富貴人家的嬌小姐，不樂意我家就直說唄，我家三丫頭也是一等一的好丫頭，偏生弄些神神道道的。虧得是三丫頭有福，要不我跟她不算完。」至今說到此事，何老娘仍是一肚子火，還道：「可惜了阿涵這樣的好孩子，修來這樣的娘，哼！」

蔣三妞勸道：「都過去了。」

「我心裡那火可還沒過去呢。她這是識趣，不來我這裡，不然她就是來了，我也不稀罕搭理她。」何老娘是一輩子不打算理會何涵他娘了。

龍鳳胎與興哥兒、阿珍回來了，屋裡更添一層熱鬧。

大家熱熱鬧鬧說一回話，何老娘就讓他們各自去院子裡看看可還缺什麼。

何子衿素來是個周全人，何況兩個院子是提前預備的，家具雖不是新的，也都齊全。

蔣三妞一進屋就道：「這屋子定是提前燒著炕的，不然沒有這麼暖和。」

胡文也說：「子衿妹妹定是提前準備了的。」

晚上吃的是火鍋，羊肉管夠，還有小青菜、蘿蔔、窖裡存著的大芋頭，切片涮著吃。

胡文笑道：「北昌府雖冷，卻有這樣好處，把羊肉一凍，不論切片還是刨卷都方便。」

何老娘道：「可不是嗎？冬天就吃這火鍋好，暖和，吃的東西也多。」

何家這火鍋向來是先燉一鍋肉，把肉吃完了，再用肉湯涮菜。何子衿晚上吃肉吃的少，她就自己弄個素湯小鍋來吃。大寶是個不喜食葷腥的，便也給大寶弄了個素湯鍋，青菜、白蘿蔔、凍豆腐、木耳等樣樣都有。大寶也不是完全不吃肉，他往鍋裡放了幾片羊肉，再放幾隻蝦乾調味。他不吃這些，把湯調好了，用來涮著菜吃。

要說吃得最香的就是重陽了，與大寶這種食素的不一樣，重陽天生就是肉食動物，人也生得高大，當然，飯量也好，鍋裡的肉就撈了一碗，吃得更是帶勁，江太太和江老太太羨慕得不得了，都覺得人家重陽這才是小夥子的吃法。

重陽的問題在於，太喜歡吃肉，蔣三妞都要夾菜給他。重陽雖不愛吃，不過，他娘給他的，他也都吃了。大寶則發現了一樣美食，他不喜歡吃肉，但喜歡吃魚啊，魚圓什麼的，他就很喜歡。不止魚圓，還有牛肉丸、蝦丸、蟹肉丸，大寶吃了不少。

江老太太笑道：「在帝都他都沒吃過這麼多，可見是對了胃。」又誇何子衿：「子衿這手藝，真是沒得說。」

何子衿道：「孩子們大多喜歡吃圓圓的，阿曦和阿曄、興哥兒和阿珍都喜歡這些。」

二寶和二郎有小夥伴們比著，也吃得熱火朝天。

重陽都說：「姨媽，我要是知道妳家有這些肉吃，我早來了。」逗得大家哄堂大笑。

整個家裡一下子就熱鬧起來，第二天，大家才有功夫坐下來說些生意上的事。江仁先同何子衿念叨了回書鋪的生意，把這兩年的紅利帶來給何子衿，還有何家這幾年田裡的收成，以及沈氏醬鋪子的生意利潤，連帶帳目和銀子都有。

江仁這裡先算清楚了，就去與胡文商量帝都帶來的貨品銷售的事了。

蔣三妞同何子衿說烤鴨鋪子的分紅，說到烤鴨鋪子，何子衿還問蔣三妞：「三姊姊和姊夫這一來，後頭烤鴨鋪子是誰接手？」

蔣三妞道：「夥計掌櫃還是鋪子裡的人，唐奶奶換了個能幹的管事。」

何子衿道：「這一年多，姊姊與姊夫在帝都可還順遂？看你們的信上寫著胡家大爺去帝都準備春闈了？」

「一言難盡。」蔣三妞嘆道：「就是妳不去信叫我們來，我也想過來的。」

「我家大爺上科秋闈得中，要是大爺跟大奶奶過來，我跟妳姊夫也是高興的，畢竟是親兄弟，大爺有出息，我們都替他歡喜。可也不曉得他們是怎麼商量的，我們老爺和太太也跟著一起來了。一聽這事，我跟妳姊夫就賃房子搬了出去。」蔣三妞道：「這也不是我心眼小，那原是沈舅舅給妹妹置的宅子，倘我們老爺太太是明理的，住也就住了，幸而我們搬出來了。我們賃的不是小宅子，足有三進的院子，可就這樣，老爺還同妳姊夫發了通脾氣，說以前住的是四進大宅，這父母一來立刻就賃屋子來裝窮，把妳姊夫氣得了不得。就是先時住的，那也不是我們的宅子呀。自從太太去了，知道這烤鴨鋪子是同唐奶奶合夥的，成天想我幫她引薦給唐奶奶。咱們與唐奶奶原不過是生意上的來往，哪裡就能在此巴上人家呢？我哪會應，她就不痛快，還時不時去店裡叫席面，在家裡設宴擺酒，偏生自店裡叫了席面又不付錢。說來這鋪子也不全是咱家的，就是唐奶奶叫了席面，咱們說不收錢，人家還要打賞廚子夥計，不令下頭人白忙。大爺大奶奶他們來帝都，帶了他家三郎，三郎年歲與重陽相仿，重陽是沈家舅舅幫著在官學安排念書，她知道後就跟大老爺嘀咕，大老爺找妳姊夫，想把三郎也送進官學去。那官學又不是咱家開的，沈家舅舅把重陽安排到官學，也是看著妹妹的面子。難不成安排了重陽，胡家孩子就都是沈家舅舅的事了？妳姊夫哪裡張得開這個嘴？因這事，大爺大奶奶都有些不痛快。兩個孩子吃飯，她就總說重陽饞，愛吃肉。重陽打小就愛吃肉，再說孩子哪有不饞的？那三郎天天鬧騰著吃八方齋的點心，她就不說了。她買些好點心，都是在櫃子裡鎖著，重陽和二郎一個都見不著，都是給三郎吃。我倒不是眼氣那麼塊點心，只是這麼著哪裡是個常法？妳來信說北昌府這裡守著榷場，機會也多，我跟妳姊夫就商量著，不行就來北昌府，哪怕去榷場開個烤鴨鋪子，只要夠溫飽，也比在帝都總生閒氣強。」

何子衿道：「三姊姊，妳信上也不說，妳要信上早些說，我早叫你們過來了。我總想著，烤鴨鋪子是阿文哥一手開起來的，好幾年的心血呢。」

蔣三妞嘆道：「再如何費心，也不如痛痛快快過日子。我這人吃得了苦，受不得氣。」

這些事，何子衿也同何老娘提了一嘴，何老娘立刻大罵胡大老爺胡大太太一通，直說蔣三妞沒用：「那麼薄臉皮做什麼，還能當飯吃啊？她不要臉面，妳也別給她留臉，我在帝都還沒成天叫席面回家吃呢，她倒是好大個臉！」又說胡大太太著實可惡：「不是自己親生的就是不行，臉都不要了！」

孩子們一來，江念同胡文、江仁商量著，把孩子們先安排好。重陽與大寶都到了上學的年紀，在帝都也在上學，便直接把兩人安插到縣學裡去。二郎和二寶還小，就跟著龍鳳胎、興哥兒及阿珍他們去朝雲道長那裡，或是玩耍，或是跟著羅大儒念一念蒙學。

待大雪初歇，何子衿便帶著一大家女眷去河邊冰釣。

蔣三妞與何琪見著許多女眷跑到冰上或是或釣，或是在冰上滑雪，很是稀奇。不過，看到何老娘穿得嚴嚴實實坐著冰車叫人推她時，兩人也都高高興興有模有樣地玩耍起來。

滑冰什麼的，玩最好的不是何子衿，而是江贏。何子衿覺得，江贏要是擱她曾經生活的年代，絕對是花式滑冰的好苗子，江贏還很有耐心地指點了蔣三妞、何琪一回。兩人都是聰明人，沒多久也就能簡單滑一滑了。

在冰上玩了一通，才回到河邊冰釣。

當天女人們回去都是神采奕奕的，連江老太太這樣的都說：「這裡女人都能出門哩。」

何老娘道：「北昌府的風氣同咱們老家不一樣，女人要是總不出門才會被人說道，大家會以為妳是生病了才在家裡悶著。」

江老太太很是後悔沒坐坐那冰車，何老娘邀她同坐時，她有些膽小，也不好意思，就是以前在鄉下時常出門，也沒這麼放得開。後來大家都玩起來，也沒人顧得上她，故而，江老太太在帳子裡烤火烤了大半日。暖和倒是暖和，中午做的全魚宴也好，就是大家都是年輕的穿冰鞋年老的坐冰車，玩得不亦樂乎，唯獨她礙著面子，啥都沒玩。

現在想想，真是悔啊。

江老太太就有些惦記孩子們，問：「親家，這天時已晚，是不是該接孩子們去了？」

何老娘道：「無妨，一會兒朝雲道長會打發人送回來。」知道江家也是一脈單傳，如今好不容易何琪給生了兩個孫子，故而寶貝得不行，何老娘就道：「都是有時辰管著呢。」又看一眼沙漏道：「還得一刻鐘。」

孩子們回來時都很高興，尤其幾個小的，一人提著個冰燈，美得不得了。龍鳳胎、興哥兒和阿珍是常見冰燈的，每年朝雲道長都會給他們做，二寶及二郎卻是頭一遭見，兩人很是顯擺了一回，江老太太道：「這屋裡暖和，擱屋裡一會兒就化了，還是放外頭去吧。」

兩人就把冰燈掛在廊下，還說回自己院子時要帶回去。

雪停了沒幾日，何培培與陳遠夫妻就來了沙河縣，向何老娘請安。他們過來已在何老娘意料之中，自江仁說了陳遠跟著來了北昌府，就沒有不來向何老娘請安的道理。只是，何老娘沒料到，寶貝大孫子何洌也來了。更讓人意外的是，何洌身邊還帶著個人，何老娘看了兩眼才認出來，猶是不敢置信，「哎喲，阿節，這是不阿節嗎？你怎麼來北昌府啦？」

與何洌一起回來的是他在帝都的好朋友姚節。

何老娘對姚節印象深刻，不止是那會兒姚節經常到家裡來吃飯說話，還因姚節不時買八方齋的點心來孝敬她老人家。還有就是，何老娘記得姚節有個黑心肝的繼母，總是不把姚節往正道上引。何老娘那會兒對姚節很是憐惜，故而才會記得他。

兩年未見，姚節變化頗大，倒是一開口，往日的熟悉感就回來了。

姚節笑嘻嘻地作個揖，笑道：「我給祖母請安啦！」

這小子生來就嘴甜，一般人見了何老娘也就稱呼一聲老太太，就他，在帝都時常來何家玩，又是個嘴巧的，在家就能把自家祖母哄得團團轉，在外頭也把何老娘哄得呵呵笑。他從來是對何老娘喚祖母的，彷彿他是何老娘的親孫子一般。

何老娘道：「快別這樣，趕緊坐。哎喲，好孩子，過來給我瞅瞅，你咋長這麼大高啦？」以前覺得自家孫子個子不矮，那是還沒見著姚節，姚節不過長何洌兩歲，卻比何洌高大半個頭，何子衿目測，姚節這個子定有一百八了。他本就生得黑眉大眼，又這樣高，一身寶藍錦緞棉衣再披一襲黑狐大氅，少年的清俊中已有了些男人的硬朗。

姚節坐在何老娘身邊，笑道：「我在帝都日夜思念祖母您，想您想得，這個子可不就嗖嗖往上長嗎？」把何老娘逗得開懷大笑。

何子衿道：「你越發貧嘴了。」然後請陳遠與何培培坐下。

丫鬟捧上薑糖水蛋，各人都接了一碗。姚節一手端著薑糖水蛋，一邊笑，「看我，光顧著跟祖母說話。子衿姊姊還是跟以前一樣，我聽說北昌府能凍死個人，今一見祖母跟子衿姊姊就知道這話不實，北昌府可是個養人的地方。」接著把何家上下問候了個遍。

何子衿問：「你怎麼來北昌府了？」

姚節立刻起身道：「我還沒見到阿念哥呢，我去找阿念哥說話去。」

他兩口將糖水蛋吃完，放下碗，就拉著何冽跑到前衙去了。

陳遠與何培培均是面上帶笑。

何子衿道：「這裡頭定有緣故。」暫不理姚節，先招待起陳遠及何培培夫妻。

何老娘討厭的是何涵父母，對何培培沒啥意見，相反的，她老人家還覺得何培培這樣的好姑娘，被那對不著調的夫妻拖累了。

何老娘見著小夫妻兩個都很高興，尤其小夫妻還帶了許多東西給她，何老娘看著禮單直樂，說他們：「大老遠的，路上不好走，何必帶這些東西，你們來就行了。」

陳遠笑道：「舅奶奶，這都是祖母預備的。這幾年舅奶奶不在家，祖母想要說話都找不著人，成天念叨您呢，還有小姑給舅奶奶做的衣裳。」

何老娘連忙問：「你祖母可好？你小姑可好？」

陳遠道：「祖母身子很是硬朗，就是惦記您。聽說北昌府是個冷地方，祖母就怕您凍著，我母親就說這簡單，做了好幾身大毛衣裳叫我帶了來。小姑也很好，小姑去歲就當娘了，我們來時又有了身子。」

聽聞此事，何老娘喜笑顏開，道：「我就說你小姑是個有福的。」又問生的是男是女。

「第一胎是個小表弟，壯實得不得了，小手臂小腿可有勁了。」陳遠細細道：「小姑生了表弟，祖母還說要去伺候月子。祖母這把年歲，哪裡能叫她去，就是我娘她們也都有了年紀，後來是媳婦她們妯娌去的。」

何老娘很是滿意地看向何培培，點頭道：「培培是個好的，你們成親，我還是在你祖母信上知道的，不在家，也沒去吃酒，你們有了沒？」

陳遠小日子顯然順遂，笑望妻子一眼，方道：「前年生了大兒子，去年生了大閨女。」

何老娘極是高興，拉著何培培的手道：「這就好，這就好。妳是個命苦的，沒修來個好爹好娘，我看妳長大，虧得沒叫他們耽擱了妳。阿遠也很懂事，這回過來，待路上好走了，你們也去妳哥哥那裡看看。妳哥啊，阿涵啊，現在是百戶了，日子也很是過得。」

聽何老娘這抱怨她爹娘的話，何培培都不曉得要擺出什麼樣的表情了，直待說到她哥，方好了些，何培培道：「這回我跟相公過來，也是想看看我哥和我嫂子。」說著眼眶微濕。一個家庭，突然失了長兄，何培培身為長女，那些年很不好過，父母都想過是不是要給她招贅了。她倒不是不想招贅，只是想到兄長就傷心，好在後來有了兄長的下落，她隨父母趕到帝都去見兄長時卻是沒見到。如今趁著江仁回鄉，她與丈夫立刻就奉著父母一起過來了。

何老娘笑，「阿涵很好，現在都有兩個兒子了。」

何培培忙道：「先時聽阿仁哥說，我哥有了長子，這都生次子了？」

何老娘道：「今年春天剛生的，我沒見過，妳子衿姊姊見了，說是清秀的大胖小子。」

何培培很是高興，又問兩個孩子叫什麼名兒。

何老娘道：「阿涵還沒想好大名，現在就先叫小名，老大叫大郎，老二叫二郎。」

何培培一笑，「這可真是，取名有什麼難取的？」

陳遠道：「大哥定是想給孩子取個極好的名字，一時定不下來。」

何培培道：「約莫是取不出來。我還不知道他，他自小念書就不成。」

何老娘道：「念書成不成的，阿涵也是個有本事的小子，這會兒在大將軍身邊做親衛長，多少人巴結都巴結不上哩。」

何培培嘆道：「打小我哥就愛學個拳腳什麼的，後來還想跟著鏢師走鏢，因家裡就他一個兒子，我爹娘捨不得，不想最後還是投了軍。」

何老娘習慣性的指責何念夫妻：「妳爹娘有什麼見識，你們兄妹都是被他們耽擱了。」

何培培道：「我哥走後，我娘天天以淚洗面，這些年也很不好過。」

「還不是他們自找的。」何老娘一點也不同情那對夫妻。何培培也知事情是自家鬧出來的，跟何家沒半點關係，說來何家還是受害者呢。何培培如今大了，極明事理，知道總不能因她家過得不好，就得讓人家諒解。就像何老娘說的，她哥這事，都是她父母做錯在先。

何培培的性子較少時圓融許多，不再多提家裡父母的事，反是陪著何老娘說些縣裡族中的事。何老娘愛聽這個，尤其是縣裡對她的頌揚。何培培道：「您老人家那書如今在咱們府裡都是極有名的，哪家想叫孩子念書，必得買一套您老人家寫的書，學著如何教導子孫。」

何老娘很是得意，不過，她老人家如今眼界見長，不以賺錢為最終目的了。何老娘道：「能對人有益處，也就不枉我寫一回了。來了沙河縣，見到有念書人家，我也時常會送他們幾本，不為別個，就希望人家能少走些彎路，也希望各家孩子都能有出息。」

何培培笑道：「就是現在我家裡，也是各房人手一本，我都時常翻看呢！」

何老娘也笑，「反正叫孩子多念書是沒錯的。」

何培培深以為然。自從縣裡連出江念、何恭、何洛三個進士老爺，而且都做了官，碧水縣百姓的念書熱情可不是一般的高，就是自己沒那根筋，也要把孩子送去認幾個字。不為別個，萬一孩子是讀書胚子呢，一家子都能跟著改頭換面更門換第。

何老娘難免又關心一下陳遠的科舉情況，知道陳遠連續秋闈折戟，遂寬慰：「這也不急，文章到了，自然就能中。像你們恭叔，也是好幾年考舉人就是不中，不是文章不好，而是欠缺那麼一點運道，後來運道來了，舉人進士就都中了，順利得不得了。」

陳遠與何培培皆點頭稱是。

何培培還偷空同何子衿打聽嫂子李氏的性情，何培培道：「這也是頭一回見，我預備了些給嫂子的東西，不知合不合適。」然後請何子衿幫她看看給嫂子的禮單。

何子衿大致看了，都是很實在的東西，便笑道：「都好。你們姑嫂倒是想一處去了，五月那會兒我去北靖關看阿涵哥，嫂子還請我看看給你們預備的屋子，說是公婆頭一回來，不知公婆喜好。我看那屋子都是新糊裱的，家具也都是新打的，好得不得了。別說是給公婆預備了，就是給新媳婦預備的，也就如此了。」

何培一聽這話，稍稍放下心來，「阿仁哥也說嫂子賢良，這些年都是她在照顧我哥，給我家生兒育女，傳宗接代，我家裡沒幫上一點忙，心裡很過意不去。聽說嫂子的父母也一處住著，我也給他們老人家預備了些東西。」

何子衿點頭，「這樣就很好。過日子，還是這樣和和氣氣、親親熱熱的好。別個不說，這些年我看阿涵哥也很惦記你們。」

何培培嘆道：「只要我哥人平安，就什麼都好。」

何培培知道大嫂一家人也都是好性子，私下與丈夫道：「大哥在邊關，有這樣的大嫂照料著，我也就放心了。」

陳遠頷首，「是啊，聽著是一家子和氣人。」

何子衿聽說姚節是偷偷來北昌府的，私下念叨了他一回，「你就這麼不告而別了，不說別人，你家老太太該是何等擔心！」

姚節一向與何子衿投緣，這會兒也不諱言，一邊坐炭盆旁烤芋頭，一邊道：「唉，姊姊不曉得，我在帝都實在是待不下去了。我念書不成，官學上不上都一樣。後來到了年紀，索性不念了。我爹幫我在巡防司安排了個差使，巡防司裡多是有背景的，我也就那麼幹著。我祖母見我當差了，就開始給我說親。繼母原是想叫我娶她娘家侄女，我又不傻，才不應哩。我祖母一向疼我，這回不知怎地，也叫我娶她娘家侄孫女。這要是表姊表妹的有姊姊一半的人品，我不會不樂意。子衿姊姊不知道，這些年，我祖母娘家家道中落，我並不是勢利眼，我家也不是什麼大戶，便是世族，也不總是興旺的。只要是正經上進人家，祖母疼我這些年，我總不叫她老人家失望，可我祖母娘家，我那表叔就是個只會花天酒地的，家裡子女嫡嫡庶庶的加起來十二三口子。我祖母上了年紀，人就心軟，接了兩個表妹在我家住著，唉，後頭事我就不說了。祖母看我不應這親事，也不大樂意。正好阿冽回帝都，我乾脆隨他出來走一走。我真寧可學小瑞哥去戰場上建功立業，就是馬革裹屍，也比渾渾噩噩過一輩子強。」

聽了姚節一通訴說，何子衿突然明白了，道：「原來你是想去北靖關參軍啊！」

姚節笑嘻嘻地道：「果然是知我者，子衿姊姊也。」

何子衿並沒有直接就否決姚節的主意，這個年紀的男孩子都有雄心壯志，也有自己的理想，一味攔著並非好事，何子衿問：「這事，你可與你家裡說過了？」

姚節道：「我離家時寫了封信給我爹，免得他們惦記我。投軍的事沒說，我要是說了，怕是幹不成。我想著先去北靖關瞧瞧，我畢竟是官學裡出來的，平日騎馬射箭拳腳功夫都是學過的，想去試一試，看可否能謀到個職司，再說以後。」

何子衿見姚節不是腦子一熱就來北靖關送死，遂放了些心，「我族中族兄就在北靖關，你要是想去，我幫你寫封信，你帶去見他，同他打聽看看可容易在軍中謀職。只是一樣，凡事沒有一帆風順的，我族兄也只是個百戶，不曉得能不能幫到你。」

姚節笑道：「我曉得，就是我培培姊的哥哥阿涵哥嘛。」又謝過子衿姊姊幫著寫信，「姊姊儘管放心，我不是直接就往戰場上衝。只是我這樣的，姊姊也是知道，念書上是甭想出頭了。在巡防司，我不是混不下去，可說來能進巡防司的，都是有關係有背景的，哪裡就輪得到我出頭，倒不若在外謀職，也離我家遠些，我看我家也不比前平國公府強多少。」

何子衿打趣他道：「你這是以柳國公自比呢！」

姚節連連擺手，「不敢不敢！」

前平國公府柳家乃帝都豪門，之所以叫前平國公府，是因為平國公一爵已因事被降為平國伯。要是別個公府直接被降爵至伯府，整個家族多半都要跟著降等，但平國公府不同，平國公府的公爵雖被降，可平國公府柳家嫡長一系還有一位牛人，就是全憑自己戰功得賜靖南公一爵的靖南公柳扶風。

如今提起柳國公，說的就是這位大名鼎鼎的靖南公柳扶風柳公爺。

柳扶風之所以名揚天下，便是因其赫赫戰功所致，而且，這位柳公爺腳有殘損，不良於行。柳公爺不良於行，並非先天如此，據說是少時跌落下馬，傷了腳，從此須扶杖而行。一位國公府的長子嫡長孫，正經法定爵位繼承人，能摔馬跌傷腳進而不良於行，這裡頭不必說就知有多少不能言的內情。

柳家平國公爵降爵一事皆因柳扶風祖父老平國公寵妾滅妻而起，當時柳家內闈之亂，在帝都都是有名的，有名到，縱然平國公府乃開國四公府，就因他家內闈不寧，柳扶風年輕時議親都未能議到真正的高門貴女。當然，現在提到靖南公夫人，都要說一聲有福的。再者，柳公爺因功封爵後，柳家庶出徹底失勢，至最後，柳家庶出一系悉數被斬，但柳家也因此被降平國公爵為平國伯爵。

故而，柳家這寵庶滅妻到連累家族的地步，也是帝都豪門間的一大教訓。倘不是因柳家出了靖南公柳扶風這樣的一位牛人中的牛人，柳氏家族衰敗在所難免。

姚節說自家跟柳國公家似的，其實姚家主要是姚節繼母作祟，可其實人家繼母是正經繼室，不是妾室。不過，自柳國公因功賜爵，也的確讓多少熱血少年嚮往之。

何子衿覺得，姚節這小子簡直是個天才，雖念書不成，但人家搞外交絕對是一把好手，這還沒去北靖關謀職司呢，就對著江贏一口一個「江姊姊」了。我的天，子衿姊姊都聽不下去了，說姚節：「贏妹妹比你還小一歲，虧你叫得出來。」

姚節臉皮八丈厚，道：「我這主要是為了表示尊敬，再說了，我雖然年紀大一點，個子也高，其實心裡歲數小。」

何子衿受不了他，江贏卻是直樂，問他：「你心裡歲數是多大？」

姚節大言不慚：「大概七歲吧。」

反正姚節是有空就同江贏套近乎，何冽不比姚節臉皮厚，何冽完全是正常十六歲男孩子的表現，他見著不大熟且不是親戚的女孩子都有些害羞，尤其是自己將要訂親的時節，何冽在這上頭比較敏感啦。

何冽這次非但是送表兄陳遠夫妻過來，還帶來母親給姊姊的一個匣子。何子衿接了，險些讓匣子掉地上去，便問道：「什麼東西，這麼沉？」打開來竟是一匣整整齊齊的銀錁子。

銀錁子上頭有一封信。何子衿取信看一遍，忙去何老娘房裡道：「祖母，有好消息！」

何老娘正與江老太太說話，見自家丫頭過來，忙問：「什麼好消息？」

何子衿笑，「阿冽同余姑娘的親事定下來了。」

「當真？」聞此訊，何老娘的瞇瞇眼都瞪得溜圓。

「我娘信上說的，已經同余家說定了，今冬就把親事定下來，說是投了吉日，就在十一月初八。」何子衿把信遞給祖母。

何老娘仔仔細細看過信，臉上滿是喜色，拍著大腿道：「這可真是大喜事啊！」

江老太太問余姑娘是哪家的姑娘，何老娘道：「就是咱們北昌府余巡撫家的孫女。」

江老太太一聽說是巡撫家的孫女，連聲道：「哎喲，這可真是再好不過的姻緣啦！」

「是啊！」何老娘笑咪咪道：「先時沒定下來，不好跟親家說。這也是阿冽的福氣，自從這孩子中了秀才，多少人家打聽他的親事，我原不想叫他這麼早訂親，怎麼著也得考上舉人再說啊，不想人家巡撫大人就相中了他。」

何老娘這話，何子衿聽著都臉紅，這老太太也忒會吹牛了。

江老太太聽何老娘這般說，道：「先成家後立業，阿冽是長孫，不一樣，先把親事定了，心性也就定了，以後更上進，還不耽誤傳宗接代給您生重孫。」

何老娘笑著同何子衿道：「妳娘不是叫妳去榷場看一看有沒有成色好的寶石嗎？妳這就去吧。挑好的，別委屈了人家姑娘。」

「知道了。」沈氏信裡叫閨女代買些上等寶石，打套金頭面，給余幸做訂親禮。

何子衿邀請江贏同去，何子衿同江贏說這事時，江贏就知道何冽要同余家訂親的事了，江贏還說：「余家這親事不錯，余巡撫在北昌府多年，是有名的好官。北昌府有今日氣象，多賴余巡撫多年安民撫民。」

何子衿請江贏一道去榷場買寶石，「妳眼力好，幫我看看。北涼地小而狹，寶石商沒有幾個，再有就是自更遠的北面來的外族商人，他們那裡常有賣寶石的，我對這些不懂。」

知道是訂親用的，江贏就心中有數了，道：「他們那裡的玉同我朝的玉不大一樣，不過，我瞧著成色也不錯。寶石的話，咱們主要看看紅寶石。訂親是喜事，多用紅寶石。」

本來是女人們逛街的事，結果，姚節知道後也跟著去了。

姚節可不是做為拎包小弟去的，姚節自稱對寶石極具鑒賞力，他是做為專家一起去的。何冽也跟著去，江念千叮嚀萬囑咐，把子衿姊姊託付給了小舅子，還絮絮叨叨一通說，什麼出門要記得帶熱水，別讓子衿姊姊喝涼的，還有什麼吃飯就去這幾個地方，合子衿姊姊的口味，又有什麼瞧著子衿姊姊累了就歇歇，買東西不必急。

反正那叨念的勁兒，讓何冽都跟姚節道：「阿念哥自從做了姊夫，就囉嗦得要命。」

姚節道：「男子漢大丈夫，就得像阿念哥這樣對待媳婦才好，阿念哥一看就長情。」因為有個不怎麼樣的親爹，姚節就喜歡對妻子有情有義的男人。

「我曉得。」何冽道：「不必阿念哥說，我也不能叫我姊和江姊姊累著啊！」

蔣三妞和何琪沒去過榷場，兩人聽說是去看寶石，也跟著一塊去了。

兩人的意思是，不說自己戴，兩家都是有兒子的，寶石存著也不會壞，倘有合意的買一些也不錯，像何冽這樣，以後打頭面給兒媳婦訂親用也體面。當然，亦可見兩家經過這幾年經營，小日子過得確實不錯。

江仁是榷場熟客，胡文卻是還未去過，兩人乾脆一起去，還拉上自帝都販來的貨物。入冬就是年了，過年時，正是各項貨物的採購高峰，陳遠及何培培索性也跟著去開眼界。

這一去榷場，買的可就不止是寶石了。衣料什麼的，大家倒是不用買，來北昌府前，江仁和胡文就販了很多衣料子過來，要穿隨時都有。就是毛皮，蔣三妞與何琪一通買。主要不是給自己買，而是給家裡男人、孩子和公婆買。上回何子衿都買了一車，蔣三妞和何琪被帶動得，又買了半車。陳遠夫妻也買了好些，說這皮子比老家的好。江贏跟著買了不少，更甭提去挑寶石的時候，寶石、水晶、琥珀、金銀器、玉器，真是看到啥都想買。

去榷場的時候就四輛車，回家的時候，又租了三輛車回來，絕對是滿載而歸。

這一通買之後又休整了兩日，陳遠二人就要告辭了，何念及王氏夫妻倆還在北昌府等著要去何涵那裡。怕老兩口著急，小夫妻不好在沙河縣久待。

小夫妻兩個要回北昌府，何冽也得回去，眼瞅著訂親在即，家裡要忙的事情多。何老娘想著大孫子訂親，要是她不在，這親怎麼定啊？故而，張羅著也要回北昌府。

何子衿道：「您著什麼急呀，眼下無非是預備訂親的聘禮。阿冽訂親，我們都得過去呢，到時一起去不就成了？」

何老娘哪能不急，她老人家是既歡喜又心急，何老娘道：「妳哪裡曉得，這預備聘禮的門道多著呢，妳娘一個哪裡忙得過來，還是得我回去看著，不然她心裡沒底。」

雖然何子衿不這樣認為，但死活勸不下來，只得依了老太太。

好在何老娘不是沒有冬天趕過路，把厚衣裳厚毯子什麼的都找出來。何老娘這次回去，因得匆忙，便沒帶興哥兒，興哥兒正與紀珍在羅大儒那裡啟蒙，不能總耽擱功課。興哥兒倒也沒什麼意見，他就是問了問新嫂子俊不，得知很俊後，興哥兒高興地跟紀珍吹噓了一回，還邀請紀珍去參加他大哥的訂親禮。紀珍鄭重應了，還問：「帶曦妹妹去成不？」

興哥兒道：「當然成啦，我大哥是阿曦的大舅哩。」

紀珍在輩分上總有些混亂，仔細想了想，覺得興哥兒說的有理，就去同曦妹妹商量參加何洌訂親禮穿什麼衣裳的事了。

甭以為孩子小就沒有審美了，紀珍在穿衣上特有審美，他見著他姊買的皮子了，還有好幾條紅色的狐狸皮，他姊說要給他做小鶴氅，紀珍決定讓他姊給他和阿曦妹妹一人做個紅披風。紀珍還跟他姊說了樣式：「就是子衿姊姊給阿曦做的那種小雲肩的樣子。」

「那是小披肩，不擋風。」

紀珍不僅有審美，還很有想法，同他姊道：「裡頭是緞子披風，外頭是狐狸雲肩。」

人家都要出樣式來了，江贏笑，「好吧。」又說紀珍：「你怎麼這麼臭美啊？」

紀珍一臉認真道：「阿洌哥訂親時穿的，得鄭重。」

紀珍還把做衣裳的事同阿曦說過了，阿曦是個大嘴巴，剛把話說俐落就將她和阿珍哥一起做新衣裳的事說了。哎喲，孩子多了，不要說做衣裳，連口涼水都不敢喝。一聽說紀珍和阿曦做新衣裳了，阿曄與興哥兒不幹了，再有重陽、大寶、二寶和二郎，都是半懂不懂的年紀，見大家都要做新衣，他們也不能落下，於是，紛紛要求做新衣。

何子衿和蔣三妞、何琪都說：「現在做了，過年可不做了。」

孩子們可不管什麼時候，反正有新衣裳穿就成。

所幸家裡女人們都是善針線的，就何子衿針線不咋地，但蔣三妞與何琪兩人加起來也不如何子衿做得快，她是只講速度不講品質。何子衿一天就給姚節做了兩身棉衣，像姚節這種偷偷摸摸來北昌府的，身上銀子興許帶了不少，衣裳卻定是沒帶足的，又把江念的一個新皮袞給了姚節，何子衿道：「你那小廝也有兩身，叫他收著，做個換洗什麼的。」

姚節感動得不得了，「姊姊就是我的親姊姊。」

「行啦。」何子衿還給他準備了些藥材，去從軍什麼的，算是有備無患吧。

一切齊備，眾人就往北昌府去了。

陳遠和何培培回北昌府後，就奉何念夫妻跟著江仁的運糧隊伍同行去了北靖關。姚節沒直接去北靖關，因著好朋友何洌的訂親禮將至，他打算留下來幫忙，再去北靖關投軍。

何老娘這一回家就是忙的，都沒顧得上尋何念與王氏晦氣。把自家丫頭買的寶石拿出來給了沈氏，剩下的半匣銀子也帶了回來。

沈氏看寶石成色不錯，問道：「怎麼還剩這麼些銀子？」

何老娘笑，「說來也是沾了光。阿仁和阿文他們不是自帝都販了不少衣料子茶葉過來嗎？趕上那珠寶商正想要這些，兩相兌換的，可不就便宜了？我看這寶石成色都很好。」

「是啊！」沈氏見紅寶石色澤勻淨，在匣子裡分大中小三種挨格子放著，另有些罕見的綠寶石、水晶，再有就是玉石。這年頭玉並不是何子衿前世那般被人炒到天價的存在，玉石除非是羊脂玉或是水頭極好的翡翠，一般都不貴。如何老娘帶回的幾塊，活像個不規則的磚頭，沈氏道：「這玉可是不小。」

何老娘道：「說不是咱們國的玉，是買寶石的搭頭，給了兩塊，丫頭片子留下了一塊，這塊叫我帶回來了，可是沉得很。」

沈氏道：「能掏好幾個鐲子了，再做些玉佩墜子之類的也不錯。」

何老娘還帶了些衣料子給沈氏，「丫頭叫妳做衣裳，是朝雲道長給她的料子。我看這料子新鮮，妳穿有些亮了，不若添在聘禮裡也好看。」

沈氏摸摸這料子，入手絲滑，像撫摸上好的玉石，沈氏點頭，「真是好料子。」

何老娘又問預備了多少銀子當聘禮，沈氏道：「阿洌他們兄弟三個，總得一碗水端平，咱家這條件，親家也知道。我想著，照著一千銀子預備也夠了。」

何老娘想了想，道：「余姑娘到底是好出身，雖不必打腫臉充胖子，阿洌也是長孫，這樣吧，我再添五百兩，湊個一千五百兩，聘禮上就不簡薄了。」

沈氏笑，「那我就不與母親客氣了。」

「客氣啥，咱阿洌這福分，也是想都想不到的。」一想到自家孫子要娶巡撫家的孫女，何老娘就打心眼裡得瑟。哎呀，以後就跟巡撫家是親家啦！

何老娘問：「我聽說余姑娘的爹在帝都做官，阿洌去帝都，可去余親家家裡問過安？」

沈氏笑，「哪裡能不去呢？阿素陪他一起去的。阿洌說余大人很是和氣，還問了他文章，叫他繼續努力上進。回北昌府前，還叫他過去吃了回飯。」

何老娘道：「這就好，這就好。」要是人家看不上她孫子，也不能總叫去吃飯。因孫子得了樁好姻緣，何老娘特意叮囑沈氏：「打頭面也甭小氣，實誠些。」

不過，頭面啥的，真沒用多少金子。當然，手工費比打首飾用的金子半點不少。頭面這事，是姚節幫著張羅的。姚節自帝都來，知道帝都現下流行的新樣式。姚節張羅著打出來的頭面，絕對輕盈纖巧，北昌府再沒見過的新花樣。

姚節說：「女人們喜歡的，不一定是多有分量的頭面。得好看，戴出去能出風頭。」他連寶石用的也不多，只是恰到好處點綴一二。拿回去一看，人人都說好。

何家提前就聘禮的事同余家通了氣，主要是男方多少聘禮，女方按著聘禮數目給女孩子預備嫁妝即可。當然，嫁妝多少，全憑女方心意。有按聘禮多少來預備的，也有多給的，也有少給的。不論多少，嫁妝在律法上是女人的私產，過嫁妝單子什麼的，都要有雙方印簽鑒證的。就是日後，嫁妝仍是屬女方支配，婆家沒有動用媳婦嫁妝的權力。

何家備的聘禮不多，但也不算少。

事實上，加起來不止一千五百兩了。打首飾用的紅寶石，因是絲綢茶葉換來的，基本上就是成本價。再有如何子衿給添的兩匹衣料，是宮裡給朝雲道長送來的貢品。想一想朝雲道長乃皇后她唯一嫡親舅舅的地位，給他的東西，便是余家都不一定有。

朝雲道長知道何冽訂親的事，還送了一對鴛鴦佩。

故而，何家這聘禮說不上顯赫，但也實打實有幾件好東西。

何冽訂親的時候，何子衿、江念和胡文夫妻、江仁夫妻，連帶著江太太和江老爺、江老太太及江太爺並一干孩子都來了，場面熱鬧極了。

何家與巡撫大人家結親，來的各路同僚不少。當然，大部分是兩邊吃酒的。這年頭都是大家族，便是分開來，家裡一半人往巡撫大人府上去，一半人往何家去，也足夠熱鬧的。

整整熱鬧了一日，何恭這不大吃酒的都早早吃醉了。

沈氏好些，訂親那日，她要親自過去給新娘子插戴，何子衿同沈氏一起去巡撫府的。沈氏取出一對紅寶石長簪，簪在余幸髮間，余家回以余幸親手做的針線，訂親禮就算完成了。

紀珍與阿曦一人一身小紅披風跟著去看新娘子，紀珍真的是很仔細看的，余幸羞得臉都低低的，他還湊過去仰著小臉看，然後很鄭重地說：「沒有曦妹妹好看。」

何子衿笑，「你就是喜歡包子。」

孩子說話，大家不過一笑置之。余太太眼力極好，紀珍小時候，她是見過幾回的，只是紀珍那會兒年紀小，不記得余太太了，余太太卻是記得清楚，主要是，像紀珍這麼漂亮的小男孩委實不多見。余太太知道紀大將軍家長子在沙河縣念書的事，笑問：「這是阿珍吧？」

何子衿道：「是。孩子們非要跟著過來，只得帶他們來了。」

余太太笑著招呼紀珍到跟前，沒有說破紀珍的身分，只道：「這孩子生得越發好了。」讓丫鬟拿果子來給孩子們吃，又道：「這樣熱鬧的日子，孩子們過來才好，多吉利啊！」

何子衿笑道：「我家別個不多，就是孩子多。」

「人丁興旺，方是吉兆。」余太太很滿意何家，又讚阿曦生得可愛。

何子衿謙虛道：「天天憨吃憨玩的。」

「這個年紀的孩子，可不就憨吃憨玩？」

男方過來給新娘子插戴，就在女方這裡吃席。

沈氏和何子衿母女早就在余家吃過飯，本就是熟人，這回吃飯，就越發親近了。

何冽的訂親禮過後，眼瞅著進臘月了，江贏就先帶著弟弟回家。紀珍也想回家看自己的小弟弟，他主要是捨不得阿曦妹妹，想把阿曦妹妹帶回自己家去。

何子衿道：「現在不行，妹妹還小，得等妹妹大些，才能去做客呢。」

紀珍道：「那得等妹妹多大啊？」

「像阿珍這麼大就行啦。」狡猾的大人何子衿回答。

紀珍有些不樂意，可心裡到底也知道阿曦妹妹還小，便很捨不得地看向阿曦妹妹。

阿曦很有智慧地道：「我把我的小鐲子送給珍舅舅，珍舅舅見著小鐲子就是見著我。」

紀珍從自己脖子上取下玉墜子來，要給阿曦妹妹戴上，同阿曦妹妹道：「我不要小鐲子，妳也把妳的小墜子給我吧。」

這小玉墜是何子衿在榷場得的人家贈送的玉料，做鐲子剩下的料子讓工匠給孩子們照各人生肖打磨的，阿曦的是小猴子，紀珍的是小龍。兩人肉麻兮兮地交換了玉墜，紀珍又叮囑阿曦妹妹在家好好吃飯，要是被阿曄欺負了，等他回來替阿曦妹妹教導阿曄外甥。

好吧，紀珍的輩分一向很錯亂。

總之，紀珍是從早飯一直叮囑到宵夜，何子衿看得渾身起雞皮疙瘩。

此次，江贏帶阿珍回家，姚節就跟著一塊去了北靖關謀職。

江念笑道：「阿節這小子，前途不可限量啊！」

何子衿道：「我看阿節挺好的，做人機靈些沒壞處，要緊的是心正。」

江念眼睛彎彎，「我與子衿姊姊說的是不同一件事。」

「什麼？」

「我看阿節對江姑娘似是有意。」

何子衿眼睛瞪得老大，「不可能！」

江念挽起子衿姊姊的手，笑道：「起碼是有好感。」

「阿節可能是想在北靖關有所發展，但也不可能因此就搭上自己的親事吧？」

「姊姊誤會了，我不是說阿節是想攀紀將軍家的高枝，我是說，他對江姑娘有意思。」

「這還不一樣？」

「當然不一樣。」江念道：「男人對女人殷勤，只有兩種可能，一是想從女人那裡得到好處，二是對這位女子有好感。妳看阿節好像是希望能與江姑娘搞好關係，在北靖軍得到個好的職位。他可能連自己都沒意識到，他對江姑娘有好感。」

何子衿很是謙虛地請教：「連阿節自己都沒覺出來，請問探花先生是怎麼覺出來的？」

探花先生得意一笑，在探花太太掌心一勾，笑得眼尾飛揚起來，「我是過來人嘛！」

送走江贏一行人，何子衿等人也要回沙河縣了，走之前，何子衿還特意問何老娘要不要與她一塊去沙河縣。何老娘不打算去了，何冽親事一定，何老娘自覺成了巡撫的親家，身分已是與眾不同。以前她出門沒什麼人理，如今她出門奉承她的人可多了，故而她老人家決定在北昌府多住一些日子。

何老娘說：「訂親的事完了，還有成親的事呢，哪樣少了我能成啊？我就不去了。這眼瞅著就要過年了，興哥兒也別去了，學了一年，也歇一歇。」

興哥兒不想歇，姊姊家剛來了一群小外甥小侄子，重陽外甥的年紀比他還大呢，還有大寶侄子也玩得很好。家裡大哥二哥都要去書院念書，興哥兒覺得家裡沒有這麼多玩伴，還是要跟他姊過去沙河縣念書。沈氏和何恭見小兒子這般好學都很高興，因為離過年還有一個多月，就又讓小兒子去閨女家念書了。

總之，何冽這訂親禮辦得人人開心，連江老太太也感慨頗多，在回程時與江太太念叨了一通，江老太太道：「當初給妳妹妹說親，我就是看妳妹夫是個靈秀孩子，天生的念書胚子。那會兒沈親家家裡不如咱家，許多人說我嫁閨女嫁得虧。虧什麼？這世上哪裡還有比會念書更要緊的事呢？以前咱家家境尋常，阿仁賺銀子養家是一把好手，可如今看著何親家，還有什麼不明白的？念書才有大出息，得叫咱們大寶和二寶念書啊！」

江太太早有此念，「阿仁那會兒我就想供他念書來著，只要他念，砸鍋賣鍋我都捨得。」奈何兒子死活不肯念，江太太一想到此事就覺鬱卒。

江老太太還是替孫子說話的，道：「甭說阿仁啦，那孩子的本事不在念書上，還是說大寶和二寶吧。」她現在的希望都落在了重孫子身上。

江太太對孫子是極有信心的，聞言立刻道：「二寶年紀小，暫且還看不出來，我看大寶很有些靈性，念書比重陽還要好些。」

江老太太嘆道：「重陽那孩子啊，跟阿仁似的，靈性不在念書上。」

江太太同婆婆商量：「我想著，咱們年禮定要備一份厚厚的給邵先生。」

江老太太到底有了年歲，閱歷深些，與兒媳道：「給邵先生年禮的事，同三丫頭和子衿商量著來，別弄異樣的，反顯著不好。妳跟阿仁媳婦說說，別急著買東西做衣裳，把心擱孩子身上，以後大寶二寶出息了，都是她的福氣。」對何琪總買東西，江老太太有些看不慣。

江太太道：「娘放心吧，我跟媳婦說來著。其實她買東西，也都是買給咱們。」

「買那些做什麼？阿仁辛苦賺錢不容易，怎麼也要給大寶二寶存些，以後孩子念書考功名成親什麼的，哪樣不要錢？依我說，有了銀子也是回老家置地去，那才是萬年基業。」江老太太很有自己的一套理財觀，奈何江仁賺銀子不給老的收著，都是給何琪收著。再加上何琪那吸血鬼的娘家，江老太太十分擔心何琪會私下補貼娘家。

江太太也是嘆了口氣，待回了沙河縣，私下同兒媳婦提了一回。何琪多靈秀的人，什麼不明白，遂笑道：「娘放心吧，我是想著咱們剛來北昌府，這裡冷，咱們來時帶的衣裳不多。大爺時常出門應酬，他是個要臉面的人，咱們在家雖是要節儉過日子，也不能丟了大爺的面子，故而買了些皮子。這回置了，明年就不置了。就是再置，也是多給大爺置幾身，他出門應酬，得體面些才好。」

何琪說著，又道：「我跟師妹商量了，咱們大寶與重陽都在縣學念書，我們想著，過年也得給縣學先生備一份厚實些的年禮才好，不如就揀些上等的皮子給先生送去。」

江太太見媳婦有所打算，點頭道：「妳心裡有數，這就很好。」

何琪笑，「太太放心吧，大爺與我說了，北昌府是個寬闊地界，大爺準備在這裡置田地，一則咱們家裡有軍糧的生意，二則這裡土地肥沃，也是長久產業。」

江太太滿面含笑，連聲道：「這就好，這就好。」她雖然對於兒子這種有銀子就交給媳婦存著的習慣也有些不置可否，可說回來，兒子也時常孝敬他們。江太太想通了，媳婦孫子都給生倆了，給媳婦收著就給媳婦收著唄，只要會過日子，她就只管享著兒子媳婦的孝敬。

其實哪裡需要長輩們操心，小夫妻們不遠千里來到北昌府，為的是什麼，還不是為的把日子過好？就是胡文也有把烤鴨鋪子重開的意思。胡文來北昌府時，從烤鴨鋪子裡帶了幾個學徒夥計過來。他有開烤鴨鋪子的經驗，但這些事，胡文都委給了帶來的管事，他與江仁忙著軍糧生意。兩人早商量好了，江仁明白，要把生意做大，憑他一人再忙也忙不過來。

蔣三妞索性接過烤鴨鋪子擇址開張的事，還有就是學徒要跟何子衿這位師傅學一學才能出師的事。兩人忙不過來的時候，何琪也幫著忙活一二。再有就是孩子們的事了，自從紀珍走後，二郎與二寶就紀珍留下的床鋪問題展開了激烈的爭奪戰。重陽與大寶年歲大些，對於同小娃娃一張床睡的事都沒什麼興趣，但二寶和二郎都很喜歡同小夥伴們一起睡。

爭到最後，何子衿做主，反正床夠大，你倆願意，一塊過去睡好了。

蔣三妞與何琪都有些不放心，孩子們多，何子衿派了兩個丫鬟值夜，其他的就隨孩子們去吧。這種擠在一起睡覺的感覺，可能對於小孩子們來說特別有趣吧。

然而，床鋪的問題解決，二寶和二郎還為誰在阿曦妹妹身邊睡發生了一場戰爭。戰爭的最後結果就是，叫你倆打架，誰都別在阿曦妹妹身邊睡了。

阿曦年紀小，睡在最裡面，然後是阿曄。阿曄旁邊是興哥兒，興哥兒身邊是兩個行二的冤家二郎和二寶。二寶很是氣憤，二郎也很生氣，兩人三天不說話，到第四天才和好。

大人們知道後都說：「家裡女孩子太少了，就阿曦一個，哥哥們都寶貝得緊。」

何子衿道：「三姊姊、阿琪姊都有兩個兒子了，該生個閨女了。」

蔣三妞笑，「這哪是想不想的，我跟妳姊夫都想著生個小閨女，結果生了二郎。」

何琪也說想要個小閨女，江太太忙道：「咱家就阿仁哥兒一個，單傳的，妳再生兩個兒子咱家也不嫌多。」

何子衿道：「說來阿琪姊、三姊姊都旺夫旺子得不得了，這自從成親後光生兒子了。」又對江老太太與江太太說：「老太太和大娘可真是好眼光，當初相中了阿琪姊，看阿仁哥現在，什麼事都興旺得不得了。」

雖然偶爾對何琪有些意見，但說到旺夫旺子這一項，江老太太都笑道：「可不是嗎？當初給他們合八字時，就是天造地設的匹配，果然成了親就順順利利的。」

說說笑笑的，年節就到了。年前胡文去岳家送年禮，捎帶著把興哥兒送回了家。何子衿這裡也要預備各項年禮，首先就是給朝雲道長和羅大儒的。何子衿果然做了兩件精緻的大氅出來，玄狐皮的毛面大氅，附帶帽子，可是費了大功夫的。朝雲道長還多一套從裡到外的細緻衣裳，羅大儒就沒有了，羅大儒年前收到了紀大將軍遣人送來的年禮。然後，就是江念給上峰走禮的事。這些去歲已做過，如今再做也是老套路了。何子衿這裡收到了沙河縣諸鄉紳與縣衙各頭目送的年禮，之後何子衿回些荷包、桃符啥的就可以。除了收年禮，另外就是預備過年席面、小戲、雜耍之類的事了。再者，年夜飯啥的，有蔣三妞和何琪做幫手，何子衿並不覺得忙碌。

沙河縣的新年一點都不比帝都的新年遜色，這裡野味多，吃食上更為豐富，難得大年三十還得幾尾活魚。江仁興致頗高，還現場表演了一回現切生魚膾。好吧，這個東西，捧場的就大寶同學一個。大寶夾著魚膾沾著調料，吃得有滋有味。

江仁讚道：「不愧是爹的親兒子！」

江太太怕大寶吃壞肚子，見大寶吃過後並無異樣，這才放下心來。

江老太太與江太爺年紀最老輩分也最高，江念請二老上座，老夫妻倆不肯，江念與江仁一邊扶一個硬扶了上去，之後大家依著輩分坐了滿滿一桌，一邊說話一邊吃年夜飯。

江太爺與江老太太笑道：「什麼是好日子，不愁吃不愁喝，兒孫滿堂就是好日子。」

待吃過年夜飯，男的一桌女的一桌，開了牌局，眾人邊打牌邊守歲。重陽帶著小的們出去放炮，江太爺江太太不放心地跟出去瞧著。其實家裡丫鬟多的是，一個孩子身邊擱了一個丫鬟守著，再出不了事的。

直待子時放了高升的炮仗，孩子們早在炕上睡迷糊了，大人們也便散了牌局，各回各院休息。

這天，孩子們沒住集體宿舍，都被各自爹媽運回了自家屋裡，阿曄和阿曦亦是如此。江念把寶貝們擱自己與子衿姊姊中間，握著子衿姊姊的手，垂眸望著兩張胖嘟嘟熟睡的小包子臉，心中的幸福感滿滿的都要溢出來了。

過了大年夜，第二天拜年時才熱鬧，何子衿和江念先是帶孩子們去朝雲道長那裡拜年。忽啦啦一群向朝雲道長磕頭，小的如阿曦，本來就是胖寶寶，因大年初一都要早起，她娘怕她冷著，就給她裡三層外三層包著，結果包得太多，她搖搖擺擺一磕頭，直接滾了過去。阿曦還不曉得怎麼回事，見大家都笑，她也咯咯笑起來，重陽忙把她拉起來。

朝雲道長笑著把紅包一人一個派了下去，孩子們齊聲道謝，就阿曦還站著，瞪著圓溜溜的一雙眼睛，認真跟朝雲道長道：「祖父，還有珍舅舅和小舅舅的呢。」

朝雲道長笑，「阿珍和興哥兒還沒拜年，等他們拜年再給。」

阿曦叭唧就又朝朝雲道長滾了兩圈，然後自己俐落地爬了起來，說道：「我替小舅舅和珍舅舅給祖父拜年啦！」

朝雲道長笑得合不攏嘴，又拿了兩個大紅包給了阿曦，阿曦高高興興地替珍舅舅和小舅舅收了起來。阿曄眨著大眼睛用小眼神瞄阿曦手裡的兩個紅包，問她：「珍舅舅和小舅舅什麼時候要妳幫他們收紅包啊？」

「我自己想的。」阿曦一副自己很貼心的模樣，問朝雲道長早上餃子是什麼餡兒的。

朝雲道長道：「三鮮的、羊肉的、豬肉的、韭菜的、冬菇的、魚肉的。」

阿曄高興道：「我喜歡吃三鮮。」

大寶喜歡魚肉和韭菜的，二寶和二郎偏愛冬菇，重陽最省事，道：「只要是肉就行。」

阿曦聽半天聽不到牛肉，急得拽朝雲道長的袖子，直問：「祖父，沒有牛肉餡兒嗎？」

朝雲道長笑呵呵道：「有啊，我這不是還沒說嗎？」

阿曦聽到有自己愛吃的牛肉餡餃子，此方放下心來。

羅大儒就看不慣方昭雲這慣愛裝模作樣的性子，還總是逗實誠孩子。羅大儒發紅包，不必磕頭啥的，他有自己的法子，便是對對子。不會對的，背書也行。

重陽都說：「跟羅先生拜年，像在上學一樣。」

大寶倒是頗有些捷才，哥哥弟弟們對不上，他都對上了，多拿好幾個紅包。

阿曦望著大寶哥說：「大寶哥，你發財了。」

阿曄點頭，「大寶哥很會對對子。」

大寶內心得意，面上則很是謙遜道：「對子不是很難。」

重陽對大寶晃拳頭，問他：「你是說我很笨嗎？」

大寶武力值遠不及重陽，只得道：「我可沒這麼說。」

重陽帶著弟弟妹妹們出去看廊下的冰燈。

朝雲道長對羅大儒道：「看吧，就因你出這刁鑽對子，孩子們險要打一架。」又道：「大過年的，你就不能叫孩子們歇一歇？」

羅大儒道：「比你就知道逗小孩子強。」

朝雲道長揭羅大儒老底：「你打小就愛吃醋，你越為難孩子們，孩子們越不喜歡你。」

羅大儒翻白眼，「莫總以你那小雞肚腸之心度我這君子之腹。」

朝雲道長哈哈一笑，「君子之腹？哈，君子之腹！」

兩人在這裡打嘴仗，冷不防阿曦鑽出來，問：「祖父，什麼叫君子之腹啊？」

朝雲道長笑著拎她到膝上坐著，問：「妳怎麼鑽到椅子下面去了啊？」

「我們在玩捉迷藏。」

朝雲道長道：「又是阿曄這壞小子。」阿曄是執著於戲耍他妹一百年，時常就幹這種，咱們玩捉迷藏，然後讓阿曦去找個地方藏著，他與哥哥們一道玩去了，阿曦還總是上當。

阿曦頗是執著，又問：「到底什麼叫君子之腹啊？」

朝雲道長笑，「就是君子的肚子有多大。」

「那什麼叫君子？」

「君子啊……」朝雲道長看羅大儒一眼，「君子就是妳羅爺爺。」

阿曦連忙瞪大眼睛去瞧羅爺爺的肚子，仔細端量一會兒方道：「羅爺爺的肚子也不大啊，還是黃爺爺的肚子大。」黃老伯早就是個圓潤樣，自從跟著主子到了朝雲道長這裡，除了美白護膚外，體型也是一日千里。說真的，羅大儒跟黃老伯在一塊，倘沒人知道的，肯定得以為黃老伯是主家，羅大儒是管家。

羅大儒做先生做多少年的人了，難以坐視朝雲道長把阿曦教壞，連忙跟阿曦說了一通什麼叫「君子之腹」，羅大儒道：「就是說，一個人有氣量。」

阿曦仰著小腦袋思考片刻，道：「是不是我哥總騙我，我不揍他，就是有氣量啦？」

朝雲道長和羅大儒被阿曦這童言稚語逗得哈哈大笑，於是，阿曦總結了一下，原來她就是君子之腹。當天，阿曦一整天都是腆著小肚子走路的，生怕別人看不到她的君子之腹。

早上在朝雲道長這裡吃過香噴噴的餃子，中午也是大餐，待晚上就是數紅包的時間了。孩子們把自己收到的紅包都拿出來，先比數量，這個大家都比不過大寶。

不過，如果阿曦把珍舅舅和小舅舅的紅包跟她的算一起，就能比得過啦，但此法有作弊嫌疑，大家都不允，阿曦只好分開算了。

比完數量，接下來就是比重量——秤銀子啦！

紅包裡一般放的都是銀錁子，除了朝雲道長這種大戶放金錁子外，大家都是銀錁子。

這樣一秤，就是阿曦占優勢。

阿曄問：「妳的紅包比我們的都大啊？」

阿曦拍拍自己的肚子道：「祖父誇我是君子之腹，又給了我一個。」因為朝雲道長的土豪大紅包，金錁子比銀錁子，一個抵十個，故此，阿曦就成了年底收紅包最多的人了。

「什麼君子之腹？」阿曄道：「妳有我沒有？」明明是龍鳳胎，他妹有，他一定也有。

阿曦晃晃小肉拳頭，「不揍你，這就是君子之腹啦！」

阿曄險些被她妹噎死。

重陽倒是沒啥，重陽道：「阿曦是丫頭，是該讓著她一點的。」又說阿曦：「小丫頭家，不能這麼橫，怎麼還打哥哥啊？」

阿曦收回小肉拳頭，「還沒打。」

二寶和二郎一起道：「曦妹妹，妳跟大寶哥紅包收的最多，妳倆要請客。」

大寶有些捨不得，阿曦卻是個大方的，一拍小胸脯，牛氣哄哄地道：「哥哥們想吃啥，儘管說來，我請客！」

然後，一群哥哥們這叫一個不客氣，人家阿曦明明是紅包收的最多的一個，結果，請哥哥們買了一通東西後，兜裡就剩兩個銅板，晃噹晃噹的回家去了。

相較於阿曦受到了哥哥們的一致好評，大寶名聲就給壞了，重陽都說大寶：「你這也忒摳了，你看阿曦妹妹，多大方啊！」

大寶看一眼受到哥哥們誇獎而仰著小腦袋一臉得意的阿曦，深覺妹妹吃虧吃大了，「你們也忒狠了，把阿曦的壓歲錢都花沒了。」

重陽道：「以後阿曦花錢只管跟我要，我都買給阿曦。」

二郎與二寶跟著道：「我們也給阿曦妹妹買。」

大寶哼哼兩聲，「你們現在說得好聽，看到時你們買不買。」

重陽道：「你少說這話，明明得那麼多紅包，一分也不出，你看看阿曦，再看看你自己，你還不跟個丫頭似的。」

阿曦聞言，立刻仰著小肉脖子問：「丫頭怎麼啦？」

「沒啥，丫頭比老爺們兒都大方！」重陽一下子就把阿曦抱了起來，扛在肩上，帶著她跑。阿曦高興得哈哈大笑，手腕上套鈴鐺的小鐲子響了一路。

待回到家，知道了孩子們的「豐功偉績」，大人們頗是哭笑不得。

蔣三妞說重陽：「你們做哥哥的，怎麼倒讓妹妹花錢買東西給你們？」

重陽道：「曦妹妹得的壓歲錢最多啊。本來大寶得的也多，說好了誰得的多，就用多的那些銀子請客的。大寶是個老摳兒，不肯請。曦妹妹真叫爺們兒，請我們買了好些東西。」

伴隨著重陽說明事情始末，阿曦就彷彿一隻雄赳赳氣昂昂的小雞崽似的，昂頭挺胸，還一副土豪樣兒道：「以後我有了銀子，還請哥哥們買東西！」

重陽道：「我的銀子就是妹妹的銀子，以後我的就給妹妹花。」

阿曦點頭，「好哥哥！」

重陽摸摸阿曦的頭，道：「好妹妹！」

阿曦一副美滋滋的臭美樣兒，重陽又帶著阿曦去院子裡放炮玩了。

蔣三妞道：「小心別嚇著阿曦。」

「嚇不著，阿曦膽子可大了。」

阿曦跟著學舌：「膽子大！」

大人們也是無奈，大過年的，總不能因這個訓斥孩子們。

不過，胡文還是教導兒子：「身為哥哥，不能花妹妹的錢，要買東西給妹妹才對。」

重陽道：「可別說，阿曦真是仗義，我看，這麼多弟弟也不比阿曦一個妹妹。」最後，重陽總結一句：「弟弟們都是老摳兒。」

胡文道：「說得你多大方似的。」

重陽馬上就大方了一回，他用自己的壓歲錢買了好些小花頭繩啥的給阿曦，阿曦每天紮一腦袋，甭提多花哨了。待紀珍回沙河縣一看，哎喲喂，他這不過回家兩個月，怎麼曦妹妹這審美就墮落成這個樣子啦？

伍之章 嬌女心事難言說

紀珍是過了正月十五來沙河縣的，在北昌府寒冷的冬天，大家都有種共識，過了正月才算過完年。當然，整個正月都算在年裡頭，這也有些誇張了，官府向來是過了初五就上班當差。事實上，如衙役什麼的，年也沒得過，江念發三倍薪俸，讓衙役們與巡檢司的官兵們年下當差，就是為了怕年下太熱鬧出事。

什麼招賊、丟東西、丟孩子，這些事哪年都有。

丟東西還好，不過是破財，丟孩子什麼的，哪家不得急死？

江念自上任以來，逢年過節都防著這些人，今年還下套抓了好幾夥人販子。紀珍來的時候，江念剛審完人販子的事，命孫縣丞帶著審問的文書去州府稟報此事。

紀珍過年也沒長胖，還是老樣子，依舊披著那件紅狐雲錦小披風，腳上踩著鹿皮小靴，穿的也是小紅衣裳小紅襖，何子衿都笑說：「阿珍這身，娶媳婦都可以了。」

紀珍有些害羞，問：「何姊姊，阿曦妹妹在朝雲師傅那裡嗎？」

何子衿就要把阿曦他們叫回來，紀珍道：「不用了，我去找阿曦妹妹就好。」

何子衿道：「急什麼，先喝口水，歇一歇再去也不遲。」

紀珍道：「姊姊，我不渴。」水也顧不得喝一口，就去找阿曦妹妹了。然後，看到了滿頭花的胖妹妹。阿曦見著紀珍也很高興，小鳥兒一樣跑過去抱住了珍舅舅。紀珍回抱阿曦，被阿曦的滿頭花辣得半瞎。阿曦渾然不覺，已是歡快地同珍舅舅說起話來，從過年代收紅包一直說到前些天過上元節去看花燈。

阿曦連說帶比劃地道：「我給珍舅舅買了一個這麼大這麼大的鯉魚燈，就掛在咱們屋外頭了，晚上咱們點上燭火一起看。」

紀珍高興道：「好啊！」

紀珍過去向朝雲道長行禮，對朝雲道長拜晚年。

朝雲道長微微頷首，笑道：「拜年也沒紅包了，你的紅包阿曦替你領了。」

紀珍聞言，瞅著阿曦直樂。

朝雲道長問他路上的事，紀珍口齒思維都很清晰，道：「正月十六出門的，李叔叔送我過來。路上走了四天，天氣好，風也不大，挺順利的。」

朝雲道長便打發孩子們去玩了，紀珍這才有空問：「曦妹妹，妳怎麼戴這許多花？」

阿曦樂呵呵地摸摸滿腦袋小花，臭美兮兮道：「重陽哥買給我戴的，好看不？」

紀珍這輩子絕對是頭一遭說違心之言，點點頭，「還成。」

阿曦就更臭美了，「我還有好多，趕明兒換著戴。」

紀珍連忙道：「明天我替妳挑花兒戴。」

因著紀珍剛來，阿曄帶著二寶和二郎也過來了，孩子們紛紛圍著紀珍問他在北靖關過年的事兒，然後阿曄一臉自豪地說起他幫著他爹抓人販子的經過。

二寶與二郎連忙道：「還有我，還有我，還有我！」

是的，江念設套抓人販子，就是用自家孩子當餌的。其實也不算當餌，孩子們身邊從來不少護衛，江念只是讓護衛略鬆一鬆，他家孩子可愛，那人販子就來了一撥又一撥。

阿曄坐在小板凳上，蹺著二郎腿，難為他這麼一身棉衣還能做出這麼高難度的動作來，阿曄道：「我一眼就看出是拐子來了。」

二寶及二郎連忙又道：「我們也看出來啦！」

紀珍問：「你們怎麼看出來的？」

阿曄道：「他們說要帶我去吃好吃的，這種一看就是人販子啊！我娘早說過啦，要是有不認識的人請我吃東西，必是人販子無疑啦！」

「還有說要帶我們去看雜耍！」二寶與二郎齊聲道：「還有說帶我們騎大馬的！」

紀珍請教：「你們遇上幾撥人販子啊？」

三人都弄不明白了，阿曄說是三撥，二寶說是四撥，二郎數學學得好，三加四等於七，於是他說是七撥。好吧，江念縣尊統共就抓了兩撥人販子。

相較於那些丟孩子的縣城，江念這把人販子抓到且沒丟孩子的，就顯得多能幹啊！

余巡撫見了江念的審問文書，回家與老妻說：「江小縣尊這考評，想給中等都不能。」

余太太笑，「聽說江小縣尊不過弱冠之年就這麼能幹了。」

「關鍵是知道動腦子。」余巡撫道：「對了，有空跟親家把成親吉日卜出來吧。」

余太太道：「大妞過年小病了兩場，待大妞身子好了，再說卜吉日的事吧。」

余巡撫問：「怎麼，還沒好嗎？」

「頭一年在北昌府過年，興許是不大適應這裡冬天的氣候。」

「這有什麼不適應的，咱們頭一年來的時候也挺好。」余巡撫不以為然，覺得孫女太嬌氣了，道：「當年皇后娘娘隨今上去閩地就藩，咱們老家，說來住人還不如北昌府舒坦，每到夏天就是大海風，簡直能把屋頂颳飛。冬天又陰又冷，也沒炕睡，燒多少盆炭都不暖。」
余太太笑道：「是啊，吹慣了海風，到北昌府來我還不習慣，覺得不颳風都過不了夏天。這裡就是雪大，出門坐雪橇，哈哈哈，也有意思得緊。」
余巡撫道：「相對於在帝都熬資歷，我倒喜歡外放，也看一看外頭的風土人情，何必都困在帝都？以後大妞也是如此，能有多少官員留任帝都呢？何冽既求功名，以後必要為官的。她這般嬌弱，如何是好？」
余巡撫道：「給大妞好生調理一下身子，眼瞅著要嫁人了，總這麼嬌弱可不好。」
余太太想到這個長孫女就發愁，原本好好的，待何家也很熱忱，這才商議的親事，這訂親了，她又不大樂起來。余太太覺得自己真是老了，不曉得現在的年輕人在想什麼。
余太太到底閱歷深厚，待長孫女身子好些，祖孫倆說起話來，就說到謝皇后，道：「說來當年今上只是庶出皇子，今上的母親先蘇皇后於後宮聖寵平平，那時哪想得到今日呢？」
余幸道：「要不都說皇后娘娘有福呢。」
余太太笑，「前幾年今上初登基，過了先帝的國孝，聽說有臣子上書陛下，說是為了後嗣計，應廣選後宮。今上一口回絕，可見對娘娘情深義重。」
余幸笑道：「是啊，這事在帝都都傳為美談。」
余太太含笑望著孫女秀美的臉頰，「妳知道為什麼陛下與娘娘這般情深義重嗎？」
余幸就不能答了，她畢竟太年輕，既不諳世事，更不知以往許多舊事。
余太太道：「當初諸皇子成年封王，因閩地不太平，先帝令今上就藩閩地。妳沒在閩地住過，不知那裡的環境，不比北昌府好。皇后娘娘義無反顧隨今上就藩閩地，妳還小，不知當年皇后娘娘年輕時很不容易，因一些舊事，她自嫁入皇家，慈恩宮就不待見她，總是尋皇后娘娘的錯漏。每次慈恩宮發難，今上必護在皇后娘娘身前。這夫妻啊，同甘共苦才叫夫妻。許多人只看到陛下與皇后娘娘夫妻情深，不知他們當初是如何相互扶持走過來的。」

「還有先文忠公蘇相。」余太太道：「蘇相是三朝老臣，其為人無人不敬服，但其實蘇相並非蘇家嫡脈出身，蘇相祖母程氏是太祖皇帝生母程太后的堂姊妹。程氏為人霸道，蘇相這一脈因是庶出，少時日子並不好過，連帶蘇夫人都只是尋常門第。蘇相年輕時，誰能知他為日後朝中重臣，國之宰輔呢？蘇相夫人，人人都說這位老夫人有福氣，夫榮妻貴，可人家那些艱辛的日子，誰又知道呢？」

「再說個闔帝都有名的，平國公柳家內闈之亂。老平國公與老平國公夫人，這也是一輩子的夫妻。老平國公夫人出身四大開國公府寧國公府嫡支嫡女，嫁入的是門當戶對的平國公府，可又有何用？當年寧國公府一朝獲罪，老平國公立刻將髮妻休出，此等無情無義之人，他就是國公之位，嫁之又有何益？」

「這世間啊，人這一生的命運，誰也猜不到看不到。有些人是先甜後苦，有些呢，則是先苦後甜。可不論是苦是甜，我這輩子也算看透了些，再苦的時候，夫妻齊心不為苦。再甜的時候，面合神離不為甜。妳也大了，好生想想吧。想好了，就不要總在床上躺著了。」

余太太也是苦口婆心了，她是真不曉得大孫女不樂意，她要是曉得，何家這門聯姻，便是孫女不樂意，外孫女也可以試一試，抑或族中侄孫女，娘家族中哪裡就尋不到有福氣的孫輩？事到如今，親事都定了，她又來這齣，實在令余太太煩惱。

所幸余幸不是聽不懂祖母的話，何況余太太說的都是帝都城聞名的事，小女孩子家，有些幻想沒什麼，但不能太不切實際，這樣最終耽擱的人不過是自己罷了。

余太太幾乎要把話挑明了說，余幸想一想祖母的話，病便也好了。

待她病好，何家就過來商量卜算成親吉日的事。

何老娘在家還同沈氏說：「這余姑娘身子骨是不是不大結實啊？」雖然何老娘很樂意為大孫子說一門顯赫親事，但孫媳婦的身子骨也是極其要緊的。

聽說余幸生病，沈氏也去看過幾遭，聞言笑道：「小姑娘家，又是頭一年來北昌府，過年事情又多，興許才病的。」

何老娘嘆道：「孫媳婦看著，比妳年輕時可要胖一些的，又是年紀輕輕的，怎麼還不如咱們這老的康健？」

沈氏笑，「這如何一樣？余姑娘是大戶人家的姑娘，自幼也嬌弱些。我那會兒雖看著瘦，可自小到大，縱不必下田種地，家裡一應事也要做的。」

何老娘道：「待有人去沙河縣，給咱們丫頭捎個信兒，再讓咱們丫頭幫著買些上等紅參。到時捎回來，妳給孫媳婦送去，叫她瞧著調理調理身子才好。」

再又說起卜算吉日之事，因著今年是秋闈之年，何冽想下場試一試，何老娘就道：「最好是定在上半年，上半年把親事成了，也旺一旺阿冽，興許就雙喜臨門了。」

沈氏也挺願意早些抱孫子的，便道：「阿冽今年也十七了，他生日大，五月的生辰，周歲十七，成親也不小了。」

此事與何恭一說，何恭道：「不若將親事定在阿冽秋闈後，今年阿冽要用心攻讀呢。」

沈氏瞪丈夫，「阿冽才十七，這秋闈又是頭一年，能中自然好，中不了豈不掃興？」

何恭笑道：「這可怎麼了？余巡撫相中的是咱家的人品，阿冽還小呢，中不了是正常的，今年只是試一試。」

「母親也說上半年好。」

何恭便不再堅持，「那就上半年吧。」

沈氏笑，「這也得跟親家商量，咱們把吉日投出來，就看親家選哪個。」

沈氏與何老娘一起去北昌府最有名的廟裡請高僧給投的吉日，今年也奇，最好的日子在四月，除了四月，再選吉日就得明年了。

何老娘便同高僧道：「既如此，明年的吉日也幫我們卜幾個吧。」

自來沒有投吉日投一個的理，總得多投幾個讓親家選呢。

投完吉日回家，又從黃曆上翻了個好日子，將吉日給余家送了去。

余太太有些犯愁，同余巡撫商量：「四月有點趕了，大妞還有嫁妝沒送過來。」

余巡撫道：「那就另挑一個。」

余太太道：「大妞今年才十六，到底小了些，還是明年吧，明年大妞就十七了。我聽說孫女婿今年秋闈想下場試試，這要忙親事未免分心，讓他專心攻讀吧。」

余家選的是明年三月的日子，何家也沒說什麼，畢竟今年四月辦親事，也的確是有些急了。何恭見老娘不大樂，便道：「余姑娘比阿冽還小一歲呢。咱們子衿十八才成的親，將心比心，親家也是願意閨女多留兩年的。」

沈氏道：「是啊，聽說余姑娘的嫁妝還沒運過來。」

何老娘不樂意也沒法子，從來投吉日是男方的事，但選哪日成親可就是女方的權利了。見孫子一時半會兒成不了親，何老娘乾脆就準備去沙河縣住些日子了，理由還挺充分：「我去看著買些紅參，給孫媳婦補補身子。」

沈氏笑，「老太太想去就去，又不是外處。子衿那裡孩子也多，您不在還真不成。」

「可不是嗎？」何老娘笑咪咪地拍拍兒媳婦的手，「家裡的事，妳就看著些，要是有什麼辦不了的，只管讓人給我送信去。」

何老娘要去沙河縣，卻沒有合適的人去送，倘讓何冽一人去，何恭不放心。何恭想著衙門裡也不忙，請幾日假送母親過去。沈氏想了想，道：「阿念他們在沙河縣好幾年了，咱們也沒去過，不若學裡給俊哥兒請上幾日假，再叫上阿冽，我也跟著，咱們一起去看看。」

何恭笑，「也好。」

何恭原是想請假，學政大人聞知此事後笑道：「正想著挑幾個縣看一看縣學情況如何，今年秀才試，考察一下他們各縣文教。就勞敬謙去沙河縣看看，屆時回來寫一份縣學的分析文書給我。」敬謙是何恭的字。

何恭連忙謝過學政大人，學政大人笑道：「咱們又不是外人。」兩人關係處處不錯，何恭性格溫和，如今又與巡撫大人家結了親，一點小事，學政大人自然會給何恭方便。

何恭尋思著，這回可以在閨女家多住些日子了。

興哥兒剛到姊姊家沒幾天，就跟姊姊說：「祖母說今年要忙大哥的親事，不過來了。」

何子衿問：「親事定在哪天？」

興哥兒也不曉得，「還沒算出來。」

何子衿就琢磨著，得給阿洌預備成親禮。

結果成親禮還沒預備，何家一家子就到了。何子衿見娘家人來了就有些暈，尤其是她爹怎麼有空啊？何恭笑，「奉學政大人之命，過來看一看沙河縣縣學的教學如何。」

俊哥兒一路上都看直了眼，「姊姊，這縣衙可比咱家大多了。」

沈氏笑，「真是傻話，咱家就三進宅子。」

俊哥兒道：「比咱們碧水縣縣衙也大。」

何子衿笑道：「沙河縣別的不說，地方大，房子就蓋得大。」又問爹娘一路上可好。

沈氏道：「都好，我們坐車來的，路上的雪開始化了。」

俊哥兒很遺憾地插嘴：「要是早些，還能坐雪橇來著。」

何洌道：「你想坐雪橇，等冬天下了雪，我帶你來就是。」

「真的？」

「自然是真的。你年紀小，才不讓你去帝都。來姊姊家就兩日車程，方便得很。」

俊哥兒很高興，同姊姊道：「姊，等冬天我再來啊！」

「只管來，你來我帶你去河面上滑冰，還能冰釣。你問問祖母，冰釣可有意思了，帶著大帳出去，現成釣了魚，再在岸邊就殺了做全魚宴，又鮮又肥。」

俊哥兒吸吸口水，「這會兒說得我就饞了。」

何子衿笑，「春天的魚也好吃，一會兒做來你嘗嘗。」又讓丫鬟傳話，讓四喜去接龍鳳胎和興哥兒、紀珍過來。

江念這位縣尊老爺聽說岳父岳母來了，忙從前衙過來了。江念與何老娘、岳父岳母行了禮，笑道：「前些天學政大人給縣裡發公文，說要著學差大人過來檢查縣學的教學，我就想著是不是岳父大人呢。」

何恭道：「我們是順路送老太太過來。」

何子衿問江念：「你怎麼沒與我說？」

「萬一來的不是岳父大人，豈不是讓姊姊失望？」江念的確沒料到是何恭過來，主要是興哥兒來了就說祖母今年要忙何冽的親事不過來，他以為何冽親事在即，岳父定也不會出遠差的，不想一家子都過來了，那麼，何冽的親事可能不是定在近期。

江念想通此節，笑與子衿姊姊道：「中午給祖母、岳父、岳母接風，把三姊姊一家和阿仁哥一家都請來，咱們熱鬧熱鬧。」

何子衿道：「我曉得，再去一品齋裡訂兩隻燒鵝。」又與何老娘道：「一品齋是今年新開的，祖母還沒吃過他家的菜，哎喲，委實不錯，尤其是一道燉大鵝，香得不得了。用大鐵鍋燉，一大早上就燉上了，燉到中午，軟爛香腴，大家都說好吃。」

何老娘顧不得說燉大鵝的事，忙問：「怎麼江親家和妳三姊姊他們不在啊？」

何子衿道：「一開春，阿文哥和阿仁哥就尋了房舍。我和阿念都說縣衙裡住得開，咱們一處方是熱鬧，奈何他們不依。好在房舍不遠，就在縣衙後頭，也近得很。」

不一時，蔣三妞等人就到了，見著何家一家人自有一番親近。先是敘過寒溫，接著就說起何冽的親事。何冽見大家說他親事，有些不好意思，藉故避了出去。

何老娘道：「原是想著今年五六月那會兒，天氣不冷也不熱，偏偏忘了今年是寡婦年，吉日實在難尋，就一個吉日在四月。孫媳婦嫁妝還有許多在帝都沒運來，也太趕了些。兩家商議著，乾脆定明年，明年吉日多。這麼著，定了明年三月。」

江老太太一拍大腿道：「可不是嗎？的確是明年成親的好。」

江太爺道：「我聽說阿冽今年秋闈要下場一試，這年索性安心用功，準備秋闈，屆時金榜題名，就是雙喜臨門了。」

何老娘笑呵呵道：「借親家吉言了。」

「我早就看阿冽是個讀書胚子，他爹他舅都會念書，他也差不了的。」

大家熱熱鬧鬧說一回話，待中午孩子們回來，家裡更是熱鬧得跟過年一般，沈氏笑，「怪道興哥兒總念叨著過來，咱們家可沒這般熱鬧。」

中午分了兩席，男人們一席，女人們一席，俊哥兒跟父兄長輩們在一席，不停誇讚姊姊家的飯菜好吃，把沈氏能氣笑，沈氏道：「不曉得的還得以為這小子在家常挨餓呢。」

何子衿笑道：「孩子們都這樣。以前聽贏妹妹說，阿珍在家裡也是不好好吃飯，過來後，有阿曦和阿曄、興哥兒在，吃什麼都香。」

紀珍見何姊姊在說他，連忙道：「我在家也有好好吃飯。」

何子衿笑，「是啊，好好吃飯才能長得高呢。」

用過午飯，何子衿就讓丫鬟把一家子要住的院子收拾好了。何恭在與江念、胡文幾個說話，何子衿先帶母親過去，道：「阿仁哥他們搬走還沒幾天，我讓丫鬟又打掃了一遍。娘，您跟我爹住正房，阿冽和俊哥兒就住東廂。」

沈氏笑道：「給我們在妳祖母院裡收拾兩間房就成。」

何子衿道：「祖母那院子裡，正房沒屋子了，東廂放的是給祖母的小廚房，西廂住起來又陰又潮，反正有的是院子，何必去擠西廂？」

沈氏見屋子燒起炭盆來，炕也燒得熱熱的，被褥都是新的，遂道：「自己當家做主就是不一樣，越發周全了。」悄聲道：「怪道妳祖母總要過來。」沈氏也得承認閨女這裡住得寬敞，衣食住行也較她那裡闊氣。當然，沈氏不是沒積蓄，只是家裡還有三個兒子呢。

何子衿偷笑，「祖母過來，是因這裡多的是人奉承她老人家。」

沈氏也不禁悄悄笑起來。

待得晚上，沈氏方同閨女說了給兒子投吉日的事，沈氏道：「也是不巧，四月有些近了，往後挪吧，今年沒有合適的日子，余姑娘年歲也小，就定在了明年。」

何子衿道：「明年也好，阿冽明年才十八，不大呢。」

沈氏就說了余姑娘生病的事，沈氏道：「也是因著她身子不大好，就沒急在四月，我只擔心把人給累病了。」又說：「到底是嬌小姐，這年下就病了兩場。」

何子衿道：「先時看余姑娘挺好的啊！」

「是啊，大約是沒在北昌府過過冬，所以有些不適應吧。」沈氏道：「妳在榷場，要是看到上等紅參，幫著帶兩支，到時給余姑娘補身子也是好的。」

何子衿想了想，道：「不知什麼緣故，也不好亂補。要是方便，不如請余姑娘到沙河縣來住些日子，請竇大夫幫著診一診。這北昌府，大約也沒有比竇大夫醫術更好的了。」

沈氏問：「這成嗎？」

「怎麼不成？娘只管叫余姑娘過來就是，我求一求竇大夫，一準兒成的。」

「也好。」沈氏道：「晚一年成親，也盼著余姑娘把身子養好。」

甭看江念是在縣裡做官，何恭在府裡為官，要沈氏說，在府裡做官還真不比江念這一地縣太爺舒服。看她閨女女婿住的縣衙，不說別個，內宅裡有六七十間屋子，小院好幾個，還帶個不小的花園。聽閨女說，這是內宅的花園，前衙辦公的地方還有個大花園來著。

沈氏想著，甭說婆婆沒事就愛來閨女這邊住，倘她像婆婆似的有空閒，她也樂意來。

沈氏晚上就跟丈夫絮叨：「以後兒媳婦啊，不求多會過日子，像咱們子衿這樣就成。」

何恭聽了就覺好笑，「妳這還不求多會過日子啊？余姑娘還小呢，只要人明理就好。過日子也是慢慢學的，咱們子衿剛成親時，在一起住好幾年呢。」

沈氏一笑，「這也是。」

沈氏又說了請余姑娘來沙河縣，讓竇大夫幫著調理身子的事，沈氏道：「我就急著想買些藥材給余姑娘補身子了，還是閨女說的對，竇大夫見多識廣，倘能幫著余姑娘調理一二，把身子骨調理好了，也是余姑娘的福氣。」

何恭點頭，「是這個理。」未過門的兒媳婦總是病，也是叫婆家不放心。見閨女女婿日子過得不錯，何恭放下心來，便同江念去縣學裡看了看。江念跟岳父介紹了縣學裡新蓋的蹴鞠場，還有小學生們的課室、宿舍、食堂，以及縣學裡的規矩等等。

何恭笑，「雖說進步還不太明顯，但一年一年的，沙河縣秀才人數是在逐步上升的，尤其這幾年，年輕的秀才偏多。」

江念道：「重賞之下，必然向學。其實也沒做什麼改進，基本上就是把咱們碧水縣縣學的學規搬了過來。只要學習好，考得好，都有獎勵。再者就是，各村裡納糧積極的，也能到學裡來免費學上兩個月，讓百姓們識些字也有好處。」

何恭感慨，「是啊，任何時候都不能忘了開啟民智。」

何子衿則同沈氏與何老娘在一處絮叨些家常瑣事，譬如蔣三妞的烤鴨鋪子馬上就要開張了，蔣三妞和何琪還招了一批女弟子學習刺繡，打算成立一個繡坊。

沈氏問：「這兒做繡坊成不成？」蔣三妞及何琪師都是做繡活的好手，只是北昌府環境擺在這兒，有錢人家到底不太多。

「開始心裡也沒底。」何子衿道：「說來也是巧，阿琪姊有幾塊壓箱底的好繡件，說是不知這北昌府的行情，我讓段太太幫著寄賣。天啊，不瞞妳們，價錢比帝都開得還高。」

沈氏與何老娘很是驚嘆，何老娘問道：「這兒窮鄉僻壤的，如何比帝都價錢還高呢？」

何子衿道：「是外族商賈買了去。不是用銀子買，是用寶石換的。」

婆媳倆又是一番驚異，何子衿道：「他們那裡，簡單的刺繡是有的，但像咱們那般精緻的是沒有的，大副繡件更是稀罕，阿琪姊的幾副繡件，掛出去沒半個月就被人買走了。」

沈氏道：「怪道要開繡坊，這樣的行情，的確是該開個繡坊。」

何子衿笑，「北昌府也是男少女多，男人都去當兵了，留下女人在家，種田什麼的，女人到底不比男人，可要說繡活，很適合女人們幹。三姊姊和阿琪姊眼下正張羅著。我想著，讓阿念幫著宣傳一二，倘有願意學的，只管過來當學徒，學出來也是一門手藝。」

何老娘道：「繡坊要是經營好了，也是一門好營生。咱們縣裡的李大娘，不就是做的繡坊生意，家裡殷實著哩。」

沈氏都同閨女商量著，是不是把醬菜鋪子再開起來，沈氏道：「剛來北昌府時，不知這裡形勢就沒開。如今都熟了，我是想開，可妳爹和阿念三年任期就快到了，這要是剛開鋪子，他們又外放到別處去，該如何是好？我跟妳爹在家裡說這事來著，妳爹說，北昌府就是氣候不大好，別個都不錯，他在衙門裡做得也順遂，妳爹是想著留任來著，阿念怎麼想的，你們商量過沒？」真是時光飛逝，一轉眼，任期就要到了。

何子衿笑，「商量過，娘，您不提我險些忘了，阿念也說既來了北昌府，乾脆就在這兒多做幾年。三年一任，到底看不出做官的本事，阿念也想著留任來著。」

這年頭官員一任是三年，這三年要有上峰考核評級。江念自來上任，利民政策其實沒有大動作，無非就是按章收稅，沒魚肉百姓，然後該抓的犯人抓一抓，設套逮了幾個人販子，當然，還有頒布了一項在子衿姊姊看來頗是喪心病狂的婚姻政策，女孩子十八歲必須成親，還組織過軍民相親。子衿姊姊是感覺江念沒幹啥的，但竟然在沙河縣風評很是不錯。

不過，三年的時間想治理好一個地方，明顯不可能，故而江念還是想留任沙河縣。留任啥的，也不是想留任就留任，何家在官場並沒有太硬的關係，何家之所以有把握留任，主要是因為在北昌府做官的緣故。北昌府不是油水豐美之地，一般來說，世家大族很多不願意子弟來北昌府做官，故此，在北昌府為官，只要考評中上，留任再容易不過。

沈氏見女婿也有留任之意，喜道：「可見是都想一處去了。」

何子衿笑道：「我在沙河縣住久了，覺得這地方不賴。雖然跟帝都是沒得比，就是比起北昌府也多有不如，可住久了就有感情。再說，咱們離得也近，倘是再外調，一個天南一個海北，如何是好？不若現在這般，來往也便捷。」

「是啊是啊！」何老娘插話道：「如今就有些遠了，要是跟妳姑媽似的，好幾年才能見一面，那可是不成。」

大家說著，就把留任的事定了下來。

既是想留任，沈氏還是決定把醬菜鋪子開起來，甭小看醬菜鋪子，在老家的鋪子由沈山打理著，分號都開了好幾家，收益也很是不錯，沈氏就打算在北昌府也開一家。

何子衿道：「北昌府地方冷，鮮菜的時間少，我教您醃辣白菜吧，肯定好賣。」

沈氏道：「這邊的人跟咱們老家差不多，都是喜歡吃辣的。」

「吃辣的開胃，也解油膩。」何子衿道：「娘，乾脆我在在榷場幫您尋間鋪面，不用太大的，在榷場也開一家。榷場人多，生意肯定好做。」

沈氏笑，「也好。」

說一回家裡，就說起何涵來，自何念夫妻帶著陳遠小夫妻去了北靖關，這些日子也沒信兒。不過，沒信兒就說明起碼還沒走，不然陳遠沒有不再來何家說一聲的理。

何子衿道：「我估摸著，阿涵哥的爹娘在北靖關住下了。」

沈氏嘆，「是啊，家裡雖有產業，可就阿涵這一個兒子，到底是要跟著兒子的。」

何老娘道：「他家裡就是有些田地，田地託閨女家照看著就行了，還是到阿涵這裡要緊。阿涵多不容易啊，這些年都是一個人在外打拚。要是這兩人明白，就當留下幫著阿涵一些。大忙幫不上，起碼家事能幫著照管一二，叫阿涵一心當差奔前程就好。」

沈氏深以為然，又與何子衿道：「阿節在北靖關謀了個小旗當。」

何子衿笑道：「我還不知道呢，阿珍也不大清楚，娘，您怎麼曉得的？」

「阿節託人帶信給阿冽，阿冽說的，說阿節現在手下有十個人呢。」

何子衿聽得直樂，「這可算是天遂人願了，他不就是想著當兵嗎？」

小旗說來是軍中最低的管理層，說管理層都勉強。何涵是百戶，手下管著一百號人。百戶手下是總旗，一個百戶手下有兩位總旗，一位總旗管五十人。總旗之下是小旗，一個總旗手下是五個小旗，每個小旗管十人。姚節沒有直接當兵，還當了小旗，可見是照顧他的。

沈氏笑咪咪的，「阿節還說，在北靖關當兵帶勁兒。」

何老娘道：「阿節這孩子吃得了苦，以後肯定有出息。」

何子衿問：「阿節家沒有人來找過他嗎？」

沈氏嘆口氣，「不知是不是他信上沒寫到哪兒當兵，不然家裡知道了，怎麼著也要打發可靠的家僕過來尋一尋的。」

何老娘不似沈氏委婉，道：「有了後娘就有後爹，要是阿節有親娘，妳看有沒有人來找？就是王氏那樣的刁鑽人，要不是為著找阿涵，她哪輩子離過碧水縣啊？以前連咱們老家的州府都沒去過，那回硬是跟著阿涵他爹跑去了帝都，這又找來北昌府，這就是親娘。親娘為著自己的孩子，刀山火海都去得的。」

沈氏道：「看母親說的，阿節或者就因生母早逝，才這般上進呢。」

何老娘點頭，「越是這樣的孩子，越有出息。」

說一回家常瑣事，何子衿打算著，母親好不容易來一回沙河縣，就想著帶母親去榷場走一走，何老娘也是要去的。於是，祖母孫三人，定下了去榷場的行程。

何恭不去，何恭雖是送老母親過來閨女這裡，但正經差使也記在心上呢。何恭主要是關心沙河縣的教育，很是歡喜地同沈氏道：「這也不是我自誇，女婿把縣學辦得真不錯。」

沈氏問：「今天又去看了？」

「不是又去，昨兒沒看完，明天還去呢。」何恭自來是個學詩書的，平日裡也很注意教育，道：「縣學的屋舍雖不是新的，該修的也都修了，屋裡刷的大白，就顯得亮堂。以前縣學裡才十幾個人，如今都四個班了。」

沈氏笑，「阿念這孩子，倒是沉得下心來。」把江念想留任的事同丈夫說了，「咱們都想一處去了。我聽巡撫太太說，巡撫大人私下都說阿念這官做得用心，今年考評必是上等的。咱們子衿說，阿念也想繼續留任，不急著升官，說一任三年時間有些短，治理縣城也看不出大成績來，要再留一任。」

何恭點點頭，「也好，沙河縣這才剛開個頭，要是現在離了沙河縣，未免可惜。」

「這些我不懂，只要咱們一家子都在一處，我就覺得歡喜。」沈氏不禁感慨，「你說，孩子在身邊能有多少年呢？從阿冽一科舉，我就盼著日子能過得慢一點。孩子不科考，以後沒出息。科考成了，又要天南海北外任為官，想一想就捨不得。」

「兒女就是小鳥，長大了都要離巢的。」何恭溫聲道：「給兒女娶嫁相宜之人，像咱們一樣，夫唱婦隨，夫妻恩愛，白頭到老。他們小夫妻日子過得好，就是遠些，也放得下心。看咱們閨女如今，我瞧著阿曦和阿曄就高興，阿曦還一直勸我吃青菜來著，多貼心啊！」

沈氏忍不住笑出來，「子衿嫌阿曦總是吃肉不吃菜，都會讓她多吃些菜。阿曦不愛吃菜，才勸你多吃的。」

何恭不想還有這等緣故，笑道：「真是個鬼靈精，像子衿小時候。」

「阿曦這孩子特有意思，過年的時候，興哥兒不是回家跟咱們一起過年嗎？阿曦還在這裡代興哥兒收了一份紅包。孩子家也不知是怎麼想的，壓歲錢還有代收的。」沈氏道：「以後阿冽成了親，給咱們再生這麼一對孫子孫女，這日子就更有奔頭了。」

何恭想到長子的親事就定在明年，握住妻子的手道：「不遠了。」

阿曦的確很喜歡外公，明明外婆也很疼她，她卻是啥事都想著外公，晚上抱著小枕頭過去找外公一起睡覺，沈氏都說：「妳爹可沒這樣招孩子稀罕過。」

何子衿笑道：「阿曦跟我爹投緣。」事實上，阿曦天生就偏愛男性長輩，或許是男性長輩力氣大，可以把她拋上拋下陪她玩的緣故。

何恭在沙河縣住了五天，臨走前也很捨不得小外孫女，還與閨女及女婿道：「待去州府交糧稅的時候，帶阿曦和阿曄一塊去。」

何恭一行來的時候大包小包，除了替換的衣裳，就是給閨女女婿的東西，等到回去北昌府，還是大包小包，東西多的放不下了，江念乾脆自縣裡又雇了輛車，專門拉行李。沈氏逛榷場時沒少採購，另有何子衿預備叫母親帶去家裡用的。

何子衿除了愛攢錢外，東西都是現有現用，用不了的也會送人。沈氏這次來，好些衣裳料子，何子衿都讓母親帶回去，還有些燕窩紅參，不是買的，是人家送的。紅參何子衿原打算做潤膚膏用，燕窩她不大吃，就讓母親帶回去了。紅參不曉得適不適合余姑娘吃用，但燕窩這東西，大部分人都能吃的。原本有了燕窩都是何老娘吃，何老娘很關心孫媳婦的身體，索性自己不吃，叫兒媳婦帶去給孫媳婦補一補。

沈氏自榷場買了不少東西，待走時，何恭還問：「如何買了這麼多東西？」

沈氏笑，「都是家常用的，這裡東西便宜，索性就買了些，還有閨女女婿孝敬的。」

何恭搖頭，實在對女人的購物癖沒法子，告別了女兒女婿老娘幼子，還有蔣三妞胡文一家子、江仁何琪一家子，就帶著妻兒回北昌府去了。

沈氏回家整理了兩日就去余家說話，給兒媳婦送了紅參燕窩，余太太道：「親家太太太客氣了，這樣的東西，你們留著補身子就是。」

沈氏笑道：「我那裡還有呢，這是給阿幸的，阿幸身子好些了嗎？」

余太太笑，「好多了，今天張太太家的閨女邀她過去賞花她就去了，已沒什麼大礙。」

沈氏道：「那我就放心了。這回去沙河縣，子衿還說起竇大夫的醫術極好，只是竇大夫不大出門，要是阿幸再哪裡覺得不舒坦，讓她過去請竇大夫幫著調理，也使得的。」

余太太打趣道：「可見這要做一家人了，妳這不光是給送補藥，連大夫都打聽了。」

沈氏自不會說去了沙河縣閨女提醒她才想起來的，沈氏道：「我心裡一直惦記著阿幸，就是不大知道竇大夫的脾性，故而親自去問了問。」

「無妨，都大安了。」余太太道：「阿幸一直很康健，也是頭一回來北昌府過冬，在帝都可沒見得下這般大的雪，貪看雪看得著了涼，如今已是大好了。」

「那就好。」兒媳婦健康，沈氏才算放心。

既要做親家，彼此自添三分親近，余太太就問起沈氏去沙河縣的事情來，沈氏道：「來了北昌府好幾年，都是孩子們過來看我，我還是頭一遭去。沙河縣雖是個小縣城，不能跟咱們州府比，卻也是個熱鬧地方。孩子們都很好，連我們老太太也是每年要去住大半年的。」

余太太笑，「妳家老太太是個愛熱鬧的性子。」

「是，尤其喜歡孩子。」

沈氏陪余太太說了會兒話，用過午飯，見余幸還沒回來，就起身告辭了。

沈氏是樂意同兒媳婦多接觸的，畢竟以後要一起過日子，這會兒搞好關係，以後過日子才和樂，不想余姑娘天氣略暖就要回帝都，余太太同沈氏說了一聲，道：「阿幸還有許多東西沒收拾好，嫁妝上的事也得叫她知曉。還有一年就要嫁人了，我那兒媳婦就想她回去，還能多叮囑她幾句。」

沈氏能說什麼呢，沈氏道：「做父母的，都是這個心，我也有閨女，當初子衿成親之後還住一處呢，我都捨不得。天下父母心，親家肯定也是一樣捨不得。」

「是啊！」余太太笑，「讓她去吧，屆時正好讓阿峻和阿岫送嫁。上次阿洌去帝都也見著阿岫了，兩人性子很是相投。」

沈氏道：「以前都在官學上學，阿洌說認識阿岫，阿岫略小些，還在一處玩過蹴鞠。」

因著余幸要回帝都，沈氏準備了不少東西，讓她路上使。

何子衿和江念帶著龍鳳胎送夏糧順便回娘家，到北昌府方知此事，沈氏道：「想想也是，都是有女兒的人，眼瞅著女兒親事近了，自是想讓閨女在身邊多陪陪的。」

何子衿道：「是啊，雖有祖父母在身邊，可誰也抵不了誰呢。余姑娘年紀也不大，家裡父母定是惦記著的。」

沈氏點頭，「正好，讓妳弟弟好生用一年功，秋天就得下場一試了。」

何子衿道：「北昌府就這樣不好，八月就開始下雪，屆時可得多備些炭叫阿洌帶去。還得跟阿洌說，燒炭的時候，屋子不能關得太嚴實，不然容易出事。」

待到晚上，何子衿把余幸回帝都的事同江念說了，何子衿不掩擔憂道：「當著咱娘的面，我沒好問，怕咱娘多心。我想著，這余姑娘走時，怕是沒跟咱娘多說幾句話，不然依著娘的脾氣，早與我說了。」

江念精於人情世故，自明白子衿姊姊話中之意。親事已定，這就不是外人了，余幸回帝都沒什麼，人之常情，人家父母想多看看閨女，就是余姑娘這回帝都，不正式跟婆婆辭別，也該見面說些什麼。一句話沒說，是叫人心裡不好受。江念道：「訂親時不挺高興的嗎？」

「是啊，訂親前我跟娘去余太太那裡說話，余姑娘還有說有笑的，待我比以往都親近。倒是自訂了親，我再沒見過她了。」

江念道：「不會是大戶人家出身的姑娘害羞吧？」

「實話說，不大可能。大戶人家更重視子女教育，哪個不是落落大方，從沒聽說過縮頭縮腦是優點來著。」何子衿不是自欺欺人的性子，「我擔心是余姑娘不大樂意親事。」

「怎麼可能，定都定了，哪裡容她反悔？」

「不是反不反悔的事，不說誰高攀誰不高攀，拋開門第不談，必得兩相情願方好。過日子是個長久的事兒，就是娶了公主，倘兩個人性子不合，一個不樂意，日子也過不好。」

「姊姊也別總往壞裡想，余姑娘我沒見過，可是余巡撫是再明白不過的人，結親總是好心，就是余太太，聽姊姊說，也是個和氣人。他們這樣的閱歷，倘孫女不樂意，也不能硬壓著不樂意的孫女來跟咱家結親。」江念道：「何況，這樁親事原也不是岳父岳母先提的，是余家相中阿冽，這才做的親。」

「是啊，先時都沒想到。」何子衿嘆道：「只盼我是多想了。」

江念有些坐不住，起身道：「我去看看阿冽的功課。」

何子衿拉住他，「都這麼晚了，明天再說吧。」

「這可耽擱不得。」江念道：「世人大多眼淺，阿冽秋闈要是能中，叫余姑娘知道，就再沒有不樂意的了。」江念說完就去關心小舅子的課業了。

余太太同丈夫道：「沒想到何家連帶江小縣尊一家都留任了。」

余巡撫道：「是啊，江念說還想繼續在沙河縣任職，畢竟三年太短，他做的一些建設，短時間難見成效。何恭也是恬淡性子，在學政司只管悶頭做事，出風頭的事都是李學政來。」

余太太道：「江縣尊年紀輕輕的，我還以為他會受不了北昌府的貧寒呢。」

「這是哪的話，做大事之人，哪裡能怕苦怕寒？」余巡撫很是欣賞江小縣尊，同妻子說起帝都的事來：「六皇子納了兩位側室。」

余太太一驚，繼而嘆道：「六皇子妃這也成親三年了，六皇子膝下空空，總不是常法。」又問：「是哪兩家的姑娘。」

「一位是晉中曹巡撫之女，一位是戚國公旁系女。」

余太太沉默半晌，方悄聲道：「娘娘太高傲了，焉何不擇謝氏旁系女為六皇子側室？」

今上六位皇子，老夫妻兩個獨拿六皇子來說，主要是因為謝皇后沒有嫡親骨肉，諸皇子皆是庶出，但這六位皇子中，唯六皇子是自幼養在謝皇后膝下的。六皇子非謝皇后所出，謝皇后以前曾將娘家侄女養於膝下，當時就有很多人猜測謝皇后以後是要選娘家侄女與六皇子做親的，結果先帝臨終留下遺詔，賜婚先文忠公蘇相之孫女為六皇子正妃。蘇氏為六皇子正妃後，三年無子，諸多人覺得謝皇后大約是要娘家侄女為側室的，不想謝皇后根本提都未提。謝皇后的娘家侄女謝思安早已出嫁，嫁的也是高門大戶，國公門第。如今六皇子擇側室，余太太未想到，謝皇后竟真的沒選娘家侄女，哪怕謝皇后性子高傲，不願侄女為側室，謝家也有的是旁系之女，擇一出身不太高的，也堪為皇子側室，卻是未料到，謝皇后選了曹氏女與戚氏女，都不是姓謝的。

余太太再次嘆道：「娘娘太高傲了。」

余太太這麼說，並不是有什麼目的。當然，謝皇后地位穩固，余家跟著沾光不少。不是升官發財上頭的沾光，而是為官做事，你有功勞，起碼沒人敢貪，沒人敢分，你做了事，上頭看得到。余太太這樣說，完全是從女人的角度出發，謝皇后如今一人之下，可將來呢？謝皇后畢竟沒有親生骨肉，將來會如何呢？當然，有了謝氏女入宮，也不一定就穩妥，但畢竟有血緣關係，總比旁氏女要穩妥吧，謝皇后偏生不願。

余巡撫沉默半晌，道：「是不是陛下的意思？」陛下不願謝氏女為六皇子側室。

「不大可能。」余太太道：「陛下與娘娘一向恩愛，正妃之位是先帝定的，誰也沒法子，可一個側室，只要娘娘有意，難不成陛下會駁娘娘的面子？」

余巡撫道：「今年該是回帝都述職的時候，妳與我去帝都給娘娘請安，也看看大嫂。」

「我曉得，你不說我也得去。」

余巡撫道：「讓江太太問問方先生有什麼要帶給皇后娘娘的，妳幫著帶去。」

「你不說我都忘了，我得問問子衿方先生的近況，也好同皇后娘娘說一聲。」余太太由衷認為蒼天弄人，如謝皇后之才幹人品，竟然沒有嫡親骨肉，怎能不令人扼腕嘆息？

何子衿是第二天過來向余太太問安的，都是熟人了，余太太也喜歡何子衿，就說起她要隨丈夫回帝都述職的事。余太太道：「不知方先生近況如何？屆時見了皇后娘娘，我也好同皇后娘娘說一聲，免得皇后娘娘惦念。」

余太太是謝皇后嫡親的姑祖母，謝家與方家是正經姻親，余太太論輩分還長朝雲道長一輩，這話自然說得，問也問得自然。何子衿笑道：「師傅近來極好，有竇大夫在身邊調理，北昌府雖冷些，身體倒無大礙。師傅每天閒了就是同羅大儒談詩作畫，教導孩子們。」

「這就好。」余太太聽了也高興，「要是方先生有什麼要捎帶的東西，妳也儘管著人帶過來，我帶回去是一樣的。」

何子衿道：「好。不知您要去帝都，不然我來之前就問師傅了。說來，咱們北昌府雖沒帝都富庶繁華，好東西也著實不少。」

余太太就喜歡何子衿這種適應性，到哪就說哪好，不帶一絲勉強地喜歡這個地方。

何子衿疑心病上來，腦洞也開始高速運轉，她尋思著，余家要與她家結親，是不是因為朝雲道長的關係？她這麼想，就同江念說了，江念沉吟道：「朝雲師傅雖沒人敢惹，但朝雲師傅手裡沒實權，大家敬著朝雲師傅，卻也不會把他看得太重。咱們跟朝雲師傅又沒血緣，余家斷不會因著個名頭就許以嫡長孫女的。」

何子衿道：「那你說是因何？」

「難道不能是為咱家的家風？阿冽的品格？」江念道：「以後我給阿曦尋婆家，就找咱們家這樣的，家風好，男孩子有品格。這樣的人家縱不能大富大貴，日子也能平安順遂。」

何子衿看自家，自然沒有半點不好，「希望我是想多了。」又問：「阿冽文章如何？」

江念道：「不如讓阿冽到咱家去，我給他輔導一二。」

「有多大的把握？」

江念道：「五成。」

何子衿知道阿念不是浮誇的人，他說有五成把握，那就是有五成把握。

何子衿道：「那我跟娘去說，讓阿冽跟咱們去沙河縣，幫他考前突擊一下。」

「成！」小舅子這樣用功，也有調理的餘地，江念自然不遺餘力。

何子衿同父母商量，沈氏倒沒什麼意見，何恭則道：「考科舉，文章貴在積累。」

「什麼事都有訣竅，阿冽也念這許多年的書了，積累總有一些。再說，這也是阿念的好意，女婿這麼關心阿冽，咱們還能回絕不成？」

何恭笑，「我就說一句，招來妳一篇。我是這樣說，既要有訣竅，也要注意積累，畢竟秀才試是開始，舉人也只是必經之路，最終春闈才見功底。」

「放心吧，阿冽並不是那種一味取巧之人。」

何冽對於到姊姊那裡住並無意見，姊姊家又不是外處，姊夫更不是外人，他還是跟阿念哥一起長大的。在何冽心裡，姊姊家跟自家是一樣的。俊哥兒也想去，奈何他得上學，想去也去不成。沈氏同閨女道：「阿冽過去也好，我得趁著天氣暖和先把新房收拾出來，不然冬天不上暖，糊裱屋子不曉得什麼時候才能乾。」

何子衿問：「親家有沒有打發人過來量屋子？」

沈氏笑道：「阿幸回帝都前就都量過了。」

何子衿稍稍放心，又道：「是該提前收拾屋子的，冬天天氣冷不說，天冷也不出活兒。要是冬天收拾，就得用炭火烤了，到底不如正經曬乾的。」

「是啊！」沈氏道：「上次去榷場，不是買了許多皮子嗎？有兩塊雪白的，我給阿曦和阿曄做了兩件小皮襖，待天兒冷了，妳拿給他們穿。」

「娘，您叫丫鬟做就行了。」

「我在家也沒事。妳祖母跟興哥兒不在家，妳爹跟阿冽和俊哥兒每天當差的當差，上學的上學，我閒著也是閒著。」沈氏微微笑著，眼尾聚起細紋，「我就盼著阿冽成親後，馬上給我生兩個像阿曄和阿曦似的孫子孫女。」

「娘，您真是盼孫子孫女盼得望眼欲穿了。」

沈氏道：「等阿曄和阿曦長大議親，妳就知道是什麼滋味了。」

何子衿問：「娘，您醬菜鋪子準備得如何了？榷場那邊的鋪面我盤下來了，在離三姊姊的烤鴨鋪子不遠的地方。」

沈氏道：「今年做了不少醬，醬菜也做了好幾大缸，就是妳說的辣白菜，這會兒沒白菜，那個等到冬天再做。」

何子衿笑，「擇個黃道吉日開張吧。」

「叫什麼名字好？」

「就按咱們碧水縣醬菜鋪子的叫法，就叫何家醬菜。以後把手藝傳給兒孫，將咱們老何家的醬菜開遍東南西北。」

沈氏笑個不停，拉著女兒的手道：「我就盼著兒孫不要似我。以前是日子不好過才開醬菜鋪子補貼家用，就盼著咱家日子一年一年更好過才好呢。」

「想日子好過，就得叫子孫記住艱難的時光。再者，開鋪子也是尋常事。小唐太太國公府出身，一樣同咱家合夥開烤鴨鋪子呢。就是現在，家裡日子早就不必醬鋪子貼補了，您還是樂意找些事情做，不然成天就太太奶奶的在一起聚會，也沒什麼意思。」

母女倆說了許多貼心話，待何子衿和江念帶著龍鳳胎、阿冽回沙河縣時又出了問題。沈氏給龍鳳胎做的白兔毛小皮褂子，兩人見了極是喜歡，明明說試一試的，結果穿上就不肯脫了，當天睡覺都要穿著，要不是江念死活攔著，子衿姊姊就要掙脫教育小能手的包袱，直接暴力鎮壓了。最後還是待兩個小傢伙睡著了，子衿姊姊才幫他們脫了。只是，一大早就又鬧騰著要穿，這正大暑天的，哪怕北昌府的夏天不太熱，可你倆穿兔毛衣裳招搖過市，腦子沒問題吧？反正，兩人就一路臭美地穿著兔毛褂子回了沙河縣。

阿曄與阿曦到家也不脫掉，喝兩口水潤喉，先同曾外祖母展示了一番他們的新衣裳，把何老娘跟江老太太逗得險些笑倒在炕上後，就去朝雲道長那裡繼續展示了。

何冽都說：「阿曄和阿曦真是招人喜歡。」

「人來瘋一般。」何子衿令丸子帶孩子們去朝雲道長那裡，坐下來同何老娘說話，問一問他們走這幾天家裡可有事。

何老娘道：「能有什麼事啊，都好好的，莊太太還過來陪我說話呢，妳三姊姊和阿琪也每天過來。我這裡有老親家呢，就叫她們只管忙自己的事情去。」又問孫女及孫女婿這一路可順遂，說道：「阿冽不是在家念書，怎麼過來了？」

何子衿道：「阿冽現在也是破題作文，阿念說要一起研究近來的秋闈選題，把秋闈的經驗跟阿冽講講。他在家裡總有同窗找他，不若在縣裡清靜，這裡還有羅大儒在。」

何老娘點點頭，覺得孫女說的不無道理。何子衿笑道：「還有一樣，阿冽親事定在明年開春，該開始收拾新房了。糊裱什麼的，冬天不大好，還是夏天上乾。家裡一收拾屋子，又不清靜，阿冽還不如來縣裡。」

何冽真是個純情好少年，一說到親事就有些不好意思，尋個理由就要避出去。

江念同他一塊出去，笑道：「這有什麼不好意思的？」

何冽當著女性長輩的面害羞，當著阿念哥的面就不會這樣了。

何冽道：「沒當初阿念哥你臉皮厚。」

江念笑，「男人娶媳婦，就得臉皮厚。」

何冽才不認同這種謬論，同阿念哥去了書房。這不是江念常用的書房，就是個兩進的小院，院子周圍草木扶疏，一看就是精心修剪過的。如今薔薇盛開。院裡有一棵極高大的香椿樹，樹蔭濃密。書房收拾得齊整，靠牆的書架擺放著不少書，家具是半舊的，但書是新的。

何冽問道：「這是阿念哥的內書房嗎？」

「不是，我的內書房在我跟子衿姊姊臥室的隔壁。這是我跟阿曄和阿曦收拾的，過幾年上學就可以用了。讓重陽和大寶在這裡寫作業，那兩個沒眼光的小子，硬是不願意來。」

何洌想想外甥外甥女不過三歲多的年歲，阿念哥就整理出了這麼個大書房預備著，很是無語了一陣，方道：「阿念哥，你真是想得長遠啊！」

江念哈哈笑，「目光嘛，就得放得長遠。」

何洌對於他阿念哥這無時無刻的自信都不曉得要說什麼了。正房三間，一間書房，一間小廳，一間臥室。臥室垂著青紗帳，靠窗的桌案上備了文房四寶。

何洌正要誇幾句，啪一聲，伸手拍掉一隻蚊子，江念道：「這院裡花木多，蚊蟲也多些。無妨，放幾盆驅蚊草，熏一熏就好了。」

江念同何洌把帶來的書冊整理出來，要忠哥兒慢慢收拾著。江念讓何洌帶上近期寫的文章，一起去了朝雲道長那裡，又拜見了羅大儒。江念道：「阿洌準備今科秋闈下場一試，我給他出了些題目，待他破題，我想著請先生幫著看看。」

羅大儒道：「今秋下場啊？文章如何？」

何洌忙雙手奉上自己近來所作的文章。

羅大儒被譽為北靖關第一大儒，當然，這名頭同南薛北嶺要差得遠。南薛是指隱居在蜀中的薛帝師，何洌小時候見過薛大儒。北嶺先生江北嶺如今在帝都，何洌卻是沒見過。羅大儒雖不如這二位名頭響亮，但能被人稱一聲大儒，也是很有學問的。

羅大儒一目十行，很快就將何洌帶來的十來篇文章閱盡。上下打量何洌一眼，羅大儒道：「文如其人啊！」

何洌都不曉得這羅先生是誇他還是貶他了，只得道：「您客氣了。」

「不是客氣。」羅大儒道：「一樣的青澀，稚嫩。」

何冽……

「要不怎麼找您呢？倘我們阿冽能截取一甲，那也不用找您了。」江念在公務上也多有仰仗羅大儒的地方，兩人很是熟絡，且因羅大儒不似朝雲道長半身神仙氣，羅大儒比較接地氣，江念同羅大儒說話便比較隨意。

江念同何冽道：「說文章青澀稚嫩的意思就是，大體輪廓出來了，但用詞還不夠精練。一般羅先生看不中的，都說是豬狗不如。」

何冽笑出聲來，羅大儒瞪江念，「現在朝廷的探花就這種水準？」怎麼說話的？

江念大言不慚：「十六歲的探花就是這樣。」

羅大儒都給氣笑了，應下指點何冽的事。

何冽出來才同阿念哥道：「羅先生以前看著挺和藹的。」

「不能以貌取人。」江念道：「羅先生跟朝雲師傅鬥嘴不分上下。」

何冽道：「朝雲道長像神仙一樣，還會跟人鬥嘴？」

「所以說，不能以貌取人。」

何冽看一眼老神在在的阿念哥，覺得阿念哥越來越會裝模作樣了。

江念給何冽找了個補習老師，就開始一塊分析今年的秋闈考題風格。要是往年的風格，江念不用費這種力氣，往年都是余巡撫參與最終閱卷，余巡撫的風格與喜好，這位老大人在北昌府多年，再加上平日的接觸來往，江念心裡有底，但這回余巡撫奉旨回帝都述職，秋闈不知余巡撫能不能趕回來。倘余巡撫不能回來，那麼，秋闈的事必會落到李學政肩上。李學政這個，就得好生研究一二了。

於是，江念這裡得做兩手準備。

寫文章的事，何子衿幫不上忙，她回來後也去了朝雲師傅那裡一趟，見龍鳳胎已經把兔毛小褂脫下來，換了正常衣裳，何子衿很是佩服朝雲師傅，實在是太有本事了，竟能讓那兩個臭美貨把衣裳換掉。

何子衿向朝雲道長請教時，朝雲道長笑咪咪道：「沒說什麼，他們自己就換了啊！」

何子衿狐疑地看著朝雲師傅，覺得朝雲師傅越發不實誠了。

朝雲道長依舊笑咪咪的模樣，「衣裳挺好看的，阿曦和阿曄跳了好幾個舞給我看，大約是跳累了，自己就換下來了。」

何子衿已經可以想像龍鳳胎是如何在朝雲師傅這裡又唱又跳，然後熱出渾身大汗來。熱了自然就脫了，真是……她竟然連這個道理都忘了，昨兒險些動用武力解決。

一想到此處，子衿姊姊就覺得，自己簡直枉稱教育小能手。

朝雲道長還說女弟子：「對待孩子莫要太凶。」

何子衿唇角抽啊抽的，「師傅，您是不曉得，大夏天的，就他倆，一人一件皮褂子。」

朝雲道長一副很理解的樣子，「孩子嘛，與大人不一樣才叫孩子。」

說一回龍鳳胎，何子衿就說到余太太託付的事，道：「先時也沒得著信兒，余太太說要是師傅有什麼東西要帶的，她可幫忙帶回去。」

朝雲道長微微頷首，「知道了。」

見朝雲道長並未多說，何子衿就沒再多問。近期她相當忙碌，不是為著大米生意。何子衿覺得，買地真是買少了啊，一百畝地夠幹啥，自家吃都勉強，何況她還想做大米生意。世間沒後悔藥賣，何子衿就當日行一善吧，反正是把沙河香米的名聲打出去了，百姓們能賺些小錢也是好的。

何子衿近來忙的是她娘醬菜鋪子開張的事兒，她給她娘出的主意，索性置兩個鋪子，北昌府一個，榷場一個，如今醬菜得了，榷場的鋪子也收拾出來，就等著開張了。

何子衿派四喜過去幫忙準備開張，她在家裡關心準考生何洌同學。

何洌住的是二進小院，並非四合院，就是個兩進的小院子。前頭一進是何洌帶著忠哥兒住，平日裡何洌念書起居都在這裡。後頭那進何子衿派了兩個小丫鬟，後進小院本就盤了鍋灶，只是一時沒人用，未曾安置罷了，現在一起安置好，做個小灶，晚上可以熱個宵夜。

何子衿是知道弟弟念書習慣的，當年阿念攻讀時也是如此。古人起三更忙半夜，不止做活的人如此，念書的人一樣辛勞。因睡得晚，晚上都要吃些宵夜，何子衿讓小丫鬟預備著，或是包子或是麵條或是餃子，反正每晚都得做，就在小灶上做就得了。

何老娘知道後，深覺丫頭片子周到，與余嬤嬤道：「打小這麼過來的，當初阿念念書也是這般，丫頭都曉得。」

余嬤嬤笑，「這念書是個勞累事，天天油水不斷，阿洌少爺也沒胖上一星半點。」

何老娘嘆道：「哪裡就那般容易中呢？」又說：「把我那燕窩拿去給阿洌吃吧。」

余嬤嬤應了，無奈何冽不愛吃甜的，何老娘道：「做湯也好喝的。」

何冽覺得自己堂堂男子漢大丈夫，怎能吃祖母補身子的補品呢？何冽道：「半點滋味都沒有，全憑吊湯。湯是個啥味兒，這就是個啥味，還不如多吃兩碗燒肉呢。」

何老娘道：「那就多做燒肉。」

何冽在飲食上的愛好與重陽相似，兩人都是無肉不歡的類型。何老娘見孫子不吃燕窩，就整天叫廚下買肉回來給孫子補身子，何子衿笑道：「不必祖母吩咐，咱家哪天沒肉吃？」

何老娘想想也是，又拉著丫頭片子去廟裡給孫子燒香。

何老娘這裡是必要找些事情做的，何子衿隨她去了，倒是去北靖關送軍糧的江仁回了家來，與江仁一塊來的還有陳遠何培培夫妻，兩人是過來同何老娘辭行的，打算回老家去。

何老娘問陳遠：「你岳父岳母就在阿涵那裡住下了？」

陳遠道：「岳父岳母好不容易見著大哥，一刻也不願意離開，兩個小外甥也可愛得緊。嫂子這又有了身子，岳父岳母就更離不得了。我們想著，我們先回去，也回去跟家裡通個信，讓麗麗夫妻放心，就是我家裡爹娘、祖母祖母也都惦記著呢。」

何老娘道：「不回去就不回去吧，我猜他們也是要住下的。」又說何培培：「同妳爹娘說說，以後別再刁鑽弄那些事了，妳哥不容易，叫他們老實享兒子福吧，他們也不算沒福氣。多少通情達理的人家，也沒阿涵這樣有出息的孩子呢。」

何培培習慣了何老娘對她父母有成見，笑道：「我爹娘如今已是大改了，娘疼嫂子比疼我還疼呢，同親家老爺太太處得也好。一家子在一處說說笑笑的，比在老家樂呵。」

「那是，在老家他們也見不著大孫子。」

何培培含笑聽何老娘說了一通，何老娘又問他們回去可尋好了商隊，何時出發。陳遠一一答了，何老娘道：「我早料得你們要回去，預備了些東西，你們一起帶回去吧。」

陳遠客氣要推辭，何老娘道：「又不是給你的，你推辭個啥？是給你祖母的。」

陳遠道：「來時祖母說了，不讓我要舅奶奶的東西，說舅奶奶保重身子她就放心了。」

何老娘笑，「我的一點心意，也不是什麼貴重物，都是這裡的土產。你家有的是銀子，不缺這個，但到底是我的心意。還有給你小姑的，我都標了籤子，你都帶回去吧。」

陳遠和何培培在何家歇了兩日，就起程回老家去了。

陳遠小夫妻離開後，江仁說了一件不大不小的喜事，何家有些吃驚，卻也覺得在情理之中，那就是江贏訂親了。

江仁道：「紀大將軍麾下祭酒，五品文官，很得紀大將軍重用，今年二十五歲，稍稍有些大，先時打仗耽擱了，一直未成親。」

何子衿笑道：「這可是大喜事，我得給贏妹妹備禮相賀。」

何老娘也說：「應該的。這親事定了，成親的日子定了沒？」

江仁道：「就定在年裡。」

江仁又說了姚節的近況，江仁道：「甭看阿節是官宦之家出身，以前他也是嬌生慣養長大的，卻不想頗是勇武，他帶著手下出關巡邏，遇著流匪，斬了幾個匪類，升到了總旗，他還讓我帶信給阿冽來著。」

何家人都說姚節有出息，甭看總旗也是小官，手下才五十個人，但姚節這是正經軍功換的。再想一想姚節出身，正經文官家族，這就十分不容易了。

秋闈之前，都是好消息，倒是何洌有些時運不濟。

有江念與羅大儒兩人的加持，何洌也不是個笨的，在文章上頗有進益，羅大儒都說：「看阿洌是個直爽性子，讀書上卻也頗有靈性。」

當然，這話說得何洌沒少翻白眼。他家裡有個阿念哥這麼個逆天的，除非再來個文曲星投胎，不然哪裡比得過阿念哥？何洌也知道自己不是笨蛋，頗為用功，他覺得自己天資比不上阿念哥，就得多用功，勤能補拙嘛。

何洌這麼考前突擊四個月，到秋闈文章也正常發揮了，就是運道差些，因為名次出來，何洌離孫山就差兩名。余巡撫特意看了何洌秋闈的文章，與老妻道：「何洌雖未中，文章火候已是有了，再用心打磨三年，秋闈可期。」

余太太笑道：「就是差些運道。」

「他還年輕，多磨練沒有壞處。」余巡撫指著何洌的考卷道：「讀書時是用心讀了，只是到底是從書中得來的經驗，只見微言大義，不解民生疾苦。」

何洌雖落榜，因著落榜的名次還不錯，且他頭一年參加秋闈，年紀又小，家裡也沒有不高興，唯何老娘私下叨叨：「莫不是拜菩薩時捐的香火銀子少了，叫菩薩誤會心不誠？」

不論何老娘如何尋找孫子落榜的原因，落榜就是落榜了。

何洌倒沒太氣餒，秋闈結束，反是輕鬆起來，考都考完了，正好歇一歇。

沈氏見兒子這小半年用功累得臉頰都微微凹陷，很是心疼，直說要給兒子好生補補。何洌倒沒什麼，他本就不是個嬌慣的，身子也健壯，這秋闈九天雖不若在家裡住得舒坦，但在小爐子上生火做些簡單飯菜他都會。不說文章如何，就這燒飯菜的本事，許多考生就不成。何洌也沒做什麼費事的，他就是用蔥薑熗個鍋，用家裡預備的乾麵條做炸醬麵。可就是這麼一碗麵，直香得半個考場都聞得到。何洌吃得挺好，睡也不委屈，家裡被子給做得厚實。就是考試時，他也很注意不要把窗子關得太嚴，免得燒炭盆出事。

說來，北昌府因氣候嚴寒，秋闈都是極冷的時節了，學子們都要考間裡生火，不然墨都化不開，更甭提破題作文章了。每次秋闈時官府就向學子們宣傳，莫要將考間封得太嚴實，容易出事，可每年都有出事的。

何洌想想，就覺得自己順順利利考完很幸運，何況初次秋闈，他增長了不少經驗。知道自己落榜後，何洌沒在家多待，他這一落榜，見著他的人好像沒了別個話題，不是說他運道不好，就是說讓他繼續努力的話。何洌不愛聽這個，沒中就沒中唄，下回再考，又不是啥要命的事兒。這種話聽一回覺得寬心，聽多了就煩心。

他乾脆拿著自己默出的秋闈文章又去了姊姊那裡，請姊夫和羅大儒再幫他看一看。

江念與羅大儒看了都覺得還成，江念道：「發揮得不錯。」

羅大儒也說：「要是余巡撫今年秋闈前沒回來，由李學政判，你多半是榜上有名的。余巡撫既回來了，他更喜歡務實的文章。」一說著，又道：「其實這也就是臨秋闈前，講一講各考官的喜好，倘真是一等好的文章，就不必研究考官的喜好了。凡是好文章，不論哪個考官都會說好。這回落榜也並非壞事，你即便榜上有名，明年春闈也中不了，不若趁此機會多加磨練。把文章寫好了，倘是順利，待得三年後，春闈亦是可期。」

何冽自小看著他爹他姊夫科舉的，到了他這裡，對科舉更不陌生，也知羅大儒說的是正理，何冽道：「我就不回家了，還在姊夫這裡，也可就近請教先生。」

羅大儒這把年紀，就喜歡上進少年，見何冽知道努力，笑道：「如今還有三年，你也不急著秋闈，我教你一個法子，你白天就跟著阿念打下手，熟悉一下經濟人情，把念書的時間挪到晚上。既知經濟人情，心莫要散，如此，三年之後必有長進。」

何冽的好處在於，你說，他肯聽，而且不是嘴上聽，心裡也聽得進去。

何老娘見大孫子這般上進，私下同余嬤嬤道：「阿冽再考試的話，我必要添厚厚的香油錢不可。」她覺得上遭香油錢添的少，菩薩沒顯靈。

余嬤嬤道：「阿冽少爺這般上進，菩薩知道了也會保佑他的。」

何冽就跟著江念跑腿，何冽小時候時常街上跑著玩，他爹雖是做了官，他也沒覺得自家如何了不得。何冽沒什麼架子，容易同下頭人打成一片，當然，第一回收好處啥的，也是頗為不適，回家還同阿念哥說這事，何冽道：「我同莊典史他們出去，人人都有，我不拿，怕他們不自在。阿念哥，都是這樣嗎？」

江念道：「這是常例了。如我，如莊典史，都是有品階的官員，朝廷給發俸祿。下頭衙役胥吏，每個月的月銀是縣裡截流的銀子給發的，一人不過二兩銀子。這二兩銀子，要說養家糊口，要是家人少的，緊巴著也能過。倘是家人多的，糊口都難，故而，倘有什麼公差，他們去了，那頭兒必然會給些跑腿錢。這錢，莊典史拿大頭，底下人也能分些。既然你在，自然要算你一份，你只管收著就是。」

何冽點點頭，又問：「這算不算是民脂民膏啊？」

江念笑著敲他一記，與他說起家常過日子的事來，「你看我這裡，用度不算奢侈，就是平常過日子，丫鬟、婆子、廚娘、小廝、侍衛，加起來也有二十來人，每個月他們的月錢就得六十兩，再加上平日花銷，一年上千銀子打不住。我一年俸祿不過百十兩，要支撐家裡怎麼辦？甭想著魚肉百姓，那是沒水準的人幹的事。我與你說，官員都會有一筆截流銀子，沙河縣不大，也有上千兩之多，可這些銀子不全是我的，底下這些人，你得養得了他們，他們才能為你辦事。這養人又得拿捏住分寸，不能叫他們胃口大了，卻也不能叫他們餓著，這就是做上官的本事了。可你算一算，就這麼著，把截流的銀子都算上，過日子還是不夠。」

「那怎麼著啊？」

「還有田地和鋪子啊。子衿姊姊打理家中產業，出息的銀子比我一年得的都多，這就要說起家裡女人們來了。咱們男人在外當官，上面要應付上峰搞好關係，下面又得力所能及為百姓做些實事，自是不容易。家裡女人們也不是閒著的，我與子衿姊姊成親後，家事我都沒操過心，都是子衿姊姊打理的。她要與女眷交際，又要管鋪子田莊，還要照看孩子，多辛苦啊，所以說，男子漢大丈夫，得知道心疼媳婦，甭學那些不知好歹的，日子剛好過些就三個姨娘兩個妾的。這麼多姨娘小妾，得先把媳婦的心寒了，哪裡來的夫妻同心呢？」話鋒一轉，江念道：「也就是你快成親了，我才把這祕訣傳授給你。」

「爹早跟我說過了。」何洌懷疑地瞅著阿念哥，「你這不會是跟爹學的吧？」

江念道：「我是無師自通，天生體貼。」

何洌有些不信，當然，阿念哥同他姊的感情是很好的。

總之，姊夫與小舅子說了些私房話，何洌深覺長進不少。

臨過年前，江仁還要去一趟北靖關送軍糧。何洌惦記著姚節，同姊姊、姊夫說一聲，跟著江仁一塊去了。何子衿笑道：「既是要去，把給阿涵哥和江奶奶的年禮也帶去。」還有給姚節的。姚節家不在這裡，身邊就一個小廝，男人粗心，過年的東西，何子衿也給他備了一份。

因就要過年了，乾脆也把紀珍給送回家。

紀珍現在不穿小紅斗篷了，他現在改穿雪白的兔皮小褂，跟阿曦妹妹那兔皮小褂是同一個款式的。與阿曦妹妹分別時，兩人自又是一番難捨難分，大家都見怪不怪了。兩人三天前就開始說離別的話，一直說到臨走之際，大家聽得耳朵都長繭，兩人還沒說夠。

一路風雪難行，因是運軍糧的差使，一路上有驛站可當歇腳之地。還有，紀珍是紀大將軍的嫡長子，說是北昌府的第一衙內都不為過，他到了驛站，驛丞啥的，都恨不得把他供起來，江仁等人也沾光不少。

到了北靖關，江仁先將紀珍送回家，並奉上給江奶奶的年禮，方去交軍糧，然後住在何涵那裡。何涵因著父母過來同住，乾脆把隔壁的一套兩進宅子也買下來，住得頗是寬敞，何洌都說：「以後大郎和二郎娶媳婦也有地方了。」

何涵打趣：「可見阿洌喜事近了，話裡話外都是娶媳婦的事。」

何冽被打趣的多了，臉皮厚實了些，「是啊，就是阿涵哥怕是沒空去的。」

何涵笑道：「人不到，禮會到。」

何冽道：「那就等著阿涵哥的大禮啦。」

大家說笑一回，江仁和何冽把大毛衣裳脫了，圍著炭盆烤火，何涵道：「阿仁過來，我是料著的，他跟阿文每年都得走上幾遭，可這麼大風大雪的天，怎麼你也來了？」說著摸摸何冽身上的棉衣，確認厚實，這才放心了。

「這不是考完了嗎？我在阿念哥身邊幫忙，阿仁哥過來，我就跟著來了，我還沒來過阿涵哥這裡呢。再有就是看看阿節，他一個人在這裡，怪讓人不放心的。」何冽道。

何涵說到姚節就滿眼笑意，「阿節這小子真是的，去歲我還叫他來我這裡過年呢，今年他就不來了，跟幾個軍中兄弟一起過年。他宅子也置得近，只與我隔了一條街。」

何冽道：「阿涵哥，你年下正忙，嫂子大著肚子，阿節興許是有些不好意思。」

「他那臉皮，還不好意思呢？」姚節初來時，何涵有些擔心。姚節一看就是少爺胚子，何涵怕他是一時興起，吃不了苦，不想姚節還真就扎下根來，先時還立了戰功，升到總旗。

何涵笑道：「他們年下有差使還好，要沒差使，不知如何胡天海地著鬧騰呢。」

何念和王氏過來了，更添幾分熱鬧。

王氏如今尋到兒子，更兼兒子有出息，早把先前的事忘了，拉著何冽與江仁說起話來，還尤其問候了一回何老娘的身體，王氏笑道：「上回來得匆忙，我就一門心記掛著來你阿涵哥這裡呢，也沒去看看你祖母，嬸子她老人家身子可好？」

何洌道：「勞大娘記掛，祖母身子很好，早上都要吃一碗粥和兩個饅頭。」

王氏笑，「比我吃的還多呢。」

「是啊，能吃是福。」何洌道：「祖母也常說起大娘，直說是有空再過來看望大娘。」

當然，何老娘經常話裡話外的「問候」王氏，但原話肯定不是這樣的。

「好好好。」王氏還真有些怵何老娘，當初王氏裝瘋賣傻要退親，親事雖退，何老娘卻是在門外大擺龍門陣，罵王氏罵了足有一個月，直把王氏罵得搬了家。

那灰頭土臉的事就不提了，在這北靖關，王氏沒什麼熟人，與何家是正經族親，何子衿等人同何涵來往一向親密，王氏也想緩和一下關係。

何念問了些路上的事，風雪大，做長輩的就不放心。

沒多久，何涵的妻子李氏抱著二郎，跟著李老爺、李太太一起來了。因著江仁常來北靖關送軍糧，大家都是相熟的。李老爺和李太太、李氏等人是頭一回見何洌，何涵一說，李太太就笑道：「是姑奶奶的弟弟，這眉目生得可不大像。」

何子衿長眉杏眼更清俊，何洌則是濃眉大眼的相貌。說來，何洌的相貌頗符合這年代人們對男子的審美，如何洌科舉，也有一項是給相貌打分，何洌評的都是甲等相貌。

何涵道：「子衿妹妹生得像嬸子，阿洌長得像恭叔。」其實何洌眉眼較其父更硬朗些。

「雖生得不大像，卻是各有各的俊法。」李家人對何子衿印象很好，愛屋及烏，也很喜歡何洌，拉著何洌就問長問短說起話來。何洌縱不是江仁這般八面玲瓏的人物，人情來往上也是很說得過去的。待得第二日，何洌著人給姚節家遞了帖子，主要是問一問姚節什麼時候在家。不等何洌過去，當晚姚節就來何涵家裡見好友了。

姚節一來，何洌當真沒認出來，這滿臉鬍鬚，穿得像熊一樣的大漢，真的是他那特臭美特講究的好友嗎？姚節直接來了個熊抱，何洌聞到姚節身上的花露香，就知道沒差了。

姚節喜得不得了，捶了何洌肩頭一下，「我一回家聽說你來了，直接騎馬趕過來，正好省得開伙，在阿涵哥這裡蹭一頓。」說著又同江仁打招呼，見過何涵家眾人，方又道：「今天我們出關巡視，可是好運道，遇到了鹿群，還有些個雞兔獐麅，我都帶來了。鹿啥的，咱們男人吃。雞兔獐麅的，嫂子大娘嬸子妳們吃。」

江仁揶揄道：「阿節，你是童男子呢，還是少吃鹿肉為好。」

「我是雄赳赳的大丈夫，吃點鹿肉算什麼？」姚節用手肘輕輕一撞何洌，壞笑道：「鹿肉我吃不吃沒差，主要是給阿洌吃。阿洌你好事將近，還沒成親呢，如何就瘦了？」

大家紛紛笑了起來。

待得晚上，姚節一力邀請何洌去他家休息，說是讓何洌認認門戶，以後再來北靖關直接過去就成。晚上兩人更是同榻而眠，說起北靖關的事來。

何洌道：「知道你升官，我自是替你高興，可我又擔心你外出剿匪受傷。」

姚節道：「不瞞你說，第一次遇著流匪時，我還真有些膽小，只是生死關頭，誰也顧不得誰，我就拚著命幹了。這凡事都怕第一回，過了頭一遭，就下得去手了，後面反覺得這日子有滋有味，比在帝都聽曲子吃花酒強多了。」

何洌這次來，還給好友帶了一件護甲，何洌道：「這是我請家裡姊姊們幫你縫的，三層牛皮，用的是金線，結實得很，雖不比鐵打的甲衣，但這個穿著比鐵衣輕省。」

姚節又狠狠抱了一回好友，「何洌，待你生了閨女，我生了兒子，咱們做親家吧。」

何洌鄙視道：「你連媳婦都沒有，哪裡來的兒子？」又很敏銳地問好友：「你是不是看上誰家閨女了？」何洌想到阿念哥教導他的話，遂道：「不是我說，要是正經人家的閨女還罷，倘是那些煙花女子，不如算了吧，你又娶不了做正妻，倘為妾室，日後你說親時，人家聽說你家裡有妾室，親事就不好說。」

「可見是要成親的人啦，說起來頭頭是道的。」

「快說，你是不是有意中人了？」

姚節跟別人是不說的，何洌是他的至交，就坦言相告：「你說，江妹妹如何？」

何洌一時沒明白，「哪個江妹妹？」他怎麼不曉得好友有個姓江的妹妹。

「就是阿珍他姊，江妹妹。」

何洌險些一口氣沒上來，在被窩裡就給了姚節兩拳，「你是不是瘋啦？人家江姊姊不是今冬就要成親了嗎？」

姚節被何洌打得齜牙咧嘴，這一動彈，被子裡就進風，他忙拉好被子道：「成什麼親啊，張祭酒吃酒吃多了，自馬上跌下來摔斷了脖子，已是去了。」

何洌望著好友，一時說不出話。這……這江姊姊的命，也忒坎坷了吧？

姚節見何洌不說話了，乘勢道：「你與我相交這些年，難不成還不曉得我為人？要是江妹妹訂了親事，我就是憋死也不會說出來，不然就不是喜歡她，而是害了她。」

「說，你琢磨這事多久了？」何洌問道。

「也沒多久，自我來了北靖關，謀到了差使，有阿涵照應著我，凡事挺順利的。我也沒想到，時不時的，也不是時不時，反正換季的時候，江妹妹總會令人給我送些換季衣裳。我想著，江妹妹興許是看在子衿姊姊的面子上，可就是這樣，也得要是個心善的姑娘，才會想著我的。」姚節道：「我初時沒覺得如何，可夏天聽說她訂親了，我心裡就不大好過。我知道，現在說這個不道地，可張祭酒已是那啥了，江妹妹也沒成親，我也就跟你說說。」

姚節的話未嘗不在理，何洌這會兒也顧不得憐惜橫死的張祭酒了，卻還是道：「你有這個心，現在也斷不能提，就是露都不能露出一分半毫來。」

「我曉得，我只跟你說。」

何洌這才替好友打算起來，何洌道：「江姊姊定是要守一年的，你好生當差，待她一年孝滿，就同江夫人提親就是。」親事已定，沒過門死了丈夫，按禮法，江贏要守一年孝。

姚節以往挺自信的人，說到這事就有些猶豫，「我……我現在才是個總旗，大將軍給江妹妹定的親事，兩次都是五品銜的出眾人物。」

「我說這話不道地，可我是不信什麼命不命的。江姊姊是再好不過的姑娘。要是別人有大將軍做繼父，還不知怎麼得意，可江姊姊待咱們多和氣啊！」何洌對江贏的印象很好。

姚節忍不住道：「我就是喜歡江妹妹這樣大方的性子，跟子衿姊姊似的。」

何洌又敲他一記，「提我姊做什麼？」

「我就是打個比方，我拿子衿姊姊當我親姊姊的。」姚節道：「你接著說。」

「說什麼，難道你想不到？江姊姊兩次親事都沒成，那些沒見識的人未免多想，說她命硬什麼的。她這親事必得斟，你只要心誠，雖說你現在品階不高，到底出身好……」見好友臉有些黑，何冽道：「臭臉做什麼，又沒說你差。姚叔雖說有些糊塗，可說句實在話，該對你盡的心都盡了，只是你那繼母可恨，可她又做不得主，你要是能娶江姊姊，姚叔高興還來不及。就是大將軍和夫人考慮你這女婿人選，也會考慮你家境呀。」

姚節能千里迢迢離開帝都那錦繡繁華地，來北靖關謀前程，就不是個沒主意的人。見好友也支持他，姚節道：「那待明年冬天，我就同江妹妹說去。」

何冽道：「莫要如此不尊重！只有話本上的，才是兩人私相授受，正經人家結親，哪裡有這樣的？你縱是一派熱忱，也得先經了大將軍和夫人這裡，才好同江姊姊說的。你的作風正派，這樣才能叫長輩喜歡。」

姚節深深覺得，好友這馬上成親的人，果然就是有經驗，連忙繼續討教：「還有沒有別的事要注意？趕緊與我一道說說。」

「別的也沒有了，你好生當差，平日收拾得俐落些。看你這一臉鬍子，讓人看不清楚眉眼，你平日不是挺臭美的嗎？」

「你哪裡知道，北靖關的兵，十個八個都蓄鬍的，我這是好不容易留起的鬍子。臉要是太嫩，容易被人家小瞧。」

何冽給他出主意：「你平日留著還罷，要是去見將軍和夫人，務必洗漱齊整了，至少得把臉露出來。」做父母的，饒是小夥子心誠，人家也不能給閨女說一頭熊做丈夫啊！

兩人嘀嘀咕咕一晚上，除了敘友情，就是說姚節的終身大事了。

江仁送完軍糧，回程時卻遇上暴風雪，一行人在驛站裡歇了五六天，待雪停了方繼續往家趕。及至到家，都臘月二十了。

江老太太和江太太都在何老娘那裡說話，其實是在等消息。原本江仁說臘月初十就能回來，結果不要說初十，十五都到了，還不見人影，家裡能不著急嗎？

江老太太與江太太沒啥主意，心焦得很，何琪倒不是很擔心，大約是少時艱難的緣故，她一向很沉得住氣，見婆婆及太婆婆成天在家念叨，便勸兩位老人家來何老娘這裡說說話。江老太太兩人方醒悟過來，是啊，何洌也跟著去的，老親家肯定一樣擔心。她們只顧自己，怎麼就忘了老親家？這可是得去寬寬老親家的心。沒想到，一來縣衙，何老娘面色如常，看不出著急來。待江老太太委婉一提歸期之事，何老娘笑呵呵道：「這個啊，親家莫急，我前兩天也擔心來著，丫頭給卜了一卦，說是平安著呢。」

何老娘對自家丫頭片子的卦是極信的，其實不止何老娘信，何老娘一說，連江老太太和江太太也鬆了一口氣，江老太太笑道：「既是子衿這般說，再沒差的。」

江太太也說：「可不是嗎？我也是不靈光，沒想到請子衿卜一卜，光在家裡擔心了。」何子衿當年卜卦之靈驗，在碧水縣都有何小仙的雅號，十兩銀子卜一卦，還得排隊呢。這卦也不是天天卜，每月初一、十五才卜一卜。當時那卦火爆，真是一卦難求。

想到何子衿這本領，江太太就相當羨慕，想著她是沒閨女，她要有閨女，啥也不讓閨女幹，就叫閨女跟著子衿學占卜，一輩子的飯碗也就有了。

有何小仙的卦放這裡，老太太、太太們都安了心，年輕一輩就各忙各的去了。

何子衿的胭脂水粉鋪子推出新產品，賣得很是不錯。

何琪與蔣三妞的繡坊也有了個輪廓，人手招到不少，有的是拿了活計回家做的，有的是繡坊的學徒。何琪兩人還買了些八九歲的小姑娘，什麼都不讓幹，就叫她們在繡坊學繡活。

繡坊這生意，越是過年過節越是忙。

生意上的事情多，臨年還有重陽與大寶的學裡考試。提到孩子們上學的事，蔣三妞就頭疼，與何子衿道：「真是氣得我一晚沒睡好。重陽比大寶還大兩歲呢，當然，這人跟人也不一樣，有些人天生聰明，我也不是想重陽當神童，在班裡中不溜的我就高興，可妹妹不曉得，他這回竟考了個倒數第五。」

蔣三妞說著直捶桌子，「這要是別人，考個倒數，不必家裡說，自己心裡就過意不過，但是我家重陽啊，一點羞臊之心都沒有，臉大得不行，成天樂呵樂呵的。我問他如何考得這般差，他居然說學也學了，認為自己答得挺好，還說是邵先生沒眼光，沒看出他文章的好來。妳不曉得，他那憊懶勁兒，我拿雞毛撣子打他屁股好幾下，他都不哭的。妳姊夫還攔著，那小子趁勢就跑了。妳姊夫也真是的，就會嬌慣孩子，一點威嚴都沒有。」

何子衿道：「重陽那是心寬，難道考得不好就要哭哭啼啼，那樣的孩子才叫人心煩。」

「人家起碼有羞恥心啊！」蔣三妞多好強的人，小時候爹娘一死就能求著族人投靠到何家來，自小就知道做活養活自己。自己是好強的人，自然也會這樣要求兒女。

何子衿寬慰道：「重陽有重陽的好處，我聽說重陽武功就練得很不錯，身子骨也好，性子又寬厚，弟弟妹妹都喜歡他。他有這麼多好處，三姊姊怎麼就看不到？」
在蔣三妞心裡，這算啥好處，她兒子自小愛吃肉，身子骨能不好嗎？
蔣三妞道：「他就是讓我發愁，以後可要怎麼著呢？」
「兒孫自有兒孫福，眼下三姊姊愁什麼？重陽心性好，以後也差不了的。」
蔣三妞直嘆氣，「妳哪裡曉得我的難處，阿曄這會兒就能把千字文背下來了，一看就是讀書的胚子。再看看大寶，人家斯文不說，念書也好。大寶這回考了班裡第一，得了二十兩獎勵，跟阿念念書時似的。重陽是我跟妳姊夫的長子，我們自然希望他出息。」
蔣三妞這是掏心窩的話，又道：「妳說，是不是我跟妳姊夫太笨了，所以，孩子在念書上頭也不大成？」她愁得都懷疑起自己來，可見是真心煩惱。
「姊姊這是哪裡的話？要是妳跟姊夫笨，那世間就沒聰明人了。」何子衿道：「孩子與孩子，都是不一樣，各有所長。有擅長念書的，就有擅長武藝的，這個難道還能分出高低貴賤來？妳看帝都豪門，公門侯府，沒哪家是文官起家，都是武將賜爵。我看重陽性子疏闊，以後當武官也不錯。上回阿節升官，姊姊不還誇阿節有出息嗎？」
蔣三妞連忙道：「這當武將是要剿匪殺敵的，刀槍劍戟的，我如何捨得？」
何子衿覺得好笑，「我就這麼一說，姊姊現在想得也太遠了。重陽無非就是考得不好，看姊姊就愁成啥樣了。」
「簡直愁去我半條命。」蔣三妞說著也笑了，「這有了孩子，心就全在他們身上了。」
更讓蔣三妞鬱悶的是，她就對孩子動過這一回手，其實也沒打多重，打的又是屁股，重陽根本沒當回事。重陽他爹就整天用這個恐嚇孩子，孩子一不聽話，就說：「是不是想嘗你娘的雞毛撣子了？」把蔣三妞氣壞了，覺得丈夫就是會當老好人，惡人全讓她做。

蔣三妞念叨：「我可得生個閨女，要不生個閨女貼貼心，我就被你們父子氣死了。」

胡文笑道：「可別，妳是咱家的大寶貝，妳有個好歹，我也不活了。」

蔣三妞輕啐一口，「甭胡說八道！」大年下的，什麼死不死的。剛活出滋味來，哪怕兒子不太聽話，她也捨不得死，她還要看著兒子成親生子抱孫子呢。

有了何子衿勸解，蔣三妞寬心不少，但看著人家大寶拿了學裡獎勵的二十兩銀子，這可是第一名才有的獎勵，蔣三妞便是有座銀山，也十分羨慕這二十兩。

大寶是個細緻人，平日裡銀錢從不亂花，更不是重陽那散漫慣了的，他一向很有計劃。不過，這次得了學裡獎勵，重陽帶著一群小的要他請客，大寶也不一毛不拔，很大方地在一品齋請客，請重陽哥還有弟弟妹妹們吃好吃的。飯菜隨便點，花銷都算他的。

江仁和何冽回來的時候，正趕上孩子們不在家，都去一品齋點菜了。

江仁聽說兒子得了學裡獎勵，高興道：「這可真是祖墳冒青煙了。我那會兒念書都念不下去，大寶念書卻是不錯，這是沾媳婦的光了。」江仁自認為不是念書胚子，倒是岳家不招人喜歡的道學小舅子喜歡念書。外甥似舅，他兒子讀書這上頭，比小舅子還強些。

江老太太微笑頷首，「我也這般說。」

江太太很想強調自家基因的優良，連忙道：「你那會兒念書也不笨，就是不能沉下心來學習。要是認真學，再差不了的。」

江仁忍笑，對他娘說：「您這可真是孩子是自家的好。」又問媳婦：「大寶呢？怎麼二寶也不在家？」兒子考得好，他正好誇獎兒子一下。

何琪道：「大寶說明天要請客，孩子們先去一品齋選菜了，明兒一品齋再送過來。」

江仁聽得直樂，「難得見鐵公雞拔毛啊！」

何琪推丈夫一下，「淨胡說！大寶無非就是花錢有原則，並不摳門。」

江仁笑，「等大寶回來我得跟他說，這怎麼請客光請小的不請老的。」

何琪忍笑，「你這麼一說，大寶得要心疼銀子了。」

江仁又問重陽考得如何，何琪連忙道：「可別提這個，重陽沒考好，把三姊姊氣壞了，她還打了重陽一頓。」

「哪至於啊，不就是考試嗎？我小時候念書也不成。」江仁道：「我倒是喜歡重陽那個孩子，他性子好，說話也逗趣。」

「三姊姊沒使勁兒，就是打了幾下。」

「妳們女人家就是心窄，條條大道，哪條走不得，難不成都要當官？」

何琪道：「做父母的，誰不盼著孩子有出息？當不當官的，能有當官的本事，還是當官的好。不然就是做生意，也得有靠山呢。」

江仁嘆道：「不說做生意，當官也沒妳想的那般容易，一樣得有靠山。」

將這些事拋諸腦後，江仁就盤算著怎麼「打劫」兒子了。

大寶回家見他爹回來了，很是高興，先向他爹見禮，又問他爹路上如何耽擱了，甭提多有孝心了。只是，他爹一提讓他請客，大寶就有些傻眼。

何止是心疼銀子啊？遇著他爹這種不會過日子的，大寶簡直是肝疼了。

大寶強調：「就是我們小孩子瞎樂一樂，也不算是請客。」

比臉皮，大寶哪裡比得過他爹？

江仁搖頭晃腦道：「無妨，我們也就隨便瞎樂。你也不用重新點菜了，把那一品齋的上等席面叫幾桌就是。咱們家一桌，你子衿姑姑家一桌，你三姑姑家一桌就行了。」

大寶一聽多出三桌上等席面，心疼得直抽抽，臉也僵了，見著他爹的興頭勁兒也沒了。

大寶道：「我跟重陽哥他們是在咱家吃。這樣一算，子衿姑姑家也就剩子衿姑姑、江姑父和阿冽叔、何家曾祖母了。咱家就爹和娘、祖父祖母、曾祖父曾祖母六個人，三姑姑家就她和胡姑父，一席那些菜也吃不了多少，得多浪費啊！」

「沒事，吃不完，我們留著下頓吃。」江仁一句接一句，頂得兒子肺疼。

大寶不愧是班上第一名，腦子轉得就是快，看他爹這老厚的面皮，還不知算計，他不請客是不成了，大寶道：「不如把長輩們都請來咱家吃飯，這樣更熱鬧。」

這樣他頂多訂兩席，還能省下一席的錢。

江仁心裡要樂翻了，想想便道：「也成，你看著辦吧，反正明兒我得吃頓好的。」

大寶遂打發人去一品齋訂了兩桌上等席面，還親自去兩位姑姑家請人明兒去他家吃飯。

何子衿好奇問道：「怎麼連我們也要請啊？」

大寶不說是他爹逼他請的，努力擺出一副不是很心疼銀子的真摯臉來，道：「我想著不能光請重陽哥他們，也得請長輩們一塊樂樂。席面都訂好了，姑姑，妳跟姑父、曾祖母和阿洌叔，明兒可一定要過去啊！」

何子衿高興地應了，「成，明兒我就不張羅午飯了，都去你家吃。」

大寶又去請蔣三妞和胡文。

胡文笑咪咪地道：「要是你爹請我，我都不一定賞臉。大寶請客，那一定得去。」

大寶把人都請到了，就回家跟他娘說了，請他娘幫著安排宴賓客的屋子。

江仁道：「小小人兒，還挺講究的。」

大寶道：「要做，當然就得做好。」他銀子都花了，便不能讓銀子白花。

大寶請客這事，可是讓長輩們誇了又誇，都說大寶讀書好，人也懂事，得了銀子還想著請長輩們吃飯。因為受到諸多誇獎，大寶那心疼銀子的心方好受了些。

待到一品齋那裡結了帳，其實上等席面也就二兩銀子一席，大寶請了三席，花了統共不到五兩，主要是他們那一桌都是自己點的菜，孩子們吃的東西沒花多少錢。學裡獎勵還剩下十五兩，大寶很是高興，在自己的小帳簿添上一筆，又點了一遍銀匣子裡的銀兩，方細細把銀匣子鎖了起來。大寶想著，念書可真是一件再好不過的差使啊。這念書得的銀子，比他過年時得的壓歲錢也不少了。從此以後，大寶越發上進。

大寶請完客後，年也就到了。

年前大家都忙，如胡文、江仁除了鋪子裡的分紅事宜，也要宴請掌櫃，畢竟眾人辛苦一年了。再者，夥計們多是萬里迢迢自老家跟過來的，離家老遠，怎麼也不能虧待了大夥兒。

過年的年貨，以及過年的紅包，都要發下去，讓大家過個熱鬧年。就是學徒們，按理這年頭學徒都是沒工錢的，畢竟是行規，但學徒們過年也得了一份年貨與過年紅包。

蔣三妞與何琪也請了請繡坊的娘子管事，那些時常接活回家去做，還有在繡坊做工的，再有就是繡坊買下來的女孩們，雖不一而同，但各人也都有一份年貨和紅包，如女孩們，起碼過年能買一支花戴。

何子衿與段太太核對胭脂鋪子的帳，至於鋪子裡分紅的事，皆是段太太出面處理。何子衿主要是忙家裡的事、年下的採買，還有年後的戲酒預定之類。

再有就是，年前何洌帶著何老娘和興哥兒回北昌府過年，江念想著何洌到底年少，儘管何洌一直說人手夠了，江念仍是不放心，便派了兩個侍衛給他。

沈氏早盼得望眼欲穿了，見何洌等人歸來，便迎著往何老娘屋裡去，「我想著，老太太臘月初就回來了，阿洌他爹也念叨好幾回，老太太再不回來，就要去接老太太了。」

何老娘坐在熱呼呼的炕上，見屋裡打掃得乾淨，收拾得齊整，桌案上擺著新開的水仙與紅梅，心下就很是熨貼。何老娘接了兒媳婦奉上的花，笑道：「原是要早些回來，興哥兒這不眼瞅著要到上學的年紀了嗎？我說讓他明年就去上學，咱們丫頭說讓興哥兒去蒙學班考考，要是考得不賴，乾脆就別在蒙學班念，反正蒙學也學過了，就跟著大一撥的孩子學四書五經，正經念書，所以我們等興哥兒考完了，這才回來。」

沈氏忙問小兒子考得如何，何老娘一說這事就笑開了花，「要是跟同班的小學生一起算，那他考了第五名，能有五兩銀子的獎勵。不過，興哥兒是臨時加進去考的，就沒算在小學生裡面。雖沒獎勵，咱們也高興。我已經跟咱們丫頭定下來了，明年興哥兒就去學堂念書。」

沈氏很是喜悅，家裡也不差那五兩銀子，而且小兒子念書真的不錯。

沈氏摸摸小兒子的頭，「成，明年我把筆墨紙硯給興哥兒備起來。」

興哥兒道：「阿珍也跟我一起上學。」

沈氏道：「阿珍比你小一些，你們也一起考試不成？」

不待興哥兒說，何老娘就道：「阿珍那孩子當真靈慧，比興哥兒小一歲，考得比興哥兒還好些。他們一直是一起念書，一起去學堂的，也是做個伴。」

沈氏點頭，「很是。」又說：「阿珍那孩子，一看就靈秀。」

何老娘在屋裡坐了坐，就要去大孫子的新房看看。屋子已是騰了出來，因是新糊裱裝修的，很是不錯。何老娘點頭道：「東廂就是比西廂敞亮，這窗子是重新換過了？」

沈氏笑道：「當時糊屋子的時候，匠人就說這窗棱有些陳舊，不大配這屋子。我想著，新糊裱的屋子弄個舊窗，確實不大好看。匠人那裡正好有兩根上等紅木，何洌他爹去瞧了，木材不錯，就訂了兩根料子。不止何洌這裡換了新窗，老太太沒留意，她那屋裡的窗子也換了新的。是如今時興的新花樣，何洌這裡的是鴛鴦戲水的樣式，老太太那裡是喜雀登梅。」

何老娘聽著就歡喜，「的確是好兆頭，咱家的喜事就在明年了。阿洌這裡應當換，取個好兆頭。我那裡換什麼，白費銀子。」紅木可貴了哩！

沈氏笑道：「哪裡就白費銀子了，就是阿洌這屋不換，老太太屋裡也得換。」哄得何老娘喜笑顏開，何老娘道：「待阿洌娶了媳婦，妳就能歇一歇了。家裡的事就交給兒媳婦，妳跟我一樣，閒了也去咱們丫頭那裡住上幾日。」

沈氏笑，「我倒是想去，只是哪裡放心得下？俊哥兒每天上學，相公每天當差，就他們倆在，我便是去了子衿那裡，心裡也是牽掛。」

「有兒媳婦，把家裡這些事交給兒媳婦就是。」

沈氏笑道：「那也放心不下。」

何老娘覺得媳婦懂事，就因有媳婦在家裡，她才放心去孫女那裡呢。

何老娘心裡美美的，嘴裡還道：「妳就是這般愛操心的性子。」

「這不是像母親您嗎？」

何老娘笑呵呵道：「可別這麼說，妳哪裡像我來著，我可沒這麼掛心。」

陸之章　姑子發威治新婦

年節轉瞬即到，沙河縣這裡自有一番熱鬧，何子衿吃年酒就吃到正月十五，江念過年從來是無休的，對於縣裡的治安，江念相當警醒，然後……又抓了一撥人販子……

北昌府何家，因著何家與巡撫大人家結親做了親家，故而今年年下，何家收到的帖子特別多。何家低調慣了，以前怎麼著，現在還是怎麼著，並不因與巡撫家結親就驕橫起來。過了上元節，何老娘只是把小孫子興哥兒送去孫女那裡念書，自己沒去，而是留下來幫著兒媳婦準備大孫子何洌成親的各項事宜。

何洌送興哥兒去姊姊那裡，何子衿見著何洌時問：「你怎麼來了？家裡正忙的時候。」

何洌道：「現在還不忙，我提前半個月回去就成。」

何子衿想想自己當年成親的時候，也沒有提前三五個月就忙活。事實上，提前一個月張羅都是早的，弟弟也不必留在家裡等著成親。這麼想著，何子衿也就沒說什麼。

這一年春天，就是何洌成親的喜事了，何洌成親的喜服是託何琪做的。

這裡有個講究，新娘子的喜服自然是女方自己張羅，多是新娘子自己繡的。而新郎的衣裳，男方一般或是託繡坊或是在親戚裡尋個全福人幫忙做。全福人是指公婆爹娘俱全，夫妻恩愛，兒女雙全的人。何琪就兩個兒子，沒有閨女，不過，在兒女雙全這一條上，世人要求就放寬了，沒閨女可以，沒兒子是一定不成的。

這個全福人算下來，就是何琪了。何子衿勉強也算全福人，只是她公婆雖活著，卻是不知去往何方了。何況，公婆的情況特殊，所以最終還是託了何琪，何琪的針線也很好。

何洌來了，何琪正好把做好的喜服拿出來給何洌試。這一兩年，何洌個子長得頗快，還比何恭高半頭。高大秀挺，極是襯衣裳的。何冽喜服這一上身，大家都說俊。

胡文打趣：「也就比我當年略遜一二罷了。」

蔣三妞揭丈夫老底：「我就不說你當年那花裡胡哨的樣兒了。」

何冽也說：「阿文哥頭一回去我家裡，穿的那衣裳，簡直是五彩繽紛的。」

江仁想到這事也樂，「是。那會兒阿文哥提著禮上門，我還特意出去打聽了一回，結果一打聽才知道，闔縣就阿文哥穿得那樣花俏。」

胡文道：「年輕時就得鮮亮，要不，三妹妹如何會相中我？就因我會打扮。」

何冽道：「虧得重陽穿衣裳不像阿文哥。」

「你哪裡知道重陽的苦啊？」胡文笑，「上回重陽見著一塊孔雀藍織金線的料子，喜歡得不得了，想做件袍子，你三姊姊硬是不肯。」

蔣三妞道：「我再不能叫重陽亂穿衣的。」

幾個孩子裡，阿曄和阿曦、二寶和二郎不說，這幾個年歲小，衣裳的確鮮亮的居多。重陽年紀比弟妹們都大，現在穿衣裳還是偏愛鮮亮，遺傳了他爹的審美。就是，他娘不肯給他做鮮亮的，成天就是寶藍、竹青的，甭提多老氣了。當然，這是重陽對自己衣衫的評價。

因著何冽今年成親，孩子們都要去參加何冽哥或是何冽叔或是何冽舅的婚禮，於是，紛紛要求家裡給做新衣，蔣三妞與何琪都說：「小小年紀，也不知怎地這般臭美。」卻也都同意了給孩子們做新衣的事兒。

何冽是人逢喜事精神爽，每天都笑呵呵的，給阿念哥打下手分外起勁，讀起書來極是用心。羅大儒還說：「這眼瞅要成親了，就知道上進了。」

何洌在沙河縣只待了半個月，沈氏就打發人過來叫他回去，因為余家送嫁的人到了。送嫁的是余姑娘的哥哥余峻、弟弟余岫。大小舅子都來了，何洌自然得回家幫著招呼。

余峻及余岫都是讀書人，余岫比何洌小些，何洌上科秋闈失利，余峻則是榜上有名。故此，余家人並未談秋闈，何洌卻是沒多在意，還恭喜了大舅子一番。

余峻道：「我聽祖父說，你文章火候差不多了，下科必中的。」

何洌笑道：「中不中的，必是得用功攻讀了。今年不中還能說是第一次下場試水，再努力三年，再中不了就沒面子啦。」

余峻聽得一笑，覺得這個妹夫單純又實誠。

何洌帶著余家兄弟逛一圈北昌府，何家也設酒款待了一回兩位舅爺與過來送嫁的余峻之妻唐氏。何恭性子溫和，同小輩說話也沒什麼架子。至於何家，何家人口簡單，一眼望到底的人家。唐氏私下同丈夫道：「親家人少，幾位長輩也和氣，大妹妹嫁過來，肯定輕省。」

余峻點頭，「我看何洌也是實誠人，錯待不了妹妹。」

唐氏笑道：「說來，我娘家祖上就是蜀中人，與何親家算是同鄉。我有一次回娘家去祖母那裡請安，說起妹妹的親事來，小嬸子還知道何親家一家呢。」

余峻有些意外，「這倒是稀奇。」

唐家太岳丈位居內閣首輔，得今上看重，就是唐家，也是世族大家。而何家……親事已定，余峻當然不會說這親事不好，何家人口簡單，家風也不錯，只是，依著余家的家世，妹妹想尋一門更好的親事很容易。

唐氏笑，「我小叔你也曉得，天生愛交朋友，帝都城半個城的人人他都認識。小叔同何家妹夫的舅舅，就是那位開班授課，人稱『死要錢』的沈翰林相識。那位先時帝都城都有名的菊仙姑娘，先帝極愛她養的綠菊，就是何親家的嫡長女，何妹夫的大姊姊。這位何姑娘嫁的是先帝在位時最後一屆的探花郎江探花，這江探花又是沈翰林的義子，反正是相近的親戚。我小叔和小嬸子都說何家不錯，那位菊仙姑娘還同我小嬸子開了一間烤鴨鋪子，咱家不是還吃過嗎？就是那蜀中烤鴨。」

余峻點點頭，「原來如此，妳要是不說，我卻是不曉得。」

唐氏道：「我也是要來給妹妹送嫁，去看祖母時說起這話來。小嬸子跟祖母都見過何家大姑娘，說是極和氣的人，我這才知道了。要不，先前說菊仙姑娘，我是曉得的，也聽過沈翰林的名頭。要是聯繫一起，就不知道了，還是祖母同我說，我方恍然大悟。」

余峻笑，「帝都城裡的人，少有小叔不認識的。」

唐家小叔唐錦，要余峻說起來，真是個奇人。這是太岳丈唐相的老來子，據說少時極是愛玩，奈何運道夠好，自今上還做藩王時，唐小叔就跟在今上身邊。後來更有運道，拜了北嶺先生江北嶺的弟子，如今的吏部尚書李九江為師。唐小叔現在於朝中內務司任職，品階已是正四品，不算高官，架不住背景夠硬。就是家裡父祖說起唐小叔，都說是個有福分的人。

「可不是嗎？」唐氏道：「要是想要打聽個人，問小叔再沒錯的。」

一想到何家能跟首輔家搭上關係，當然，關係深淺不論，但唐小叔娶妻鐵氏，鐵家更是不得了，前左都御史之家，亦是帝都有名望的人家。鐵氏也是極有見識人，如何家風評，一人說好不算好，但鐵氏與唐老太太這樣有見識的都說何家不錯，可見這門親事當真不錯。

余峻與唐氏都很盡心，畢竟是大妹妹成親的大事，何家又是知禮人家。

這年頭成親，嫁妝等大件都要提前抬過來，何家預備的是東廂。北昌府天氣冷，屋子都不大，余家是長女成親，打的家具頗是不少。屋裡放不大開，唐氏笑道：「家裡給大妹妹攢了十幾年，揀幾件大妹妹喜歡的收拾出來，其他的親家找幾間屋子先存放也是一樣的。什麼時候想使，再拿出來就是。」

何家自是稱好，讓翠兒瞧著安放兒媳婦的家具，請了唐氏到何老娘屋裡說話。何老娘因著快娶孫媳婦了，左一身右一身的都是新衣裳，料子都是上等的。何老娘慣愛吹牛的，就常說自家孩子，自何冽秋闈時運不濟一直說到興哥兒念書的事，何老娘道：「我們家祖上就是念書的，到了孩子們還是念書。也不奢望他們有什麼大出息，考個進士就罷了。」

沈氏得給婆婆圓場，道：「讀書好壞在各人天分，不過，書可明志明理，多念些書總是差不了的。」又說：「阿冽這一成親，我算是卸下肩上的擔子，以後也有了幫手。」

何老娘插話道：「我也跟我這媳婦說呢。娶了兒媳婦，就得叫兒媳婦管家裡的事。」

唐氏有些不大適應何老娘的自吹自擂，但這話還是愛聽的，笑道：「阿幸還需要親家老太太和太太指點。」這年頭少有剛進門的媳婦就掌家的。俗話說，二十年媳婦熬成婆，為什麼用一個熬字？媳婦進門，多有婆家要讓立規矩，而今何家人說進門就讓余幸管家，可見對余幸的看中，故此，唐氏很為小姑子高興。

唐氏回了巡撫府，同余幸道：「親家真是和氣人，妹妹嫁過去，定能過得好日子。」

余幸笑笑，看不出開心，也不是不開心。

唐氏都有些不了解小姑的心思了，她將安置家具的事同小姑說了說，道：「讓王嬤嬤幫著安放的，妹妹嫁妝多，我看這北昌府多是睡炕的，姑爺屋裡盤了一條炕。妹妹的床就安置在另一間。餘下的家具都讓親家收拾了空屋放起來，妹妹到時想用什麼再拿。」又說：「屋子收拾得極好，都是新糊裱過的，窗子也是嶄新的。親家老太太、太太都是愛說愛笑的性子，還說妹妹過去就讓妹妹當家。」

余幸這才又露出一絲笑意來，「有勞嫂子了。」

「哪裡的話，能替妹妹張羅，我高興還來不及。」唐氏又說了些何冽的事，「姑爺的文章很不錯，妳大哥看了說下屆八九不離十的。妹妹見過妹夫沒？濃眉大眼，十分俊俏呢。」

余幸搖頭，「還沒見著呢。」

「到成親時就見著了。」

胡文與江仁提前半個月就到了北昌府幫著忙活，江念不能擅離任地來不了，何子衿和蔣三妞先跟著過來。何老娘畢竟上了年紀，沈氏一個人既要待客，又要忙家事，哪裡顧得來。

何子衿與蔣三妞都是伶俐人，唐氏也不是個笨的，幾人年歲差不多，說起話來很投機。何子衿及蔣三妞還都送了東西給唐氏，何子衿笑道：「先時聽說親家大奶奶來了，我就想來，家裡一時又離不得。這是我做的紅參護膚膏，北昌府天兒冷些，我剛來的時候也不適應，這是照著古方做出來的，用這個挺好。」

唐氏道：「來了就覺得又冷又乾，臉上不是乾就是油，要知道妳會送這個，我就不打發丫鬟去買了。」唐氏到北昌府，吃食還算能適應，就是皮膚不成了。小姑子見狀，讓人給她送護膚膏，她用著很是不錯。

蔣三妞則送了唐氏兩副繡件。

唐氏出身大族，不見得就稀罕這些東西，但人家能想著她就是人家知禮，看重她這親家大奶奶。唐氏與何子衿、蔣三妞來往下來，覺得對方縱是小戶出身，也是謙遜的爽利人，可見這門親事，祖父母是用心選的。

何余兩家結親，自是熱鬧得很，如沈素、何姑媽，都遠道打發人過來送賀禮，沈玄還寫了封長信給何洌，說了自己多麼想來參加何洌弟弟的婚禮，然後因著何洌弟弟比他早考中秀才，結果他爹逼迫他念書不讓他出門，他在家如何如何痛苦……

阿玄這信中的內容，讓看的人笑得前仰後合。

何老娘都說：「阿素真是的，就讓阿玄來唄，他這也忒嚴厲了。」

沈氏笑道：「阿玄今年要下場考秀才，他與宋家的親事早定了，日子在今年九月。」

何老娘點頭，「別忘了預備一份厚厚的賀禮給阿玄。」

馮姑丈家的賀禮同樣是著管事送來的，知道馮翼今年春闈，何老娘還問中了沒。管事道：「這會兒大爺應該在考了。」

何老娘回憶了一下兒子孫女婿考春闈的時間，點點頭，「可不是？這會兒怕正考著。」然後又說：「明兒我先去廟裡幫阿翼在文殊菩薩前燒燒香。」

何子衿知道她娘沒空，便道：「我與祖母一起去。」

何老娘點頭，與馮家管事道：「待阿翼考中了，可得給我來個信兒。」

何子衿笑，「祖母別急，待春闈榜單出來，定會隨著邸報一併送來州府。我爹在學政司，他們那裡肯定有一份，屆時阿翼哥在不在榜單上就知道了。」

餘者如何涵身為紀將軍親衛長，實在是離不得，其妻李氏又有了身孕，而何念與王氏不受何老娘待見，好在姚節職司沒有何涵要緊，方便請假，他就將兩家的賀禮都帶了來。

姚節一來，何家大半人都沒將他認出來，以為是遇著鬍子進城，何老娘都說：「哎喲，阿節你還沒娶媳婦，可得好好拾掇拾掇啊！」

這麼一把大鬍子，瞅著像三十，誰家相女婿相得上呢？

重陽倒是很欣賞姚節的大鬍子，一邊摸著自己沒毛的下巴，一邊兩眼放光道：「阿節叔，你這鬍子真俊，威武極了！」

不想能遇著知音，姚節很滿意地摸一把鬍子，「老爺們兒就得虎背熊腰連鬢鬍啊！」話雖這麼說，為了展示自己的俊臉，姚節還是很細緻地收拾了一番，刮完鬍子就露出清俊的臉來。甭看姚節先時鬍子滿臉跟三十差不多，待剃了鬚，照樣是張十八九的臉，肉皮也細緻，不似在北靖關日日風吹日曬之人。稍一打扮，混充世家子都沒問題。

阿曦的審美與重陽不同，很認真地點評：「阿節叔現在好看。」

姚節哈哈大笑，舉起阿曦拋了兩下。阿曦小時候就很喜歡這種遊戲，現在依舊喜歡。奈何小時候不過十來斤，拋著玩沒壓力，現在她都三歲了，還很圓潤，誰拋得動啊？

也就是姚節，在北靖關幹的是打仗的差使，力氣見長，抛起來很輕鬆，把阿曦頭上的小花釵小鈴鐺都抛地上去了。阿曦還咯咯笑呢，紀珍忙把她的小花釵撿起來，板著小臉念叨姚節道：「阿節哥，你穩重一點啦！」

姚節還真被他這嚴肅的模樣說得穩重了，把阿曦放到地上。紀珍幫阿曦順一順小辮子，插上小花釵，就拉著阿曦走，一邊走一邊還說：「阿節哥不穩重，等我再長大些，我就可以抛妹妹了，妹妹妳別急啊！」

阿曦道：「那珍舅舅你得多吃飯，你比我還瘦呢。」

「我這是勁瘦，知道不？」

「什麼叫勁瘦？」

「就是又瘦又有勁兒，有力氣的瘦。」

阿曦似懂非懂，懷疑地瞄了珍舅舅一眼。

紀珍見自己被妹妹懷疑，立刻道：「我抱妹妹很輕鬆的，妹妹抱我就抱不動了吧？」這倒是，於是阿曦就信了珍舅舅的論調，兩人高高興興地手牽手走掉了。

姚節：什麼勁瘦？這小子忒會編了！就你小手臂小腿的，你哪裡來的勁瘦？不過，這小子可是江妹妹的弟弟啊，任何時候同小舅子搞好關係都是沒差的。姚節幾步追上去，為自己分辯道：「阿珍啊，哥哥是見到你們高興，其實哥哥很穩重的。」

紀珍「哦」了一聲，點點頭，「那以後你可不能隨便抛曦妹妹啦，曦妹妹剛梳好的小辮子都被你給抛亂了。」

原來拋一拋曦妹妹就是不穩重啊，姚節道：「阿珍，你不是說等你大了你就拋阿曦玩嗎？那你是不是也不穩重啊？」

紀珍用大眼睛白姚節一眼，「可是，我會注意妹妹頭上有沒有戴花釵，身上有沒有戴小玉佩，不會讓妹妹身上的東西掉一地，這就是穩重和不穩重的分別了。」

姚節受到了出生以來最大的打擊，他同何洌道：「小舅子這麼有辯才，太難討好啦！」

何洌說他：「什麼小舅子，嘴上有個把門的。阿珍精怪得很，被他聽到，他一準兒回去跟他爹娘告狀去。」

姚節一肚子鬱悶，這還不能說啦？

姚節過來是參加婚禮並幫忙的，他在帝都念過官學，比何洌年長，與年紀小些的余岫不熟，但同余峻是認識的，余峻見著姚節還說：「倒不知你來了北昌府。」

姚節笑，「在帝都不好混啊，我又不似阿余哥會念書，就出來尋個前程。」又道：「真是巧，阿洌竟與阿余哥做了郎舅親，實在是緣分啊！」

妹妹大婚之期馬上就要到了，余峻心情很不錯，還問了姚節現下做何職司，主要是祖父是北昌府巡撫，他與姚節相識，雖不是太熟絡，可倘能照應，余家並非小器之人。

得知姚節在北靖關做了百戶，余峻點頭，「阿節好本領。」

何洌問道：「年前不還是總旗嗎？」

姚節笑，「我們運道好，開春出去剿了幾百流匪，論功升了百戶。」

何洌捶姚節肩頭一記，笑道：「怎麼不早與我說？咱們得賀上一賀。」

姚節挑眉，「我這不是怕我這新百戶搶了你這準新郎官的風頭嗎？」

何洌想要設酒賀姚節，姚節道：「你家現在迎來送往都是親戚朋友，待你成了親，同弟妹一起請我就成。」

何洌笑應了，還同余峻道：「到時大哥和岫弟也一起過來。」

余峻笑，「不請我都要來的。」又讚姚節有出息，何洌也趁勢同大舅子讚了好友一回。

余峻出身官宦之家，雖不大懂武將的門道，但姚節憑軍功升遷，他也是極佩服的。又看姚節身量相貌都是上品，在官學時姚節讀書是不咋地，可頗有人緣。姚家在帝都不算大戶，卻是殷實人家。余峻便尋思著家中有沒有適合的姊妹或族中年齡相仿的族妹，覺得姚節能憑自己的本領立下軍功，是不錯的結親人選。

江念是最後到的，因著岳家是與余巡撫家結親，而余巡撫又是個特別在意官聲的人，江念沒好太早到。江念是先帝在位時最後一屆探花，於功名榜很有些地位，余峻年紀較江念還大一些，如今只是舉人，故而對江念很是客氣。

江念、姚節、胡文和江仁被何洌邀請為迎親使，一行人騎著高頭大馬去迎親，四個都是齊整的相貌，何洌一身大紅錦袍帶著迎親隊吹吹打打到了岳家。余巡撫及余太太見何洌眉目俊秀，英姿勃勃，對何洌相當滿意。何洌只是被為難著作了幾首詩，便順利接到了新娘子。

甭看成親正日子只得一日，但何家自半個月前就開始忙活了。看著何洌和余幸拜堂行過大禮，就是何子衿都覺得，雖然勞累，卻是值得。

何洌成親第二天，新娘子敬茶認過親，何子衿和江念這幫人就要回沙河縣去了，畢竟大家都忙，做官的要當差，做生意的得管著鋪子，便是江老爺和江太爺這兩位老爺子，江仁見父祖沒事幹，就讓父祖幫著管他新置的莊田。至於孩子們，也得回去上課念書了。

何老娘暫時不打算再去沙河縣，她想著，新媳婦剛進門，她身為太婆婆，新媳婦過日子啥的，得給新媳婦一些指導才好。

不料還沒兩個月，何老娘五月時就又去了沙河縣，她是跟著胡文去北靖關送軍糧的回程車隊一起來的，何子衿驚訝地問道：「祖母不是說不過來嗎？」

何老娘道：「我這不是惦記孩子們嗎？」當面啥都沒說，晚上讓丫頭跟她一個屋睡，這才嘆道：「過日子哪有這樣過的？丫頭，妳不曉得，真是讓人憋得慌啊！」

其實何老娘一來，何子衿就瞧出來了。老太太每次來都是神采飛揚的，這回跟霜打的老茄子似的，一看就是有事。何子衿問：「怎麼了？」說著遞了盞蜜水給老太太。

何老娘端著蜜水喝了半盞，實在沒喝蜜水的心，便開始娓娓道來。

「我實在是看不下去了，這個孫媳婦自進了咱家的門，就沒一樣合心的。周婆子做了一輩子的飯，在咱們縣都是有名的好廚藝，就是在北昌府，咱家宴請別人家的官太太，人家都說周婆子手藝好。上回請親家舅奶奶吃飯，周婆子燒的那野雞菌子湯，舅奶奶都說鮮，她就總說不對口，吃啥都不對口。好在她陪嫁裡有廚娘，那就讓她陪嫁的廚娘做唄，愛吃什麼做什麼。我知道她是大戶人家的姑娘，喜歡講究，可是，妳是不曉得她吃的那飯食，妳說她愛吃素吧，素菜裡就沒有不放高湯的。用肘子雞熬那麼一大鍋高湯，就煮兩根小青菜吃。吃魚嫌北昌府的都是河魚，說有一股土腥味。那大魚咱家都是買活的，買回來還得在缸裡放好幾天，就是去土腥味。她吃魚還只吃魚臉下面那一點點肉，我在家裡光吃剩菜了。她吊了高湯，我就吃吊高湯的雞啊肘子啥的。她吃了魚臉下頭肉，我就吃魚肚子上的肉，香又沒刺。更甭提她叫廚娘煮的那湯，什麼海參花膠干貝熬三天三夜，卻只熬出那麼一碗來。海裡的東西難道就不腥了，這她就不嫌腥？阿冽愛吃紅燜羊肉，每次吃過羊肉都得刷三回牙，不然就能熏著她。我是看不了這個，我乾脆過來跟妳過算了，這要是在家，得憋死我。」

何子衿聽得也是無語，勸道：「這也是各家跟各家的習慣不一樣，大不了分房吃飯唄。您和我娘、我爹帶著俊哥兒吃，叫阿冽跟阿幸一起吃不就行了？把鍋灶也分了，再給阿幸收拾一間小廚房，她愛吃什麼就做什麼。」

「妳以為沒分啊？」何老娘氣道：「妳娘看我心氣不順，早就把廚房給分了。」

「那您老也不至於生氣啊？」

「要是為一口吃的，我也能忍，妳哪裡知道，現在妳娘又張羅著買宅子呢，她把隔壁的宅子買下來了，趁著天氣暖收拾出來，讓阿冽他們住那宅子去。反正她帶的丫鬟婆子也多，家裡也住不下。」何老娘抱怨道：「妳娘也是愁得很，看著堵心，才把隔壁買下來，不然咱家哪裡就住不開了？咱家是大三進的院子，加起來二十五間屋子，就這麼幾口人，哪裡就住不開了？實在是過不到一處去。咱也不好說人家，總不能新媳婦進門連飯都不叫人家吃口合心的吧？真不曉得她是不是看不上咱家，初時連米飯都說軟了硬了不香了，我說這是貢給皇帝老爺吃的米，要是這米再不好，就不知道什麼樣的米好了，她這才不挑了。」

「她真是把我氣得不行，哪有這樣的？咱家就不是大戶，吃食上也沒委屈過。咱也不曉得，到底啥才是個講究的吃法。春天頂嫩的香椿芽，不是拌著吃，就是炒雞蛋、炸香椿魚，拌著吃吧，她嫌寡淡，炒雞蛋又嫌油大，炸香椿魚就更油大了。用野雞取丁炸出雞油來，她非要用雞油來炒，難道雞油就不是油了，就不油大了？妳娘也是受不了了，這才買了宅子叫他們搬出去。中間牆上開個月亮門，也不算分家。」

「還有熏屋子那香，咱家熏屋子都是用花草，大戶人家講究，用的叫什麼龍涎香，一兩金子一兩香，我都不曉得她這一兩香能熏幾天。」何老娘直搖頭，「她自己的嫁妝，想怎麼花就怎麼花。我知道大戶人家有很多熏香，這也是她的講究，不然怎麼叫千金小姐呢？」

何子衿勸道：「這過日子，各人有各人的過法，只要他們小倆口高興就行了。祖母，您這裡有我娘呢，我娘都跟您一樣吧？」

「妳娘也痛快不起來，我還能到妳這裡躲個清靜，眼不見心不煩，妳娘哪裡離得開？她開始還想著，娶了兒媳婦就讓她管家，可這怎麼能管到一處去？如今她一道菜用的銀子就夠咱家先時吃一個月的。還是分開來吧，分開來，他們自己一個院，她要怎麼過就怎麼過。咱家還有俊哥兒、興哥兒，以後娶媳婦，置房舍，家裡還得置田地，花錢的地方多著呢。」何老娘嘆道：「我是曉得了，以後給俊哥兒、興哥兒說親，再不能說這種千金小姐。寫個字，買個紙，都要印了花的，跟咱家不是一路人。」

何子衿道：「阿幸也有阿幸的好處，起碼不小氣吧。」

「不小氣。」何老娘道：「吃要吃最好的，穿要穿最好的，小氣人也捨不得。」

何子衿沉默半晌，道：「人家不是到咱家才這樣，祖母，人家在娘家時就這樣。」

何老娘道：「以前去余巡撫家，沒覺得親家太太這樣啊？」

別說何老娘沒覺出來，就是何子衿也沒覺出來，何子衿只得道：「您看朝雲師傅吧，朝雲師傅就是這般，樣樣都講究。」

何老娘道：「咱家哪裡能同朝雲道長比？」

「可阿幸做姑娘時就是如此的。大戶人家有大戶人家的講究，咱們覺得她奢侈，其實人家自小就這樣，不能挑人家這個理。」何子衿道：「再說，這剛成親，彼此間也得適應。還是那句話，他們小夫妻的日子過得順當就成。阿幸帶來的下人多，再買處宅子也好，他們小夫妻以後自己開伙，自己院子的事自己管著，隨他們的心意。只要他們順當，咱們就高興。過個一兩年給祖母添個曾孫，還有什麼可挑剔的？」

何子衿勸何老娘的話，何老娘還是聽得進去的，何老娘嘆道：「自來說親講究門當戶對，這老話再錯不了的。當時余巡撫家透出結親的意思，咱家是想都沒想到，光顧著高興。唉，這阿幸啊，也有她的好處，反正都是孫媳婦了，我也不去挑她，就是看不過去，我忍著，也就是過來跟妳念叨念叨，心裡痛快一下。」

「可不就這個理嗎？」何子衿笑，「祖母莫煩惱了，跟您說個事，你一準兒高興。」

「啥事？」

「我娘那醬菜鋪子很火爆，辣白菜都不夠賣，我娘今年肯定能賺一筆。」

何老娘道：「那個辣白菜，初時不是沒人要嗎？」

「那是大家沒吃過，現在買的人可多了，可惜現在沒白菜了，不然再給醃上一批，一定很好賣。」何子衿道：「您看，新媳婦一進門，我娘這生意都做得順，可見旺家。」

何老娘經孫女開導後，也想通了一些，嘴上卻是不饒人，道：「只盼著她別敗家就行了。不是我說，她那嫁妝是厚實，到底是有數的。陪嫁多少，婆家不花她一個銅板，可她就這麼花，不想想以後嗎？」

「您怎麼知道人家沒想？」

何老娘道：「我怎麼知道？我一看就知道。有心計的人什麼樣，沒心計的又是什麼樣？就是大戶也得有個來錢的地方，她那嫁妝現銀就幾千兩銀子，過日子哪有不算計的？就是皇帝老爺也得算計。她有錢隨她自己花去，就看她這一注嫁妝花完了怎麼著。一樣的羊肉，周婆子買的比她便宜一半，妳娘好意私下與她說，她說什麼總得叫下人落幾個。真是個傻蛋，還要怎麼得好處？妳不管著些，今兒貴一倍，明兒就貴兩倍了。明擺著的冤大頭，還瞎講究？想叫下人多得錢，月錢漲上去也一樣。有粉不抹臉上，反叫下人偷偷摸摸得銀子，誰知道妳的好？說不定下人背後還會說她不通俗務。再者，沒聽說這樣虛報帳目到這步田地，還管都不管的，忠心不是這樣養出來的。走著瞧吧，她早晚有虧吃。」

「吃一塹才長一智呢。」何子衿聽這些事也有些不痛快，倒不是嫌余幸與何家的生活不協調。余幸出身大族，且新媳婦嫁進婆家多要磨合，只是……她可算是明白余家怎麼把嫡長孫女低嫁了，就這余幸，不是個聰明的。婆婆好心提點妳，妳聽都不聽，以後誰還跟妳說？真是白長個聰明面皮。也就是何家人厚道，再加上余幸是低嫁，何家算高娶，樣樣都依著她，不然就她這般，到大戶人家要怎麼過日子。還是說，大戶人家都是像余幸這樣過的？

何老娘過來沙河縣很快就痛快了，這裡非但熱鬧，孩子們也多，重要的是，何老娘完全是如魚得水啊，白天還能跟江太太和江老太太一起說說話，或者莊太太過來奉承，嘗一嘗莊太太的烙餅煎小魚。

聽說莊太太長子說親，何老娘還備了兩塊料子算是自己的賀禮。何老娘都覺得，自己興許就是個窮命，大概一輩子都跟大戶人家打不了交道。

何老娘來沙河縣沒多久，何洌也來了，他過來繼續同羅大儒做學問，然後在阿念哥這裡打打下手。何子衿見著何洌就說：「怎麼就你一個人來了？」

何洌有些不解他姊的意思，「哪裡是我一個，忠哥兒與我一塊來的。」

忠哥兒撲哧一笑就樂了，何洌道：「笑什麼？」

何子衿也覺好笑，問：「我是說，你剛成親，怎麼自己過來，沒帶阿幸來？」

何洌道：「她瞧著收拾宅子呢，我就自己來了。」

何子衿真是無話可說了，「宅子叫咱娘看著收拾也成啊！」

「咱娘也不知道她要什麼樣的啊！」何洌道：「這會兒還拆屋子蓋花園呢，且修不好，我也不能總在家裡耗這事，就先過來了。」

何子衿一聽拆屋子蓋花園子，就知道是大工程。她根本沒細問，倒是何老娘問了。

何洌覺得這事沒有瞞著的必要，他道：「原我說把屋子打掃一下就成了，她非要再收拾。我以為只是糊一糊屋子，不想是重畫了圖樣，要蓋花園。隨她吧，淨瞎講究。」

何老娘當著孫媳婦是很能忍的，當著孫子就直說了：「蓋花園子得多少錢啊？」

何洌很不好意思，漲紅了臉。成親前阿念哥跟他說過一些經濟俗務，他現在都不能賺錢呢，何況他的新婚生活也是不大痛快，要不，也不能剛成親三個月就來沙河縣繼續念書了。

何子衿見弟弟面上過不去，忙岔開話題道：「銀子不就是用來花的嗎？再說，這是阿幸以後要住的，自然是合她心意才好。」

何老娘心疼孫子，不好叫孫子難堪，就不說什麼了。

何洌私下才同他姊說了家裡的事，他道：「在家住挺好的，娘就買了隔壁的宅子，叫我們搬過去。姊，我都不知道該怎麼說了。」何洌是長子，心中自有長子的責任在。就是尋常人家分家，也是把弟弟們分出去，父母都是跟著長子過。

何子衿寬慰弟弟：「各人脾性不一樣，做婆婆的，沒有跟閨女過一輩子的，反是要跟兒媳婦過一輩子。要是不喜歡，就不會再置宅子了。這是咱家先時沒想到，阿幸帶的下人不少，這一大家子，主子下人加起來三四十口子，房舍才二十五間，的確是擠了些。如今這買一處宅子，兩家也是通著的，算不得分家。再說，沒有分家把長子分出去的理。阿幸呢，別說人家愛花錢，人家用的是自己的嫁妝，愛怎麼用怎麼用，她在娘家就這般過的，難不成到婆家叫她受苦？有事情你們商量著來。你不要太把心思放內宅上，拆房子蓋房子的，這些事暫且不必理，先把書念好了，有了出息，以後什麼房子都有。」

何洌很是為難，「姊，妳不曉得，娘把隔壁宅子買下來，還把房契給了我們，說這宅子以後也就是我們的，唉……」說著又嘆了口氣。

何子衿道：「你現在成親如此，以後俊哥兒和興哥兒成親也是如此，不會不一樣的。」

雖是這麼說，她心裡卻是明白她娘的打算了。北昌府屋舍便宜，一座三進宅院也就三百兩，三百兩對於現在的何家而言不算是大數目。依著余幸的脾氣，她多半也想搬出去過自己的小日子，可有一樣，依著余幸的眼光，尋常三進院子怕是不入她的眼。倘若房契在她娘手裡，兒媳婦要裝修房舍，房舍是婆婆的，這就是給婆家裝修，妳婆家要不要出錢？憑余幸的審美，裝修房舍的錢比買房舍的錢可能更多。她娘肯定得把房舍送給余幸，如此成親不久就給了兒子媳婦置一套三進宅子的名聲好聽，還是叫兒媳婦出銀子給婆家裝修宅子的名聲好聽？

她娘這般精明的人，自不會在名聲上落了下乘。

何冽道：「娘也與我這般說，說我有的，以後俊哥兒和興哥兒也有。我就是覺得，犯不著在北昌府置這麼些宅子，以後咱爹調任，這宅子一樣要賣出去的。」

何子衿笑道：「賣不賣出去，就是你們的事了。就是俊哥兒和興哥兒，在哪兒成親就在哪兒置個小宅子，也是叫小夫妻親近的意思。屆時離任，處理房舍什麼的，這銀子還是你們收著，也是補貼你們了。」

何冽道：「我一定得用心念書，到時好生孝敬咱爹咱娘。」

何子衿道：「成親了，事情就多。我雖沒婆婆，阿念也就沒應對過婆媳關係。我教你一個祕訣，當著媳婦的面說媳婦好，當著娘的面說娘好，這樣就對了。」

何冽笑了，「這不是兩面派嗎？」

「夾在婆媳中間的男人，就得兩面派。」何子衿語重心長道：「人的情分都是處出來的，你多記掛著阿幸些，阿幸自然也體諒你。」

何洌點頭道：「我來的時候，衣裳東西都是她收拾的。」

何子衿笑，「那就好。」

何洌過來沒多久，就到了交糧稅的日子，何子衿沒帶龍鳳胎，自己同江念去了北昌府。江念自去府衙辦理交割夏糧的手續，何子衿則直接坐車回了娘家。沈氏見著閨女很是高興，問閨女累不累，渴不渴，餓不餓，這才說起私房話來。

沈氏先問婆婆，何子衿笑道：「祖母挺好的，每天樂呵樂呵的。」

「讓老太太到妳那裡住吧。」沈氏說來也發愁。

何子衿沒見著弟妹，便問一句：「阿幸沒在家？」

「妳弟弟去了縣裡念書，隔壁又在修花園子，她就回親家那裡住了。」

何子衿都不曉得說什麼好了，隔壁修花園也不影響在婆家住啊！

何子衿道：「也好，修房舍總有些動靜，看她是個喜靜的。再者，親家老太太上了年紀，就這麼一個孫女在身邊，也是想她呢。」

「是啊！」沈氏笑著摸摸閨女的髮角，問道：「老太太很不痛快吧？」

「我勸過祖母了，這新媳婦初來婆家，家裡多了個人，性情上、習慣上都得磨合著些才好。阿幸也不是故意這樣，她在娘家時就這樣，何況，她用的是自己的銀子，只要她高興就好了。」何子衿道：「咱家也仁至義盡了。」

「不這樣也沒法子，實在是過不到一塊兒去。」沈氏做婆婆的可不是何子衿做大姑子這樣的想法，她道：「過日子哪有處處依著一個人的道理，都是妳遷就我些，我遷就妳。以前她看著說話挺伶俐的，真是……小事機靈，大事糊塗。原我也心裡不大痛快，可瞧著阿洌新婚燕爾的，有些話就不能說，索性叫他們出去住吧。就這宅子，還要大修，我乾脆把房契送給她，讓她自己修去，也不知她花了多少錢。她那陪嫁，帝都一處五百畝的水田、一處鋪面，還有北昌府這裡老親家給添置了不少。北昌府地價便宜，有一處兩千畝的莊子、兩個鋪面。嫁妝是不薄，一年怎麼也得四千兩的收入。這要是會過日子的，好生經營，一輩子就這些嫁妝也吃喝不盡。她在咱家，一個月連帶下人還有她自己的花銷，三百兩都打不住。如今這修房舍，弄什麼太湖石、牡丹花、小湖、活水，多半得把她壓箱底的現銀都填進去。」

何子衿奇道：「不就是個三進房舍，哪裡還能挖個小湖啊？」

「妳哪裡曉得？我原是想著三進房舍就夠他們小夫妻帶著她陪嫁的那些下人住了，收拾一下，以後有了孩子，也是寬敞的。她一見我允他們搬出去，立刻買了後鄰挨著的三處宅子。我當時買咱們鄰居的宅子，那是人家外調做官，低價賣的宅子。她現在買的，人家住得好好的，哪裡願意賣，可不就高價賣嗎？這三處宅子就花了兩千兩銀子。我買隔壁花了多少？不過是三百兩。現今北昌府三進宅子貴也貴不過四百銀子。房舍都推倒了重建，要不她也不能挖山鑿石地折騰。她買完了才跟我說，我能說什麼？說妳別買？買都買了，還說個屁？」沈氏鬱悶得髒話都飆出來了，可見是氣得狠了，「總之，隨她修去！她有本事修出個金山銀山，我才算是服她呢！」

何子衿問：「余太太也不管管她？」

「這要是個聽人管的，能這樣沒個算計？」沈氏道：「可妳要說她沒算計嘛，她買了龍涎香還叫鋪子把帳報到我這裡來，我當時就叫鋪子找她結去，要不她怎麼回巡撫家了呢？她這是心裡不痛快了。我早與她明說了，咱家不熏香，也花銷不起。」

何子衿忙勸道：「您可別生這樣的氣，誰是開始就會過日子的？不是我說，像咱家，我打小就跟著娘學看帳，跟祖母學置地，我這也是自小練出來的。這些大戶人家的姑娘，怕也不是個個都曉得，再說，我先時也是大手大腳啊，待年紀大些，自然就好了。」

沈氏道：「妳大手大腳，無非就是張羅著家裡廚下做些好吃的，一家子受益。妳花錢，自己也會掙。這會賺錢的，有這財運，想怎麼花怎麼花。她要是花自己的，我也沒管過她，怎麼她就知道把龍涎香掛帳到咱家？足足一斤龍涎香，十六兩金子。」

「娘，您這都說了，料想她以後不會把帳掛錯了地方。」

「妳不曉得，有意思的事多著呢。阿洌自小就愛吃肉，雞魚肘肉都愛吃，又沒讓她隨咱家一起吃，她愛吃什麼做什麼，成親半個月，我就給她分了小廚房。妳去打聽打聽，闔北昌府有沒有我這樣的婆婆？就這麼著，我叫他們一個屋吃飯，她就見不得阿洌吃葷。大不了妳吃妳愛吃的，阿洌吃阿洌愛吃的就是。人的口味是不一樣，她說一見大葷就噁心，阿洌初時還順著她，時間久了哪裡受得了，難不成就因著她一輩子都吃素了？她那素也不是純素，多少高湯煮出來的蘿蔔青菜？阿洌吃食上就受不住，時常與我一塊吃，留她一人在屋裡吃飯，她又不痛快。」沈氏冷笑，「都說出嫁從夫，咱們家，一不要她立規矩，二不管她嫁妝花銷，就是想讓她安生過日子，她就要事事都順自己的心，世上沒有這樣便宜的事。」

「娘再等等看吧，人一時說一時，年輕時可能許多事是會想不透。就是娘您，我小時候您跟祖母多看不對眼，現在多好啊！」

沈氏嘆道：「就是因著先時受過老太太的刻薄，我那時就想，以後娶了兒媳婦，絕對不刻薄兒媳婦，結果卻遇到這樣的，沒一點叫人順心的。就是老太太，初時是有些挑剔，後來咱家日子興旺起來，老太太就好了。可她這自從成了親，阿冽在家，一會兒叫阿冽給她描眉，一會兒叫阿冽聽她彈琴，原我想著他們好就好了，誰知道為著買宅子的事，阿冽也是氣了一場。原本我說買隔壁的宅子，阿冽就不大樂意，阿冽說家裡住得開，人雖多些，丫鬟婆子四個人一間屋，哪裡住不開？我哄著阿冽說以後俊哥兒和興哥兒成親時也一樣，阿冽這才點了頭。老太太心裡什麼不明白，我看老太太在咱家實在不痛快，又有阿文過來，就讓老太太跟阿文去妳那裡了。」沈氏道：「後來她又要買三處宅子蓋大花園，阿冽不讓她買，她就說嫁妝是她自己的，她想怎麼花怎麼花，還說阿冽是不是要圖謀她的嫁妝，把阿冽氣得不行。我好說歹說，阿冽這才好了。她這蓋大花園，請了懂行的先生畫園子圖，又叫阿冽一趟一趟折騰這修園子的事兒。阿冽不念書了？他還得考下科秋闈呢！阿冽晚上看書都得等她睡著了，不然就說自己一人在屋睡不著。我跟妳爹商量著，實在是不成了，這才叫阿冽過去的。」

何子衿道：「娘，您跟余太太說過這些事沒有？」

沈氏道：「我委婉說過一兩回，可也沒有剛成親就總去親家那裡說兒媳婦不是的理。隨她去吧，她愛住多久住多久，我與妳說，這花園還沒蓋呢，她的錢就沒了，不然那龍涎香不至於到我這裡結帳。」沈氏眉梢一挑，帶出幾分精明，「那可是五千兩銀子。除了買宅子的兩千兩之外，還有三千兩，不知道幹什麼花了，反正花園還沒見個影兒呢。」

何子衿倒吸一口涼氣，「都是誰幫她操持的，這定是受了矇騙！」

「是她自己陪嫁的人，反正咱家的人一星半點都沒沾。」

何子衿都替人家著急了，「這要怎麼辦啊？」

沈氏淡淡地道：「要不說大戶人家出身的姑娘就是有法子，沒銀子也蓋得起花園，她畢竟是巡撫家的孫女，親家老太太就這個孫女在身邊。她呀，就時不時在巡撫府辦個宴飲，或者出去與人聚會，她一出門，多的是商賈家的娘子奉承討好，就她這花園，先時停了兩日工，如今已是磚石瓦片都運來了。」

何子衿沉默半晌道：「娘，您可看好了阿幸，現在與商賈家娘子來往倒沒什麼，那些人無非就是看巡撫大人的面子與她交好罷了，可萬不能有放利錢攬官司之類的事，不然可能會連累一大家子。」何子衿提醒道。

「妳放心，我看著她呢。」沈氏道：「這也不過是余大人在位時，她得意幾日罷了。余大人如今已是七十三了，七十五歲大多要致仕的，余大人還不知能再幹幾年呢。她要是趁著余大人在位時張羅些生意，我也放心。可現成的鋪面，她半點生意不張羅，就是租出去吃租子，就等著人巴結奉承。余大人在位，自然有的是人奉承，待余大人離任，她就等著吧。」

何子衿既來了，就不能只聽她娘抱怨，她道：「待我去向余太太請安時，倘是方便，我勸一勸阿幸。總歸做了一家，就像娘您說的，彼此遷就些才是。她要是能改，便是她一輩子的福氣，也是阿冽一輩子的福分，就當看著阿冽的面子吧。」

沈氏嘆道：「她要是能聽進一二，真是她一輩子的福氣了。」

當天何子衿差人去巡撫府送帖子，得了巡撫家回信，第二日她就去了余家。

余太太依舊和氣，何子衿禮數半分不少地送上禮物，方與余太太客氣寒暄起來。

余太太笑道：「子衿來得正好，我這裡有新送來的山雞和野鴨子，咱們中午嘗嘗。」

何子衿道：「那我有口福了，您這裡的野鴨團子闔府有名，我吃過幾回就念念不忘。」

余太太道：「我上了歲數，就喜歡吃鴨團子這樣的東西，連湯帶菜的很軟和。阿幸就一直嫌鴨肉油膩，我都說她瞎講究，難得妳也喜歡。」

何子衿笑意不變，「各人口味如何一樣呢？阿幸一向吃得清淡，就是在我們家裡，初時不曉得，後來知道了，因看她不適應我家的口味，我娘便單給她分了小廚房，就是讓她想吃什麼做什麼，別委屈了自個兒。如我，就是無肉不歡的，許多人嫌鴨肉肥，要我說，鴨肉本就肥了才好吃，倘鴨肉柴了，就失其真味。」

「對。」余太太和藹地道：「當初我就說，阿幸這孩子嬌慣，高門大戶的，怕她受委屈，必得尋一門家風寬和的人家。阿幸也常與我說，親家太太待她如親閨女一般，還給他們置了宅子。我就與她說，親家太太這樣的婆婆，闔朝難尋。阿幸想著，親家太太待她親閨女一樣，她就想把宅子再建大些，以後也好接親家太太和親家老爺過去奉養。」

原來余幸是這樣跟娘家說的啊，何子衿心裡有數了，遂笑道：「那宅子既然是給她與阿冽的，就是他們的。我娘早說了，以後俊哥兒和興哥兒成親也是一樣的，並不因阿冽是長子就偏寵他，也不會委屈到俊哥兒和興哥兒。聽說阿幸擴建宅子，我也替她高興。阿幸自小見識就高，以後把宅子建好了，也能招待朋友，開個詩會什麼的。就是咱們北昌府，也能添一個景呢。我家老宅原就挨著，哪裡還用特意搬過去，門就開在我家裡，想過去園子轉轉，抬腳幾步路的事兒。阿幸的孝心在這裡，家裡都曉得，只是花園得說在前頭，是誰的就是誰的。當初不過是我娘按著自己的心意，給兒子媳婦的一處小宅子，後來這樣都是阿幸自己修繕的，沒用婆家的銀子，這話是得說在前頭的。兄弟間情分好是一回事，只是以後俊哥兒和興哥兒都要娶媳婦，現下不說明白，以後未免事多。如今是阿幸建的，這園子就是阿幸的，阿幸想怎麼著都是阿幸的事。我娘昨兒還說呢，讓阿幸去知府衙門把地契什麼的都辦好了，這就是阿幸的私房。」何子衿笑道：「這我也沒見著阿幸，要是今兒見不著，親家太太就同阿幸說說吧。手續上的事俐落辦了，以後也分明。」

余太太笑道：「何至於此？」

「親家太太不曉得，我們家向來如此。當年家裡窮的時候，說來不值一提，我娘也略有些陪嫁。彼時我爹要念書，日子清貧，就是這樣，我祖母也沒動過我娘一分一厘的嫁妝。我成親時，我家小門小戶，不敢跟阿幸比，可除了公中的一份陪嫁，也是祖母有祖母的添妝，我娘有我娘的添妝，添的都是各自的私房，她們當年的陪嫁。兒媳婦的陪嫁是入律令的，隨媳婦怎麼用，就是我如今嫁人也是一樣。公中是公中的，我自己的嫁妝是我自己的私產，私產公產如何能亂呢？」何子衿言笑晏晏，「要說底蘊，我家自是不比大家大族，可要說財物清白上，可半點都不遜於講究人家。」

何子衿說著就笑了，「看我，說了些什麼有的沒的。我這人就是個俗人，不怕您笑話，手裡總要幹點事兒的，不幹點事兒就難受。管個莊子鋪子，對帳對慣了，不自覺就會把黃白之物掛在嘴邊上。用時人的話說，那就是俗氣。」

「妳哪裡俗氣了，我就喜歡妳這樣伶俐的閨女。要是阿幸如妳這般，我還愁什麼呢？」

「阿幸命好，她不必愁，我就不行了，出身不及她，平日還愛瞎想。跟老太太說句掏心窩的話，我自小就認了朝雲道長做師傅，以前並不知師傅的身分，後來知道了，心生感慨，想師傅的出身，這世間比他更貴的，也就是皇室了。可人這一生的起伏坎坷，真不是誰能預料到的。有人福氣足，如您老人家，在家從父，出嫁從夫，都是叫人羨慕的順暢，可我想著啊，這順暢也就是外人看著順暢，您經的事兒，走過的艱難，怕就您老人家曉得。世間哪有一帆風順的？反正我沒見到過。我不比您老人家有見識，可我也是有兒女的人了，見到他們也是與您一樣，盼著他們一帆風順才好。比如眼下我叫阿曦背個千字文，她就叫累。孩子小時候抱在懷裡要學走，學會走就學跑，略大些，就得啟蒙上學念書考功名，以後成親生子奔前程，哪裡有一日是閒下來的？我們也不想叫他們受這個累，只是現在不受這個累，以後的好日子哪裡會從天上掉下來呢？想做人上人，縱是投胎時福氣夠生在豪門大族，可豪門大族難道就不必吃苦受累了？有些個人沒甚見識，以為豪門大族就是坐在家裡便有福氣掉腦袋上呢。我不認得豪門大族，只是有幸看過當年師傅少時學習的課程單子。不瞞您老人家，就是減了一半，我家那兩個也學不過來。許多人都說，富貴是大戶人家的底蘊，何其膚淺？子弟出眾才是大戶人家的底蘊。」何子衿道：「蓋因出眾，則權勢可久握，富貴可久持。」

這便是受教育的好處了，甭看何老娘以前大字不識幾個，沈氏在家裡跟秀才爹學了幾天蒙學，但婆媳倆在孩子們的教育觀點上非常一致。不僅男孩子上學，就是何子衿小時候，除了沈氏教她認字外，何老娘也能豁出臉去陳家要個情面把何子衿硬塞進去做旁聽生。何子衿自己來歷不凡，也蓋因這些年何家在教育方面不遺餘力，何況她運道也好，認識朝雲道長，受些熏陶，故而，何子衿對於這個世間這個王朝有著更深刻而清醒的認識。她又是個會說的，此時同余太太這樣出身的人說起話來也半分不遜色。

余幸回娘家自然要把理往自己這邊說，在婆家看來無須修的花園子，在余幸嘴裡就能說成，蓋好了也奉公婆一起住，是她的一片孝心。說不得還要說一說婆家的小氣，把龍涎香的帳掛錯了，鋪子夥計去了婆婆那裡結帳，結果婆婆給她個沒臉，對她刻薄什麼的，還要管束她嫁妝的使用權。上下兩片嘴，有理沒理，全在人說了。何子衿是斷不能叫余家把理全占了的，余幸什麼樣，什麼個素質，余家自己心裡當有數。自家人看自家孩子怎麼看怎麼招人喜歡。可要是會辦事的，不能這剛嫁進婆家就把上頭兩重婆婆全得罪了。

何子衿又不是啞巴，豈能全憑余幸來講理？她昨兒就遞了帖子過來，今兒卻還沒見著余幸，何子衿心裡也是不大痛快的。

余太太笑，「早就我就妳是個有見識的，果然比世人都明白。就是阿冽，也很是上進。這成了親，越發上進了。」

這就是大戶人家的委婉了，要是心腸粗的真聽不出來。人家明明說妳家孩子上進呢，話裡未嘗沒有對阿冽剛成親就出去念書的不滿。

何子衿笑道：「是啊，我見了阿冽也是吃了一驚，還問他怎麼沒帶阿幸一起去。我就是昨兒剛見著我娘，我還抱怨她呢，我娘跟我爹是沒分開過的，就是當年我爹去蓉城秋闈，我娘也是把我放家裡給祖母照看，自己跟去照料我爹。我還說我娘，這世上有些人家，兒子出門求學，把兒媳婦留家裡伺候婆婆，只是我家再不是那樣的家風，從沒有夫妻分離兩地的。後來才知道，阿幸得看著造園子的事。阿洌在我那裡也是惦記阿幸呢，自成了親，往時間阿幸晚上一個人睡覺淺眠，都是阿洌看她睡熟方能放心去念書的。如今阿洌這一走，只擔心婆子丫鬟不能盡心。我都說他，既是這般記掛，就接阿幸過去。我們沙河縣雖是窮些，縣衙也有的是住的地方。就是花園，也有兩個可逛。新婚的小夫妻在一處才好，阿洌說阿幸是親家掌中的寶珠，心尖上的嬌嬌，在娘家時親家必是百依百順，到我家，阿洌也一樣待她，不叫她受半點兒委屈，還要趕緊考出功名，以後給阿幸掙一份體面誥命回來。阿洌這體貼人的心腸，真是像足了我爹。我們家的男人都這樣，拿媳婦當寶。」

好在何子衿和余太太都是外場的人，不至於把氣氛搞僵。

兩人中午一團和氣地吃了頓飯，何子衿就告辭回家去了。

余太太身邊的一位老嬤嬤道：「這位江奶奶可真是厲害。」

余太太道：「要是個窩囊的，叫人看不上。人太厲害，也難相處。」

老嬤嬤笑道：「好在這是大姑奶奶，早就嫁了的，跟咱們姑娘不住一處。我看，這江奶奶雖厲害，也是個講理講面的。」這話很是實誠。活了這麼一把年紀，再怎麼偏自家人，也是明白一個巴掌拍不響的理。

「要是個只會撒潑的反是好說，就是這樣的人才不好說呢。阿幸呢，叫她別出去，怎麼成天出門？不怪人家挑理，知道大姑子上門，哪裡有躲出去的理？」

余太太一想到這個孫女就堵得慌，整天回來抱怨婆家這裡不適應那裡不適應，她建個花園也管她，報帳報錯了還挨婆婆說。余太太知道不能聽一家之言，只是人非聖賢，心到底是偏的，可再聽人家何子衿說，是啊，吃食不適應，婆婆立刻給弄個小灶，住得不舒坦，婆婆給買宅子。雖說改建花園婆家不樂意，可婆家也說了，這是妳的，妳花自己的嫁妝錢建的，以後也是妳的。趕緊去官府把地契弄好，財物清白。人家都說成這樣的了，總不能再說婆家管著媳婦的嫁妝了吧？

余太太想起來就氣極，自己的兒女就從沒弄出過這種沒理的事來，如今叫人家婆家一樁一件件擺出來說，樣樣不占理。

老嬤嬤道：「張知府家的太太邀咱們姑娘出去了，一會兒就回來了。老太太這把年紀，還值得為這點小事動氣？這剛嫁去的新娘子，與婆家習慣略有不同也不是稀罕事。親家到底是寬厚人家，不若待姑娘回來，讓姑娘就回去吧。大姑奶奶都回來了，姑娘做兄弟媳婦的，不好還在娘家的。」

余太太道：「叫她以後在婆家待著，別總往我這裡跑。何家老太太、太太都不是難相處的人，阿幸被寵壞了，這在娘家做姑奶奶跟到婆家做媳婦如何一樣？」

余太太自己也是做過媳婦的人，如何能不知道這個？自己心裡也清楚，余幸再會說，可就這剛成親就分小灶建花園的媳婦也不多見。不怪人家婆家有意見。

何子衿這趟來還是有效果的，起碼第二天余幸就回婆家了，同沈氏問過安，又同何子衿問了好，一副親熱樣兒的道：「昨兒我就說要過來，張姊姊說她家廚子研究了一道新菜請我去嘗，我叫廚娘學了來，請姊姊一起品嘗。」

何子衿笑道：「什麼菜這般稀罕？」

「食材不稀罕，燒起來委實好吃。」余幸道：「是一道蝦米豆腐。豆腐去了外頭的老皮，切細片，用素油略煎。加桃花酒和一百二十個大蝦米，用高湯煮滾，即可出鍋。」

何子衿道：「大蝦米本就是極鮮的東西，何況要放一百二十個，已是極鮮的了，而且，豆腐既用素油煎過，可見香鮮已全。要我說，不必用高湯，過猶不及，反是不美。」

余幸道：「是啊，我也這樣說，用高湯有些過，不若出鍋時放細糖，提了鮮味。」

當天吃過午飯，余幸又請何子衿看她正在建的園子圖，指著正中軸的院子道：「我與相公商量好了，正院是祖母的居所，這院裡我移種了一棵百來歲的大椿樹，祖母喜歡吃香椿。」細緻的指間輕輕一劃，放到離正院不遠的另一處與正院規格相仿的院子裡，「這裡是父親母親的院子，種的是桃花，花落了還能結果子。我與相公住這邊，還有好幾套院子，就是小叔子們成親也足夠住了。」

所以說，大家閨秀也有其素質所在，哪怕余幸的做派令婆家不喜，大面上說起話來也是不差。何子衿笑道：「妳有這心就好，咱們本就是住在一處的。咱家這處老院，與花園是連在一起的，本就是一家。要我說，花園裡給長輩們留出院子就好，什麼時候長輩們想去住幾日，就過去住幾日。待妳蓋好了，請親家老太太來逛一逛，也是妳的孝心。再者，宴樂賓客，也有合適的地方。便是以後有了兒女，住得也寬敞。」

「姊姊說到我心坎了。」余幸眉眼彎彎，「以後姊姊、姊夫來州府，就住花園裡。」

何子衿含笑聽了，余幸這才問起何洌在沙河縣念書的事情來。

何子衿就等著看余幸什麼時候問起阿洌呢，好在把閒話說完總算問了一句。

余幸嘆了一聲，眉間露出淺淺惆悵，「相公在姊姊那裡自是一切安好的，可我這心裡仍是牽掛得緊，也不知是怎麼了。」說著，修長的頸項微微放低，臉上露出一抹羞澀。

余幸的道行著實太淺，可能有些女孩子年輕時有這麼一種自以為是的聰明，但在何子衿眼裡，明顯是不夠看的。何子衿握住她的手，溫聲道：「就知道妳是個懂事的，阿洌在我那裡也惦記妳呢，牽掛妳在家裡吃得可好睡得可好，可見你們是真投緣，成親就這般你牽掛我，我惦記你的。昨兒我同親家老太太說起話來，還說與其你們這樣互相牽掛，何苦兩地相思？咱家又不是那等兒子出去念書，非要留兒媳在家服侍公婆的人家。咱們家啊，咱爹咱娘就是一輩子沒分開過，我跟妳姊夫也是如此。妳不就是要留在府城修花園嗎？巡撫府裡什麼樣能耐的管事沒有，我已替妳跟親老太太求了情面，花園的圖已是畫出來了，請她老人家派個穩妥周全的管事，看著把花園修起來。妳就同我回去沙河縣，與阿洌在一處，豈不是好？」

感受到余幸的手微微一顫，何子衿還把這小嫩手擱手裡撫摸兩下，含笑望著她，「我那裡雖簡陋些，空屋子有的是，花園也有。比不得妳這個又大又好，也有幾處景致可賞。就是妳慣用的家具器物只管都帶去，咱們家別個沒有，車隊有的是，運個東西極方便。沙河縣離北昌府不過兩日車程，妳要是惦記公婆，不放心親家老太太和親家太爺，只管回來看望長輩們就是。其實長輩們疼咱們的心，與咱們孝敬長輩們的心是一樣的。長輩們就盼著咱們小日子過好，夫妻恩愛，兒女雙全。妹妹說，是不是這個理？」

余幸可算是知道何子衿的厲害了，就是這大姑子，去祖母那裡一趟就害她挨了訓。祖母發了話，余幸還不能不回婆家，到底心裡帶了氣，只是沒想到，這大姑子在祖母那裡說她一回不夠，如今又要把她弄去那窮縣與一幫山野村夫打交道。

余幸連忙道：「我自是牽掛相公，只是園子的事沒我看著還真不成。那些匠人實不是個伶俐的，我說要個雲石插屏，那雲石倒還成，只是這樣白如雪的雲石，屏座自然也是得素的才好看。匠人一做，就做了個花的，何其俗氣？那磚那瓦，還有廊上的彩繪及廊下的地磚，錯一眼就要出差子的。」

何子衿道：「妹妹這園子，還得多久才完工？」

余幸笑，「這如何曉得，得看工匠進度了。」

何子衿亦笑，「聽聞當年皇后娘娘隨陛下就藩時，到妹妹的老家閩安府，現起的王府，半年就得了。我看妹妹這花園，比王府小的多了。」

余幸平日間就愛提個皇后娘娘啥的，她不是愛提嗎？何子衿就跟她提了。

余幸忙道：「彼時陛下與娘娘建王府，自然是舉全州之力，這如何能比？」

「妹妹這話有理，就這樣，聽說當年皇后娘娘還嫌閩安府的官員無用，不過一個王府，竟建了半年之久。想當年隋朝宇文愷建長安王城，也不過九個月就建好了。」何子衿說著，意有所指地笑笑，「妹妹在帝都城長大，又是皇后娘娘的至親，當知帝都坊間逸事。據說娘娘與陛下在藩地時，著江伯爵出訪靖江王府，靖江王請江伯爵同遊王府花園，江伯爵當時就說了，閩王府的花園與靖江王的園子比起來，那不叫花園，那就是個菜園子，可見大到王城王府，小到一家一戶，修得好建得好，都不如住的人好。」

何子衿拍拍余幸的手，笑道：「妹妹慢慢修吧。想妹妹連日來辛勞，我也不打擾妹妹了，妹妹早些休息。」然後起身便走了。

何子衿把事同她娘說了，沈氏又是一場氣，道：「這分明是沒把阿洌放在心裡！」

「真個不識好歹！」何子衿道：「娘，您莫要因這不懂事的生氣，以後提也不要提讓她去阿洌那裡的事，讓她修園子去吧。這回不叫她服個軟，她眼裡是沒有咱們家的。」

沈氏是真動了氣，倘兒媳婦愛花錢建園子，沈氏便是不痛快也能忍，就像閨女說的，人家花的是自己的嫁妝，愛修修唄。可這都成親了，完全不將兒子放在心上，叫哪個嫡親的婆婆能忍呢？沈氏同閨女道：「妳說，她是不是看不上咱們家，看不上阿洌？」

何子衿問：「她身邊的丫鬟婆子怎麼樣？會不會挑撥？」

沈氏在余幸身邊也是留了心的，沈氏道：「就是上次那龍涎香的事，她身邊一個叫佛手的丫鬟嘀咕了幾句，被她那奶嬤嬤罵了一頓，還扣了半個月月錢。她那奶嬤嬤看著不錯，奶嬤嬤一家子也還好，只是還陪嫁了一戶人家，就是佛手娘家一家子。算計阿幸的銀子，虛報帳目的，就是這一家子。」

何子衿道：「娘，您先不要管，讓她愛怎麼著怎麼著吧。」

沈氏沉默半晌，嘆道：「我有時氣狠了，也是什麼狠話都說得出來，可想想，到底是做了一家人，她還年輕，坐著不管，吃虧的還是她，還是妳弟弟。」

「娘，您這就想差了。那佛手一家貪她銀子，無非是買房子置地中飽私囊，我想著，這家人大面上還是沒問題的，總不會有吃喝嫖賭的毛病。只要沒這毛病，那一家子貪多少，身契在主家手裡，屆時算總帳，直接抄了家，多少銀子抄不回來，那一樣是阿幸的，還叫她學個乖，看清什麼是小人。」何子衿道：「眼下她瞧不上，先叫阿冽把心擱念書上。阿冽還小呢，待功名考出來，看她怎麼服這個乖。」

沈氏當真覺得，女兒就是比她有計謀，這種抄下人家的事，她就想不出來。一想到兒媳婦的銀子還是能追回來，起碼兒媳婦不會真的吃下這大虧，沈氏就放了一半的心，還同閨女商量道：「要我說，功名的事也沒個準，不若先生了孩子，她這心也就安定了。」

「娘，您看她都不去沙河縣，哪裡有生孩子的意思？這要是有孩子的緣法，該有就會有了。倘沒這緣法，不必強求。她現在不懂事，有了孩子就能懂事？就她這樣，看不起婆家，成天以為自己有多大本事。那有本事的，是一門心思把日子過好才叫有本事，她這叫什麼有本事？不過是個前倨後恭的貨。等著瞧吧，哪天阿冽有了出息，有她上趕著服侍討好您的時候。」何子衿給她娘出主意，「您明兒買幾個水靈丫頭，就說是送給我使，叫我帶回去。」

「這是做什麼？」

「她只要不傻，一看給我這漂亮丫鬟，心裡定得起疑。大戶人家多有姬妾之事，這也不過是膈應膈應她。她要真是個明白的，不派個自己的丫鬟過去，自己就得尋思尋思。」

何子衿一來，沈氏可算是有了主心骨。甭看沈氏過日子是好手，可何家真是簡單人家，像這種姬妾之事，沈氏是想都想不到的。就是她年輕時與婆婆何老娘幾番都要撕破臉了，婆婆也沒說給丈夫弄個漂亮丫鬟。

何子衿就有這等手段，沈氏叮囑：「可別真叫她們服侍妳弟弟，也莫要讓阿念見著。」

「這不過是敲打她一二罷了，讓她收斂著些。」

母女倆如此商量一番，這事沒偷偷辦，沈氏是叫了余幸與其奶嬤嬤田嬤嬤過來說的。沈氏笑道：「妳姊姊這回過來，我才知道我有多疏忽。阿冽畢竟不比先時沒成親的時候，媳婦妳這裡離不得手，我這裡雖不需妳服侍，可花園的事也著實要緊。只是阿冽那裡就忠哥兒一個我不放心，我想著打發個丫鬟過去。咱們家這些都是粗手大腳的，我尋思著叫牙婆過來，挑幾個伶俐的，媳婦也幫我挑挑。田嬤嬤，妳是個老成人，也幫著掌眼。多花幾個銀子沒什麼，務必得是個伶俐的。」

余幸一聽，臉都變了。

田嬤嬤到底人老有經驗，笑道：「太太說的在理，我們姑娘這些日子也尋思這事呢，姑娘眼下就在尋老成管事接手花園。就是丫鬟，哪裡要太太外頭買去？白費了銀錢不說，還不知根底。姑娘身邊的大丫鬟小丫鬟，都是我們太太細心挑的，既忠心又伶俐。倘太太擔心大爺身邊無人服侍，挑一兩個合眼的先過去服侍大爺就是。待花園這裡尋到合適的人，姑娘定是要親自去服侍大爺的。」

余幸面色恢復了些，心中立刻明白，這餿主意定是大姑子出的。

余幸瞅著何子衿的眼神頗是不善，道：「以前相公去姊姊那裡念書，沒聽說有丫鬟跟著，何況相公去的是嫡親姊姊家裡，姊姊家裡什麼伶俐人沒有，哪裡還要太太專門挑人送去？要叫不知底裡的知道，還得說姊姊家連個丫鬟都不給相公預備呢。」

這話何其蠢笨，何子衿聽了便道：「阿冽以往沒成親，我給安排倒沒什麼不好。既是成了親，這事自然得跟妹妹商量。妹妹既這般說，那我就做主給阿冽安排了。妹妹放心，一準兒是極好的女孩子，尋常那些粗手大腳的不成。妹妹也曉得，阿冽要念書，丫鬟就得會服侍文墨，不指望尋個通詩書的，也得是個能識字的才好。」

余幸真是氣得臉都變了，她在婆家向來是要怎樣就怎樣的，就是婆婆、太婆婆都不說她一句，結果這個大姑子一來，就處處要她的強。

余幸的笑都成了冷笑，「姊姊這般善解人意，姊夫真是有福了。」

「可不是嗎？妳姊夫也常這樣說。」何子衿不疾不徐接下這話。

田嬤嬤忙道：「不敢勞煩姑奶奶，我們姑娘的大丫鬟都通文墨，服侍姑爺再好不過。」

余幸哪裡忍得了這口氣，她自覺下嫁，本就委屈，這如今新婚不過兩個月，婆家就要給丈夫安排丫鬟，這如何忍得？

余幸起身，冷冷地道：「姊姊有的是好人，隨姊姊去吧。」然後一甩袖子走了。

田嬤嬤圓場道：「唉，太太、大姑奶奶，姑娘這……」

沈氏也氣得變了臉，唯獨何子衿面色不變，慢條斯理道：「嬤嬤過去看看妹妹吧，可別叫她想歪了才好。」

田嬤嬤追著自家姑娘去了，余幸當天就回了巡撫府，在祖母面前哭得像淚人兒一般，直說婆家欺負她，婆婆要給丈夫納小。

余幸泣道：「當初說什麼家風清白，為人寬厚，都是騙咱們的。要是清白人家，哪裡如此不講究？我不過是這裡忙不開，他們就要給相公送妾去。」

余太太一聽，臉色也變了，連忙問究竟，余幸道：「婆婆以前雖嚴苛些，待我也沒什麼。就是大姑子一來，處處生事。她不來的時候，婆婆根本提都不提妾的事，她一來，婆婆就要買人，還要身家清白，通文曉字的。」

余太太上回同何子衿過一回招，知道不能再聽孫女一家之言，便先讓丫鬟服侍著孫女洗臉，扶孫女去常住的院裡歇息，這才叫過田嬤嬤來詢問始末。

田嬤嬤是個明白人，並未編造什麼，更不會火上澆油，她道：「昨兒姑娘回去，親家大姑奶奶就跟姑娘說了半晌的話，話裡話外的，是想姑娘過去，同姑爺在一處，可姑娘不放心花園。親家大姑奶奶沒說納妾，就說姑爺這成親就與以往不同了，身邊沒個丫鬟服侍不成，叫了我和姑娘過去商量。這說著話的，姑娘有些沉不住氣。其實依老奴看，親家沒有給姑爺納小的意思，不過是拿這個敲打姑娘，想叫姑娘過去與姑爺一處。」

田嬤嬤嘆道：「這親家大姑奶奶著實有手段，說的話句句光明正大，沒一句不在理上的。好在不是惡意，也是想姑娘同姑爺好的。」

余太太問：「阿幸與何洌相處得如何？」這新婚小夫妻，按理正是蜜裡調油的時候。孫女婿說走就走，孫女也奇，別的剛成親的新媳婦，只怕婆家分離夫妻二人呢。如今是婆家盼著夫妻兩個在一處，孫女這死活不願意去是什麼個緣故。

田嬤嬤道：「挺好的，就是為著當初建園子的事不大痛快，後來親家太太勸了幾句便是好了。姑爺每天早上給姑娘畫眉，晚上看姑娘睡了才去念書，一用功用功半宿，姑爺這般的上進，以後前程錯不了的。」

「那阿幸是怎麼了？跟何洌在一處有什麼不好？」

田嬤嬤面露難色，良久方輕聲道：「姑娘是奴婢奶大的，這話原不該老奴說，只是，老奴實在擔心這樣下去傷了姑娘與姑爺的情分，便多嘴一回。」

「妳只管說就是。」

田嬤嬤道：「姑娘自小在帝都錦繡叢裡長大，要是讓姑娘去縣裡，姑娘怕是受不了。」

余太太嘆氣，「外任為官，富饒之地畢竟少數，就是以後何洌有了功名謀得前程，倘是外放，也是天南海北。縣裡雖是小地方，多少大員都是由一地縣令做起來了。這些道理，妳記著，以後好生與阿幸講一講。」

田嬤嬤連忙應了，余太太這才去勸孫女。

余太太就一句話：「是妳的花園要緊，還是孫女婿要緊？」

余幸洗過臉，胭脂未勻，眼皮猶是腫的，道：「他要真是忠厚的，什麼樣的狐狸精也勾不走他。他要是起了別的心，我就是天天守著也沒用。」

「世上的理不是這樣講的。」余太太道：「正年輕的小夥子，一個人在姊姊家念書，妳要是在他身邊，他眼裡看到的是妳，心裡想著的也是妳，自然不會給人可乘之機。妳要是不在他身邊，不要說親家還沒那個心，可要是有個水靈靈的丫鬟日日陪著，再忠厚的人，時間長了，也保不準兒生事。」

余幸氣苦，「當初他家可是說過不納妾的。」

「倘妳能服侍，親家自然不會給何洌納小，你們不在一處，叫妳去妳不去，難不成人家安排個丫鬟都不成？別說妾不妾的話，就是叫了親家來對質，人家說過一句納妾的話嗎？是妳自己說的。現在沒什麼，妳要總這樣，不與何洌在一處，我心疼妳，親家難道就不心疼兒子？再寬厚的家風也不能讓兒子絕了後，妳這樣強著，對自己有什麼好處？」

「我都說花園建好就過去，今兒就這樣逼我，要是我這麼去了，以後他們有什麼不合意的，必拿妾室威脅我。」余幸道：「成親前說得天花亂墜，成親後就換了嘴臉。要是好好同我說，那是我的相公，我如何不心疼他？偏拿丫鬟來嚇我。他敢碰一下，我與他拚命！」

「妳如何這般要強啊？同婆家處好關係，妳以後才能順當。」

「祖母放心吧，我心裡有數的。眼下我要是被大姑子拿住了，以後她的手還不得伸到我房裡來。」余幸氣道：「祖母不曉得，再沒見過這樣的大姑子，成親多少年了，來娘家不說好生陪著父母開開心，她倒好，一來就挑事。要不是她，我婆婆斷想不出這種給相公安排丫鬟的主意。這幸而是離得遠，這要離得近，她還不得跑來娘家當家啊？我婆婆也是耳根子軟，什麼事大姑子一挑唆，立刻就聽大姑子的。」

余太太未嘗沒有覺得何子衿太過厲害的意思，不論說話還是手段都太厲害了。余太太這把年紀，不好說小輩的不是，眼下還得提點孫女：「給孫女婿派丫鬟的事，要怎麼著？」

余幸氣哼哼道：「佛手最是忠心，且是我跟前的大丫鬟，自小一處長大的。讓她去服侍相公，她定是本本分分的。」

余太太道：「一個不妥，放兩個。」

余幸道：「阿田也是個好的。」

余太太道：「先讓她們過去，妳趕緊把園子修好，就去孫女婿那裡。孫女婿是長子長孫，親家急著抱孫子呢。」

余幸聽到抱孫子什麼的話，臉上飄紅，同祖母商量道：「沙河縣那裡窮鄉僻壤的，能有什麼好先生？當初我就不想叫相公去，相公非要去，難道州府就沒有學問的先生了？相公也是死心眼。能不能叫祖父給相公尋個好先生，叫相公在府裡念書？我聽說，他就是去了，也是給我們大姑爺打雜，哪裡有念書的空呢？」

余太太道：「去沙河縣有去沙河縣的道理，沙河縣怎麼了？紀將軍的嫡長子也是在沙河縣念書。妳怎麼平日裡聽明，要緊時就轉不過彎呢？」

余幸還真不曉得，聽這話便打聽：「哪個是紀將軍的嫡長子？」

「阿珍，你們成親時他還來了。」

余幸是記得的，「就是七八歲的那個孩子？長得挺不錯的，叫紀珍？」如此她就更不解了，問道：「紀將軍位高權重，如何把嫡長子放到沙河縣去？」

「所以說妳是面上聽明，心裡糊塗，妳以為妳婆婆妳大姑子是強逼妳去呢。妳好生想一想，紀將軍都能把嫡長子送過去念書，那地方到底好不好？妳呀，真是被家裡寵壞了。妳大姑子是有些厲害，可妳想想，妳跟何洌成親，就是正經一家子，她難道會害妳？讓妳去跟孫女婿團聚，難道不是好意？妳何苦爭這長短？一家人過日子必得心齊，方能將日子過好。」

余太太簡直是苦口婆心了。

余幸一徑追問：「祖母快與我說說，到底是個什麼緣故？」

余太太便將朝雲道長的身分說了，「這事不要出去說，方先生是個清靜人。」

余幸不解，「娘娘就這麼一個親舅舅，如何到這等苦寒之地？」

「我跟妳祖父為何在北昌府一待多年？」余太太道：「遇事妳得自己琢磨，甭成天跟那些商婦來往，那些人無非就是奉承妳，求個庇護。妳祖父在位時，她們自是殷勤，妳祖父眼瞅也快到致仕的年紀了。將來妳祖父退了，這些人還能理妳？妳把婆家的關係搞好了，先站住腳，妳那大姑子雖是厲害，性子並不刻薄。妳想想，孫女婿不說，連親家老太太、妳三小叔子都接去住著，她難道獨對妳刻薄？多少刻薄媳婦的人家妳沒見過，新媳婦進門，哪個就有自己的小灶，還不是先在婆婆身邊立規矩。婆婆起之前就得去屋外候著，待婆婆起了，就得服侍洗臉梳頭。吃飯時婆婆先吃，媳婦站著布菜。平日站著端茶倒水，直到晚上婆婆睡了，媳婦方能去歇息，這就叫立規矩。妳婆婆可有這樣待妳？看妳住得不舒坦，還買了處小院給妳。妳要修花園，親家就是不樂意，不也沒說什麼，還叫妳把房契寫自己的名字。別堵這口沒用的氣，何苦要分個高下？難道以後你們就不跟妳大姑子一家走動了？妳婆家大姑爺是正經探花出身，他為官，妳祖父都說好，這將來必是個有前程的人。女婿以後當官，要不要個互相扶持的？難不成正經姊夫不親近，到時去尋別個關係？與人交好，路便好走。妳以前也不是這樣的強性子，如何非在婆家這般好強？」

余幸鼓鼓嘴巴道：「我也不過就是堵一口氣罷了。祖母要是早把這緣故告訴我，我早便過去了。」又問：「咱家與舅祖父家是正經姻親，算起來，與方家也不算外處。平日裡過年過節的，怎麼沒見咱家與方先生節禮來往過？」

「方先生喜清靜，我打發人送過，他都退回來了。」

「好大的架子！」余幸嗤了一聲，「這又不是輔聖公主當年，英國公府到底沒翻案，大家也不過是看著娘娘的面子罷了。」

「就是看著娘娘的面子，紀將軍才把嫡長子送過去的。」余太太道。

看娘娘的面子怎麼了，謝皇后的面子，一般人想看都沒機會。

余幸也知不該說那話，好在是同祖母說私房話，她道：「方先生連咱家的面子也不給，我就是去了，能有什麼益處？」

「妳是去服侍孫女婿，又不是讓妳去聯絡關係。」余太太道：「凡人不入方先生的眼，妳大姑子卻是方先生的女弟子，方先生就與她投緣，現今連孩子們也沾光能近前。」

余幸絞著手裡的帕子道：「祖母不曉得我大姑子那人，那臉說變就變的。先時還沒做親的時候，在祖母面前殷勤得跟什麼似的，與我說話更是小意得緊。如今做了親，看我嫁到她家，她手段就使出來了。真是精得沒邊了，什麼人都能叫她哄得住，慣會巴結的。」

「這是人家的本事，妳有本事也學來，我就天天燒高香。」余太太戳孫女額頭一記，「有本事的人，必是能大能小，能屈能伸。殷勤小意怎麼了？以後孫女婿做官，妳得打理內闈，遇著上峰太太，一樣得殷勤小意。」

余幸嘆，「相公現在只是秀才，功名還不知要什麼時候呢。」

「妳得陪著孫女婿共苦，以後才能同甘。孫女婿是個有良心的人，妳聽我的，這就隨妳大姑子去沙河縣，叫孫女婿安心念書，以後有妳的好日子過。」

余幸想到皇后她舅都能住的地方，她再想想就不覺得如何了。

余幸道：「那園子的事，祖母給我尋個穩妥的管事吧，我得收拾收拾方能動身。」

余太太看孫女總算想通，也是欣慰，又問：「妳手裡還有沒有銀子？」

「有呢，莊子交了夏天的收成，就是也不多。」說著，余幸抱著祖母的手臂撒起嬌。

余太太道：「妳得學著算計著過日子，眼下不過妳跟孫女婿兩個，以後有了兒女，難道就不給兒女攢下份家業？」當下令丫鬟取了一千兩過來給孫女。

余幸歡歡喜喜收了，笑道：「就是修園子花銷大了，待園子修好，我就開始攢錢。」

余太太笑著摸摸孫女的烏黑的髮絲，「妳得心裡有數啊！」

余幸哭著回了巡撫府，沈氏還有些擔心來著，何子衿安慰道：「有我呢。」

第三天余太太設宴，請何家母女過去吃飯，沈氏擔心宴無好宴。

何子衿道：「又不是鴻門宴，怕個啥？」

「真是烏鴉嘴。到底是親家，彼此留些情面的好。」鴻門宴什麼的，也太誇張啦！

何子衿笑道：「難道余太太不曉得這個理？娘只管放心，前兒咱們也沒失禮的地方，只管過去就是，我自有應答。」

沈氏忍不住笑道：「也不知怎麼養的妳，如何這般厲害？」

「娘，您就是太心軟，總想著一家子和氣過日子才好。誰都想和氣過日子，可也得是個懂事的才行。今天不把她教好了，以後日子怕是更不好過。別看她好似是個沒心計的，要我說，她心裡才是有一筆帳。」何子衿分析道：「因著她的出身，自嫁進咱家，不似媳婦，倒似個大爺。花不花嫁妝是小事，這先把祖母擠兌走了，您不是忍不下去都不說她一句？咱們覺得避讓些，她興許就懂事了，安知她不是就這般計量？太婆婆不能在家，婆婆這裡不到萬不得已不管，家裡的事還不是憑她怎麼著就怎麼著嗎？我這興許是小人之心，但她也許就是打這個主意。眼下不能壓服了她，她以後也得生事。」

沈氏悚然一驚，「她有這般心計？」

「您可別小看這些大家大族出來的人。」何子衿道：「娘，您以後該說就說，該管就管，她不在咱家還罷，既在咱家，眼下就不能她說了算。家裡還有俊哥兒和興哥兒呢，她連祖母都容不下，以後還能容下誰？」

沈氏想了想，道：「是這個理。唉，我先時對她太放縱了。」

沈氏發愁，「這以後可怎麼著啊，都做一家了。」

「且走且看吧，關鍵得阿洌有本事。前倨後恭之人都是勢利眼，她能明白自然好，她要是一直這般，您也別心軟。阿洌一向孝順，又不是個糊塗人，您靠的是兒子，又不是靠著媳婦。她實在不像話，我爹也不能容。」

沈氏說出了與何老娘一樣的心裡話：「以後給俊哥兒和興哥兒說親，只要是這種大家大戶的，一個不要。咱們小戶人家，寧可娶個小戶女，也不能要這種東西。」

母女倆說一回私房話，第二日換了新衣裙去巡撫府赴宴。都是一樣的料子，只是顏色略有不同。何子衿的是輕紫底挑金長裙，沈氏的是青蓮挑金長裙。母女倆本就生得肖似，且都是纖細身量，穿著樣式相仿的裙衫，余太太都說：「哪裡像母女，倒像姊妹一般。」

沈氏一聽這話就安心了，余太太這般和氣，可見並不是帶了氣的。

沈氏笑道：「老太太取笑了。丫頭春天給我的料子，我還說呢，叫她自己使唄，她嫌青蓮色老氣。她們年輕人，的確要穿鮮亮些的顏色。」

何家不是富戶，但自從何子衿走狗屎運投了朝雲道長的眼緣，以前朝雲道長也就是給塊玉給個小首飾，後來先帝一死，朝雲道長自由了，給何子衿東西頗是……怎麼說呢，不是多大手筆，但什麼都有，譬如一年四季的衣料子，何子衿都不用買了。有時有剩的，她還想去鋪子寄賣，但這種行為太丟面子，她就給家裡人使，畢竟衣料子這種東西，一年有一年的花樣，今年不穿，明年也不時興了，所以，沈氏也跟著沾光，每年的衣裳都頗是講究，尤其官家夫人們的聚會，很是拿得出手。

何子衿接了母親的話道：「老太太不知，我娘成天說自己年歲大了，就喜歡穿些暗沉的顏色，我就說平日裡老氣些無妨，老太太您可是最喜人穿得鮮亮。以老太太的名頭勸著，我娘才給面子願意穿鮮亮些的衣裙。」

余太太道：「我每次聽子衿說話就高興，這孩子真叫人喜歡。」

沈氏不知是不是跟何老娘做婆媳時間長了，染上了一些何老娘喜歡誇自家孩子的習慣，當然，就沈氏自身，她也覺得自家閨女特別好，遂笑說：「這孩子自小就貼心。別人家都是重兒子，我家是一樣看待，我跟她爹還多疼她一些。閨女心細，懂得體貼父母。」

「親家太太有福，閨女守在身邊。」余太太問身邊的老嬤嬤：「阿幸呢？」

老嬤嬤道：「約莫是不好意思過來見親家太太、親家姑奶奶。」

沈氏道：「這是怎麼說的，昨兒還好好的。阿幸這孩子既懂事又體貼，昨天說起阿冽身邊得有個丫鬟服侍的話，阿幸還說呢，要是我們著丫鬟過去，怕有人說子衿的不是。在自己親姊姊家住著，還得千里迢迢自家裡送丫鬟過去，豈不是說姊姊家連個丫鬟也不預備嗎？她只管讓子衿備著。我一想也是這個理，阿幸這孩子就是心細。」

孫女這說話方式，余太太都覺得，給孫女結的這門親不錯。倘換個高門大戶，當著婆婆大姑子的面說這種話，不是現成的把柄嗎？

余太太得給孫女圓場，道：「心細什麼，還是個孩子呢。說話不動個腦子，就一門實心，沒明白子衿的意思。阿冽要是沒成親的時候，妳和子衿給阿冽打點身邊事是應當的。這都成親了，為什麼要娶媳婦，這些事又為何與她商量？孩子啊，年歲小，想得就淺。她身邊的陪嫁丫鬟，原就是為了服侍主子的，哪裡要子衿操心，就得親家太太跟子衿多提點著。」

「都是一家人，什麼提點不提點的，反正都是為了把日子往好裡過。」沈氏很大方，她反正從沒有給兒子弄個小妾的意思，這也不過是拿捏一下兒媳婦。余太太都這般說了，沈氏也是見好就收，「阿幸願意安排人，自是都隨她。」

余太太道：「她在州府也沒事，無非就是個花園，我說了，尋個管事給瞧著修就是。叫她收拾收拾，同子衿一起回去吧。小夫妻兩個，與其兩地牽掛，不如還是在一處。」

沈氏真是吃驚，有些懷疑道：「阿幸願意？」她是極願意媳婦過去服侍兒子的，還能早些生孫子。只是，余幸不是不樂意嗎？

幾人說著話，余幸有些不好意思地過來了，扭捏地道：「昨兒也是我急躁了些，母親和姊姊心疼相公，我也是一樣的。花園的事我的確不大放心，不過，花園再要緊，也不能與相公相比。相公那裡只丫鬟過去，我總覺得不妥當，何況，祖母也在姊姊那裡，我做孫媳婦的，原也該過去服侍太婆婆。」

「自是願意的。」

沈氏真覺得太陽打西邊出來了，兒媳婦是吃了什麼明白藥，咋突然醒悟了？

沈氏反應也快，當即笑道：「妳如此懂事，再好不過。」

一夕間峰迴路轉，余幸願意去沙河縣，令沈氏與何子衿母女頗是驚訝。

余幸開了竅，中午在余家這頓飯吃得皆大歡喜。余幸下午就隨沈氏回婆家了，余幸這一去，余太太鬆了口氣，親家還是很看重孫女的，只盼小孩子快快長大吧。

媳婦不修園子，要去服侍兒子，何恭也吃驚，「這怎麼突然轉性了？」

沈氏笑，「還是子衿有法子。其實就是嚇唬嚇唬她。」然後把閨女出的主意說了。

何恭道：「就盼小夫妻倆和睦。」

沈氏嘆，「是啊！」

余幸這雖說要去，收拾的東西著實不少。除了衣裳首飾，平日用慣的茶具筆墨被褥就裝了五車。依何子衿的性子，先時好好說不聽，這會兒又想去，才不理她呢。奈何到底是做了一家，余幸願意去了，何子衿也不與她計較，而且，這回不必何子衿找車隊，余巡撫家就幫著料理了。余幸還帶了好些東西，說是要孝敬太婆婆的。

因著先時對大姑子冷過臉，余幸便送了大姑子一包上等血燕。

何子衿從來不吃這個，余幸要給，何子衿道：「給祖母吧，祖母愛吃這東西。」

余幸連忙道：「姊姊就留著吃用吧，到底是滋補的。祖母的，我都備下了。還有母親的，我也送過去給母親了。」

何子衿只好收下。這余幸真不知是個什麼性子，行事既似腦殘，又似有心機，說臭臉就臭臉，可要好起來，也跟個好人似的。這不，一路上又跟何子衿有說有笑的，把先時臭臉的事兒忘了。何子衿不禁暗道，莫非這大家閨秀的心理素質就是臉皮厚？

何子衿一般是早上出去騎馬，待日頭大了，就去同余幸一塊坐車。

余幸道：「北昌府民風就是慓悍，初時我來，見許多女子上街騎馬，很是不慣。」

何子衿笑，「總在車裡也悶得慌，天氣好的時候，就出去騎馬透透氣。冬天才有意思，坐著雪橇，十幾隻大狗拉著，跑得飛快。」

余幸瞪著眼睛問：「姊姊不害怕嗎？」

「怕什麼，有意思得很，祖母也很喜歡坐雪橇，妳不會還沒坐過吧？」

余幸搖頭，何子衿道：「妳來北昌府，連雪橇都沒坐過，真是白來了。」

余幸道：「我怕跌下去。」

「哪裡會跌下去，大家出遠門都是坐雪橇，妳應該是覺得不文雅。」

余幸道：「主要是害怕，也的確不怎麼文雅。」
何子衿感慨：「妳可真是個雅人。」
余幸笑，「不知道姊姊是誇我還是貶我呢？」說來，自從何子衿出了個給弟弟身邊放丫鬟的損招，余幸對大姑子客氣多了。當然，何子衿也不知道弟媳婦是醉翁之意不在酒。
何冽沒在縣衙，出去辦事了。
何老娘見著余幸，當頭一句就是：「妳咋來啦？」
余幸有些尷尬，到底有心理準備，笑道：「相公過來苦讀，我在家裡不放心，何況，老太太在這裡，我理當過來侍奉。」
何老娘心說，我只要天天不見妳，就能多活十年。
余幸嫁到何家這幾個月，婆家對她性子有所了解，她對婆家諸人也有所了解，知道太婆婆是個貪財的，連忙奉上大包小包的禮物，「這點心是來時那天讓如意齋的師傅起了個大早給做的，雖不比新鮮時候味兒好，現在吃也還不錯。老太太嘗一塊，就是我的福分了。」
孫媳婦都捧到跟前了，何老娘也不能不賞這個臉，就拿了塊栗子酥咬一口。
余幸又送上血燕，道：「這是特意孝敬老太太的。」
何老娘雖然覺得沒必要吃這麼貴的東西，但銀子花都花了，東西買都買了，她便矜持地點點頭，示意余嬤嬤收下。余幸還有兩匹時興的衣料子奉上，以及親手給何老娘做的抹額，然後討好地道：「這是早就開始做了的，我動作慢，沒敢先叫老太太知道。聽說老太太愛梅花高潔，我就繡了梅花。」

何老娘訝異地瞧著余幸，「妳咋突然變得這麼好啦？」

余幸生平頭一回聽到這麼實誠的大白話，臉上的笑容都僵了，「看老太太說的，我一直這樣。我跟相公剛成親，您就想著大姊姊和小叔子過來這裡，我心裡可是敬著您呢。就是我這人嘴笨，許多話心裡有，嘴裡說不出，叫老太太誤會我了。」又讓何老娘試抹額，「我回去把隱扣縫好，待天冷些，老太太就能戴了。」

何老娘很驚奇孫媳婦怎麼跟換了個人似的，一時不好說什麼。

把給太婆婆的禮送了，余幸這才跟著大姑姊去丈夫住的小院。當真是個小院，就是個書院。何子衿道：「阿冽只一個人，我就讓他住書房了。一會兒讓忠哥兒把阿冽的東西收拾好，妹妹先與我來。」然後引余幸去了另一處寬敞些的院子。小院落也有十五六間屋子，正房東西廂俱全，後頭還有一溜低矮些的罩房，難得的是後院還有一口水井，取水方便。

何子衿道：「上回爹娘過來住，就是住這個院子。妳帶的人多，這裡住得開。後罩房裡有小廚房，樣樣都是方便的。」

余幸見屋內家具齊全，打掃得也很乾淨，連忙跟大姑姊道謝，只是有些眼拙，看不出這是什麼材質的家具，何子衿指給她道：「這個多寶架子是南榆木，這幾個花几是白榆木，餘下的是柏木的。先時顏色不一樣，後來找匠人漆了漆，瞧著就似一套了。」

余幸不知說什麼好了，她想著沙河縣會艱辛些，卻沒想到大姑姊這縣尊太太連套齊整家具都湊不齊。余幸這次來另有用意，勉強笑道：「這就挺好，姊姊不說，我都不曉得。」

何子衿道：「剛來時，這些院裡的家具都不見了，還是我親自去舊家具鋪子挑的。」

余幸實在是忍不住了，問道：「姊姊，姊夫身為縣令，都過得這般清苦嗎？」

何子衿笑，「那倒不是，是我愛買舊家具。老家有一屋子，帝都的宅子也有一屋子。」

對於大姑姊愛淘二手貨的愛好，余幸真的是無語了。

余幸慶幸來前有心理準備，不然面對一屋子二手家具，她當真得懵。不過，人性裡或者天生就有種欺善怕惡的基因吧，因著是在厲害不好惹的大姑姊的地盤上，她頗能忍耐，只是在心裡後悔沒把自己的家具拉來。

何子衿道：「讓丫鬟們收拾吧，我帶妹妹在後宅各處轉轉。」

余幸就把收拾屋子的活計交代給田嬤嬤，田嬤嬤請何子衿留下個小丫頭子，不為使喚，只為問個水啊掃帚什麼的。何子衿就將小雪留下了，帶著余幸認認路。

余幸氣人時是真氣人，這要是示起好來，也挺有小手腕，譬如頭一回來大姑姊家，知道大姑姊這裡還有兩家親戚，以前沒放在心上，如今她帶著自己的小算盤過來，準備得頗是周全，各家都備了禮物。長輩的是長輩的，平輩的是平輩的，就是孩子們也人人都有。除了給太婆婆和大姑姊的是血燕，給江仁一家、蔣三妞一家的，都是實用卻不奢侈的禮物。

何冽下午回來，一看媳婦來了，嚇了一跳，問：「妳怎麼來了？」

余幸嗔丈夫一眼，「我怎麼就不能來了？記掛你就來了，你難道都不記掛我？」

何冽自然高興見到新婚媳婦，嘴甜道：「哪能不想，做夢都想哩。」

這話逗得余幸一笑，卻是讓何老娘直翻白眼，覺得大孫子成了親倒越發沒出息了。

余幸接了丫鬟端上的茶給丈夫，道：「先潤潤喉。」

何老娘此方暗自點頭，知道給她孫子遞茶，還算有眼力。

何洌同祖母打過招呼，就帶余幸回了新院子。

何老娘與自家丫頭嘟囔：「妳看阿洌，媳婦一來就找不著北了。」先時回來都要在她這屋裡待半天的，媳婦一來，就跟著媳婦跑了。

「一會兒吃飯時我問問阿洌，北在哪兒呢。」何子衿笑，「您老人家要是見不得孫子與孫媳婦親香，以後就甭提抱曾孫的事兒啦。」

何老娘立刻閉上嘴巴。

小夫妻倆回到新院子，余幸讓丫鬟打水服侍丈夫洗過臉，方道：「你在書房的東西，我都收拾過來了，一會兒你看看可還齊全。姊姊給咱們安排的這院子寬敞，明三暗五的正房，我幫你收拾出了一間書房，以後你就在這書房裡用功就是。」

何洌接過手巾，擦淨臉道：「哎喲，咋這才幾天不見，妳就跟換了個人似的？」

余幸瞪他，「少說這些酸話，我過來難道不好？」

「妳不修園子了？」

「我託祖母尋了個可靠的管事看著，反正圖都畫出來了。修園子雖然重要，跟我相公也沒得比。」余幸眼含笑意道：「你走了走後，我挺掛心的，還想著讓祖母幫你在府裡尋個有學問的先生，讓你回府裡念書。祖母說羅先生學問極好，到底你一人在這裡，我哪裡真放心得下，就同姊姊一道過來了。」

當天不要說下午回來何洌沒怎麼在祖母屋裡待，就是吃過晚飯，也不在祖母屋裡停留，略說兩句話就帶著媳婦回屋歇著了。
何老娘半點意見都沒了，還同自家丫頭道：「那啥，妳再卜一卦，看阿冽啥時當爹。」
何子衿：……
夫妻倆的事，真不是一般人能明白的。
就說余幸吧，何家女眷都覺得這是個做作女，便是何冽，成親不久兩人還吵了一架，結果，余幸一來，兩人就又好了，便是房事也很和諧。
何冽還說她：「看吧，我早說了，就是開始一兩回有些疼，這回舒坦了吧？」
余幸到底步入女人的時間不長，羞道：「快閉嘴，不許說這種話！」
「不說就不說，這原也不是靠說的。」何冽正是血氣方剛的年紀，就又來了一回。至於余幸，她也得說，得了滋味就不難受了。
余幸又有些懷疑，「你怎麼突然就……這麼……你是不是有人啦？」
「胡說什麼？先前妳老說疼，不讓人近身，這會兒舒坦了，又疑神疑鬼。」何冽道：「妳不是一直說疼嗎？我就找了本書研究了一下。」
「你看什麼邪門歪道的書啦？」
「明晚咱們一起看。」
「我才不看呢！」
「那我看了教妳。」
「我也不學。」

「成，妳躺著就行。」

「你越發壞了。」

田嬤嬤聽著裡間時不時有笑聲傳出，總算鬆了一口氣，尋思著，小夫妻剛成親，都是床頭吵架床尾和。這回姑娘過來，可算是來對了，跟姑爺的情分多好啊！

柒之章　暴力教妻得速效

因著新媳婦過來，何洌好幾天都是笑咪咪的。別說何洌，就是余幸，原本嫌棄沙河縣貧苦，可是等到小夫妻一團圓，氣色就變得很好，還添了幾分小女人的嫵媚。當然，余幸有些看不上沙河縣的士紳太太也是真，尤其莊太太愛帶著針線過來，一邊做針線一邊說些八卦，一下午得喝三壺茶水，點心也要吃半盤。余幸簡直見不得莊太太，覺得莊太太太過粗野。孩子們對於多了個舅媽、嫂子、嬸子的長輩，也很快就接受了。

紀珍還給了評價道：「比成親那天好看多了。」

何老娘覺得好笑，「你還知道好看難看啊？」

「知道。」紀珍點頭，「阿曦妹妹第一好看。」

阿曦投挑報李道：「珍舅舅跟我一樣好看，也是第一好看。」

阿曄聽這話氣極，「咱倆是龍鳳胎，才是一樣的。」

阿曦揚著小肉脖子，「我比你好看，珍舅舅也比你好看。」

阿曄道：「明兒祖父再考妳千字文，休想再叫我幫妳了。」

「我才不用你幫，珍舅舅都教會我了。」

阿曄氣壞了，自從紀珍舅舅來了以後，他妹妹就總跟紀珍舅舅在一塊，明明小時候妹妹都是跟他在一起的，而且，有了紀珍舅舅，妹妹也不如以前好欺負了。

余幸時常聽阿曦和阿曄說「祖父」，好奇地私下問丈夫：「我聽說姊夫的親生父母都不在了，阿曦和阿曄叫的祖父是誰啊？」

何洌道：「是朝雲道長。」

余幸心頭一跳，「就是皇后娘娘的舅舅，方先生嗎？」
何洌有些訝異，「妳也知道啊？」
余幸道：「我知道有什麼稀奇的，你忘記我祖母姓什麼了嗎？」
何洌想了想，這才道：「也是。」他把太岳母姓謝的事給忘了，就聽妻子道：「說來，我家同方家也算姻親，方先生也是我的長輩，你說，我要不要過去請安？」
何洌道：「不用了，朝雲道長不見外人。」
「我是外人嗎？」余幸不滿。
「那他也不一定會見妳，再說，謝家跟朝雲道長只是姻親，沒什麼血緣關係。」
「那也不能問候都不問候一聲吧？」余幸道：「這樣成不成，我寫個帖子，備份禮，託姊姊遞過去。要是方先生肯見自然好，就是不見，咱們的心意也盡到了。就是不從我娘家論，我嫁給你，也得叫方先生知道吧？」
何洌道：「朝雲道長知道啊，聘禮裡那對鴛鴦佩，就是朝雲道長給的。」
余幸大叫一聲，捶丈夫一記，「你怎麼不早跟我說啊？」
「妳也沒問我啊！」何洌頗是無奈，覺得女人腦子想的東西真是叫人琢磨不透。
余幸又捶他，然後叫丫鬟把鴛鴦佩取出來，再賞鑒了一回。
「原來我就瞧著是塊古玉，平日裡都沒捨得戴。」
「說謊，妳初時戴的，上回拌嘴後妳就不戴了，把我的也收回去。」何洌揭媳婦老底。
「閉嘴閉嘴閉嘴！」余幸翻白眼，自己又笑了，「上牙還有碌著下牙的時候呢，拌嘴怎麼了？以後拌嘴的時候還多著。」

何洌把媳婦攬到懷裡，「幹嘛要拌嘴呢？妳看姊姊、姊夫，一次都沒拌過嘴。」

「姊姊說什麼姊夫都聽，我說什麼你都不肯聽。」

余幸心說，大姑姊像隻母老虎似的，誰敢跟她拌嘴呀？

「妳要是說的對，我也會聽的。」

第二天，余幸叫何洌幫她去遞帖子，何洌道：「妳跟姊姊說不是一樣嗎？」

「我就要你去說。」

「妳先放一邊吧。」

「你可不要忘了。」

「曉得曉得。」

「我還備了禮，你託姊姊帶去。」

「知道知道。」

結果，不出何洌所料，朝雲道長根本沒收禮，帖子也退了回來。

余幸很鬱悶，同丈夫道：「朝雲道長是不是不喜歡你啊？」

「是啊，朝雲道長又沒收我做弟子，只有姊姊能經常過去。姊夫去，也得跟著我姊。」

「為啥？」

「他自己去，也見不到朝雲道長啊！」

余幸道：「真是個怪人！」

「朝雲道長是長輩，不許這麼說。」點妻子鼻尖一記，何洌揀了本書看。

余幸倚著旁邊的引枕問：「那朝雲道長喜歡什麼？是不是我備的東西不合他的意？」

何洌道：「我也不曉得，哦，對了，朝雲道長不吃醬菜，不吃鹹肉，不吃死掉的魚。」

「跟娘娘挺像的。」

「舅甥嘛，自然是像的。」何洌道：「阿曦就像我，自小喜歡吃肉。」

「阿曦有一點胖了，小時候胖些自然好看，女孩子大了還是瘦些好，姊姊應該在吃食上讓她克制一些。」

何洌翻過一頁書，道：「沒事，咱家沒胖人。我小時候、姊姊小時候都胖，興哥兒也是近兩年才開始抽條長個兒瘦下來了。」

余幸總是打聽朝雲道長的事兒，何洌還不會多心，一打聽到大姑姊那裡，何子衿就都明白了。余幸種種行徑，讓何子衿想到了朝雲師傅對她的評價。

甭看大姑姊與弟妹相處得不大融洽，余幸要給朝雲道長遞帖子送禮物啥的，何子衿還真給她辦了。朝雲道長一聽是余幸送的東西，都沒看那帖子，淡淡地道：「謝氏血統天然就有牆頭草的勢利，幸而娘娘不像謝家人。」

對比余幸的所作所為，何子衿也只得說：師傅，您真不愧是我何小仙的師傅啊！只是，大仙師傅，您既然知道，咋不早說啊？

對於女弟子的疑問，朝雲道長也有些不解，理所當然地道：「朝中這種勢利眼的牆頭草多的是，余家也是巡撫之家，余氏之父在朝為正三品侍郎，這出身並不委屈阿洌。想在官場上占得一席之地，聯姻也是很有必要的。」

有這麼個勢利眼的弟媳，其實不是沒好處，起碼江贏過來的時候，余幸就很熱情。

余幸跟何老娘沒啥共通語言，好在來了位紀將軍的繼女。紀將軍的繼女十分有名氣，剋夫命聞名北昌府。紀將軍兩次為其訂親，皆是少年英才，結果頭一位還沒訂親，剛把親事說定，訂親前就意外死了，第二位則是訂親後成親前意外死亡。

比江姑娘更有名的是其生母紀夫人的名聲，這是一個三嫁的婦人，出身蜀中的小山村，憑著三嫁步步青雲，做了超一品詔命。

余幸心裡不見得多麼喜歡江贏，畢竟她對於江贏之母三嫁之事還是有些看不起的，但她是個知曉輕重的，就憑江贏現在的繼父紀將軍的地位，江贏也是只能交好不能得罪。

江贏是過來權場，順便拜訪何子衿的。何子衿先時特想插手紅參生意，因著上等紅參都是大家大族所把持，她沒得下手，倒是江贏做起紅參生意來。

想一想紀將軍在北靖關的權勢，江贏能在這裡頭分一羹不算什麼稀罕事，但這杯羹真想順利分到手，也得有人有手段。

江贏送了何子衿一匣子上等紅參，何子衿說：「這樣好成色的紅參可是不多見。」

江贏笑，「姊姊都說好，看來定是好的。」

何子衿道：「我們做潤膚膏都是用次一等的，其實也是不錯的紅參了。不是用不起最好的紅參，只是，再好一等的紅參，都是有價無市。」

江贏道：「姊姊以後倘要一等參，只管去我鋪子裡知會一聲。」

江贏在縣衙住了下來，一方面也是想照顧紀珍。

紀珍很高興姊姊能過來，正好請姊姊參加他的生日宴。

紀珍的生辰在七月，今年是八歲生辰。江贏想著，弟弟不在家，生辰更不能委屈弟弟，就同何子衿商量起給弟弟過生辰的事。何子衿笑道：「問一問阿珍的意思吧。」

江贏想著，她弟不過八歲，能有什麼主意，誰知她弟早就有了主意。他要請小夥伴們吃飯，菜單提前擬了出來。何子衿與江贏一看，不是炸雞就是各種炸丸子，紀珍還跟子衿姊姊和姊姊做了解釋：「我們都愛吃炸雞，大寶哥愛吃魚肉丸子、蝦肉丸子。丸子啥的，我們也喜歡。還有時令水果再準備一些，主食是長壽麵就行。」

何子衿道：「那就這麼準備啦？」

紀珍點頭，「這是我們吃的，姊姊，你們大人想吃什麼吃什麼，不用跟我們一樣。」

「沒打算跟你們一樣。」何子衿道：「再給你們添幾個素菜，不是魚就是肉，會膩。」

「不用不用。」紀珍也屬於那種小時候不愛吃菜的小朋友。

何子衿笑咪咪地道：「添個烤蘑菇、炸芋頭條……」

「好啊好啊，再來個拔絲蘋果。」紀珍又添了個菜。

何子衿和江贏相視一笑。

紀珍生辰那天，一大早，紀珍就同阿曦換上了一身小紅袍。因著天氣轉涼，領子與下襬還綴了一圈白色小兔毛。阿曦同他的衣裳區別在於，紀珍的是小袍子，阿曦妹妹的是小女孩穿的小裙子，但領口裙襬同樣都綴了小白兔毛。

紀珍先帶阿曦去跟長輩們請安，然後就等著收生辰禮了。

阿曦送珍舅舅一個針線稚嫩的荷包，這是她生平第一個成形的作品。紅底黑線在荷包上繡了個珍字，說是繡都客氣，僅是描出個珍字，再用歪歪扭扭的大針腳縫出來。

因是阿曦送的，紀珍十分歡喜，當下就掛到腰上。

阿曄笑到肚子疼，「遠遠一看，以為是掛著個小口袋呢。」

阿曦握著小拳頭開始運氣。

紀珍道：「這是阿曦妹妹的心意，我最喜歡了。阿曄，你送我啥？給我看看。」

阿曄描了個壽字送給紀珍，結果這幅字被紀珍從頭批評到腳。阿曦聽得直樂，鬆開小拳頭拍手，還做鬼臉笑話她哥沒學問。於是，就換阿曄握著小拳頭開始運氣了。

孩子間的插曲不計，今天紀珍委實收到不少生辰禮，包括他姊姊親手給他和阿曦妹妹做的小袍子小裙子，子衿姊姊送他的硯臺，三姊姊和阿琪姊姊送他的新衣裳，還有重陽哥送他的木頭刀，大寶哥送他的新書，二郎弟弟、二寶弟弟送他的新出爐蛋烘糕。因為蛋烘糕是何祖母的最愛，紀珍很體貼地送給了何祖母吃。何老娘直誇了紀珍半刻鐘，把小小的紀珍從髮絲誇到腳後跟，誇得小壽星一整天小臉都是紅撲撲的。

讓紀珍有些意外的是，他姊姊還給了一份姚節哥送他的生辰禮，而且，不知道為啥，姚節哥還很上道地送了雙份，江贏道：「阿節說，一份是你的，一份是給阿曦的。」

紀珍就很高興了，「阿節哥怎麼還知道我的生辰啊？」雖然很可能是阿節哥在拍他馬屁，但阿節哥記得給阿曦妹妹也準備一份，這馬屁明顯拍得很有檔次。

江贏笑，「阿節一向心細。」

紀珍接了生辰禮，忙顛顛兒拿了一份給阿曦妹妹。

阿曦也很高興，同紀珍道：「阿節舅舅很好。」

「嗯，還算不錯吧。」想要巴結他爹他娘的人太多了，阿節哥算是其中不錯的。

紀珍生辰禮收了，接下來就是中午的生辰宴了。因是特意選了縣學裡休息的日子，也提前知會了大人們，於是，人來得很全，相當熱鬧。孩子們那桌自然豐盛，大人們的，怎麼說呢，豐盛上還得添個更字。因家裡有烤鴨鋪子，烤鴨大家是常吃的，這回是烤鴨的升級版，一隻大大的烤鵝，另外還有烤乳豬。甭看成年野豬的肉粗糙不大好吃，小野豬是又香又嫩，立刻把小朋友們都吸引過來了。

阿曦還一副很後悔的樣子，一邊端著小盤子排在重陽哥後面等著她娘切乳豬肉，一邊同紀珍道：「哎喲哎喲，咱們怎麼沒想到吃烤乳豬啊？」

紀珍深以為然地點點頭。

阿曄排在隊伍最末，還不忘嘴賤道：「怎麼能吃妳的同類呢？太不人道啦！」

人道這個詞是跟他們親娘學。

阿曦踢著小腿要過去拽她哥，紀珍忙攔著她，「輪到妳了，快把盤子遞給姊姊。」

隊伍是按年齡排的，阿曦屬於插了紀珍的隊，排在了前頭。

阿曦哼唧兩聲，覺得還是吃肉比較重要，就暫時沒理她哥，但還是撂下一句狠話：「一會兒等我捶你！」又跟她娘要求：「娘，把好吃的肉都給我和珍舅舅，不要留給我哥。」

何子衿道：「打架的人都沒得吃啊！」

紀珍回頭念叨阿曄兩句：「你別總招曦妹妹揍你啊！」

阿曄道：「我這是實話。」見他妹要跑過來，連忙道：「不說啦不說啦！」

阿曦晃晃小拳頭，接過自己的小盤子，先捏一片給紀珍嘗嘗。

紀珍咬一小口，說：「妹妹也吃。」阿曦就把剩下的吃掉了。

小孩子們一人不過三五片，重陽年紀大些，也就半盤的量。

余幸道：「不知道孩子們這麼喜歡，要是知道，該多烤幾隻。」

何子衿笑，「不能讓他們吃太多，炸雞也是，今天是阿珍生日，隨便他們吃多少，以前也都是有數的。再好吃的東西，過量就不美了。」

余幸亦是講究飲食有度，點頭道：「是這個理。」

余幸雖是個臭講究，但來了沙河縣也不至於還飄在半空不接地氣，準備紀珍的生辰宴，她還讓自己的廚娘過去幫忙了。哪怕余幸是看在紀珍的面子上，能有這番眼力勁兒，何子衿也比較熨貼，何老娘私下也說：「到是也知道個大面。」

余幸現在豈止是知道個大面，對大姑姊簡直好得不得了，完全是芥蒂全消的模樣，就是大姑姊鋪子裡研究新的胭脂水粉，她也跟著提了不少意見。

甭看余幸愛做作，朝雲道長對余氏家族也僅止於「雖可稱得上世族，但如今只能算二流家族」的評價，但相對於何子衿與江贏這些草根出身的，余幸對於時下胭脂水粉的確是別有一番見解，這大約是自小到大的熏陶吧，用余幸的話說：「我家傳下來的胭脂方就有四十六種，香方更多，足有五十種。」便是余幸自己，自小沒用過外頭的胭脂水粉，都是自己配的。

余幸生在這樣的家族，自不會打聽大姑姊這些方子的配法，她只是將自己對胭脂水粉的心得提出來，段太太還說：「大奶奶不愧是大家族出身，就是比我們有見識。」

余幸笑，「這只是我的一家之言，有沒有用就不知道了。」

「怎麼沒用？這粉按大奶奶說的合了花露來蒸，果然再添一層甜香，配了成套的胭脂賣最好不過了。」段太太都覺得，這大戶人家出來的奶奶雖傲氣些，見識也是有的。

因著余幸幫著改進了水粉方子，何子衿看她頗是順眼，更讓何子衿意外的是，余幸還提供了兩個香方，余幸道：「這個方子是我自己配出來的，並不是族裡的方子，大姊姊知道就行了，不要傳到外頭去。」

何子衿道：「方子我不能白收，給妳算提成。」

余幸不大樂，「咱們什麼關係，大姊姊這般說就見外了。」自從知道大姑姊同紀夫人與江贏是莫逆之交後，余幸就決定要同大姑姊搞好關係了。

何子衿笑道：「親兄弟還得明算帳，生意上的事，妳聽我的吧。」

大姑姊非要如此，余幸只有隨她了，私下還同丈夫說：「姊姊太見外了。」

何洌很高興媳婦跟家裡人親近，勸道：「姊姊給妳妳就收著，方子不同別的，以前族裡有個伯娘想做咱家的醬菜生意，也是跟咱娘買方子的。一碼歸一碼，就是三姊姊的烤鴨鋪子，裡頭也有姊姊用方子入的股。這些事分清楚了，親戚才能更親。」

剛過紀珍生辰沒幾天，八月還沒到，何洌就收到姚節託人送來的兩車皮貨、兩車風雞和兩車風鹿，以及一封書信，何洌還說：「咱們家又不缺皮子。」

他覺得兄弟真是惦記自己啊，結果打開信一看，他是自作多情了，皮子和山貨都不是給他的，是給他姊和江贏的。

何洌暗罵一句見色忘友，心裡卻很同情他這個兄弟。比他還長兩歲，至今沒娶上媳婦。

何洌看過信就將皮子給他姊和江贏送去。

何子衿問：「阿節這孩子，如何送這麼多皮子過來，咱家都有呢。」

何洌忙道：「姊，妳不曉得，我聽阿節說過，北靖關那地方山林多，狼啊鹿啊熊啊都打不完，阿節每年都得許多皮子。妳一半，江姊姊一半。」

江贏笑，「如何還有我的？」

「江姊姊這麼過來，阿節擔心妳沒帶足冬天衣裳吧。」

江贏道：「勞他想著了。」

雖然一塊皮子都沒得，何洌還是為他這光棍兄弟刷好感，「阿節這人看著好像粗枝大葉，實際上是個細緻人。人也好，以前在學裡，沒人不喜歡他的。」

何子衿不忘同弟弟道：「別忘了回封信給阿節，讓阿仁哥去北靖關的時候帶去。跟他說，東西收到了，家裡用不完，叫他以後別送了，留著自用，或者是送給同僚打關係。」

何洌心說，怎麼他姊給拆臺啊？想著江贏也快出孝了，他還是得把兄弟的念想同他姊說一聲，好讓他姊能在江贏這裡幫忙使個勁兒。何洌這般計畫，嘴上便道：「他行事向來周全，哪裡會忘記同僚家？他既想送，不讓他送，他反不樂。咱們又不是外處，他這些東西，就是擱家裡也沒個針線上的人給他做。」

何子衿問：「阿節都百戶了，家裡也沒買個會針線的丫鬟服侍？」

姚節是能吃苦，但在帝都時，也是個愛享受的。

「他成天在軍中，買丫鬟來做什麼？再說，先時他那後娘想壞他名聲，就是從他身邊丫鬟入手的。經那一事，他身邊就沒留過丫鬟，覺得事多，現在都用小廝。」

何洌忙又講了講好友自小的不幸，以及最缺關懷之事。

何子衿道：「先時我託阿仁哥給阿節送了回冬衣，這麼些皮子，索性再給他做幾身。」

何洌笑，「那敢情好。」

這麼些皮子，何子衿就都各家分了。

余幸得的自然是上等一份，其中有幾條火紅狐狸皮，因見余幸似是喜歡，何子衿就給了她，余幸還客氣了兩句：「姊姊留著給阿曦做衣裳吧，孩子們穿正好看。」

何子衿笑，「她有呢。你們今年成親第一年，正當穿紅的才喜慶。」

余幸見大姑姊誠心要給，就高興收了，她其實也有一件紅狐皮的斗篷，私房裡還有幾塊紅狐皮子，再添上這些，正可給丈夫做一件狐裘大氅。

結果，狐裘大氅還沒做，余幸就同何洌幹了一仗。何子衿可不知道她弟是這樣的人，何洌急了，竟然真的跟女人動了手。余幸挨了生平第一頓揍，據說屁股都被打腫了。

何子衿不知道兩人為什麼幹架，兩人的嘴緊得跟蚌殼一般，誰也不說，連余幸的奶娘田嬤嬤都不曉得。何子衿得信兒，還是余幸的丫鬟奔到何老娘屋裡把何家人喊去救她家小姐，何子衿這才知道的。

何子衿一聽說兩人打起來了，哪裡顧得上問緣由，放下手裡的茶盞就跑了過去。到小倆口的院子裡一看，丫鬟婆子都在外頭勸，尤其是田嬤嬤，急得都快要暈過去了。

一見何子衿來了，田嬤嬤的眼淚就流了下來，拉著何子衿的手，哽咽道：「大姑奶奶，妳趕緊救救我家姑娘吧！」

何子衿過去拍門，就聽裡面何洌問：「妳知道錯沒？」這話顯然不是跟他姊說的。然後，裡頭傳來余幸腦殘的聲音：「你有本事就打死我！」

這話多愚蠢啊，簡直就是火上澆油，何子衿繼續敲窗拍門，何洌理都不理，何子衿都聽到巴掌著肉的聲音了。何子衿聽得心臟直跳，勸何洌：「快開門！有話好好說！」

何洌哪裡肯聽，余幸原還硬氣，可到底不是烈士投的胎，很快就哭著認錯了：「我知道錯了，再不敢了，也不那麼說了！」

兩人分了勝負，何老娘扶著余嬤嬤來了，來了也沒法，跟著一起叫門：「何洌開門。」

何洌可能是要開門，就聽裡頭余幸哭道：「不要開！」太丟臉了！

何洌道：「姊，妳跟祖母回去吧，沒事的。」

兩人不開門，何子衿只得叮囑田嬤嬤：「一會兒開了門，嬤嬤打發人去叫我。」

田嬤嬤哪裡放心讓何子衿走，生怕姑娘在裡頭被姑爺揍出個好歹。

何子衿輕聲道：「先預備熱水，讓他們小倆口說說話。」

余幸門都不讓開，這會兒還有心情顧面子，想是打得也不是很厲害。

何子衿扶著何老娘回去，何老娘一回屋就念叨：「這是怎麼啦？」

何子衿也發愁道：「夫妻過日子，哪裡有不拌嘴的，一會兒問問就知道。」

何老娘向來是把自家丫頭當百科全書使的，遂問：「妳說是怎麼回事？」

「我怎麼曉得？」

「要不，妳卜一卦看看？」

「一會兒就能知道的事，卜什麼卦啊？」

何老娘長吁短嘆一下午，還時不時同自家丫頭絮叨：「妳爹跟妳娘沒紅過臉，妳同阿念也沒拌過嘴，怎麼阿冽跟他媳婦就這樣啊？」一會兒又問：「是不是風水有問題啊？」

「祖母，您就別叨叨了，一會兒就知道是什麼緣故了。」何子衿打發丸子去朝雲道長那裡尋竇大夫要些治傷的藥膏，還得是能潤澤肌膚的那種，然後命丸子送了過去。

田嬤嬤晚飯的時候才過來，神色平靜不少，何子衿問：「嬤嬤可知他們為何打起來？」

田嬤嬤嘆道：「奴婢帶著丫鬟們在外間做針線，姑娘和姑爺在裡面說話，初時挺好的，聽說是談些衣裳皮子還有姚節大爺的事，後來不曉得如何，姑爺陡然大聲起來，奴婢剛想要去勸，姑爺就把奴婢們都打發了出來，然後裡頭就打起來了。」

何子衿問：「現在門可是開了？」

田嬤嬤點頭。

何子衿起身道：「我去看看妹妹。」

何老娘也要去，田嬤嬤忙攔著道：「老太太、姑奶奶都是好心，可我們姑娘臉皮薄，奴婢回去幫著帶個話吧。待姑娘好些，您二位再去不遲。這會兒，她正彆扭著呢。」

何老娘直嘆氣，反覆念叨：「這是怎麼回事啊？」

何子衿道：「祖母莫急。」又問田嬤嬤：「他們倆可傷著了？」

田嬤嬤低聲道：「已是上了藥。」

何老娘更坐不住了，急問：「還真打傷了？」

田嬤嬤能說什麼，又怕何老娘跟著著急，便道：「老太太放心，已敷了藥，並無大礙。」還得勸何老娘：「出來前奴婢勸著，姑娘和姑爺都吃了些湯水，如今歇下了。」

何老娘這才鬆一口氣，還能吃湯水，可見傷得不是很厲害。

小倆口打架打得驚動長輩，江念回府就知道了。根本不必打聽，何老娘就拜託江念：「明兒你好生勸一勸阿洌，可不興動手的啊。有事說事，哪裡能動手呢？」

何老娘雖說不大喜歡這個孫媳婦，卻也不能看著孫子打媳婦。

江念應承下來，寬慰了何老娘一番，回屋才問子衿姊姊詳情。

無奈子衿姊姊也不知道緣由，就將自己知道的說出來。江念道：「要不是把阿洌惹急了，阿洌不會打女人的。這要是余氏占理還挨揍，現在早把天掀起來了。」

何子衿也想到了這層，「阿洌肯定是氣狠了，你不曉得，我敲門都敲不開，直到阿幸認了錯，阿洌才消停。也不知打成什麼樣了，阿幸還不讓阿洌開門。」

「剛挨過揍，一準兒是覺得沒面子。」江念道：「明兒我說說阿洌，這光揍不成，得揍一回再哄哄，叫她學個乖，這樣就好了。」

何子衿目瞪口呆，江念理所當然地道：「這余氏啊，早就該教訓一下了。現在不把她壓服了，以後阿洌當不起家來。」

何子衿道：「打人總是不好。」

「欠揍就得揍。」江念立場鮮明，他跟小舅子一起長大的，深知小舅子的脾性。江念完全不同情余幸，就余幸成親後辦的事，他早就不喜了，只是因這是小舅子的內闈，他不說罷了。江念道：「要不是惹急了阿洌，誰會打媳婦啊？疼都疼不過來呢。」說著，還腆著臉摸摸子衿姊姊的白嫩小手。

何子衿白他一眼，「明兒個你可得好生勸勸阿洌。」

第二天早上，小倆口也沒出院門，早飯是在自己院子裡吃的。

江念因是一縣之長，縣裡他最大，沒人敢管到他頭上，就先把小舅子叫出來說打架的事情。江念不問為什麼打架，就問何洌：「現在如何了？」

何洌道：「就那樣唄，她說要回府裡，被我鎮壓下來了。」

「這就對了，夫妻又不是仇家，得過一輩子的。打已是打了，跟弟妹說一說道理。這人啊，多少年的性子，可能不大好改，你得有些耐心。打這一回就算了，別總是動手。」

何洌點點頭道：「真是氣壞我了。」

「要不說媳婦是教的嘛。女人呢，該疼時要疼，該教時要教，你就是生氣，心裡不能真生分。她哪裡不好，把她教好了。你要是不理，冷著她，非但冷了情分，她也不能知道自己哪裡錯了。哪兒就能遇到特別合心的人呢？我跟子衿姊姊這樣的，萬裡無一。因為我們一起長大的，性情早磨合過，彼此就是最合適的人。你同弟妹剛成親，你想要什麼樣的媳婦，就把弟妹教成什麼樣的，便能和睦了。」江念不忘秀恩愛地教導道。

何冽很認真地聽了進去。

何冽這一出院門，被何老娘見了他臉上有三道血痕，何老娘立刻把昨兒擔心孫媳婦被打壞的心拋到九霄雲外去，連忙拉著孫子問長問短，心疼得直抽抽，念叨道：「這個狠心的，你萬一破了相可怎麼著？」這是氣孫媳婦手黑。

何冽道：「沒事，也不疼。」

何老娘心說，這樣的娘們兒，還真是欠捶！她拉著孫子到近前看傷口，見已經結痂，這才放下心來，又問打架的緣由。何冽敷衍幾句，並沒有說出來。

何老娘私下同自家丫頭猜測：「妳說，是因著什麼呢？」

何子衿道：「這哪裡曉得？阿冽大了，正要臉面的年紀，他不想說就不說吧。」

何子衿轉頭又問何冽：「阿幸要是願意見人，我去瞧瞧她。」

何冽道：「姊姊去就是。」

余幸正臥床休養，一看她躺床，何子衿以為她病了，再看臉上，倒沒見傷，然後見余幸是側臥的，就知道是怎麼挨打的了。俊哥兒小時候特愛得罪阿冽，把阿冽惹毛了，屁股常挨兩下，何子衿遂道：「真是嚇到我了。」

余幸聽田嬤嬤說過了，大姑姊一天打聽她好幾回。余幸一見何子衿就想哭，何子衿拿帕子給她擦眼淚，打發了丫鬟方道：「別哭了，到底是怎麼回事，我問阿冽，他也不肯說。」

余幸哽咽道：「就是話趕話，我也不是有意的，他就直眉瞪眼地打人。」

何子衿道：「你們倆呀，我都不曉得說什麼好。平日裡好的時候跟蜜裡調油一般，說幹架就幹架。我已說訓斥過阿冽了，再怎麼說，有理講理，不該動手。妳叫我一聲姊姊，我就再說說妳。雖不曉得你們因著什麼話打起來，但你們要切記，話趕話最容易傷人，也容易傷著情分。妳想一想，倘當時稍稍留點心，是不是根本就不會吵架？」

「我也不是故意的。」

「我知道。」何子衿撫摸著余幸的頭髮，溫聲道：「不用不好意思，阿冽臉上有傷，大家都以為妳是把阿冽打了。」

余幸氣苦，「我哪裡打得過他？」

何子衿看她指甲，鳳仙花汁染的長指甲，這會兒都剪平了，便問：「妳自己剪的？」

余幸更鬱悶了，這是昨日死阿冽按著她的手剪的。

夫妻倆打架，能自個兒解決最好，長輩一插手未免事情就多，故而，雖然何老娘很想幫著調解，在何子衿的勸說下，就沒有多加過問。何冽還好，得了阿念哥的提點，至於余幸，何子衿託了田嬤嬤相勸，田嬤嬤是余幸的奶娘，她說的話，余幸還是能聽得進去的。當然，也有不懂事的，像余幸的大丫鬟佛手就憤憤道：「必要告訴咱們老太太、太爺去，斷不能這樣算了的！咱們姑娘是千金小姐，在家都沒挨過一根手指……」反正話沒說完就被田嬤嬤打罵了下去，田嬤嬤斥道：「自來都是勸和不勸離，勸好不勸散的，妳這不懂事的死丫頭！」

余幸靠著床頭嘆氣，「佛手也是實心腸，她都是為了我。」

田嬤嬤攪一攪碗裡的燕窩，娓娓勸道：「嬤嬤知道這幾個丫鬟是與姑娘自小一起長大的，姑娘心腸軟，待她們寬和，這才慣得她們沒了規矩。可是，姑娘想想，這事要鬧到老太太和太爺面前，誰是誰非暫且不說，這麼大老遠的，兩位老人家豈不牽掛？外頭又下雪，要是冒著大雪趕過來，路上有個好歹，姑娘心裡如何過意得去？」

余幸沉默半晌，道：「我沒打算跟祖父祖母說，不然早打發人去了。」

「嬤嬤曉得，姑娘自來最懂事。」田嬤嬤輕聲道：「小夫妻兩個，還是那句老話，上牙還有硌著下牙的時候。姑爺動手是不對，可姑娘細想想，姑娘是不是也有錯處？姑娘說的那句話，要是被小人傳出去，可是會生大風波的。江姑娘同親家大姑奶奶的交情是打小處的，連帶著江姑娘的母親紀夫人，她們都是蜀中人。親家大姑奶奶小時候就相識，後來在帝都就有往來，大爺別的上頭不敢說，一顆心都在姑娘身上，是最清白不過的人。姑娘那話，要是別人說的，還能說是小人作祟，可出自姑娘之口，倘叫人聽到，人家就得當了真，大爺的名聲就先毀了。這種話再傳出去，壞了江姑娘的名聲，紀將軍和紀夫人哪裡會甘休？」

田嬤嬤說是不知曉打架的緣故，但哪裡是不知曉，而是為著自家姑娘，再不能說的。倘叫親家知道，人家豈不著惱？就是江姑娘，還在何家住著呢。她家姑娘沒有壞心腸，就是說話有時不留神。

余幸早後悔說那些話，「我也是話趕話，我怎會真心那樣想？」

「便是話趕話，以後也斷不能說的。」

「我記得了。」

田嬤嬤道：「佛手那丫頭不像話。她年紀也不小了，姑娘瞧著誰合適，把她配人吧。」

余幸原還想把佛手許配給田嬤嬤的小兒子，見田嬤嬤不喜佛手，這話自是不能提了。余幸道：「先看看吧，看她可有合意的，倘沒有，再叫她娘尋思也好，總歸是跟了我一場。」

余幸本就不占理，有田嬤嬤勸著，過了幾天，小夫妻兩人便和好了。

兩人相偕去何老娘那裡的時候，何老娘又念叨了一遭，先責怪孫子：「你爹、你爺爺，連你老爺爺都沒打過媳婦，到你這兒倒是動起手來了？阿幸沒理，你也不能動手，再叫我知道了，沒你的好！」又說余幸：「男人臉上落疤原也不算什麼，可這科舉也看臉的。阿冽原是甲等臉，這落了疤，怕要落到丁等去了。」

兩人默默聽了，都說以後再不打了。

余幸生於官宦之家，家裡父祖兄長都是考過科舉的，也知道科考看臉的事兒。先時幹架光顧著打了，如今一聽太婆婆的話，就很有些擔心，一天兩趟給丈夫敷藥膏，還說：「我可不是為了你，我是為咱……嗯，為我以後的誥命。」剛想說為咱兒子，這不還沒兒子嗎？

何冽懶洋洋地道：「曉得了，一會兒我就去念書，趕緊把誥命給妳掙出來。」

余幸哼了一聲，又說他：「以後你都跟著我吃，不許吃帶秋油的菜，更不許吃醬菜醃菜醬肉之類的，魚類也少吃，那是發物，對身體不好。」

「這樣我如何受得了？」

「幾天不吃肉能饞死啊？」余幸道：「只是不讓你吃有秋油的肉菜，秋油是黑的，吃了疤會變黑的，你還真要鬧個丁等臉啊？」

何洌最喜紅燒，媳婦不讓吃，他忍得難受，就經常去胡文家、江仁家偷著吃，把余幸氣壞了。何洌自知沒理，受媳婦一通念，還奇怪呢，怎麼他在外頭偷吃肉媳婦在家就能知道？後來才曉得是忠哥兒說的。

何洌鬱悶地說忠哥兒：「咱倆一起長大，多鐵的交情啊，你怎麼啥都跟大奶奶說？」

忠哥兒道：「這又不是什麼機密事兒，大奶奶遣田姑娘來問我，我怎能不說呢？」

何洌再三要求忠哥兒以後不准說，忠哥兒也應了，結果余幸又知道了，還到太婆婆那裡告了丈夫一狀：「他一點都不知道別人的擔心，我還不是為他好，待他臉好了，要什麼好吃的沒有，非得這會兒吃？萬一留了疤，如何是好？」又拜託何琪與蔣三妞：「兩位姊姊回去同家裡說一聲，要是阿洌過去，只給白水一盞，啥都不讓他吃，茶也不給喝，茶也是帶色的。」

蔣三妞笑道：「弟妹真是處處想著阿洌。」

何琪也說余幸賢慧。

余幸心裡受用，嘴裡卻道：「有什麼用啊，我天天急得不行，人家完全不放在心上。」

自從幹過一架後，余幸很注意自己在府裡的風評，還著丫鬟出去聽風聲。打出過阿曦醉酒事件後，何子衿治家極嚴，不允下人說主家閒話，更不許到外頭說去。余幸這讓丫鬟聽風聲，根本沒聽到有人說他們夫妻打架之事，只是丈夫臉上明晃晃的三條血痕，就是下人們不敢說，這有眼睛的都看得到。便是丈夫編瞎話說是自己撞樹，多半也沒人信。余幸很不願意明明自己吃了虧還落下個母老虎的名聲，故而很注意聲名，這會兒就愛聽人誇她賢慧溫柔。

何老娘也很關心長孫的臉，正色應了孫媳婦道：「待阿冽回來，我非說他不可。」

何冽在祖母這裡挨頓罵，回屋就納悶了，「我身邊一準兒有妳的細作。」

「誰叫你說話不算，還不許我問了？你要是不貪嘴，哪裡怕人問？我不但今兒問，明兒我還問。」余幸又去看丈夫臉上的疤，「要是癢也別撓，知道不？」

何冽聞著媳婦身上的幽香，不由湊近了些，「以後妳別撓我就是。」

余幸伸出十指晃啊晃，「你再敢動手，下回就撓你個滿臉花。」

何冽握住媳婦的手，招呼丫鬟拿剪刀過來給剪指甲。兩人又是一番笑鬧，外頭丫鬟聽到了，阿田悄與母親道：「大爺和大奶奶鬧起來嚇死人，這好起來，又好得跟一個人似的。」

田嬤嬤笑，「年輕的小夫妻，哪裡有不拌嘴的，都是這樣。」

後來何冽才知道，又是忠哥兒漏的底，余幸還說：「阿忠是為你好才說的，要是那不懂事的，只管討你的好，哪裡會同我說？」又說：「阿忠品行不錯，田嬤嬤都說阿忠好。」

「那是，我跟忠哥兒自小一塊長大，忠哥兒小時候也識過字念過書的，咱娘在榷場的醬菜鋪子，每個月對帳都是忠哥兒去。」何冽與忠哥兒感情極好。

余幸就問：「跟在俊哥兒身邊的那個叫壽哥兒的，就是忠哥兒的弟弟吧？」

「嗯，壽哥兒小時候身子不是很好，就取了這個名沖一沖，後來果然就好了。」

何冽就奇怪了，他與忠哥兒如兄弟一般，他這兄弟可不是大嘴巴的性子。不久，何冽才弄明白，她媳婦原來用的是美人計。每回他媳婦派佛手出去同忠哥兒打聽他的事，忠哥兒就堅貞得很，啥都不說。要是派田姑娘去問，忠哥兒簡直就像竹筒倒豆子，啥都說出來。何冽心說，忠哥兒這明顯是春心萌動的兆頭，遂問了忠哥兒的意思。

忠哥兒怪不好意思地道：「只怕我配不上田姑娘。」

何冽道：「那我就不配你問啦？」

忠哥兒連忙道：「大爺，您可不能只顧自己啊！那啥，問、問一聲也行的。」

何冽大笑，轉頭跟媳婦商量。余幸沒什麼意見，她又不打算把陪嫁丫頭給丈夫做小，自然得給丫鬟尋個去處，這自來陪嫁丫鬟配丈夫身邊的得力小廝也是常例。余幸道：「阿忠人品性子都好，只是嬤嬤奶我一場，阿田自小同我一起長大，我心裡當她是姊姊的，還得問嬤嬤與阿田的意思。倘她們不願意，這事就別提了，親事得你情我願的。」

「那是自然。」何冽還叮囑了媳婦一句：「妳別直接問，先委婉示意一下，看看阿田與嬤嬤的意思。倘她們不願，這事就別提了，不然直接問出來，反而不好回轉。」

余幸就尋了個機會，留阿田在房裡同自己挑皮子，然後說道：「這裡有幾塊狐皮，雖不是上好，但也不錯。不若給阿忠做件袍子，眼瞅著天氣不大好，這雪到今天還不停，老太太說得下好幾天。他成天跟著大爺出門，也辛苦呢，就是不知道他稀罕啥樣的顏色料子。」

阿田笑道：「咱們的冬衣已是得了的，姑娘額外賞的，什麼樣的料子他都是感恩的。」

余幸道：「妳說什麼顏色的好？天藍的？湖藍的？竹青的？這塊醬色的也不錯。」

阿田道：「醬色有些沉了，竹青的就很穩重。」

余幸含笑打量阿田，「妳挑的，妳幫他做，如何？」

阿田面上就有些泛紅，輕聲道：「奴婢手裡還有姑娘的針線呢。」

余幸見阿田似是明白自己的意思，拉了她的手就把話說開了「阿忠的性子我看著還成，這才答應大爺問一問妳。我也與大爺說了，咱們雖是主僕，實際上卻是姊妹一般的，要是妳不樂意，我再不能答應的。」

十七八的姑娘，正是懷春的年紀，阿田又時常去同忠哥兒打聽大爺的事兒。阿田從不空著手去，總會帶些吃的。忠哥兒很有幾分機靈，收了阿田的東西，就時不時買個繡線、花鈿回送阿田。一來二去，兩人就有那些麼朦朧的意思。要不，忠哥兒也不能佛手跟他打聽啥都不說，見著阿田才會說，這不就是想見人家姑娘嗎？

阿田心裡是有數的，倒也沒有回絕，扭著帕子道：「這個……奴婢也不曉得。」

余幸笑，「起碼妳不討厭阿忠吧？」

「那並沒有。」

「這也不急，我再問一問嬤嬤的意思，就是嬤嬤看阿忠好，這也是你們兩家的事，該怎麼著，得按著禮數來。」余幸道：「放心，我必不令妳吃虧的。」

阿田點頭，「我聽姑娘的。」

田嬤嬤對這樁親事挺樂意的，忠哥兒自幼跟著何洌，情分自不必說。忠哥兒他爹福子，是何家的大管家，以後忠哥兒肯定接他爹的班，雖然何家現在不過小戶人家。閨女這嫁了大爺的心腹人，以後還能繼續留在姑娘身邊做管事媳婦，田嬤嬤就應了。

余幸把這事同何老娘說一聲，何老娘很高興，「好好好，這是喜事。待回府城，叫他們兩家商量去。我看著忠哥兒長大的，這孩子再穩妥不過，阿田也是個齊整的好姑娘。待他們這事定了，也跟我說一聲，我有東西給他們。」她覺得孫媳婦這事辦得不錯。

余幸笑道：「到時一準兒叫他們過來跟老太太磕頭。」

何老娘私下同自家丫頭說：「阿幸這是改好了。」又道：「這親事安排得多好啊！」

何子衿也得說，余幸好起來還是不錯的。

余幸琢磨著，有了阿田，以後忠哥兒就是自己人了，心裡很是高興，又把塞箱底的紅狐皮子叫丫鬟拿出來，準備給丈夫做大氅。余幸在何冽這裡受了回挫折，各方面大有長進，譬如做衣裳也知道拿去太婆婆屋裡做，叫太婆婆瞧見，多高興啊，又誇她賢慧來著。

余幸拿皮子給何老娘瞧過，道：「我嫁妝裡本就有幾塊紅狐皮子，我這個個子做一件是夠的，給相公就不夠了。也是天意使然，姊姊給了我幾塊紅狐皮子，正好給相公做一件。」

何老娘撫摸著水滑的皮子，笑道：「是啊，成雙成對才叫夫妻。」

余幸笑，「老太太慣會取笑我們。」

「原就是大實話。」何老娘道：「我年輕那會兒，家裡窮，那短命鬼買了好幾塊狐皮叫我做個褂子，我就心疼他。我在家裡不常出門，做那麼好的褂子做什麼，就要給他做，他偏不肯，後來還是我把狐皮換了羊皮，雖是次了一等，我們一人一件，倒也過了個暖冬。」

余幸道：「老太太跟先太爺的情分真好。」

「好什麼呀，那短命鬼沒福，早早去了。」何老娘就又跟孫媳婦說了一回古。

待余幸回房，佛手接了小丫鬟手裡的茶端上，說道：「姑爺家以前日子還真是清貧。」

余幸以前也因此鬱悶過，卻不愛聽丫鬟說這話，茶也沒吃，先接了阿田捧上的手爐抱在懷裡，道：「讀書人家都是安貧樂道的，那些成天誇耀富貴的，都是沒見識的暴發戶，世族大家誰成天將銀錢掛嘴邊？要是那會兒太爺鑽錢眼兒裡去經商，家裡哪裡有現在？」

佛手連忙陪笑，「是奴婢短視，還是姑娘有見識。」

余幸打發佛手下去，心裡覺得佛手近來實在很小家子氣，怎麼兩隻眼睛只看得到眼前這麼一點蠅頭小利呢？真個狹隘！

北昌府冬天的雪很大，第一場雪就連下了五六日。

何洌每天都出去，隨著江念帶著衙役們去街上轉一轉，再去城煌廟與道觀裡看看寄住的乞丐們。街上有房屋被積雪壓塌，就組織百姓出來打雪。

何洌回家，余幸令丫鬟服侍著丈夫去了外頭的大氅，出去抖了雪，絮叨道：「這樣大冷的天，尋常百姓都不出門的，姊夫這一縣之主卻是不得閒。」

何洌道：「太岳丈大人每年雪後也得出來看一看呢，妳以為當官這麼容易？咱們縣裡，已經連續三年冬天沒凍死過人了。」

余幸點頭，「姊夫是個好官。」

何洌吃盞熱茶就要去念書，余幸說：「你在這屋裡念吧，這屋暖和。」

何洌意味深長地瞄她一眼，「暖和是真，可守著妳，我就心猿意馬，哪念得進書？」說著捏了媳婦臉頰一記，大笑著去了書房。

余幸輕啐一口，面若火燒，讓阿田將手爐和腳爐送過去。

佛手在外頭廊下指揮著小丫頭掃地，這會兒不要說一個園子掃出來了，便是只掃出門的磚路，就得一個時辰掃一回。佛手進來時，凍得耳朵都紅了。

余幸笑，「趕緊喝口熱茶暖一暖。」

阿田遞過茶，佛手接了，笑道：「在屋裡不覺得冷，乍一出去只覺精神，無奈只站上片刻鐘，就又凍得不行了。」

田嬤嬤笑，「咱們這屋暖和。」

佛手又道：「剛我去小廚房看，雞已是蒸上了，姑娘還想吃什麼，奴婢先交代下去。」

余幸道：「再做個獅子頭，餘下的隨便添幾個清淡小菜就是。」

現在除了蘿蔔白菜，就是一些乾菜，燉起來還算有滋味，卻是不能炒來吃的。

待得晚飯時，很令余幸驚訝，因為除了清蒸的童子雞、清燉的獅子頭，還有素炒小青菜和涼拌胡瓜、鴨油豌豆苗，湯則是香蕈鮮蔬湯。

余幸過去喚丈夫用晚飯，還問：「如何有這般鮮菜？」

何洌不覺稀奇，「家裡種的。」

余幸又問：「是姊姊種的嗎？」記得以往大姑姊好像說過冬天會在家裡種菜。

何洌點點頭，余幸道：「姊姊可真厲害。」

「小時候就常種，咱們老家地氣暖，是種在花盆裡的，以前種的少。北昌府別看冷，炕盤得好，用不了多少柴，炕就暖和，這菜便長得好了。」何洌知道媳婦喜吃素，便道：「妳想吃啥，只管打發人去摘。這鮮菜就得現摘現做味兒才好，姊姊每年種十來樣呢。」

余幸夾一筷子清蒸雞給丈夫，笑道：「那我就不客氣了。」

「傻話，客氣啥？」何洌喝口湯才說：「這香蕈倒是難得，頭一回見。」

余幸道：「是啊，別個鮮菜，往年冬天也見過，這香蕈都是山上採了才能吃個鮮，大部分是乾的。這樣的新鮮香蕈，不要說冬天，便是夏天也不常見。」

余幸覺得今日晚飯特別可口，都多吃了半碗飯。用完飯，何洌繼續去用功，田嬤嬤過來換丫鬟們下去吃飯，又問晚上大爺的夜宵如何預備。

余幸道：「既有香蕈，再添隻小雞燉了湯，給相公做雞湯麵，晚上吃暖和。」

田嬤嬤去吩咐小丫鬟到廚下傳話，余幸同田嬤嬤道：「姊姊種菜可不是一般的手藝。」

田嬤嬤笑道：「說來，親家大姑奶奶衣食住行上的講究，不比大戶人家差。」

余幸問：「姊姊種菜的屋子，嬤嬤見過嗎？」

「聽人說起過，就是東邊的一個院子，十幾間的屋子，據說種的都是菜。」

余幸好奇得緊，「咱們明兒去瞧瞧。」

何子衿的種植技術，怎麼說呢，相當了不得，現在都能供應朝雲道長日常飲食了。

朝雲道長都說：「以前沒看出妳有這份才幹來。」

何子衿臭美道：「師傅，您這就是孤陋寡聞啦！我種出綠菊，帝都人還送給我外號菊仙姑娘呢，種菜有啥稀奇的？小菜一碟啦！」那驕傲嘴臉，讓人看了恨不得自戳雙目。

朝雲道長默默別開頭去，暗道，以後再不能稱讚女弟子了。

這年頭正常人都講究謙虛，可顯然女弟子不在正常人裡頭

除了冬天種菜，何子衿把香蕈的人工養殖也搗鼓出來了，現在又開始擺弄金桔和牡丹，

尤其是金桔，金燦燦的一盆，冬天擺自己屋裡或是送人，都是極好的。

何子衿送朝雲道長兩盆，朝雲道長嫌俗氣，轉頭送給羅大儒了。

羅大儒……

何子衿這時還辦了一件事，把紀珍給鬱悶壞了，因為子衿姊姊將阿曦妹妹給挪出去了，不讓阿曦妹妹跟他同一個屋睡覺了。

何子衿早就想把阿曦移出來，原先年紀小無妨，如今都四歲了，在這個年代，不能再在一處的。於是，她先命人打了小床，讓孩子們各睡各的，接著就徹底把阿曦挪了出來。

紀珍和二郎、二寶都捨不得，最高興的是阿曄，阿曄跑去找他妹說要一起睡。

龍鳳胎自小就在一處，何子衿便允了，單獨給他們收拾了一個房間。

紀珍好幾天都沒精神，還悄悄同自家姊姊道：「姊姊，阿曦妹妹還不到七歲呢，不是說，男女七歲才不同席嗎？」

江贏很少見弟弟如此煩惱，摸摸他的頭笑道：「你今年已經八歲了呀！」

紀珍鬱悶地想，也不知他爹娘怎麼把他生得這般早。捨不得阿曦妹妹的他，每天晚上就在子衿姊姊屋裡賴半宿，陪阿曦妹妹玩，還看著阿曦妹妹睡覺，自個兒才回去睡。接著，一大早過來叫阿曦妹妹起床，一塊吃過早飯後，將阿曦妹妹送到朝雲師傅那裡，他再去上學。對阿曦妹妹百般盡心，簡直是把阿曦的龍鳳胎哥哥阿曄給比成渣。

阿曄還悄悄同朝雲祖父說私房話：「我最討厭的就是珍舅舅了。」

朝雲祖父問：「為什麼？阿珍挺好的啊，早上送你過來，晚上接你回去。」

阿曄黑著臉，捏著小拳頭道：「哪裡是接我送我啊，他是接阿曦送阿曦。阿曦原是我的，自從珍舅舅來了，阿曦就叛變了。」

阿曄再一次強調：「我最討厭珍舅舅啦，他總是跟我搶妹妹。」

人家珍舅舅也不喜歡你，阿曦愛跟珍舅舅告狀，珍舅舅又是個偏心眼，很是認為阿曄沒有做哥哥的樣兒，一點都不知道讓著阿曦妹妹。

總之，孩子們的關係是一言難盡，這些何子衿是不管的。

何子衿正說道：「頭一年種香蕈，沒想到能成。長了不少，這東西保存得當，能放個十天半個月。藉著阿文哥去北靖關，正好給家裡捎一些去，我娘他們那裡怕是沒得吃。」

何老娘點頭，「定是沒有，尋常哪有這個，都是山上才有，原來這香蕈也能種出來。」

何子衿心說，這是最早被人工種植的蘑菇。

給娘家送，自然也忘不了余親家，何子衿還問余幸：「妳有沒有要捎帶的，一塊給親家老太太和太爺捎過去。」

余幸道：「有幾樣針線，我回去收拾好了，送到姊姊那兒。」

何子衿有點什麼好東西，親戚朋友都能收到。家裡也足夠吃，就是何老娘這素來以吃肉才是福的性子，也很樂意在冬天吃幾口鮮蔬鮮菜。北昌府的冬天，只要是差不多的人家，都不缺肉吃，鮮菜卻是極難得的。

胡文剛押送著運糧車隊離開沙河縣，沒幾天就下了第二場雪。

及至雪停，一大早家裡就準備著冰釣的事了。

連余幸這種「雅人」，也在氣氛的帶動下，做了好幾雙冰鞋，雖然她根本不會滑冰，卻還是做了兩種，一種是底下有輪子的，一種是刀片的，也給大丫鬟各做了兩雙。

大家坐著雪橇，夫妻各自一架，蔣三妞因胡文去送軍糧了，就過去與何老娘和余嬤嬤同坐。余幸是頭一回坐雪橇，最初恨不得整個人埋何洌懷裡去。何洌一隻手摟著媳婦的腰，吆喝地駕著雪橇跑得飛快。余幸適應了足有一刻鐘，才敢抬起頭。就見雪橇在五六頭大狗的拉拖下往前移動極快，兩旁的樹木迅速後退，整個人不似坐在雪橇上，倒像在雪海中飛翔。

大狗跑了小半個時辰便到了冰河，這完全是被凍住的一條大河，清理了積雪的冰面在陽光下熠熠生輝。冰河蜿蜒，直至遠處莽莽山林。

何洌拉著余幸到河邊，河水凍得不知有多深，只知道很結實，許多大人孩子都在上頭，或是冰釣，或是滑冰。下人們撐帳子搭鍋灶，何子衿等人先在冰上玩，如江念和何子衿這種虐狗型的，兩人是滑冰好手，換上冰鞋就手牽手滑遠了，把何老娘鬱悶得直道：「我還想叫丫頭片子推我呢！」她老手臂老腿的，滑冰是不大敢了，但特喜歡坐冰扒犁，可這得有人推。

蔣三妞笑，「我來推姑祖母。」

何老娘這才開懷起來，誇蔣三妞有良心。當然，沒良心的是哪個，不說也知道。

何琪是去歲學會的，還不大熟，江仁便帶著媳婦走了。

江太太和江老爺、江老太太和江太爺，與何老娘一樣，都是屬於扒犁幫的。

何洌教余幸滑冰，他知道媳婦要面子，不能讓媳婦摔冰上，就給媳婦做了人肉墊子。何洌先牽著媳婦的手，讓媳婦起身，自己這才爬起來，直說：「回去妳可得給我揉揉，妳看著不胖，抱起來也沒幾兩重，這左一捽右一捽的，卻能砸死個人。」

余幸最要面子，忙道：「快閉嘴，回家再說！」

何洌雙手拉著余幸，足學了半日，這才有些樣子了。

余幸對滑冰興趣濃厚，都沒參加冰釣，中午的全魚宴卻是沒少吃，主要是一上午出了不少力氣的緣故。吃全魚宴時，見阿曦跑過來看有什麼菜，余幸方道：「阿曦怎麼來了？」

阿曦道：「舅媽，我們跟著祖父一起來的。」

余幸心中一跳，這才知道朝雲道長也來了，想著要不要去拜見，就瞅了丈夫一眼。何洌微不可見地搖搖頭，余幸就沒再說什麼。上次送禮朝雲道長都沒收，這要上趕著拜見，萬一吃個閉門羹就不好看了。

何子衿問阿曦：「看菜做什麼？」

阿曦臭美地道：「你們這裡沒有我們那裡的菜多，也沒有我們那裡的好吃。」然後，十分有優越感地轉了個圈，邁著小胖腿跑遠了。

江念很想叫閨女過來跟自己一起吃，喊半天卻是攔不住，阿曦跑起來飛快。

阿曄則是不疾不徐地踱著小步子，認真地同他爹道：「下回爹您要早點說呀，我們已經同祖父說好了，在祖父那邊吃。」

江念笑，「好，下回我提前說。」

阿曄小步子一停，側著個圓潤潤的小臉，繼續認真道：「提前說怕是記不住，爹，您最好提前給我下個帖子邀請我。」

江念給他一記爆栗，笑罵：「老子叫你吃飯還得下帖子？反了你！」

阿曄原本想牛氣一回，結果牛氣未成，撫著額角哭喪著臉去找祖父告狀。

余幸在回程時遠遠見了朝雲道長一面，只見遠處一個身材高大的男子側著臉同大姑姊說話。那男子披著一襲銀狐裘，看不大清眉眼。他站在那裡，氣質恬淡，可無端讓人覺得，這冰河之上，莽山之下，雪海之中，天地之間，唯此一人。

那人肯定是方先生，余幸默默地想。

自此以後，再未提及拜訪朝雲道長之事。

不知為什麼，余幸忽然沒有了往朝雲道長那裡鑽營的心思了，似乎那一眼就讓她明白，此人絕非可鑽營之人。那些上拜帖、遞禮單之事，著實玷辱了這人。

余幸有些悵然，但這悵然如一陣不知何處吹來的風，很快過去了。她從此愛上滑冰，時不時便要何洌隨她去冰上耍一耍。

小夫妻成親時間還短，何洌頗為享受媳婦的各種央求，不論是床下，還是床上。

上遭兩人幹架，江念從手段及道理上點撥了何洌一回，江仁則塞給了何洌一本祕笈，然後說了一句名言：「征服女人，從床上開始。」

反正現在小夫妻兩人的情分，用何老娘的話說，剛成親時也沒見這麼好過。

年前最後一次往北靖關送軍糧時，江贏與紀珍跟著回家，就是江念也得到州府述職，對這一年的縣令生涯做出總結，何子衿則帶著龍鳳胎回娘家，當然，也包括余幸和何洌、興哥兒和何老娘也要回北昌府準備過年的事兒。蔣三妞與胡文一起去，算是提前向姑祖母與表叔表嬸拜年。蔣三妞自小在姑祖母家長大，何家就是自己的娘家。何琪則是與江太太等人守著家，倘有什麼事，可隨時支應。

江仁要趕路，便沒進北昌府，帶著糧隊與江贏、紀珍姊弟，直奔北靖關而去。

餘下的一大家子就直奔何家去了。

這回來就顯出余幸的花園的好處了，因來的人多，余幸死活把大姑姊一家與三姊姊一家請去花園住。她那花園入冬前就修好了，留了一房人看著，平日還有公婆幫著照看。入冬也是就把炕燒上的，屋裡很是暖和。

余幸一回來，先問候過公婆。沈氏見一大家子都回來了，高興得緊，接了婆婆進屋，又坐下受了兒子媳婦、閨女女婿、蔣三妞胡文，連帶孩子們的禮。尤其是兒子與媳婦，沈氏見著小倆口的默契，都不大敢信，然後跟婆婆想到一處了，剛成親時也沒見這麼好過啊。

略說幾句話，沈氏就與媳婦道：「親家老太太怕還不知道你們今兒回來，我打發福子過去說一聲，明兒你們就過去。」

余幸笑應了，又道：「姊姊每次來也是要過去的，不如明兒跟我們一起去。」

便是余太太見著孫女和孫女婿，不必多問，只看小倆口間的互動，就曉得是真和睦了，余太太心裡如何能不歡喜？愛烏及屋，同何子衿說話就越發和氣了，想著何子衿雖厲害些，當初要阿幸去沙河縣同孫女婿團聚，還真是出於好心，不然小倆口哪裡有如今的情分？

余太太道：「冬天阿幸從不出遠門，也沒坐過雪橇，這回過來，可是嘗著新鮮了。」

余幸笑，「祖母，這不算什麼新鮮啦，我們在沙河縣還去冰釣呢。以前我有點怕坐雪橇，其實沒什麼，現在都不怕了，我還學會滑冰了。」

余太太滿眼笑意，「哎喲，這可好！」

余幸道：「不難學，我一天就學會了，一次都沒摔過。」

何冽道：「那倒是。別人學滑冰都是學的人摔，我們大奶奶學滑冰是教妳的人摔。妳是沒事，我被撞得鼻青臉腫。」

「你就知道拆我的臺，我也沒摔幾下就學會了好不好？」余幸嗔道。

余太太笑彎了眼，「阿冽教妳的呀？」

「我們一起去的，還有姊姊、姊夫和三姊姊、阿琪姊他們，老太太也去了。」余幸說起來很是歡快，眉飛色舞的，「我就是不大會騎馬，待天氣暖了再學，現在路上都是雪。」

余太太點頭，「學學也好，北昌府女孩子出門，多有騎馬的。」

一出城路就不好走，坐車還不如騎馬舒坦呢！

余太太又道：「你們老太太年歲可不輕了，滑冰什麼的，可是得小心著些。」

余幸道：「沒事，老太太坐的是冰扒犁。她坐在上頭，推著在冰上走。有很多年歲大的，或是小孩子，都是坐冰扒犁。」

余太太笑，「可見沙河縣比州府還有意思。」

余幸點頭，「雖是個小地方，能玩的委實不少。冰釣時釣上的大魚，直接殺了就在河邊做全魚宴，又鮮又肥。祖母，明年冬天我接妳過去，咱們一起去冰釣，可有意思了。」

余太太道：「我這把老骨頭可不敢折騰了，再說，我也不放心妳祖父。」

「這倒是。」余幸有些失望，「祖父要是一去，多半沒空冰釣。」

余太太見孫女日子過得好，心中欣慰，還是道：「別成天憨吃憨玩的，讓妳過去，是服侍孫女婿的，這都成親了，還跟小女孩一樣。」

余幸道：「我哪裡不服侍相公啦，天天服侍得他周全著呢，是不是？」說著，一雙大杏眼看向丈夫。何冽揶揄：「我哪裡敢說個『不』字，莫不是不想活了？」逗得余幸笑不停，「你少說這些刁話，淨壞我名聲了。」

何冽將手一攤，「實話都不讓說了，那還能說啥？」

余幸又是一陣笑，余太太更是歡喜，中午留小倆口與何子衿在家用飯，還命人去問問丈夫要不要回來吃飯。孫女婿上門了，做太岳丈的，只要不是太忙，都要回來的。只是，眼瞅著要過年，官府沒有不忙的，余巡撫傳話說走不開，讓拿出珍藏的好酒招待孫女婿。

余太太笑，「他每天過年就是早出晚歸，反正你們回來了，過幾天再見也是一樣的。」小夫妻倆情分好，余太太最要感謝的就是何子衿，很是誇了何子衿幾句，又說何子衿先時著人送的香蕈味兒好。

何子衿道：「先時試種了好幾年都沒成，今年總算是成了。我想著冬天鮮菜少，就託阿文哥送了一些過來。既是合老太太的口，可見是我的心誠了。」

余太太道：「冬天種些鮮菜不算稀奇，我每年也種些，只是這香蕈，也就是妳了，天生有這種靈性。」就何子衿種出的綠菊，她雖沒見過，但被皇室視為神品，可見其中不凡。余太太向來認為，何子衿在種植一事上格外有天分。

余幸也說：「祖母沒見過姊姊種菜的屋子，那些小青菜、胡瓜、蒜苗、水蔥、香椿，長得可好了。我都是叫丫鬟晚飯前去摘，摘了現做，特鮮美。就是一般侍弄菜蔬多少年的老手，也沒有姊姊種得好。就像那綠菊，多少人都種不出來，就姊姊種得出來。」

余太太笑，「是啊，妳當多同子衿學一學。」

何子衿道：「阿幸懂事賢慧，都是老太太教得好。」

「她呀，就是個孩子脾氣，好起來是真好，氣人起來也是真氣人。」余太太道：「如今這般和睦，就是對我的孝順了。」

余幸連忙道：「我跟相公一直很好。」

何洌側臉看去，余幸笑捶他一記。

用過午飯，何子衿同何洌就先回了，余幸要陪祖母說會兒話。

何洌道：「晚上我過來接妳。」

余幸接了丫鬟捧上的大氅幫丈夫披上，又同大姑姊說兩句話，這才送兩人出門。

余太太瞧著，暗暗點頭，覺得孫女總算是明白過來了。

何洌中午沒見著太岳丈，倒是晚上來接媳婦時，余太太定要留孫女婿吃晚飯，趕上余巡撫在家，一塊吃了晚飯。

余巡撫晚間都與老妻說：「阿幸同孫女婿，倒較剛成親時更和睦了。」

「我也這麼說。」余太太想來也好笑，「你是沒見到，今天阿幸同孫女婿過來，那臉上的笑就沒斷過，要不說小倆口得在一處呢。以前叫她去孫女婿那裡，她還不樂意，如今可是高興了，什麼同孫女婿坐雪橇啊，孫女婿教她滑冰啊，孩子們就是會玩。當初我就說這親事好，怎麼樣，要是往高門裡說，規矩大，實惠卻少，不若親家這樣的小戶人家，家風清白，人品也寬厚。孫女婿又不是不上進的孩子，以後照樣有前程，阿幸的日子也舒暢。」

「誰說不是呢？」孫女這親事，當初家裡也是百般考慮的。孫女不論從家族出身還是自身素質，在帝都閨女中只能算是中等。非要往一流門第裡嫁，只能是平庸的嫡子，那也不過是圖個名兒罷了。余家心疼閨女，余幸這脾氣也不是多有心機手段，高不成低不就。正巧余太太相中了何家，當初張知府家也看好何洌，只是有余巡撫家截胡，張家當然是啥都不敢說的。如今見著小夫妻相處融洽，余巡撫笑道：「眼下沒空，待過了年，把孫女婿叫過來，我與他說說話，也看看他的文章。」

他此任過後便要致仕了，這時節能指點孫女婿，自然要加以指點的。就是江念和何恭，余巡撫也想著，在自己退休前，能提一提還是要提一提的。

何家很是歡樂，尤其是沈氏，當真是神清氣爽。做作的媳婦突然成了明白人，沈氏當然不會要求媳婦在自己面前端茶倒水立規矩，只要媳婦跟兒子過得好，她就心裡痛快。

何子衿說起弟媳婦也都是好話：「阿幸可是幫了我胭脂鋪子很多忙，她在這上頭極有見識的，還給祖母做了好幾樣針線呢。」

沈氏笑得舒心，眼尾的細紋都飛揚起來，「可見當初讓阿幸過去是對的。」

沈氏沒想到，第二天她竟也收到兒媳婦做的針線，余幸道：「與姊姊在一處，姊姊給母親做衣裙，我就把做鞋的事包下來了。針線不大好，卻是我的一番心意。」

把沈氏感動得，眼淚險些飆出來，想著自己在菩薩面前許的願靈驗了啊。沈氏接了鞋，仔細看了，見是穠紫緞面，上面繡了蝙蝠連雲的花樣，雖不是上等繡活，也是針腳細緻，可見是用了心的。沈氏笑道：「這還針線不好，比妳姊姊強多了。」

何子衿道：「我做活兒多快啊！」

沈氏笑，「也就剩一個快了。」

沈氏忍不住私下還問閨女，兒媳婦如何變得這般好了，這變化也忒大了。

何子衿道：「成親前他倆又沒在一處過，見都沒見過一面。就是性子再好，兩個陌生人在一處，不知對方脾性，也是會有些摩擦的。兩人也都不是什麼好性子，阿幸在家嬌慣，阿冽在家難道就不嬌慣了？先時就他一根獨苗的時候，祖母拿他當個活寶貝。他們相處時間長了，知道彼此性情，時間久了，熟悉了也就好了。」又悄悄與沈氏說了兩人打架的事，「這事娘只當不知，別看打那一回，從此他倆倒越發親密了。」

沈氏道：「我說阿冽臉上怎麼三道發白的痕跡呢。」如今確定了，媳婦下的手。

「妳兒子也沒吃虧，把阿幸打得在床上趴好幾天。」

沈氏好笑又好嘆，「她哪裡知道阿冽的性子，只當阿冽好欺負呢。這也是個笨的，女人跟男人動手，除非男人讓著妳，不然哪裡有女人占便宜的？」只要小倆口好，沈氏就高興。

晚上一大家子可是熱鬧了，吃飯都分了兩席，至睡覺的時候，阿曦還不同爹娘睡，她要同外公外婆睡，外公外婆簡直是雙手雙腳歡迎。

何子衿特意叮囑她娘：「您晚上不要跟阿曦說話，不然睡不了覺的。」

「看妳說的，妳小時候也是話癆，我跟妳爹都不跟妳說話了？」沈氏笑，「放心吧，我就喜歡聽阿曦說話，這孩子多好啊！」要是其他孩子，好幾個月不見外公外婆，多半會認生。阿曦卻不會，她熱情得不得了。相較之下，阿曄就是個斯文孩子了。阿曄不跟外公外婆睡，他跟爹娘睡。果然，阿曦簡直不必別人找話題，晚上一直把她外公外婆由興致盎然說到兩眼蚊香，由兩眼蚊香，說到昏然欲睡。

沈氏第二天都說：「我不曉得什麼時候睡過去的。」問丈夫：「你什麼時候睡的？」何恭笑，「我睡的時候，阿曦還很有精神地跟我說她縫小荷包的事兒呢。」

丫鬟道：「約莫一更天了，我聽裡頭沒動靜就進去熄了燈，那會兒小小姐就睡了。」

沈氏看在床上還睡得沉的胖外孫女，心中很是憐愛，對丫鬟說：「我與老爺過去老太太那裡，妳就瞧著阿曦，一會兒醒了打發小丫頭子去叫我。」

沈氏原是要讓外孫女多睡一會兒，阿曦哪裡還睡得住，阿曄那小子一聽說妹妹還在睡，攔都攔不住，帶著二郎就跑去找妹妹了。不到半個時辰，就把阿曦從床上鬧起來了。

幾個孩子們吃過早飯，阿曦聽阿曄和二郎說舅媽的花園可大可好看了，就要求去舅媽的花園參觀。余幸自從同何洌關係親密以來，一顆心都繫在生孩子上了。余幸笑，「跟阿田去玩吧，梅花正開得好，折幾枝來給老太太、太太插瓶。」還給孩子們交代了任務。

這個新年，何家人過得無比舒暢。

余巡撫抽空看一回孫女婿的文章，覺得進益頗大，還特別叮囑了老妻：「同阿幸說，別讓她總攛掇孫女婿出去玩樂，叫孫女婿好生用功。照這般下去，春闈可期。」

余太太問：「這麼說，何洌的文章已是不錯了？」

「不錯不錯。」余巡撫拈著頷下整齊有致的山羊鬍道：「羅家原就是搞學問的，雖是敗落了，可在這上頭自有過人之處。」孫女婿跟著羅大儒，就被調理出來了。

何家正一家子和樂呢，就有人上門，來的不是別人，正是姚節。姚節過來，一則為送年禮，而且是兩家年禮，有他的一份，有何涵的一份；二則是看望自己的好友何洌；三則是何涵託他一事，現在暫不好說。

姚節素來八面玲瓏，先拜見何老娘與沈氏、何子衿，然後很客氣地問候了兄弟的媳婦余幸，再同孩子們打了招呼，尤其讚美了一番阿曦，還道：「因著我過來，阿珍託我帶禮物給你們。都收在箱子裡了，一會兒我拿出來。」

孩子們一聽紀珍記掛著自己，都很高興。

姚節說何洌，道：「哎喲，可見真是娶了媳婦忘了我這兄弟。往年你都要去北靖關的，這一成親，就把我忘到腦後頭去了吧？我左等不來右等不到，望眼欲穿，只得自己來了。」

姚節一向說話可樂，逗得大家都笑了，余幸也是抿嘴直笑。

姚節又同余幸道：「哎喲，弟妹，我這話，妳可別見怪。阿洌啊，就是這麼個貨，去年還沒成親時就跟我念叨了半宿的媳婦。」

余幸笑，「姚大哥真是風趣。」心裡美滋滋的，想著原來丈夫婚前這般愛慕自己啊！

「他不是風趣，是瘋魔。」何洌見著好友也極是開心，與媳婦道：「去廚下張羅幾個菜，晚上我同阿節好生喝幾杯。」

姚節只是在何洌成親時見過余幸幾面，並不知兩人後來鬧彆扭的事，見余幸真要下去張羅了，連忙攔道：「弟妹只管安坐，哪裡就真要弟妹安排，吩咐廚下隨便做幾個菜就是。」

余幸很有些小伶俐，在外人面前很給丈夫面子，「時常聽相公說起姚大哥，相公還說，原本我們成親後想請姚大哥吃酒來著，偏生你公務忙，也沒來得及。如今你可算是來了，大哥只管坐著，我去去就來。」

待余幸去了，姚節認真道：「弟妹真不愧是大家大族出身，這般賢慧，阿洌，這是你的福氣，你可得好生待弟妹。」

何洌也覺得媳婦很給自己面子，笑道：「那是自然。」

何老娘笑呵呵說：「都好，都好！」

何子衿怕余幸一人在廚下忙不過來，跟著過去看了看。余幸還真的會廚藝，只是平日裡不大做罷了。她先問了廚下食材，就開始擬宴席的菜單，大丫鬟佛手在一旁聽著。有兩道菜余幸是要親手做的，一道是八寶鴨，一道是獅子頭。當然，食材啥的，肯定是丫鬟們先準備好，最後她來做，但就這樣也很難得了。

余幸請何子衿到自己屋裡喝茶，道：「姚大哥真如相公所說，是個風趣人。」

「阿節就是這般，當年阿洌在官學上學時，與阿節經常一塊蹴鞠。」

「以前我還見過姚大人的繼室呢，聽說話是個和氣人，只是不曉得是那般壞心眼。要不是相公與我說，還真叫人想不到。」

「我雖在帝都住了幾年，卻是沒見過姚太太。倒是聽阿節說，他家老太太極護著他。」

余幸道：「要我說，虧得他出來了，要不，他家老太太怕也難護他了。」

「這話怎麼說？」

「他家老太太出身衛國公府旁支，原本衛國公府也是帝都顯赫府邸，縱是旁支，也是不錯的人家，後來衛國公府不知發什麼昏，娶了承恩公府胡家的一位姑娘，就是寧榮大長公主的么女。這位胡姑娘出身是沒得說，卻委實是個禍頭子。」

能讓余幸說是禍頭子，可見真是個禍頭子。

余幸繼續道：「具體怎麼著我也不曉得，那會兒還沒我，我也是聽我娘說的。那個胡姑娘在閨中時就同皇后娘娘不睦，到了夫家，到處說皇后娘娘的壞話，把皇后娘娘惹火了，皇后娘娘就在先壽安夫人的壽宴上，當著那麼多誥命夫人的面，給了她兩個耳光。壽安夫人是先帝的外祖母，也就是這胡氏的祖母。這事當時鬧得，整個官宦圈子沒有人不曉得。這衛家也是沒個主意，別人吃此教訓都不敢鬧了，他家就由著這禍頭子胡鬧。那會兒娘娘已嫁給陛下了，乃親王正妃，她也不過是公府的一位少奶奶罷了，反正她惹出不少禍事，連累得婆家把爵位也丟了。衛國公府失了國公爵，整個家族就沒落了。姚家老太太出嫁時，家族正興旺，陪嫁也豐厚，就是後來娘家衰敗，她老人家在夫家的日子也過得不錯。姚大人的髮妻是出身褚國公府旁支的姑娘，可惜命短，後來娶了繼室程氏。程氏原是寒門小戶人家出身，自是底氣不足，便是衛家沒落，她也不敢要姚家老太太的強。只是程氏有一兄長，近年官運亨通，如今已官至從三品晉中參政。娘家兄長做高官，程氏自然就底氣足了。就是姚大人，也不比這位舅兄官高。姚大哥出來，這是他明白，他要是在家，還不曉得會如何呢。」

何子衿這才知道其間糾葛，問道：「就是程氏娘家再厲害，她也不敢對阿節下手吧？」

「不用下手，就像她以前幹的，壞了姚大哥的名聲，他就說不著一門好親。他念書又不成，跟父親關係也不大好。姚大人不止他一個兒子，他這一走，倒也合程氏的意。姚大人同大兒子疏遠了，自然就看小兒子順眼。」

知道丈夫同姚節關係好，余幸不禁念叨幾句：「要是我，我就不走。就像姊姊說的，程氏再厲害，她也不敢對姚大哥下手。姚大哥這一走，將來恐怕除了生母那注嫁妝，別個都得成了他那個異母弟弟的。」

何子衿卻是道：「要是我，我就走。不為別的，成天在那個家裡爭來爭去，也不過家裡那點產業。跟繼母鬥，鬥到最後，能不能得著還兩說。就是到手，也不過是祖產。阿節就像妳說的，他念書不成，在帝都也是尋武官的差使，還是低階武官。要是把生命浪費到跟繼母鬥法爭祖產上，每天回家先要想著繼母今天會不會害我，明天會不會給我下套，這樣的環境，哪裡還有心思謀前程？男人為何總說成家立業，就是因為成了家，家裡有媳婦打理內闈，家裡的事不必他操心，男人才能把心思放到前程上去。像他這種情況，家裡就不能消停，而且，不是一時不消停，怕是只要繼母在，就一刻不能放心。如今還是他自己，以後娶了媳婦，事情更多，生了孩子，敢叫孩子給繼母碰嗎？繼母會不會害他的孩子？這樣圈在家，才是一輩子都毀了，還不如出來。這北靖關，貴冑子弟都不稀罕來，豁出命去掙一份前程，就是真有意外，也會想，這些年我是努力過的，我對自己的人生盡了力。倘有命有運，自己把前程掙出來，男人有了本事，還怕沒好親事？他那繼母，不過鼠目寸光。聽說當年平國公柳家的那位老姨太太幾能要了老平國公夫人的強，我們到帝都的時候，有關這位老姨太太的事，也只是偶然聽人提及過。那時就聽人說，十幾年前，那一支庶出子弟便因罪被斬，如今已是血脈斷絕。現在人們說起來，都是靖南公如何如何的話了。倘當年不是靖南公離了家，出去自掙了爵位前程，如今又如何呢？」

余幸聽得都心跳加快，「還是姊姊比我有見識。」

何子衿笑，「我是最煩這些嫡啊庶的事，咱家向來清明，沒這些亂七八糟的。阿節家裡這些事，我先時還真不大清楚，也是聽妹妹說起來，有感而發罷了。我最見不得這等歹毒心腸之人，要是覺得做繼室不好，可以不嫁。有本事，就把本事使到過日子上頭。把日子過好，這才是本事。似這等心腸，天天算計這個算計那個的，瞧著聰明，其實再蠢笨不過。」

何洌與姚節情分好，當晚姚節就歇在花園裡的客院，兄弟倆晚上一處說話，同榻而眠，第二日余幸抱怨：「回不回來你也早說一聲，讓人家等你半宿。」

「實在是有些要緊事，我以為妳早睡了呢，就沒回來，怕擾了妳。」

「哪裡睡了，我一直在等你呢。」

何洌免不了同媳婦賠了一回禮，余幸又問他什麼要緊事，何洌道：「真是一言難盡，這回祖母怕是要跟著阿節去一趟北靖關了。」

余幸不解，「祖母過去做什麼？」

何洌把丫鬟打發下去，方同媳婦說了緣故，「還不是阿涵哥他娘，自來就是個刁鑽的，就怕過痛快日子，這日子一痛快，她就得尋事生非。」

余幸問：「就是在紀將軍身邊做親衛長的那位族兄吧？」

何洌點點頭，「阿涵哥是極好的一個人，就是運道不佳，攤上這麼個娘。」遂將先時何涵曾與三姊姊訂親而後其母王氏悔婚的事同媳婦說了，「這事妳曉得就是了，莫往外說去，三姊姊跟阿文哥現在多好。」

余幸道：「虧得三姊姊沒有嫁到他家，不然守著這麼一個刁鑽婆婆，如何過日子呢？」又問：「現在是怎麼了？」

「李嫂子去歲年下就有了身子，今年生了三郎，原是喜事，這王大娘也不知道發了什麼癲，非要把孩子抱到自己屋裡養。」

「老太太要抱養孫子，這也正常。」余幸道。

「要只這一件事，阿涵哥不至於託阿節請祖母過去。阿涵在北靖關時，同李嫂子的兄長情分極好，兩人是生死之交。那一年，北靖關為匪徒所破，李大哥不幸戰死。李家就這麼一個兒子，兒子一死，天塌一半，阿涵哥因著先時與李大哥的交情，時常過去看看，幫著做些活什麼的。一來二去，李家就相中了阿涵哥。他家失了兒子，就剩李嫂子一個閨女，李家是想招贅阿涵哥，可阿涵哥在家也是獨子，哪裡樂意。招贅得兩相情願，阿涵哥不願，李家也就沒提，後來阿涵哥同李嫂子成親，李家聘禮都說不要，就一個條件，以後阿涵哥的二兒子得過繼到兒子膝下，也是給兒子把香火續上。」

余幸聽到這裡道：「親外甥過繼到親舅舅膝下，按禮法說，應當優先過繼族人，不過，許多人家沒這麼些講究，這事也算合情理。」

「是啊，原本王大娘不來時好好的，李家老兩口就跟著女婿過，每次我們去北靖關，阿涵哥因著差使，假都不能請，我們過去，李大伯和李大娘招呼起我們都是熱情的，李嫂子也是個賢良人，行事很是周全。後來念大伯和王大娘找了去，原也挺好，誰知過了半年，李家老兩口就買了旁邊的院子搬了出去。那會兒還沒什麼，這也不知怎地，過著過著，因二郎姓了李，王大娘就不痛快，聽阿節說，她成天教二郎說他原是姓何的，還說姓李不好。說姓了李的話，你爹就不是你爹，你娘也不是你娘了。妳說多可恨，孩子知道什麼，那怎麼就爹不是爹娘不是娘了，無非就是承李家宗嗣。李家大哥已經過世，二郎也是跟著父母過，妳說說，王大娘這不是無事生非嗎？二郎年紀小，生怕父母不要他，夜裡睡覺都不安穩，為著這個，再加上生氣，李嫂子還險些動了胎氣，生三郎時就艱難。生下三郎來，王大娘就說李嫂子身子虛，她幫著帶，結果她帶著三郎，不讓李大娘看，還說什麼三郎姓何不姓李的話。平日裡過去送軍糧，倒看不出竟生出這麼些事來，阿節也說，要不是不得已，阿涵哥也不會自曝家醜的，他這是想請祖母過去說一說王大娘。」何洌說著話也是來火，「世間竟有這般刁鑽婦人，這還是阿涵哥親娘呢，淨給阿涵哥找事了！」

余幸道：「事雖可恨，只是，這畢竟是人家的家事，祖母能勸得過來嗎？」她有些懷疑太婆婆的戰鬥力，「這樣的刁鑽性子，不是一天兩天的。」

何洌道：「王大娘以前做過虧心事，要是說誰還能壓制住她，也就是祖母了。」

何洌道：「幫我收拾幾件厚衣裳，要是祖母過去，我得跟著去。」

余幸道：「我要不要一起去？」

「妳別去了，往北走更冷，再者，到阿涵哥那裡，就是帶了咱自家被褥，妳也住不慣。我們速去速回，妳在家陪咱娘預備過年的東西，進門頭一年，年三十咱們還得祭祖。」

「老太太這把年紀，身邊沒個服侍的也不成。」余幸就沒把丈夫放在服侍人裡頭去，她是覺得老太太起臥行走，起碼得有個丫鬟才行。

何洌想了想，道：「讓姊姊陪著吧。」

余幸並未勉強，她也的確有些好潔，便帶著丫鬟給丈夫預備衣物了。既是速去速回，就穿一身帶一身就行了。

何老娘一聽這事就冒火，大聲罵道：「這該死的賤婦，沒一天消停日子，她是不是燒得慌啊？何念那也是個沒卵蛋的貨，無能無才的東西，怎麼連個婆子也管不住，容她作妖！」

何老娘這要動身，果然何恭和沈氏都不放心，沈氏就說：「要不是阿涵實在沒法子了，也不會請母親過去。只是母親這把年紀，我不在身邊著實不能放心，我陪母親一塊去吧。」

何老娘道：「眼瞅要過年，家裡的事哪樣能離了妳？叫咱們丫頭陪我去就成。丫頭認識江奶奶，她再不老實，求一求江奶奶，叫江奶奶訓斥她一頓，嚇死她！」

何子衿哭笑不得，不過，要是何老娘過去，也就是她陪著了，家裡這攤事離不得她娘。

何子衿道：「我陪祖母去吧，也用不了幾天，就看阿涵哥如何安排了。」又說：「王大娘實在糊塗，上回就叫阿涵哥與她離了心，她越是這般，阿涵哥無非離她越遠罷了。」

沈氏道：「她早就不是個明白的。」

當天收拾好，一行人第二天就動身了。虧得今年回北昌府的時間早，剛進臘月就回來。

如此便是到了北靖關，也不過是臘月初八，正好趕上喝臘八粥的日子。

何老娘一去，把王氏嚇了個半死，直道：「哎喲，嬸子怎麼來了？」

「我怎麼來了？我看妳造反來了。」何老娘一手扶著自家丫頭，一手扶著自家孫子，身上一件狐皮大褂直通腳面，頭上戴著狐皮帽子，脖子圍著狐狸尾巴的大圍脖，耳朵上還有兩個毛耳扣。基本上，這要不是王氏眼力好，都得以為是狐狸奶奶下山了。

王氏一聽就有些訕訕的，「看嬸子說的，這大過年的，不說給嬸子拜年送年貨，倒是把嬸子千里迢迢請來了。」

何老娘翻白眼道：「還拜年，妳消停些，我們老何家就謝天謝地了！」說著尋了張椅子坐下，喝了口茶，覺得這茶味兒不好，懷疑地看王氏一眼，「妳沒給我下藥吧？」

王氏真是冤死了，直接端起何老娘喝剩的殘茶，一口喝乾，「要是有藥，連我也一起藥死了！」又說：「嬸子信了吧？」

「妳死不死的有啥要緊，妳以後母子離心的日子看得見的，兒子對妳寒了心，媳婦被妳攪和散了，家裡也完了。要我說，妳這樣的，妳死都是為民除害。我不一樣，我兒子正做官做得穩，三個大孫子，阿冽妳還認得吧？」拿手一指身邊的大孫子，何老娘翹著下巴，極是自豪，「十六就中了秀才，娶的是侍郎大人家的千金，侍郎妳不曉得是啥官吧？帝都裡的三品大官。人家就相中咱阿冽了，今年剛成的親，明年就給我生小曾孫了。我這丫頭……」

何老娘說著，拉過自家丫頭的手，繼續道：「她嫁的是阿念，阿念妳一定曉得，探花哩，縣裡還為他造了座探花牌坊，咱們縣裡一千年都沒這麼有出息的人。我這丫頭給我生了一對龍鳳胎的重外孫重外孫女，整天到我跟前孝敬，妳說說，我這大福才開個頭，我能跟妳一樣嗎？我家裡兒子孝順，媳婦賢良，孫子孫女都沒得說，眼瞅著再過幾年就享重孫的福了，妳能跟我比？妳哪兒跟我比得起啊？」

不要說王氏這當事人了，姚節聽到何老娘這番話，都不知作何反應了，心說，真不愧是何祖母啊，這殺人不見血的！

何老娘問王氏：「阿涵呢？媳婦呢？孫子呢？」三個「呢」就把王氏問哭了。

王氏泣道：「我死了算了！」說著就要撞牆。

姚節與何冽連忙去攔，何老娘冷哼一聲，根本不將這撞牆把戲看在眼裡，道：「叫她死，她要不死，早晚得把阿涵逼死！孩子原在家裡好好的，就妳幹出那不要臉的事，寒了阿涵的心。妳以為阿涵為何要離家出走，就是受不了有妳這種見利忘義的娘！那孩子正直，要臉，在家待不下去，這才走的。好不容易熬出個前程，要知妳是這個德行，當初在帝都我就不能勸阿涵寫信給妳。妳個天生賤才的短命婆子，妳是不是過兩天好日子就燒得慌啊？妳是不是不把阿涵逼死不算完啊？妳禍害兒子還不夠，還要禍害孫子！妳上輩子跟我們老何家有什麼仇什麼怨，妳要這麼禍害何念啊？」

何念正好趕過來，一聽這話，就想退出去，何老娘喚住他，「何念你過來，我是看你長大的，你也聽聽我這話有沒有理。你們兩口子怎麼想的，說說，是不是不想過了？」

何念氣色也很是不好，原本他不過比何恭大兩歲罷了，如今瞅著，倒似比何恭年長十歲不止。何念嘆道：「也是我大意了，沒留神。嬸子放心，如今我已是將三郎交給媳婦帶了。」

王氏哭道：「我要知道她不願意，我何苦費這個心力？我也是好意幫著帶孩子。」

「妳要是好意，與二郎說的都是什麼話？」

王氏苦道：「嬸子也是做祖母的，要是把阿冽或俊哥兒過繼出去，嬸子捨不捨得？」

「妳懂個屁！就是生恩也不如養恩，二郎雖是過繼出去，可生他養他的都是他親爹娘，恩情在這兒，他不過是替舅舅家傳宗嗣，名分變了，骨血不變！我？哼，要是我兒子早答應好人家了，我就更得心疼二郎，叫他知道，家裡雖過繼了他，可自祖父母到父母到兄弟，都是一樣的待他！他替舅家承宗嗣，禮法上雖不姓何，可在咱們心裡，也一樣是咱們老何家的人，更是他舅舅這支的恩人，因為有他，他舅舅血脈不至斷絕！」

何老娘氣得指著王氏道：「也就是妳婆婆不在這裡，要是妳婆婆在，她非一巴掌抽死妳不可！妳個混帳媳婦，妳幹的都是什麼事兒？」

何老娘這口才，就是沒理也能攪出三分，何況是占足了理。待何涵回家，何老娘已把王氏罵得躺到炕上去了，何念在陪著何老娘說話。

見著何涵，何老娘也不說什麼客套話，先問何涵打算怎麼著。

何涵將手裡的短刀放在桌上，道：「近年來跟在將軍身邊，我亦有些積蓄，約兩千兩。培培和麗麗成親，我都沒趕上，也是我這個大哥失職。這兩千兩銀子，給她們各五百兩，另外一千兩，想請爹娘回鄉置些田地產業當作祖產，既供爹娘花銷，也是請爹娘幫我料理。」

何涵的意思是，請他爹他娘回老家。

何念當下就愣住了，不可置信地望著兒子，「阿涵？」

何涵淡淡地道：「老家是我們的根，我早晚也得回去，家裡的產業不能沒人照看。爹，您與娘就回去吧。」

何老娘事後都私下同自家丫頭道：「阿涵的心，是真的冷了。」

何子衿輕嘆一聲，「王大娘全無長進，阿涵哥想過順暢日子，必得遠著她的。」

何涵做了決定，甭管王氏怎麼要死要活，何涵就一句話：「娘，您是上吊是吃藥都無妨。您一閉眼，兒子不孝，定隨您去，算是還您生養恩情。倘若娘您想通了，明年可隨阿文哥的商隊一塊回老家。」意思是，死了，我償命。不死，您就回去。

有許多人，錯了會改。

有許多人，錯了悔了，依舊如故。

說真的，王氏雖可恨，可當看到何涵決絕地要求父母回老家時，大家心裡的滋味都是五味雜陳，就是何老娘這一向厭惡王氏的人，亦是如此。

何老娘還勸何涵：「要不，再給你娘一次機會，她要是改了，一家子到底和樂。」

何涵沉默片刻，道：「就算我死了，她多半也不會改的。」

相對於招人厭的王氏，何老娘當然更喜歡何涵，連忙啐道：「這是說的什麼胡話？你這孩子，怎地如此剛烈？唉，總這麼著也不成，讓他們回去也好，培培和麗麗都是在咱們縣裡找的人家，離得也近。我給你出個主意，住一處你們是不成的，你娘這個性子，不攪事她就難受。要不，在北昌府置處宅子，你給他們買些地，叫他們管著。隔一兩個月，他們過來看看孫子也方便。」何老娘的想法，一向是有兒子必要跟著兒子過的。

何涵的側臉像一塊北風裡的石頭，他道：「我知道祖母是為我好，但真的不必了。」

王氏不論怎麼鬧，被何念兩記耳光下去，夫妻倆幹了一仗，回老家的事，就此定下來。何念在何老娘面前眼睛都濕了，哽咽道：「不能給阿涵幫忙倒罷了，又攪得家不像個家，我這算什麼當爹的，其實早該回了。」

「你們啊，真的是把阿涵的心傷透了。放心吧，兒子還是兒子，孫子還是孫子，待過幾年，那婆子改了性子，你們再來。過日子哪裡有不磕碰的，只是孩子們不容易，咱們也得體諒。做長輩的圖什麼，不就圖孩子們痛快嗎？孩子痛快，咱們就痛快了。你啊，就是太心軟。」看何念這頹廢樣兒，何老娘不好再說他，又怕他想不開，勸道：「你可得好好的，也別不吃不喝的。阿涵剛做了官，你們倆要是有個萬一，他就得丁憂。一丁憂，現在的差使就保不住了。別個幫不上忙，活可得好好活著，不然你們有個好歹，純粹是扯後腿。」

何老娘這勸人的話，也是世間獨一份了。

何洌陪著何涵說了不少話，何老娘又去李家說話。李氏一聽何涵要把公婆送回家，眼淚就下來了，心裡自是願意將公婆送回老家，卻又擔心因此事與丈夫生了嫌隙。

何老娘道：「妳公公心軟，婆婆糊塗，妳是個明白孩子，這個時候，難不成叫妳公婆淚眼巴啦地回老家，那妳在咱們老家得是個什麼名聲？不為現在想，得為將來想。阿涵已是把事定下來了，明春就走。眼瞅就要過年了，大事自有阿涵拿主意，你們是結髮夫妻，妳得心疼他呀，他是跟妳過一輩子的人。」

李氏哭起來，道：「老太太，我心裡難受！」

李太太場面話還是要說兩句的，「倘親家太太回轉了，在一起過還是熱鬧的。」

「我勸過阿涵了，阿涵心意已定。」何老娘道：「趕緊都把眼淚都收了，他們雖是回去，也是一家子。把年熱熱鬧鬧過了，以後雖離得遠，也得孝順公婆。這不單是做人的品格，也是給孩子們立個榜樣。」

李氏點頭應了。

李太太私下與丈夫說：「以前我就說子衿姑奶奶是極明理的人，何冽也是個好小夥，今兒見了老太太，人家更是說話說得人心裡都暖和了。也不知咱們阿囡咋這般沒運道，遇到親家太太這樣的婆婆。」

李老爺輕聲道：「莫提這個，女婿好就行了。女婿是個明白人，又不是沒主意，這事既已定下，就莫再提前事，好好過幾個月，同親家也有說有笑的才好。親家高高興興地回去，總比傷心流淚著回去叫女婿放心。」

「我曉得，以後甭管親家同我說什麼，我都應著就是。」

無奈，兒子親口叫他們回老家，何念與王氏哪裡痛快得起來，強忍著不哭罷了。

何涵家這事定了，何老娘就打算回北昌府過年了。

何涵心裡很有些過意不去，寒天臘月把何老娘請來，老太太也一把年歲了呢。

何老娘倒沒覺有什麼，「你有事不找我找誰？多餘的話我不說了，阿涵，你不是個沒主意的，就一句話，這主意是你定的，以後便是想起來，也得記著，是你定的，跟你媳婦無干。咱們過日子不管做啥，都是為了把日子過好。你呢，把日子過好，心疼你的人就放心了。」

何涵正色應了。

何老娘要走，這剛上車，就被將軍府的人攔下，將軍夫人請何子衿過去說話。何子衿這次來得匆忙，就沒往江奶奶那裡去，不想江奶奶來請了。

何子衿道：「興許是夫人有事，我去看看，阿洌，你陪祖母再歇一歇。」

何老娘道：「我在阿涵這裡，有的是人陪著，叫阿洌同妳一塊去。」

何洌就跟著去了，他在二門外的待客廳裡，有管事客客氣氣陪著說話。何子衿去見江奶奶，江奶奶見到何子衿，就打發丫鬟下去，開門見山道：「知道妳來了，有一件事，也不曉得問誰去，只好問妳了，興許妳曉得。」

見江奶奶不是閒聊天的意思，何子衿連忙鄭重問道：「夫人說的是什麼事？」

江奶奶指尖無意識敲擊了桌案兩下，「有個叫姚節的小子，據說同妳家很有交情，如今在軍中任個百戶。前年阿贏去妳那裡時認識的，妳知道他嗎？」

「知道，阿節是我弟弟在官學的同學，他父親在兵部任事，前年阿洌去帝都，他跟著一起出來謀個前程。」何子衿簡單說了說姚節的情況。

江奶奶一嘆，「這小子前些天同將軍提親了，說是想要娶阿贏。」

何子衿的嘴巴微張，一時震驚得說不出話。

江奶奶看何子衿的神色就知她不是裝的，嘆道：「看來妳也不曉得此事。」

何子衿眉毛微擰，猛然醒過神，道：「今年冬天他託人往沙河縣送了兩車皮貨兩車山貨，一半是給我的，一半是給阿贏的。當時我沒多想，以為是因著他在北靖關當差，知道阿贏在我這裡，所以殷勤了些。」何子衿有些歉疚，「我實在是沒多想。」

江奶奶道：「我知此事與妳無干，妳若知道，沒有不與我說一聲的理。」

「正是。阿節因少時與阿冽相識，我待他也如弟弟一般。他前年來北昌府，特意去沙河縣看我，如此認識了阿贏。阿節倒也在娶親的年紀上，只是這親事都是父母之命，我定不能叫他這般唐突的。」何子衿道。

江奶奶面上沒什麼喜色，但也沒什麼惱色，只是平靜地道：「與我說說這小子吧。妳知道的，都與我說說。」

好吧，難得前幾天剛聽余幸說過姚家八卦，何子衿便一股腦兒同江奶奶說了。

何子衿道：「他與阿冽認識的時候，有些紈絝模樣。說實在的，倘家裡有親娘在，定不能那樣縱著他。阿節難得是個明白的，願意到北靖關打拚。要說他這人如何，我知道的都與夫人講了。有一些是我聽說的，有一些是我眼見的，其他再細緻的，就得夫人自己看了。」

江奶奶嘆道：「實在是令人煩惱。阿贏的親事屢次不順，這小子，唉，不瞞妳說，妳既與他相熟，就給他帶句話吧，這親事先不說他提合不合規矩，阿贏自己就不願意。」

這既是在意料之外，又在情理之中。

何子衿道：「北靖關人才不少，另給阿贏妹妹尋一俊傑之才就是。」

「不是那麼回事。」江奶奶擺擺手，「我不是嫌這小子職位低，打仗最容易累積軍功。

這小子頗有幾分悍勇，今年又升了半級。就是他這家世，他那繼母，我還不至於放在眼裡。是阿贏，親事不順，她這孩子沒經過風雨，竟也如那些愚婦愚夫一般認為自己命硬剋夫。什麼命硬，要我說，這是她命貴，尋常人難以消受。」

「其實這也是贏妹妹想不開了，倘她是信命的，就當知道，人的命既有定數，那麼有些人就是生來命短，那便是這般命數，生死簿上要記的。同她訂不訂親，那二位大人的命也長不了。倘她不信命，更不必聽那些閒話。多少男人一輩子娶三五回媳婦的，怎麼就沒人說是剋妻了？」何子衿道：「贏妹妹是年紀小，一時想不通罷了。」

「是啊。」江奶奶道：「妳多開導她才好。」

何子衿正色道：「先時我不知她鑽了牛角尖，若是知曉，我定早勸了她的。」

江奶奶把要打聽的事問明白了，這才笑道：「知道妳要回家，便不多留妳了。」

何子衿起身告辭，在路上，就抓了何冽問知不知道姚節心儀江贏之事。

何冽奇怪道：「姊，妳怎麼知道了？唉，甭提了，這事沒成，阿節傷心著呢。」

何子衿道：「你怎麼不與我說一聲。」

「江姊姊先時不是在守孝嗎？這事怎麼好提？後來我要與姊妳說的，沒想到阿節來了，與我說紀將軍回絕了他。」何冽道：「其實我覺得阿節挺好的。」

何子衿是個機敏人，就琢磨起江奶奶找她的用意，畢竟姚節到北靖關，還認識江贏和紀珍，依江奶奶與紀將軍為人，怕是早把姚節家的祖宗三代摸清楚了。那麼，江奶奶找她所為何事呢？何子衿道：「今天江奶奶找我過去問此事了。」

何洌忙道：「夫人都問啥了？」

「就問了阿節的事。」

「姊姊如何說的？」

「照實說唄。」

「是不是將軍與夫人那啥，看不上阿節啊？」

「不是，阿節出身不算高門，也是官宦之家了。」何子衿道：「是阿贏。阿贏是死心眼，聽了些閒言閒語，就對終身大事灰心了，故而回絕了阿節。」

何洌一聽就聽出了問題所在，「難道是江姊姊不願，不是江奶奶與紀將軍不願？」

「江奶奶又不是要把阿贏嫁到高門大戶，先時也是在紀將軍麾下為阿贏擇婿。只要人品好，江奶奶自然會為阿贏考慮，奈何阿贏現在沒這個心。」

何洌扼腕道：「我該早些同姊姊說的，還是姊姊妳有用，打聽了這麼要緊的事情來。」

何洌一到何涵家，就拉了姚節到僻靜處把這事三言兩語說了。姚節深受失戀打擊，聽此言彷彿打了雞血一般重新復活，反覆問道：「當真？夫人與將軍不是嫌我不夠出眾？」

「這是哪裡的話，我姊明明說是江姊姊不樂意的，怕剋著你。」

「傻話，我要是怕剋，還會跟將軍提親嗎？」姚節簡直是一刻都等不下去了，立時就想要去將軍府找江贏一訴衷情。

送走好友一行人，姚節就去告白了，結果，大年下的，接連碰壁，臉都碰腫了。

捌之章

一胎兩子旺親族

何子衿一行人回到何家，略說了說何涵家的事。

知道是這個結果，沈氏嘆道：「也是王嫂子自找的，哪有這樣過日子的？」

何恭私下則道：「何念哥真是不頂用，大事上一點主意都不拿。」

「哪是他不拿主意？」沈氏道：「阿涵他爹素來如此，王嫂子打頭陣，他在後頭裝好人。當初咱們三丫頭的事就是這般，他是一家之主，他說句話，憑王嫂子怎麼作妖，親事也不至於黃了，結果呢？他就擺出一張可憐兮兮的臉，啥都不說。他做不得主？哼！要說王嫂子可恨在外頭，他就是可恨在裡頭，難怪阿涵寒心，阿涵是看透了他們倆！」

余幸則私下同丈夫道：「阿涵族兄真不是一般的決斷人。」

「這也是沒法子，要是王大娘這麼攪和下去，阿涵哥的日子是沒法過的。阿涵哥到底是同李氏嫂子過一輩子的，哪能總叫王大娘攪得雞犬不寧？」何洌道：「如此便清明了。」

余幸道：「是啊，阿涵族兄就明白，也心疼族嫂。」

「我也疼妳啊！」何洌揑揑媳婦的小手，問：「想我沒？」

「沒想。」

「真的？」

「真的，一點都沒想。」余幸陡然變了音，輕捶丈夫，「青天白日的，給我規矩點。」

「哪裡不規矩了？」何洌的手黏在媳婦屁股上拍一下，再拍一下，「妳竟然不知道想妳男人，妳說，該打不？」

余幸被他鬧得臉上一層薄紅，兩眼水汪汪，羞得都說不出話了。何洌見媳婦羞成這樣，委實有些意動，又是新婚小夫妻，何洌這當童男子十幾年的人，一時就輕狂了。

余幸很是罵了丈夫一回，只是就那眉眼含春的模樣，再加上軟綿綿的聲音，不大有說服力罷了。何洌聽著媳婦念叨，然後就又輕狂了一回。最後，何洌做出總結：「白天也很不錯，以後咱晚上不熄燈了，點著燈做。」

「真個沒臉沒皮的，虧你還是秀才！」

「秀才怎麼了？秀才更得聽從周公他老人家的教導。」

兩人就在房裡膩歪了一下午。

江念聞知何涵之事，沉默半晌，方道：「阿涵哥有此決斷，日後前程可期。」在他看來，人就得活個明白。父母恩情啥的，沒有人比他看得更透徹了。

何子衿道：「世人多輕妻重母，許多人不明白，能共白頭的是妻子，而不是母親。」

江念挽住子衿姊姊的手，「與子偕老。」

何子衿回握住江念的手，「與子偕老。」

所有人當中，心情最好的莫過於蔣三妞了，始終都是笑咪咪的。

胡文還說：「心情這麼好啊？」

蔣三妞笑，「看討厭的人倒楣，當然心情好。」

胡文有些吃醋，「妳不會還記著退親那事吧？」

「當然記著。那些對不起我的，我都記著呢，看他們倒楣我就高興。」

胡文立刻扳著手指算起來，蔣三妞問：「算什麼呢？」

「算算我有沒有對不住媳婦的地方唄。」

蔣三妞還有個好消息，那就是她又查出了身孕。

胡文喜得不得了，特意跑到兩家報喜。在江仁家炫耀過後，繼續去何子衿和江念那裡炫耀，胡文道：「我也沒想到，卻也嚇我個半死，都兩個月了，你們三姊姊硬是沒察覺。唉，虧我還覺得她是個細心人，年後八個月的日子，這回我沒別個想頭，只盼她給我生個小閨女，我這輩子就圓滿了。」

江念見阿文哥那喜上眉梢的模樣就想笑，「先別說這話，有時盼閨女，偏就來兒子。」

「莫說此話！」胡文連忙制止道：「你是兒女全雙的，哪裡曉得這沒閨女的心？」

江念笑道：「阿文哥，你這真是飽漢不知餓漢飢，多少人家盼兒子盼得眼冒綠光。」

胡文笑嘻嘻道：「我這不是有兩個兒子了嗎？」

江念道：「那我就祝阿文哥你心想事成了。」

「承你吉言，承你吉言。」胡文道：「我這得把重陽和二郎的大名取出來了。」

「早就該取了。」

胡文也知道該取啊，這不是當年念書時成績不大好，到給兒子取名上就今兒一個主意，明兒一個主意，耽擱到重陽都八九歲了，他爹還沒給取出大名來呢。

胡文歡喜不盡地準備在老三出生前把大兒子、二兒子的名字取出來，江念則命人請了竇大夫幫著蔣三妞診了診，看胎象可還穩當。

竇大夫只說年下雖忙，也莫要太過勞累的話，另外說了些孕期醫囑，可見胎象不錯。

胡文又謝了江念一回，與蔣三妞道：「近來我忙於給重陽和二郎取名的事兒，我都高興懵了，還是江念和子衿妹妹細緻。」

蔣三妞抿嘴笑道：「你年前能把咱重陽和二郎的名字取出來，就算沒白忙。」

胡文身為主家，年前生意上的事也多，雖有心把兩個兒子大名取好，到底沒來得及，準備年後繼續想，定要給兒子們取一絕世好名。

江念與何子衿說到這事還笑了胡文一回。

江念道：「咱們二小子名曜，二閨女可名曉。」

何子衿道：「還沒影兒呢，你倒是積極。」

「我算著快了，過了年，阿曄和阿曦就五歲了。姊姊五歲時，岳母生阿冽，這麼算著，也就是明年了。」江念道：「甭看咱們五年生一回，咱們一次兩個，比他們效率都高。」

江念就念叨自家第二對龍鳳胎呢，然後他家龍鳳胎還沒影，剛過了大年初五，何琪緊跟著也診出身孕來，這讓一直有些羨慕蔣三妞懷第三胎的江家父母以及江家祖母父都樂得不得了，大年下的，又去給祖宗牌位上了回香，直說：「這北昌府真是咱們的福地。」

老家生大寶，帝都生二寶，北昌府又有了三寶，對於一脈單傳的老江家來說，實在是興旺之兆，尤其是已有了兩個兒孫子的前提下，這回江家也不是非常盼孫子了。

江太太都說：「孫子孫女都好，是孫子也不嫌多，咱家人丁少，大寶和二寶多個兄弟，以後可互相幫襯扶持。要是孫女，正湊個好字。」

蔣三妞取笑江太太：「這是有了兩個孫子，嬸子穩住心了。」

江太太笑得合不攏嘴道：「可不是嗎？三丫頭妳不曉得，我家這人丁啊，往上數到妳叔那輩，還有妳叔跟妳姑兄妹倆呢，到阿仁這裡，我生他時傷了身子，後來再沒有了。他這哥兒一個，可不就叫人急嗎？妳阿琪姊啊，最是個旺夫的。自嫁了阿仁，我們家就沒有一處不順。原本生了大寶我就知足了，不想又有了二寶。如今肚子裡懷了三寶，叫我怎能不歡喜？」

江太太早把先時自己不樂意這樁親事的事忘拋到九霄雲外去了，兒媳婦給老何家生了兩個大胖小子，尤其是大寶，很會念書，江太太恨不得把媳婦供起來。現在又有了老三，江太太私下都同自己婆婆說：「可見咱家當真要興旺了。」

江老太太深以為然，特意帶著兒媳和孫媳去城煌廟燒了香，香油錢就添了五兩銀子，求城煌老爺保佑著家裡順順當當。這年頭家宅興不興旺，一則看這戶人家日子過得好不好，二則就是看子嗣多寡。諸如那等只有一個獨生子的人家，縱家裡家財萬貫，在時人眼裡也不算興旺之家。只有兒子多，家業旺，這才算得上真正的興旺。

就似何恭與沈氏，何恭往上數好幾代都是子嗣單傳，及至何恭這裡，有了三個兒子，何恭自己也做了官，這便是興旺了。如江家，江仁是個會賺錢的，家裡已是不愁吃喝，現在缺的就是孩子了，故而兒媳婦有身孕，江家上下都喜得不得了。

胡文和江仁家眼瞅著就要生老三了，江念算著他家今年要生老三老四的，結果，子衿姊姊就是沒動靜，把江念急壞了，都想偷偷去拜菩薩。他在心中悄悄留意子衿姊姊的生理期，姨媽晚了三天，就疑神疑鬼子衿姊姊是不是有了，鬧得子衿姊姊頗是無語。

江念這麼算著，一直算到何老娘開春帶著大孫子、小孫子以及大孫媳婦來了沙河縣，紀珍過來與阿曦團聚，過了子衿姊姊的生辰，到了上巳節，一大家子出去踏青，子衿姊姊才終於不負江念所望，有些反應了。

青山之下，杏花溪畔，孩子們有的在撲蝴蝶，有的在釣魚，還有的在放風箏。大人們也是趁著好天氣，郊外賞一賞春景，曬一曬春天的太陽。一大家子踏青，在溪畔設了帳子在外頭吃午飯。沙河縣離河近，春天又是魚蝦最鮮嫩的時候，何琪與蔣三妞都過了孕吐期，再加上何子衿的理論，多吃魚以後孩子聰明，而且吃魚蝦不容易發胖，所以都吃得有滋有味。

蔣三妞還好，自己當家做主，想吃什麼吃什麼。何琪就不行了，江老太太和江太太生怕她少吃一口委屈了肚子裡的孩子，閒來無事就把注意力放她的肚子上，恨不得天天雞鴨肘肉的，幸而何琪是個有主意的，吃東西只求吃飽，從不會吃撐。再者，她很留意身材，聽何子衿說吃魚蝦不易長胖，還是很信服何小仙的。她回憶了一遭懷長子時的吃食，與婆婆道：「記得懷著大寶時，婆婆時常令小丫鬟去外頭買魚蒸來給我吃，如今大寶果然念書靈光。」

江太太一想也是，當初媳婦有了身子，因是頭一胎，江太太也很重視，只是當時家裡沒多少錢，兒子也只是在書院與何子衿合夥開了個小書鋪。那會兒有心給兒媳婦補一補，江太太又心疼銀子，碧水縣邊上有湖有水，魚蝦較肉便宜多了，她為了省錢，就常買魚來給兒媳婦吃。後來家裡日子好過，到帝都時媳婦懷了二寶，那時江太太就想著，家裡日子好過，也不必總叫媳婦吃魚了，就多是牛羊肉，結果，二寶現在雖也念書，就是不如大寶。如今有了何子衿這吃魚聰明的理論，江太太就懷疑，是不是當初媳婦懷二寶的時候吃魚吃少了。於是，何琪終於擺脫了被婆婆、太婆婆填雞鴨肘肉的日子，能大口吃魚吃蝦了。

眾人燒了不少魚蝦，還沒開吃呢，何子衿忽然聞著不舒服，覺得腥味重。江念立刻拉起子衿姊姊的手腕一摸，頓時喜上眉梢，歡喜道：「瞧著像滑脈！」

余幸給大姑姊遞盞溫水，道：「大姊姊壓一壓。」

何冽過去圍著江念問：「阿念哥，你真會把脈啊？」

江念指尖猶放在子衿姊姊的腕上，與小舅子道：「我專門跟竇大夫學的。」

何冽便想著自己什麼時候跟阿念哥學一學才好。

何老娘原是看著孩子們玩的，聞信兒連忙過來，問起自家丫頭月事有沒有來。當著這麼多人的面，何子衿臉皮再厚也說不出口。

江念卻是道：「先時光顧著忙了，一時忘記了，是啊，上個月就沒來。」

何老娘一拍大腿，「這肯定是啦！」

大家紛紛恭喜江念夫妻，何老娘笑對江老太太道：「這事也奇，有身子都是扎堆的。」

江老太太笑，「可不是嗎？要我說，縣衙這處風水好，送子娘娘來得勤。

「有理有理。」何老娘對余幸道：「妳跟阿冽也抓緊些，我看，你們就是今年了。」把余幸羞得臉都紅了，覺得太婆婆這說話真不講究場合，偏她那厚臉皮的相公一個勁兒附和：「祖母放心，一準兒的。」

何子衿有了身孕，江念還想去請竇大夫過來幫著診一診脈，結果，不待他過去相請，竇大夫就來了，竇大夫笑道：「先生聽說姑娘有了身孕，派我過來給姑娘請平安脈。」

蔣三妞與何琪有身孕，都是請了竇大夫過來把脈的。

江念笑道：「我正想過去請您呢，您就未卜先知了。」

竇大夫道：「哪裡是未卜先知，阿曦和阿曄已是先跟先生報過喜了。」何子衿懷了孕也沒覺什麼，她家裡並不講究三天一次請平安脈。基本上，一個月請竇大夫來一回，給何老娘把把脈，當然，如何子衿和江念，也都跟著沾沾光。

竇大夫是跟著朝雲道長來的，其實他在這沙河縣當真沒什麼事。江念看他閒著，也時常在縣裡組織一些義診，請竇大夫坐堂。醫者多有仁心，竇大夫亦是樂意的。

竇大夫給何子衿把了脈，安胎藥都不必吃的。何子衿正是年輕，身體一向很好，竇大夫就說了些忌口的東西。這些事何子衿早有經驗，還是默默記在心裡，再抄錄到本子上，以待日後傳給後人，我們的子衿姊姊就是這般有遠見。

江念還特別問：「竇叔，您看是不是龍鳳胎？」

竇太醫笑，「眼下月份淺，還不好說，待過了三個月，就能診出來了。」

一下子多了三個孕婦，日子更是過得熱鬧了，連時常過來閒話家常的莊太太，都與何老娘和江老太太說：「你們這幾家可真是人丁興旺。」

何老娘道：「要說人丁旺，都不如莊太太家。妳家六個小子，尋常誰人能比得了？」

莊太太道：「老太太，我們家那算什麼旺，窮得叮噹響，窮生窮生的，生下來都是小子，有什麼法子？半大小子，吃窮老子，因著這六張嘴，每天這三頓飯就能累死個人。自縣尊大人來了縣裡，我家老莊算是走了時運，得了大人重用，我家的日子較先時才好過許多。

他心疼我，家裡買了個粗使婆子，幫著收拾家務、做做飯，不然以前我五更天就得起來燒飯，蒸饃一天得蒸六籠屜。好不容易剛吃飽飯，一個個就到了成親的年紀，真真愁死個人。聘禮就先不說了，我家是二進的院子，本還夠住，這老大一成親，擠一擠也住得開，只是後頭還有五個呢。我狠了狠心，在我家附近買了處三進院子，以後二郎和三郎成親就有地方了。唉，就不知四郎、五郎、六郎成親時夠不夠住了。」

何老娘道：「妳家兒子多，別的不說，宅子、鋪子、莊子都是永久基業，妳現在日子也過得，何必這般摳摳索索？要我說，以後兒子們總歸要分家的，妳買一處宅子斷然不夠。不管大宅子小院子，妳總得一個兒子預備一處。就是現在不置宅子，也該多置幾畝地，這是萬世基業，只要有地，就有一口飯吃。」

「老太太說的是。」莊太太手上給小兒子納著鞋底，「那我就悄悄置幾畝地。」

「怎麼還悄悄的？」江老太太不明白了。

莊太太嘆道：「老太太有所不知，我們家一直是婆婆當家的，我管著幹活，家裡的事一概不問，反正家裡也沒啥。如今日子好過了些，我是想置些地的，我們老太太就總說家計艱難，還罵我生事。就是那三進宅院，也是我跟我家老莊幹了一架，老太太才拿出銀子，置了個三進院子。老太太帶著我們這一大家子住新宅子去，二進的舊院她卻又要賣了，您說這叫什麼事？我家裡六個兒子，以後只怕宅子不夠使，哪裡要賣宅子？我跟老莊又幹了一架，這才沒賣舊院，我叫大郎跟她媳婦過去住了。他們小倆口，我說了，大郎也掙錢了，自己掙自己花自己存著，家裡不要他們的。自己先把日子過起來，不必管我這裡。婆婆就嫌我大手大腳，說家裡緊巴，大郎不把月銀上交，家裡買菜的錢都沒有。我們家哪裡買過菜呀？自來是院裡種啥吃啥，米更不必買，祖上傳下五十畝地，每年就吃那地裡出產。就這麼著，仨月沒在飯桌上見一點葷腥，只說沒錢。我吃不吃葷腥有啥要緊的，可從我們老莊到六郎，不是悶頭當差養家的，就是正長身子的大小夥子，饞得我們小五、小六一有空就去河裡逮魚。逮兩條回來，還得給我小叔家一條。」

納一會兒鞋底，針就鈍了，莊太太在頭髮上蹭一蹭，繼續嘆氣道：「我婆婆常罵我小家子氣，沒見識又摳門。我是摳門，我家裡小崽子們好幾個月吃不著一點葷腥，有了好的，我當然得先叫我孩子們吃。可我婆婆偏心眼，我們家就置了這一處三進宅子，婆婆就說家裡沒錢了。我們小叔子家，去年置了五十畝地，就不知這錢是從哪兒來的呢。」

「老話說，皇家重長子，百姓愛么兒。一般這做父母的，是偏最小的那個一些。」何老娘倒是沒遇到過這種情況，主要是她老人家嫁的就是一根獨苗的人家，到兒女這裡，一兒一女，閨女嫁得遠，想見都見不著，兒子哥兒一個，她想偏別人也沒得偏去，就勸莊太太：「生這氣做什麼，我看莊典史是個實在人。」

「就是太實在了。」莊太太嘆道：「每個月他發了薪俸，先進老太太屋裡，把薪俸給老太太收著。我們家小叔子，以前總不來我家，就是到了我們老莊發薪俸的第二天，就買點心來瞧我們老太太了。」

莊太太家這事，余幸聽了還同大姑姊道：「這莊家老太太也夠偏心的。」

何子衿笑，「妳聽莊太太訴苦呢，這不就要到衙門發薪的日子了嗎？她每到這幾日，必然來咱家念叨的。莊典史哪裡像她說的這般了？以前她家裡是不寬裕，自從做了典史，就是縣裡的三老爺，薪俸算什麼，一年不過三十兩，比妹妹身邊的大丫鬟多不了幾兩銀子。」

聽大姑姊這般說，余幸樂了，「這怎麼能比，典史也是正八品了。」

「他們這些二老爺、三老爺、四老爺的，哪個是指著俸祿過活的？莊典史把私房都是交給莊太太收著的。去歲她悄悄置了一百畝地，只是瞞著她家老太太罷了。」何子衿笑道。

余幸奇道：「這麼個縣裡的小典史，油水都這般豐厚？」

「咱們沙河縣算是大縣了，離著榷場近，所以妳看縣裡鋪子商家很是有幾家的。縣裡富了，不必他們魚肉百姓，也自有油水，這也是外官的老例了。」何子衿道：「在帝都做官，又是另一個樣，這個妹妹就比我清楚了。」

余幸點點頭，「帝都做官，無非就是三年兩壽，冰敬炭敬，這些是大頭。」

姑嫂二人說些家常話，余幸就悄悄問了何子衿一個非常難回答的問題，余幸問，生龍鳳胎可有什麼訣竅。饒是何子衿號稱小仙的人，也被弟媳婦問住了。

余幸有些不好意思，道：「不瞞姊姊，我這也是有些著急。我跟相公成親都一年多了，還沒動靜，我看老太太也挺急的。」

何子衿道：「這還真沒什麼訣竅。我跟阿念成親三年，我也沒動靜，當時把咱娘和祖母她們急壞了。我倒是不怎麼急，結果忽然就有了，生的時候才知道是龍鳳胎。」

何子衿寬慰道：「妳也別急，妳才成親一年，我那三年的時候也沒急呢。妳也別吃什麼亂七八糟的藥，孩子都是天意，該有時就有了。」

何子衿又說：「妳年歲還小，今年才十七，要我說，妳十八或者十九再生比較好。」

「這是為何？」

「女人年紀太小，身體其實還沒發育好。最好是發育好了，身體長成了再生產。」

因有大姑姊三年未孕然後生龍鳳胎的例子在前，再加上大姑姊給灌輸了一些科學知識，余幸就不大急了。余幸還把科學觀念跟丈夫說了，何洌道：「我覺得發育得挺好的啊！」想了想，又道：「不過也是，去年剛成親時，妳胸脯可沒有這麼大，看來還是要再長長的。」

余幸險些被丈夫這沒羞沒臊的話氣死。好吧，她也覺得婚後胸部是大了一些。

何子衿、蔣三妞和何琪因有了身孕，都減少了一些事務，就是鋪子裡的事，何子衿多是委與段太太，蔣三妞及何琪也有信任的管事管著繡坊。

三人經常坐在一起給即將出生的孩子做針線，蔣三妞道：「當初去帝都的時候，重陽就大些了，他小時候的衣裳，我嫌累贅就沒帶，幸而二郎小時候的衣裳帶了來，正好改一改給老三穿，還能省下不少銀錢。」

何琪也是這般說，余幸回屋說到此事時，同田嬤嬤道：「三姊姊跟阿琪姊手裡不是沒錢，在這上頭還真是節儉。」

田嬤嬤端上茶來，笑道：「姑娘這就不懂了，這不單是為了節儉。」

余幸邊喝茶邊聽田嬤嬤道：「小孩子皮膚嬌嫩，新衣裳雖好，卻不若舊衣裳軟和，所以，不管是富貴人家，還是尋常人家，多有叫小孩子穿舊衣裳的習俗，尤其是那些身體健壯，頭腦聰明的孩子的舊衣裳，那可吃香了。這樣的孩子的舊衣裳，都有親戚預定的。」

余幸道：「那我先跟姊姊說，把阿曄的衣裳留給我幾身。」

田嬤嬤笑，「姑娘待有了小公子，哪裡還怕沒衣裳好揀？表兄表姊的一大堆。」又跟自家姑娘打聽：「大姑奶奶肚子裡是一個還是兩個，姑娘知道不？」

「竇大夫說是兩個，只是一時看不出是龍鳳胎，還是雙生胎來。」

「哎喲，大姑奶奶可真是有福氣！」

「可不是嗎？老太太這些天逢人就說，也是高興得很。」余幸道：「嬤嬤妳說，怎麼姊姊的運道這般好？一回是龍鳳胎，還能說是僥倖，這第二胎了，又是兩個，這也太巧了。」

田嬤嬤道：「姑娘莫急，說不得姑娘也得生對龍鳳胎呢。」

余幸笑，「要是那樣，我給城煌廟裡的城煌老爺塑個金身。」

就是孩子們，也在討論即將到來的弟弟妹妹，紀珍很有經驗地同阿曦妹妹道：「我弟弟可臭了，有一回我剛一抱他，他就拉了，臭得我三天沒吃下飯。」

阿曦道：「那我就要小妹妹好了。」

紀珍道：「我也覺得小妹妹好。要是像阿曦妹妹這樣又聰明又好看的妹妹，多好啊！」

阿曦對於紀珍的讚美表示很滿意，然後遺傳了她爹取名的天分與愛好，給自家弟妹取了兩個名字，小弟弟叫小臭，小妹妹叫小香。

江贏五月來沙河縣時，看到三位孕婦，相當吃驚，蔣三妞和何琪的肚子都有些顯懷了。何子衿按理月份淺，只是她肚子裡是雙胞胎，故而也是圓鼓鼓的。

何子衿笑道：「我算著妹妹該來了。」

江贏道：「不知姊姊有了身孕，又得麻煩姊姊了。」

「這是哪裡的話，家裡有的是下人，又不必我親力親為。妳每年都來，要是今年見不到妳，我還得牽掛呢。」何子衿笑咪咪的，因有身孕，皮膚有些暗淡，氣色卻是極好。

紀珍還叫他姊猜子衿姊姊肚子裡是男是女，江贏笑道：「興許又是一對龍鳳胎。」

紀珍搖頭，惋惜道：「不是，是兩個小臭臭。」

江贏道：「你又說這樣的怪話。」

紀珍因為子衿姊姊肚子裡據說是兩個小臭臭，完全沒了期待，他對阿曦妹妹越發好了。

江贏笑與何子衿道：「阿珍原本非常喜歡阿珠，回家每天都要抱阿珠的，還帶阿珠一起睡覺。就一回，他抱著阿珠，阿珠拉了，阿珍就再不抱人家了。」

「阿珍穿衣裳什麼的，就格外細緻。」

「他是天生臭講究。」

江贏過來何子衿這裡，一則是因要過來榷場看看生意，二則是看看她弟，三則就是躲姚節。接連死了兩個未婚夫，擱誰心裡也會過不去的，江贏現在就沒有成親的心，她說：「我要是喜歡他，倘他同我訂親有什麼意外，我這輩子都會過意不去。我要是不喜歡他，又何必要與他訂親呢？」要擱以往，這些喜歡不喜歡的話，江贏也是說不出口的，只是她兩番親事不順，如今也二十了。要讓何子衿說，正是青春好年華，奈何在當下就算是花齡已過。也是隨著年紀漸長，又經了這些事，江贏看破不少。

何子衿便道：「順其自然就好。」

江贏亦是這個意思，她現在有繼父做靠山，同母弟弟有兩個，手裡有生意有銀子，前頭剋死兩個未婚夫後，當真是沒了再嫁人的心。

因著何子衿肚子大了，六月去府裡交夏糧，江念就沒讓她跟著去，不然路上顛簸，不是孕婦能經受得住的，江念就自己帶著莊典史與一干衙役民夫押送夏糧過去。

何恭和沈氏早知道閨女有孕的事，這次女婿來了，自然另有一番問詢。

江念笑道：「都挺穩當的，竇大夫半個月就過來給子衿姊姊診一回平安脈。孩子特安穩，就是有點活潑，這會兒就在子衿姊姊的肚子裡動來動去。每天晚上阿曄和阿曦都在床邊守著呢，只要一動，他們就要摸一摸。現在子衿姊姊身子沉了，他倆也大了，就把他倆移出去，兩人還不樂意來著。」

沈氏聽得直笑，「孩子們依戀父母呢。」忽然又問：「莫不又是龍鳳胎？」她閨女這生龍鳳胎的本事，說來也沒誰了。

何恭摸摸唇上一撇小鬍子，「那當真是極好的。」

江念笑道：「我也盼龍鳳胎來著，初時給岳父岳母送信兒時剛三個月，只把出是雙胞胎，後來四個月的時候，竇大夫就把出來了，說不是龍鳳胎，是雙生子。」

沈氏雖然有些遺憾，但一下子能得兩個外孫，這在哪家也不是容易的事，自然更是大喜事。沈氏道：「兩個兒子也好，你這支單薄，正好多幾個兒子，以後子孫昌盛。」

江念道：「是啊，有什麼什麼就好。這回送子娘娘給送的都是兒子，阿文哥和阿仁哥原還盼閨女來著，結果三姊姊和阿琪姊也都是兒子。」

沈氏直樂，「哪裡是盼什麼就來什麼的，他們倆也一樣，都是沒個親兄弟的，兒子多幾個才好。阿仁他娘不最是喜歡孫子，喜歡得不得了嗎？」

江念笑，「就是現在，江大娘也說孫子好呢。」

晚間俊哥兒放學回家，聽說姊姊要給生小外甥，還是一次兩個，不由道：「我姊這麼會生雙胞胎龍鳳胎，以後阿曦肯定好尋婆家。」

沈氏笑嗔：「這是哪裡的話，真是沒個邊了。」

俊哥兒道：「這是正經話，明年阿曦就七歲了，再過十年，可不是要說婆家啦？」

江念笑，「阿曦不急，倒是俊哥兒，我聽說有不少人家打聽你。」

俊哥兒眉眼生得較何洌更為俊俏些，臉皮較何洌當年更是厚的多，親事啥的，俊哥兒根本毫無害羞之意，大大方方道：「我得跟姊夫學，先考出功名來，再說親事。」

「好，有志氣。」江念讚了幾句，他是看著小舅子們長大的，自是希望他們有出息。

俊哥兒道：「姊夫，明年我要下場考秀才，你幫我看看我那文章有沒有案首之相。」

何恭險些一口茶噴出來，訓俊哥兒道：「為人當有謙遜之心，哪裡有你這樣的，上三天半的學，就狂言狂語？」

俊哥兒道：「姊夫又不是外人，我說的也是心裡話。」

江念笑道：「行，那我定要好生看看俊哥兒的文章。」

用過晚飯，俊哥兒一力相邀，江念就去他那邊歇息了，順便幫他看文章。

何恭道：「這小子，阿念一來，就找阿念幫他看文章。」

真是的，老爹我也是正經二榜進士，翰林出身，怎麼不找我呢？

沈氏道：「眼瞅著你又要當一回外祖父了，怎麼倒吃起女婿的醋來？」

何恭道：「明年俊哥兒要是落了榜，看他那臉往哪兒擱。」

沈氏道：「你不是說俊哥兒的文章還成嗎？」

何恭道：「他吹牛的本事比寫文章的本事大多了。」

反正俊哥兒明年不過十六，有長子中秀才在前，對於次子，沈氏沒什麼好緊張的，遂與丈夫說起閨女有身孕的事來，「不是我說，像咱們子衿這麼旺夫旺子的，萬裡無一。」

何恭笑，「要我說，雙生子能診出來不稀奇。先時在帝都閨女生阿曄和阿曦的時候，大夫也能診出是兩個，但到底是男是女，還是生下來才知道的。倒是竇大夫，果然不一般。」

沈氏道：「那是。聽說竇大夫家裡的人都是太醫出身，就是他自己，也是太醫院裡特意派給朝雲道長的，醫術自然高明。」

何恭又問：「阿冽媳婦還沒有動靜？」

「阿幸年紀還小呢，再說，阿冽是去念書的，我也不想他耽於美色。」沈氏道：「這也不必急，當初咱們子衿三年沒動靜，一有動靜就是倆。」

沈氏其實也有些為兒媳婦著急，想著這成親都一年多了，怎麼還沒動靜。好在，看到阿念，沈氏就不急了。無他，她閨女就是成親三年沒動靜的，然後一舉生了龍鳳胎。沈氏甚至想著，莫不是兒媳婦這也是龍鳳胎的徵兆不成？

何恭想一想，笑道：「這也有理。」好飯不怕晚。

沈氏想著蔣三妞是八月的日子，她得過去伺候月子來著，不然老太太上了年紀，閨女也大著肚子，蔣三妞那裡沒個長輩是萬萬不成的。這般琢磨著，沈氏與丈夫商量道：「我打聽過了，三丫頭是八月的月子。子衿和阿琪都大著肚子，不方便照顧，我怎麼著也得過去伺候一個月，看三丫頭出了月子才好。」

何恭道：「這也是應當的，妳只管去就是。」

沈氏道：「我就是不放心你。」

「有什麼不放心的，家裡就我和俊哥兒，我當差，他上學，做飯有周嬤嬤在。」

沈氏道：「咱們子衿是十月的月子，唉，這不在一處，到底不方便。」

何恭笑道：「咱們這還離得近得呢，要是那離得遠的，像姊姊生阿翼，當時咱娘倒是惦記著，到底都沒能幫上忙。」

沈氏道：「說來阿翼那孩子也真有出息，上科中了進士，如今得在翰林做官了吧？」

「他是二甲，又考中了庶起士，了卻了姊夫的心願。當年姊夫中了庶起士，只是剛在翰林沒待幾日，他家老太太就去了，守孝三年後再謀外放，姊夫這官運初時就艱難些，阿翼卻是個順遂的。」何恭說來也很為外甥高興。

沈氏笑，「姊姊、姊夫再把羽哥兒培養出來，也就沒什麼事了。」

何恭點頭，「姊夫現在雖然還是知府，但如今換了揚州，正是好地方，而且揚州是大州，知府乃從四品。姊夫還不到五十，要是官運順利，以後說不得能為一方大員。」

沈氏道：「說來明年你和阿念任期就到了，你們有什麼打算？」

何恭道：「眼下還不好說，明年巡撫大人怕是要致仕。我同阿念商量了，北昌府地方雖苦寒些，也待了六年，要是能在這裡升遷留任是再好不過的。」

沈氏想一想，道：「做生不如做熟，也是這個理。」又道：「許多人都說北昌府苦，住熟了，倒也不覺得如何了。」

夫妻二人夜話許久，方相擁睡去。

江念第二天去巡撫府請安時，余巡撫就同江念說到這事。

江念已做兩任沙河縣令，他雖不算兢兢業業、嘔心瀝血，但也盡心盡力了。他一就任，沙河縣許縣尊被刺一案，是由他破的，然後任內一直太太平平的，還抓了好幾撥人販子，再有就是，他的任期內，沙河縣的秀才錄取人數是連年攀升的，上科秋闈，縣裡還出了兩位舉人。相對於沙河縣昔日貧乏的舉人數目，這就是相當了不起的成績了，而且，任期內糧稅什麼的，也是穩步上升的。開墾荒地上萬畝，人口穩步提高，沒什麼刑事案件，前次任期考評，江念是拿上等。若無意外，明年考評仍是上等。

余巡撫道：「你這六年幹得很不錯。」

江念謙虛一二，言說自己雖用心，也全賴大人提點。

余巡撫擺擺手，「無須說這些客套話，我提點的人多了，也不是個個都能提點出來的。」又笑問：「你有什麼打算？」

余家既與何家為姻親，余巡撫這話就不是什麼虛言。江念想了想，道：「要說外任，除了西北西寧州、東南南安州，餘下地方多是比北昌府要好些的。我在北昌府這幾年，卻是喜歡這裡。不拘什麼職司，我還想在北昌府。」

余巡撫笑道：「你這性子倒像我年輕的時候，我起復的時候，就選了這裡，一來就喜歡上了這裡。先蘇文忠公就說過，非苦寒之地無大作為。我初來時是在文忠公長子手下任知府，後來蘇大人調任，我就做了巡撫。」然後委婉地與江念說明，張知府也要離任，但依江念的資歷，他哪怕兩次考評都是上等，想謀五品知府也有些早了。余巡撫的意思是，文同知眼瞅也要離任，問江念可有意同知之位。

同知為知府副手，掌地方鹽、糧等事，也是實缺，江念哪裡有不願的。

余巡撫交代了他幾句，便打發他去了，余太太還說：「怎麼沒留他吃飯？」

余巡撫道：「衙門裡事多，吃飯什麼時候不成？妳留江太太用飯是一樣的。」

「子衿今年沒來。」

「他們小倆口一向都是一處的，可能是有什麼事吧。」

余太太也這般想，然後沒幾天就曉得了，何子衿有了身孕。沈氏不算愛顯擺的性子，但閨女這懷孕委實也遠超凡人，一懷就是倆，何況這也的確是大喜事，沈氏簡直是想低調也低調不起來，沈氏笑道：「要不是有了身子，怎麼都要過來跟請安的。」

余太太一聽何子衿有了身孕，自然要多問幾句。

沈氏道：「算著是年下有身子的，上巳節查出來，說是雙生子。」

「哎喲！」余太太聽著都覺稀罕，連聲道：「子衿這也奇了，頭一胎就是龍鳳胎，這第二次又是雙生子，怎地這般會生啊？」

沈氏笑道：「我也是百思不得其解呢，我祖上反正是沒有雙胞胎，這孩子大約是有這命。她跟女婿一成親，整整三年沒動靜，把我和她祖母急壞了，菩薩不知道拜了多少回，還請大夫給她把脈。大夫說她身體好，可就是沒動靜。我家女婿是獨子，我那會兒就想，也不一定要生兒子，先生個閨女也好。過了三年，忽然就有了。那會兒也是一樣，大夫一把脈就說是兩個，只是沒想到是龍鳳胎。這回又是倆，想來她就是這命。」

余太太道：「這可不是一般的命，這命才好呢，等閒人哪裡有這般運道的。妳是只這一個閨女，妳要是再有個小閨女，我非得給孫子聘了來不可。」

沈氏道：「我也是喜歡閨女，先時懷著我們興哥兒時，我就盼閨女盼得不行，結果生下來又是個小子。如今我這把年紀，想生也沒得生了，興許命裡就這一個閨女的命。」

等沈氏告辭，余太太身邊的老嬤嬤說：「親家姑奶奶可真是有福分。」

余太太就心焦孫女肚皮的事兒，老嬤嬤瞧出一二，遂寬慰道：「老太太可急什麼，沒聽親家太太說嗎？親家姑奶奶三年沒動靜，一生就是龍鳳胎，說不得咱們大姑娘也一樣呢。」

「這如何能一樣？要這般，人人都能生龍鳳胎了。」

「也沒什麼不一樣的，我看親家人丁正旺，眼下親家姑奶奶有了身孕，這有身孕，也是帶著沾連著。就像親家太太說的，親家姑奶奶那邊一下子姊妹三個都有了身子，咱們姑娘也在呢，說不得今年就有好消息了。」

余太太道：「我就盼著呢。」

「老太太只管放心，咱們姑娘福分大著呢。」

因著子衿姊姊沒有一起來，江念也惦記著縣裡的妻兒，待事情辦妥，私下與岳父說了一番留任之事，翁婿二人達成默契，江念就辭了岳父岳母，帶著岳母給收拾的一堆東西，攜莊典史等人回沙河縣去了。

回到家先去何老娘屋裡，果然大家都在。見著江念回來，自然要問一回寒溫。待得晚間休息，阿曄和阿曦在床上蹲著，阿珍在下頭坐著，等著小臭弟弟們胎動。等一有胎動，阿曄和阿曦摸過小弟弟們，這才依依不捨去自己的房間睡覺，臨去前還說：「爹，您好生照看娘和小臭臭們啊！」然後兩人與紀珍就出去了。

紀珍也覺得胎動很稀奇，不過，在知道何姊姊肚子裡是小臭臭外甥時，他就完全沒了興趣。每次阿曦妹妹摸了，他還要聞聞阿曦妹妹的手，看有沒有被小臭臭外甥們熏臭。種種行為，很令江念鬱悶，江念忍不住念叨孩子們：「不許說弟弟臭，弟弟香著呢。」

何子衿靠著大引枕，笑道：「你不在家時，阿曄和阿曦都過來陪我睡呢。」

江念道：「他們睡覺不老實，沒擠到姊姊吧？」

「現在好多了，沒事兒。」何子衿笑道：「說是你不在家，他們要守著小弟弟們。」

江念一笑，「真是人小鬼大。」又細與妻子說了岳父岳母的事，夫妻二人方歇下。

蔣三妞是八月的產期，兩家都商量好了，何子衿命人提前收拾出了院子，讓蔣三妞一家子搬縣衙來住，這樣好坐月子，畢竟胡文得忙生意的事。再者，他就是不忙，一個大男人也伺候不了月子。

江念就把岳母要過來的事說了，「三姊姊搬過來也好，岳母也說要過來。」

蔣三妞忙道：「咱們這裡人有的是，怎麼伺候不了月子？嬸子一來，叔父怎麼辦呢？」

江念勸道：「三姊姊放心吧，岳母都料理好了。再說，妳這生孩子，就是不讓岳母來，岳母反而更惦記，還不若過來親眼看看，才能放心。」

何老娘也說：「就是坐月子時才需要人呢，沒事兒，妳叔叔那裡也沒什麼事，就他與俊哥兒，做飯有周婆子呢，又餓不著。」

蔣三妞既覺得嬸子過來不放心叔叔，心裡又覺得暖暖的。

胡文私下也說：「要不以前祖母總說我有福氣，我果然就是有福氣。」真的，胡文娶了蔣三妞，除了當時胡家給的聘禮在碧水縣算體面外，其他的都是岳家幫襯的，但其實就是那一注聘禮，也是按著胡氏子孫的份例來的。

蔣三妞笑道：「既是一家人，就莫說這外道話。」

沈氏是七月末到的，何恭和俊哥兒也來了，何恭笑咪咪地道：「明年秋闈在即，學政大人讓我過來看看縣學的情況。不獨沙河縣，北昌府底下八個縣都要走一遭的。」

何老娘笑道：「這差使好，正趕個巧，多住幾天，三丫頭快到日子了。」

何恭不是一個人來的，身邊跟了好幾個得用書吏，何恭自然是與媳婦住一處，那幾個書吏，江念則都安排在縣衙住下了，一日三餐連帶夜宵皆有照應，當然，他們出外差該有的油水也沒少一分。有知道學差大人與江縣尊乃翁婿關係的書吏不由暗想，不止何學差是個寬和人，就是江縣尊也是個好的。

蔣三妞這孩子生得頗為準時，八月初一早上發動，中午就生了個五斤六兩的大胖小子，余幸尤其道：「哎喲，這生辰選得可真好，皇后娘娘的千秋就是八月初一呢！」

這話一說，人人歡喜，就是胡文也多瞅了兒子好幾眼，直說兒子有福相。

何恭待過了洗三禮，便離了沙河縣，帶著書吏與隨從們往下一個縣城去了。如今天寒地凍，眼瞅要下雪，沈氏幫丈夫預備了不少防寒的衣裳以及吃食。何洌不放心父親這麼大冷天的出外差，乾脆跟在父親身邊服侍，余幸也給何洌收拾了一份衣物藥材。

何洌叮囑妻子道：「家裡老的老，姊姊們又都有了身孕，就得妳多替我操心了。」

余幸雖有些捨不得丈夫，但她這樣的出身，對於孝道是看重的，特別是丈夫以後要走仕途，名聲更是要緊。再者，丈夫明年要下場，跟著公公去各縣學走走看看沒壞處。

余幸有自己的小算盤，道：「放心吧，老太太、太太、姊姊這裡有我呢。我雖幫不上什麼大忙，打個下手還是成的。」又囑咐丈夫路上別凍著累著，遇著有才學的舉人進士多結交。

何洌覺得媳婦賢慧，難免也不捨，小倆口很是膩歪了一回，這才隨著父親出發。

沈氏開始伺候月子，其實伺候月子並不勞累，主要是現在家裡過得不錯，有的是丫鬟婆子能使喚。沈氏晚上陪著蔣三妞一屋睡，蔣三妞有什麼動靜都能聽得到。蔣三妞這是第三胎了，生得很順利，恢復起來就快。等到蔣三妞出月子時，那身條也就比做姑娘時稍稍圓潤了些，江太太都說：「這也忒瘦了。」又問蔣三妞奶可夠吃。

蔣三妞笑，「我每天喝下奶的湯，三郎現在小，有時吃不完，我還要擠出一些來。」

江太太這才放心了，她兒媳婦也不胖，倒不是擔心兒媳婦，主要是擔心孫子的口糧，怕母體瘦了，餵奶時不夠，將來孩子吃不飽。

蔣三妞剛出月子，何琪就發動了，連接生婆子都說：「府上真是人丁興旺。」那滿嘴的好話簡直沒個完，也是胡文和江仁打賞大方，這婆子很是發了一筆小財。自蔣三妞生產前她就被接到縣衙住著，如今何琪都生完了，婆子還得住著，等著為縣尊太太接生。嘖，為縣尊太太接生呢，這體面縱一分賞銀不得，白叫她做，她也願意的。當然，縣尊大人不可能委屈了她，待江仁家的三寶洗三禮結束，仍留這婆子在縣衙住著，等著給子衿姊姊接生。

何子衿生產時，孩子們對於新生兒的期盼基本上就等同於零了，因為重陽抱弟弟三郎，結果被尿一手。大寶見重陽出事故，自己就長了心眼，對他弟三寶是只敢遠觀，用江仁的話說，就是：「說句話離三寶一尺遠，就怕三寶尿他身上。也不知事兒怎麼就那麼巧，媳婦晚上幫三寶換包被，二寶過去逗三寶，三寶咯咯一笑就尿了，而且就是那麼準，尿了大寶一臉，把大寶難受壞了，險把臉洗破。」

何老娘哈哈直樂，「童子尿還是藥哩，大寶不懂行。」

何子衿扶著肚子笑道：「有什麼不懂的，人家大寶的尿一樣是童子尿。」

眾人又是一陣大笑。

最慘的是二郎，他被他弟拉身上一回，據說發下狠話，從此再不抱他弟了。

何子衿覺得興許是自己笑得太厲害，把羊水笑破了。虧得她有經驗，扶到產房時，住府裡的接生婆子也到了，熱水廚下就有，只是還得再燒，於是，廚下自有一番忙亂。

江念得了信兒跑回來，在屋外頭等了半個時辰，子衿姊姊就生了。何琪還在坐月子，余幸和蔣三妞、江贏進去瞧孩子。雙生子雖好，個頭兒卻無法與一胎的相比，好在兩個孩子哭得十分帶勁兒，蔣三妞就笑了，「這嗓子可真亮堂。」

何老娘把剛洗完裹了小包被的小傢伙接了一個抱著，細細端量一回重外孫的眉眼，點點頭道：「哭聲好，一聽就是精神抖擻的小夥子。」

沈氏抱了另一個，笑與婆婆道：「老太太看，這眉眼真是生得一模一樣。」

余幸不敢抱，站在旁邊瞧，對於新生兒的醜模樣，經過蔣三妞家的三郎以及何琪家的三寶洗禮，已有了心理準備。大姑姊這對雙生子，比三郎和三寶強不到哪兒去。不過，余幸也知道，孩子生下來基本上都是皺皺醜醜的樣子，待褪了這層奶皮，就圓潤飽滿了。

余幸道：「眉眼生得像姊姊。」

何老娘說：「兒子多是像母親的，一般閨女像父親。」

沈氏又開始伺候閨女月子，兩個小傢伙的洗三禮剛過，何恭與何洌就帶著書吏隨從們回了沙河縣。何恭見著兩個外孫，喜不自禁。就是何洌，也是把小外甥們看了又看，看得余幸更加著急自己的肚子了。

家裡一下子添了四個孩子，余幸最喜歡的是大姑姊家的雙生子，大姑姊在月子裡，她也每天都會過來看一看。她不大敢抱，但每次都要看許久，換尿片什麼的都愛看。

沈氏看她這樣喜歡，現在婆媳關係好了，也會教媳婦怎麼給小娃娃換尿片裹包被。余幸很樂意幫忙，然後簡直就是三流小說中的情節，余幸抱著老三要給老三把尿，把了半天沒動靜，余幸說：「興許是沒尿。」抱起來要把老三擱回炕上，老三就尿了。雖包了尿布，裹著包被，也尿濕了余幸的衣裙。沈氏眼睛一亮，連聲道：「吉兆，吉兆！」

不管吉兆不吉兆的，余幸得先回去換裙子。

回了房，就見田嬤嬤也是滿臉喜色，笑道：「姑娘，這可真是好兆頭。」

余幸臉上微微一紅，她能說她搶著抱孩子就是等孩子什麼時候撒尿給她個吉兆嗎？

余幸在丫鬟的服侍下換了衣裙，故作淡定道：「這也是人家閒說的，哪裡就準了？」

「如何不準？」田嬤嬤道：「聽莊子上的人說，時常有剛成親的小媳婦被孩子尿身上，轉過頭就有了身子的。我還聽說當初咱家老爺太太剛來北昌府時，那會兒咱們三爺還小，太太帶三爺去張大人府上，他家大奶奶成親好幾年沒動靜，見著咱們三爺那樣聰明漂亮的孩子很是喜歡，就抱了抱。這一抱，就有了身子，大家都說是三爺帶給張家大奶奶好運道呢。」

佛手道：「這事我也聽說過。咱們三爺過生辰時，張大奶奶還打了金項圈送給三爺。」

聽二人這話，余幸自是高興，「那就盼著應了妳們的吉言。」

沈氏對兩個小外孫喜得愛不過來，連何老娘也是每日都要過去看的。蔣三妞過去時都會抱著三郎，何琪出了月子就抱著三寶。四個孩子差不多大，放在一處甭提多招人喜歡了。

然而，江念想給孩子們取名的事又泡湯了。

何子衿出月子後，吃過滿月酒，擇了個中午太陽暖和的時候，把孩子圍嚴實了，與江念一起抱了孩子過去給朝雲道長看。朝雲道長房間暖若三春，一見兩個小傢伙就笑了，「阿曦和阿曄生得眼睛像妳，鼻子嘴巴像阿念。這兩個，鼻子嘴巴都像妳。」

何子衿笑道：「祖母也這樣說，兒子一般多像母親。」

朝雲道長頷首，「正好阿曄和阿曦都大了，該正式念書了。」

意思是，有這兩個寶寶，朝雲道長又可以養了。

何子衿：是她領會錯了朝雲師傅的意思嗎？

朝雲道長：完全沒錯！

江念：又要搶我家孩子！朝雲師傅，您上輩子不會是人販子投的胎吧？

朝雲道長給了兩塊玉，一塊刻以昀字，一塊刻以晏字。

於是，兩個寶寶的名字就定了，老三大名江昀，老四大名江晏。

可想而知，江念看到這兩塊玉佩的感覺了。江念那怨念之深，回家都憋不住，直接就同子衿姊姊抱怨起來，江念道：「朝雲師傅也真是的，阿曄和阿曦的名字就是他取的，到了老三和老四，起碼留一個給我啊！」

何子衿道：「名字誰取不都一樣嗎？」

「這怎麼一樣？」他兒子、他閨女的取名權應該是他的，總有人越俎代庖是怎麼回事？不過，江念取的名字也沒浪費，胡文在蔣三妞剛有了三郎時就說要把孩子們的大名都取出來。如今三郎滿月酒都過了，眼瞅快年了，名字還沒取好呢。看到人家江昀和江晏的名字，胡文覺得，還是江念這探花郎取的名字有意境，就把取名的事委託給了江念。

江念問：「阿文哥，重陽他們從哪個字？」大戶人家一般規矩多，如江念，他反正是沒親族，故而，給孩子取名自己就能做主。如胡家，名字頗是有講究。

胡文道：「你看著取就是。我們家嫡出的孩子按輩分取，庶出的孩子就隨便。」

這話也就是胡文現在事業小成，說起來才不苦逼。

江念現成就有好名字啊，他直接就說道：「那不若就從日字上取，日為太陽星，有正大光明之象，最好不過了。」

胡文很是願意，想著阿曄和阿曦他們都是從日字上取的，孩子們自小在一處，比親生的兄弟姊妹也不差什麼了，便道：「你有學問，給我想幾個好字來。」

江念簡直信手拈來，把先時給自家老三和老四取的名字就送給胡文了，然後又添了一個明字。於是，重陽、二郎、三郎的名字就分別為：胡曜、胡曉、胡明。

江念特意解釋道：「日、月、星均稱為曜，重陽是大哥，取這個名字最為穩重。曉字有破曉黎明之意，又有明曉事理的意思，希望二郎以後成為明曉事理的孩子，不管做什麼，以後縱有坎坷，都能否極泰來，順順當當的。明字取光明、明白之意，三郎是小兒子，上有大哥二哥，他只要做個明明白白的孩子就行了。」

胡文覺得自己這兄弟真不愧是探花，就是有學問，還特意謝了江念一席酒，回頭把孩子們取大名的事同蔣三妞說了，蔣三妞道：「阿念學問深，這名字必是不錯的。」

什麼好啊賴的，重要的是，兒子們終於有大名了。

何子衿生孩子生得順順當當，坐月子也坐得順順當當，就是生產過後腰間的贅肉就得靠日後慢慢減下去了。當然，臉也圓了一圈，何子衿每每攬鏡自照，總埋怨她娘把她餵得營養太過，沈氏笑道：「別不知好歹了，妳一生就是兩個，營養差了奶水就供應不上，豈不是要餓著孩子？這會兒急什麼，待孩子斷了奶再減些肉就成，妳現在也不胖。」又說：「現在真是日子好了，我生妳的時候，身邊就一個翠兒，妳祖母身邊一個余嬤嬤，周婆子要管著做飯打掃院子收拾雜物，那會兒是妳外祖母過來伺候我坐月子。每天妳那尿布是洗了一盆又是一盆，妳外祖母和余嬤嬤輪替著才洗得過來。現在多好，有的是丫頭婆子，要吃什麼，雖說山珍海味沒有，雞鴨肘肉也是管夠的，妳倒還嫌棄上了？」

余幸笑道：「要是姊姊顧不過來，不如尋兩個可靠的奶娘。」

何子衿笑，「當時生阿曄和阿曦的時候，就怕是兩個，奶水不夠吃，妳姊夫就想尋奶娘。他們倆那時還好，初時是夠的，到五六個月的時候，就有些不夠了，不過，那會兒就能添一些輔食，吃奶便少了，就沒用奶娘。」

何子衿出了月子，沈氏不再多留，就同丈夫回了北昌府，丈夫還有公差要交呢。俊哥兒雄心勃勃明年要考案首，也跟著回去用功了。

何子衿已是把年禮都預備出來，就讓父母一塊帶回去。還有蔣三妞預備的，足足裝了兩車。沈氏道：「這麼多，怎麼帶得回去？」

何子衿笑，「余鏢頭他們要去州府的胭脂鋪子送貨，索性多著幾人也就是了。」也是天意使然，不然何恭出門頂多是多帶幾個家僕，何況這次有好幾個書吏相隨，就是家僕也沒多帶。因著有閨女和蔣三妞給的年貨，東西多，便同余鏢頭幾個一道了。

誰知不過兩日，余鏢頭就護著何恭和沈氏夫婦返回。其他幾個書吏，瘸的瘸，拐的拐，身上都帶了傷，江念不由臉色大變。

何恭與沈氏形容還好，幾個書吏身上有些傷，余鏢頭手臂挨了一刀，另有諸護衛府兵也都有些掛彩，可見當時都是盡了心的。如今相攙扶靠重回縣衙，余鏢頭這等慣常在外行鏢的還好，如何恭沈氏及幾位書吏，臉色都不好。倒是俊哥兒，額角雖有大青包，仍是神采奕奕，腰間挎著把短刀，半個袖子削沒了，還昂首闊步，彷彿不是落難歸來，而是得勝還家。

何恭與江念道：「先不要讓人進去傳信，莫要驚嚇著老太太。」生怕嚇著何老娘。

俊哥兒道：「爹，您與我娘去裡頭歇著吧。姊夫著人讀竇大夫過來，咱們這裡傷的傷，嚇得嚇，得診一診才好。」然後對大夥兒道：「你們歇著，我把路上的情形與姊夫說說。」

眾人本是被追殺得險些丟了性命，讓俊哥兒小大人似的這麼一通吩咐，倒覺好笑。不要說余鏢頭這些素來悍勇之人，便是幾位年輕的書吏也覺得，學差大人家十五六歲的公子都能如此談笑風生，咱們這把年歲，就是裝，也得裝出個體面來，當下紛紛挺直身子，拿出讀書人的淡定來。回到縣衙，沈氏這心總算是放了下來，嗔道：「你頭又不疼了，越發作怪。」

俊哥兒正色道：「當然得先說正事，娘，您去後頭歇息吧。」

沈氏自認為不算膽小，但也沒想到次子這般有膽色。她原想帶小兒子去後宅休息的，不想小兒子死活不去，丈夫自然也不能丟開與自己去，沈氏便道：「你們把路上的事與阿念說明白，我去老太太那裡坐坐，以免她老人家擔心。」

何恭拍拍妻子的手，見閨女出來了，便讓閨女扶妻子進去了。

沈氏低聲同女兒道：「我先梳洗再去老太太房裡。」

何子衿自是曉得，她這裡本就有沈氏的衣裳，命丫鬟找出來，沈氏裡裡外外都換過，重洗漱梳洗好。何子衿命人把這身燒了，時人都有這風俗，倘是經了凶事，身上衣裳燒了，去去晦氣。丸子端上一盞桂圓茶，何子衿捧給母親吃，讓丸子下去安排眾人的住宿飲食，以及治傷吃藥之事，何子衿這才問起路上險情。

沈氏呷口熱茶，定了心神，方嘆道：「真真是嚇死我了。以前來去都無事，我們才走到半路，就遇上了強盜，虧得余鏢頭他們勇武，帶的幾個府兵也敢拚命，後頭又有行商經過，那強盜見路上來人了，這才趕緊跑了。」

何子衿道：「我爹既是公差，出門都會打出官府的旗幟來，就是有強盜，多半也不敢搶官府的。」這其實算是強盜界不成文的規定了，因為除非是末代亂世，不然搶官員的風險遠遠比搶富商的風險大多了。一般來說，如果強盜敢對官員下手，那麼，整個官僚系統都不會姑息這件事的，沙河縣前任許縣尊遇刺便是一例。

何況，他爹有什麼好搶的，一個文官，幾車年貨，又不是押官銀的銀差。

沈氏道：「說也奇怪呢，從府裡到縣裡，常來常往的，從沒出過這樣的事。」

何子衿道：「這幾年，尤其是自先許縣尊遇刺之後，縣內治安好，強盜其實少見了。就是有強盜，打劫富商也比打劫你們有賺頭。」

沈氏道：「那兩車年貨不值什麼，妳那一車的胭脂水粉可是值大價錢的。」說著忍不住又是一嘆，「多半得糟蹋些了。」

「只要人沒事，東西就是全毀了也無妨。」何子衿擔心她娘，安慰了幾句。

沈氏笑道：「我先時是有些怕，可想著俊哥兒才多大個人，一點都不怕，我這心裡也就不大怕了。」說著又誇起兒子來，「以前我總說他臭美愛講究，不想他遇事不生怯，還擋在我跟你爹的面前，砍傷了一個強盜，平日裡可看不出俊哥兒是這樣的慓悍性子呢。」

「真是人不可貌相。」何子衿也笑，「就那刀，還是阿涵哥送阿冽的，被他死纏爛打得了去。我還以為他就拿來當個擺設，不想他倒真是有些膽量。」

「可不是嗎？」沈氏頗為驕傲，「起碼不是個窩囊孩子。」雖然受了驚嚇，但遇到危險，有丈夫和兒子護著，對於一個女人，這自然是值得驕傲的事。

「看娘您說的，這要叫窩囊，那就沒不窩囊的了。」何子衿很知道她娘這毛病，想誇誰不直接說，反是非要說不好，然後引得你說好，她便歡喜了。叫何子衿說，她娘跟她祖母這婆媳做久了，兩人某些地方也越發像了。

何子衿說著話，竇大夫來了，請竇大夫先給她娘診了脈，開了兩劑安神的湯藥。何子衿又請竇大夫去前頭給她爹幾人看看，送竇大夫出門，何子衿方道：「這強盜來得有些稀奇，眼下我這裡離不得，您一會兒回去，同聞道師兄說一聲。」

竇大夫出身太醫世家，其伯父就是上任太醫院院使，竇大夫又被宮裡派給朝雲道長，對於朝雲道長的身分，自然是心中有數的。竇大夫雖不知強盜事件到底因何而起，但想著方先生住在這裡，附近竟有強盜，而且，膽大包天地敢來搶學差大人的車隊，這事自是要知會方先生身邊的侍衛一聲。

竇大夫鄭重應了，又去前頭幫何恭幾人診治。

何恭只是有些受驚，眼下也無妨了，畢竟身邊妻兒都沒傷著，再者，己方這些人，縱有些傷著的，好在沒有出人命，也是幸事中的幸事。

余鏢頭傷得有些重，好在他是個常出門的，習慣性會帶些創傷藥在身上，已做過簡單處理，竇大夫另給開些外敷內服的藥。餘者大傷小傷的，竇大夫都給看過了。至於俊哥兒額角那大包，別人都讓他先瞧，他還擺手讓人，硬是要最後一個看，還央求竇大夫：「竇叔，您可得給我開些好藥，萬不能留疤，我還沒娶媳婦呢！」

這話逗得大家一笑，還有書吏道：「二爺這般英勇，想要什麼樣的閨秀說出來，要是有配得上二爺的，我給二爺做個大媒。」

俊哥兒道：「要求也不高，長得好看就成。」

何恭笑斥兒子：「真輕狂也。」

眾人都打趣：「大人這般說就不對了，咱們二爺要才有才，要貌有貌的，娶妻自然也要才貌雙全的才行。」大家哈哈大笑，紛紛說要給俊哥兒做媒。這一說笑，把先前遇襲之事都丟開了。主要也是這些書吏多是北昌府當地人，北昌府民風彪悍，便是文人，也是有幾分膽色。何況這遇著強盜，多賴學差大人家的護衛相護，就是學差大人的公子都能挺身殺賊，並不是慫貨。道義未失，人心猶在，故而很快就緩了過來。

沈氏喝了幾口茶，廚下便送了湯麵過來，是雞湯香蕈的銀絲麵，湯頭上還飄著幾根碧綠青菜，在這隆冬季節，很是勾人食慾。沈氏眼下已心安，聞著麵香便有些餓了，就一邊吃麵，一邊尋思著這件事情如何說，才能不把老太太嚇著。

待吃過麵，沈氏道：「這事要瞞過老太太也不是很難，只是路上既有強盜，我想著，還是把強盜的事說出來，以後家裡人都多份小心才好。瞞著不說，倘再出事，豈不後悔？」

「是這個理。」何子衿道：「就與祖母說是路上遇著強盜，這走遠路也是難免的。」

沈氏點點頭，先叮囑閨女：「以後沒事不要出門，阿念也是一樣。」

何子衿細與她娘打聽：「娘，強盜有多少人？」

「總有二十來個。」沈氏道：「要不是有府兵，有余鏢頭他們，我們怕是性命難保。」

何子衿道：「二十個強盜，爹也就帶了十來個府兵，余鏢頭他們不過十來個人，要不是遇著那個商隊，怕是真要出事。」

「可不是嗎？」沈氏道：「說來也是咱們走運，余鏢頭他們身上帶著功夫，那些府兵也還頂用，大家拿命相搏，強盜一時未能得手。後來，有商隊經過，那些強盜一看咱們這裡不好對付，後頭又來了人，這才跑了，不然真不曉得是怎麼個了局？」

何子衿又問：「不曉得是哪個商隊，怎麼著也得謝一謝人家？」

沈氏道：「說是金家的。」

何子衿想了想，道：「金家原是閻家姻親，後來閻家倒了，他家也就不成了，如今不過守著幾畝田地過日子。倒是他家族裡一個旁支行十五的，生意越發興旺，你們遇到的，應該就是這位金十五郎了。」

沈氏道：「今天忙忙叨叨的，已是遲了，明兒務必備份禮送去。」

「娘放心，我曉得。」

母女倆說會兒話，這才去何老娘屋裡。何老娘聽說遇到了強盜，也是嚇一跳，立刻問兒孫情形。當知道人沒事，貨也沒折損，此方放下心來，又讓自家丫頭明兒給金家備份禮，她老人家要親自去道謝。

何老娘道：「眼瞅就要過年了，咱們要過年，強盜們也想過個肥年呢。以後再出遠門，提前打聽了，多找幾家一起走才好。人一多，強盜便不敢來了。」

何老娘還說了些她老人家小時候亂世打仗的事，何老娘道：「這會兒就算天下太平啦，以前我小時候有災荒不說，今兒姓李的帶兵來了，明兒又換了姓張的，出門不要說強盜，那些兵比強盜厲害多了。鄉下莊子送東西進城，一經城門就得少上三成。」又與有些擔憂的女眷們道：「遇到強盜也不要怕，一般強盜就是搶東西，除非是喪心病狂的，不然殺人的少。像出門，一定得多帶些人，帶足了人手，強盜一見你人多，自己就不敢搶。要真倒楣遇著強盜，打也打不過，就先丟開財物，立刻逃命。倘被強盜追上，千萬不要裝好漢，立刻投降，再許下他們錢財叫家裡來贖。總之，保命要緊。」

何老娘這套理論，當真令何子衿刮目相看。倘這話是別人說的，不足為奇，但這話是她祖母說的。她祖母是誰啊？一個銅板都要揣肋條骨的人竟然能說出許下錢財，保命要緊的話來。所以說，人都是會變的，要是以前，她祖母肯定是捨命不捨財的主。

誰知何老娘繼續道：「反正有阿幸她祖父，啥強盜抓不著啊？待把強盜抓了，銀子照樣能一分不差地拿回來。」說著，還很是滿意地看大孫媳婦一眼，深覺是為孫子結了門有權有勢的好親。當然，這會兒何老娘已是將先前被大孫媳婦從北昌府氣到沙河縣來的事給忘了。

何子衿表示：她祖母果然是算計長遠啊，連有權有勢的親家都想到了！

余幸則是笑道：「是老太太說的這個理。」又問大姑姊：「姊夫那裡人手夠不夠使，要不去州府調些人手過來？」

「眼下估計已派人去搜尋那幫強盜的下落去了，倘力有不逮，阿念會同府裡求援的。」何子衿道：「好幾年都是太太平平的，如今出現匪徒，以後咱們出門都要小心一些。」

蔣三妞也說：「小心無大錯。」

何老娘又道：「孩子們上學放學，多派幾個侍衛去接。」

大家商量著出門要如何小心，何恭將前頭事情料理好，就到老太太屋裡來了。老太太見兒子也是囫圇個兒，身上沒有傷著，便問：「我俊哥兒呢？」二孫子呢？

何恭道：「跟著莊典史和阿冽他們查強盜去了。」

沈氏忙道：「如何讓他出門？他腦袋上腫個包，該先把傷養好。」

何老娘問沈氏：「不是說都沒事嗎？怎麼俊哥兒傷了腦袋？」

何恭道：「腦門撞了一下，沒什麼大礙。我讓他與我一道過來，他還說查案要緊。他懂什麼查案，跟著湊熱鬧罷了。」

見孫子還能查案，可見的確不要緊。何老娘不是太嬌慣孩子的性子，可聽兒子這樣說，也有些不樂，道：「俊哥兒那孩子機靈著呢。」

一說這個，沈氏就來了精神，把當時強盜來了，二兒子如何勇武的事兒說了一遍。沈氏道：「我一見強盜就嚇慌了，俊哥兒刷的就把刀抽出來，還護著我跟他爹呢。」

何老娘很是擔心道：「他如何這般膽子足？以後可得告訴他，別強出頭，萬一碰著傷著，可如何是好？」二孫子咋這麼實誠啊？這打強盜的事，交給別人就好，自己先藏起來才是。待二孫子回來，她可得好生同二孫子說一說這保命之道。

何恭不認同他娘的話，「男子漢大丈夫，若實在不能則罷，倘身負武勇而不出頭，或膽小瑟縮，或漠視旁觀，這成什麼人了？」

何老娘氣煞，「我是膽小瑟縮的人嗎？」

何恭不知道他娘剛剛發表的保命守則，不過，聽口氣也知道這一番言論顯然是得罪了老太太。何子衿笑道：「祖母，我爹跟您說的不是一碼事。您說的是咱們這樣的婦孺遇著強盜不必以卵擊石，保命為先。我爹說的是男子漢大丈夫，自當奮勇殺敵。」說著，念叨老太太：「這可真是有了孫子就忘了兒子，我爹這受了驚，也沒得您老憐惜一二，您光顧著孫子了。哎喲，您老這眼裡除了孫子還有誰呀？」

何老娘傲嬌地道：「我們膽小瑟縮的人就這樣，眼裡只有孫子。」

何恭連忙拱手陪笑。

何老娘雖有一套保命守則，但對於勇武的二孫子也是極得意的。只是，俊哥兒這除了勇武，也不知怎地，又添了好吹牛的毛病。或許是遺傳自祖母的吹牛基因作祟，俊哥兒傍晚與兄長回家時，額角頂著個大青包，也半點不耽擱他在祖母屋裡將如何勇鬥強盜的事說了十遍有餘。最後，一家人都聽睏倦了，俊哥兒這才遺憾地閉了嘴，深覺家裡人老的老弱的弱，以致於精神有限，這不，他還沒把勇鬥強盜的事兒說過癮呢，他們就先撐不住了。

不過，俊哥兒也收獲了一幫小弟，以興哥兒為首的重陽、二郎、二寶、阿曦，都對俊哥兒崇拜得不得了，成天找俊哥兒吃飯，巴結俊哥兒，唯俊哥兒之命是從。只要俊哥兒在家，這幾人必是圍著俊哥兒轉的，把紀珍急得，他覺得他的阿曦妹妹要「移情別戀」了。

至於一向心眼多的大寶和阿曄，現在有事沒事就愛腰上掛一把木頭刀去街上瞎轉，恨不得再遇上一撥強盜，好讓他們也出一出風頭。

最忙的人，除了去金家致謝與燒香拜佛的何老娘和沈氏，就是江念與何子衿夫婦了。轄內出現強盜，江念自不會輕忽，這幾天都忙著搜捕強盜，而何子衿，在聞道師兄與江念確認那撥人不是衝著朝雲道長，而十之八九衝著她爹娘來的情況下，不禁困惑起來。

她爹和她娘祖上三代清清白白，既不富，也不貴，更沒得罪過什麼人，這些人要對她爹娘下手，到底是圖什麼呀？

（未完待續）

漾小說 211
美人記 7

國家圖書館出版品預行編目資料

美人記/ 石頭與水著. -- 初版. -- 臺北市：
晴空, 城邦文化出版：家庭傳媒城邦分公司發行,
2019.03
冊； 公分. --（漾小說；211）
ISBN 978-986-96855-9-7（第7冊：平裝）

857.7 108001414

原著書名：《美人记》，由北京晉江原創網絡科技有限公司授權出版。

作者 石頭與水
封面繪圖 畫措
責任編輯 施雅棠
國際版權 吳玲瑋 蔡傳宜
行銷 艾青荷 蘇莞婷
業務 李再星 陳紫晴 陳美燕
編輯總監 劉麗真
總經理 陳逸瑛
發行人 涂玉雲
出版 晴空
城邦文化事業股份有限公司
104台北市中山區民生東路二段141號5樓
電話：（886）2-2500-7696 傳真：（886）2-2500-1967
發行 英屬蓋曼群島商家庭傳媒股份有限公司城邦分公司
104台北市中山區民生東路二段141號2樓
客服服務專線：（886）2-25007718；25007719
24小時傳真專線：（886）2-25001990；25001991
服務時間：週一至週五上午09:00~12:00；下午13:00~17:00
劃撥帳號：19863813；戶名：書虫股份有限公司
讀者服務信箱：service@readingclub.com.tw
晴空部落格 http://blog.yam.com/readsky
香港發行所 城邦（香港）出版集團有限公司
香港灣仔駱克道193號東超商業中心1樓
電話：852-25086231 傳真：852-25789337
E-mail：hkcite@biznetvigator.com
馬新發行所 城邦（馬新）出版集團【Cite (M) Sdn Bhd】
41, Jalan Radin Anum, Bandar Baru Sri Petaling,
57000 Kuala Lumpur, Malaysia.
電話：(603) 9057-8822 傳真：(603) 9057-6622
Email：cite@cite.com.my
美術設計 洸譜創意設計股份有限公司
印刷 沐春行銷創意有限公司
初版一刷 2019年03月05日
定價 380元
ISBN 978-986-96855-9-7